西陲兵事
在戈壁灘上
我們的青春與榮光同在

在喀喇崑崙的雪域中我們的信仰與夢想並行

郎春 著

「多是多少,文學即社會?少是多少,文學如衛生紙?
如今他那枯草覆蓋的墳頭,還能否發出螢火,只有深邃夜空的北極星知道。」

喀喇崑崙的皚皚雪山,葉爾羌河的潺潺流水,高原荒漠的執勤和演練
老夫聊發少年狂,訴說被風沙掩埋的故事……

目錄

西陲兵事 ……………………………………… 009

守山 …………………………………………… 127

母親的婚禮 …………………………………… 155

雪蓮酒 ………………………………………… 173

賣優酪乳的女人 ……………………………… 183

成名之夢 ……………………………………… 197

小木匠 ………………………………………… 207

校工 …………………………………………… 211

巴西拉瑪克 …………………………………… 215

密林深處 ……………………………………… 241

山鄉奇聞 ……………………………………… 275

「大三線」夜宵 ……………………………… 279

瑞士 …………………………………………… 297

尾聲　賣土 …………………………………… 357

目 錄

自序

在物慾橫流的浮躁裡，輿論的焦點是富豪榜的排名，演藝圈的緋聞，或者轉基因與保健品哪個更影響人類。而於文學，尤其是傳統文學，早被鋪天蓋地的理財廣告雲遮霧罩，以至於目前還堅持讀書寫作的人，常常被夢想一夜暴富的時尚一代當成時代的笑柄。

笑柄就笑柄吧！文學並不高大，為文者自覺神聖。

我曾經是枚文青，生在困難時期，長在動亂時期，成年後歷經一波又一波變革，一直挽著褲腿跑，卻總也趕不上激盪的潮流，退休後才意識到光陰虛度，大半生沒做成什麼事情。聊以自慰的是，一段踏實的軍旅生涯，填充了風華正茂的日曆，西陲邊塞那一片綠洲的印記，無論如何也抹之不去，或許就是精神財富吧！

當過兵的人，常常被慧眼從人群中認出，並不是他們有明星的光環，也並非他們長得高大帥氣堪比男神，而是因為他們眉宇間那股正氣，舉手投足之間那種教養，常常近淤泥而常濯洗，遠花圃而自芳菲。

一九七〇、八〇年代的軍營，差不多是一塊淨土，少有爭權奪利，沒有賣官鬻爵，絕大多數人的晉升提拔也不靠關係，自然也是青年們嚮往的神聖之地。又幸好剛進入社會那十年，文學的土壤涵養了飢渴的我們，於是就在緊張的工作中忙裡偷閒，在有格子和空行的稿紙上橫寫豎畫，其中一些被鉛印在報紙或文學期刊，謂之小說和散文。

一九八五年秋，小圈子裡小有名氣，我遂連繫調動，事已談妥，趕上百萬大裁軍，一塊稜角分明的磚頭，幾經努力，最終沒有砌在大軍區

自序

機關的建築裡，遂裹上這些稚嫩的鉛字紙片，在西北的兩座主要城市間奔波，試圖尋找一處合適的牆堆，將自己鑲嵌進去。

二〇一五年春末，我總算船到碼頭，進入預備退休的「二線」。歇了大半年，理了理思路，突然又老夫聊發少年狂，重又做起文學夢。

有夢總是好的，說明精神並未老去。一屁股坐在電腦前，用半年時間敲出一部歷史長篇小說，被列入「絲路之魂」重大文化。

有幾位朋友建議，可以將以前發表的作品整理成合集，讓我輾轉反側，夜不成寐。青年時代寫的那些青澀東西，時代的烙印太過明顯，藝術性頗顯不足，文字也比較單薄，能示以人嗎？是幾位戰友加文友一再鼓勵，醜媳婦也得見公婆，好壞是那個時代的一點印記，才讓我鼓足勇氣，開啟塵封的紙箱，著手進行編輯整理。

這本集子以《西陲兵事》命名，一是因為絕大部分作品創作於西陲邊塞的一座軍營，寫的又基本都是身邊戰友的故事；二是收入這本集子的中篇小說〈西陲兵事〉，七萬多字，占去三分之一的篇幅，是本集的扛鼎之作。這部小說草於一九八六年，似乎是連繫轉業後的工作，又似乎是處理一些個人瑣事，無助無力，忙也白忙，索性順著思維一通亂寫。

寫了也就放了，一放就是三十年。這次拿出來竟然倍感親切，感慨連連。作品的場景幾近生活原貌，喀喇崑崙的皚皚雪山，葉爾羌河的潺潺流水，高原荒漠的執勤和演練，宛如電影一樣，一幅一幅重現；裡頭的人物，從師長到大頭兵，差不多都是我的戰友，他們有的為國捐軀，有的後來成了將軍，更多的人轉業退伍，經歷各不相同。但他們在我心中的形象，仍然鮮活在一九八〇年代那個斷面，讓人「醉裡挑燈看劍，夢迴吹角連營」。

短篇〈守山〉，可以作為中篇〈西陲兵事〉的楔子，這次本來想將其

揉進後者，變成一個小長篇，但該作品當年在《絲路》發表後，曾被《西域》轉載，還在幾家電臺播出，小有影響，遂決定保留原樣。

〈雪蓮酒〉、〈母親的婚禮〉、〈賣優酪乳的女人〉、〈校工〉等幾個短篇，也都是在一九八〇年代中期之前發表的，它們共同的背景，是涉及了一九六二年那場西線邊境戰爭。正義的戰爭錘鍊英雄，可歌可泣，是推進人類進步的動力，但戰爭之無情，不但在本身的殘酷，更在於戰爭的創傷，往往累及無辜。其中〈母親的婚禮〉發表後，曾小範圍引起關注，先後在學校與機構召開過研討會。

〈密林深處〉和〈巴西拉馬克〉，是當年幾家雜誌都「無法安排版面」而退回的稿件，這次算是始見天日。這兩個較長的短篇，都是道聽塗說的故事，主題與兵的生活似乎關係不大，但背景是西陲，也勉強容得。兩個作品分別以「日本種」鄭興業和江南女于婷婷的遭遇為引子，述說了一代人的宿命，反映了邊疆建設者遠大理想與骨感現實之間的矛盾。不是從那個時代過來的人，恐怕難以理解。

〈「大三線」夜宴〉在神劍學會的《船笛》刊載後，一些「大三線」的朋友，曾質疑我剛從部隊轉業，何以了解山溝大軍工企業的窘境！他們哪裡知道，作品所揭示的社會矛盾，實際上是我在部隊當電影放映員時的一段經歷。當那些知名演員破天荒光臨部隊的時候，為求一票，權力與地位的角力暗流，是禮堂經久不息的掌聲難以淹沒的。是時，我曾與報完幕坐在休息室打毛線的黃梅瑩說起，她一臉驚詫，連說沒想到。

只有〈瑞土〉，是去年寫的。其靈感來自一段閒話，是張學德先生說的。此公擅書法，崇歐顏，筆鋒了得，有天散步時突然說：某大人物的祖墳，被人挖去一個墳頭，令人唏噓不已。聯想到時下的迷信成風，荒誕不禁，騙局百出，花樣翻新，就有幾分愕然，幾分憤悱，也不知如何

自序

向走火入魔的迷離裡，伸一把破霧的魔杖。

記得尼古拉・車爾尼雪夫斯基（Nikolay Chernyshevsky）有一句話：「文學對人民的發展，多多少少總會有所影響，在歷史運動中，多多少少總會發揮重要的作用。」這位集革命家、哲學家、作家和批評家於一身的大鬍子俄國人，用了兩個「多多少少」，是何等的睿智精明！多是多少，文學即社會？少是多少，文學如衛生紙？如今他那枯草覆蓋的墳頭，還能否發出螢火，只有深邃夜空的北極星知道。

文學不能豐富人的錢包，但能豐富人的思想。

但願我的這本合集，能為讀者了解一九七〇、八〇年代的軍營，理解我們這一代軍人毫無條件的獻身精神，提供一個微小的視角 —— 假如它還算文學。

西陲兵事

 西陲兵事

1 戈壁灘上鼠作祟

我的軍旅生涯,始於從悶罐車往下尿尿。

這件事的難度不亞於做一百個伏地挺身。首先你要夠不要臉,勇於在幾十雙毫不掩飾的眼光注視下,將褲子拉鍊拉下來;其次是身子要隨著車廂晃動的節奏有序搖晃,一隻手抓住鐵鏈,保證不從車門口掉下去。

事情的複雜還在於,這個任務一個人完不成。悶罐車的兩扇大門是活動的,需要幾個人用力推開並用肩膀扛住,讓鎖車的鐵鏈子伸直,尿尿的人才能抓住。碰上車廂劇烈晃動,扛門的肩膀動輒就會蹭破,而非戰鬥受傷是部隊的大忌,誰也不敢說出來,下次再有這樣的任務,只說「肩膀痛」,別人就心領神會了。

正因為尿尿不易,高排長才像個凶神惡煞,對打報告的人愛睬不理,一次次下達「憋住」的命令。他的觀點是令行禁止,該做什麼就做什麼,停車時上廁所,有沒有都要抖落乾淨,上了車盡量不排便,這也是一種軍人的養成,不能像隻羊,隨地就拉。

路過甘谷車站時,突然冒出來一群衣衫襤褸的乞丐,把許多新兵剛領的熱饅頭都搶走了。火車停留時間有限,兵站再蒸也來不及,只好有什麼讓大家吃什麼。「羊娃子」一口氣吃了十二塊臭豆腐,又鹹又撐,上了車不停地喝水,不停地要尿尿,終於碰觸了高排長的管理底線。「過車站呢,不能尿!」一臉穉氣的「羊娃子」實在憋不住,尿了褲子。他這位黑臉的「包公」還說,「尿褲子事小,影響軍隊形象事大!」

高排長說的沒錯,軍人的言行展現著軍隊的形象,但軍人言行要靠

帶兵幹部去規範。他這個排長是代理的，把這幾十個「新兵」安全帶到軍營，訓練得像個軍人，距離他成為正式排長的路就更近一步。可事有特殊，「羊娃子」才十六歲，大名叫羊小陽，前不久沒了爹娘，已經夠可憐了，滴水成冰的大冬天穿著尿溼的棉褲，凍得牙齒直打架，紅臉變成了青臉。

這總不是放著不管！

張大明有些看不過眼，招呼了幾個年齡略大的戰友，幫著「羊娃子」把下身脫乾淨，拉開被子給捲起來，這樣便不至於凍出病來。不料高排長生氣了，指著羊小陽要他恢復軍容風紀，將被子疊成方方正正的「豆腐塊」。我們還沒上車就開始接受這「第一課」的訓練了，疊「豆腐塊」當然不成問題。問題是羊小陽的溼棉褲怎麼穿，小孩的尿布溼了還要換呢！

「他是一個兵了，不是嬰兒，也不再是小孩！英雄們在戰場埋伏時，被火燒死都一動不動，你現在多憋一陣尿都不行，將來怎麼上戰場，怎麼打仗？」高排長鐵青著臉，一點通融的意思都沒有。

這不是欺負人麼？水火不由人，尿又不是水龍頭，能關住；再說現在又不是打仗，沒必要張口閉口戰場；況且我們還是新兵，領章帽徽都還沒有發，按高排長前兩天的說法，還不是一個真正意義上的兵，怎麼就能拿英雄的標準要求呢？

張大明首先表示抗議，豁出這個兵不當了，也要保護羊小陽這樣的同鄉，雖然大家不在一個村。他一帶頭，幾個膽大的都站起來了，看架勢要揍高排長一頓。

我和安子陰都與張大明是高中同學，村子毗鄰，大家相約到部隊開眼看世界，這會兒也不知該不該勸。勸吧，肯定被視為「叛徒」，幾年後

 西陸兵事

復原了還怎麼跟人見面？不勸吧，萬一把高排長打個鼻青臉腫，人還沒到部隊先背個處分，也不值得。正猶豫間，高排長發威了。

「想打架不是？是一個一個來，還是一起上？」高排長往後退了兩步，見張大明他們還沒有坐下的意思，就脫下皮帽子端在手裡，飛起一腳，將一塊臨時當枕頭用的青磚踢到車頂。「咣噹」一聲，青磚再彈回來，不偏不正剛好砸到他自己的腦袋上，磚頭立刻碎成兩段。他這才抹抹頭頂的碎屑，重新戴上皮帽，在大家驚訝的目光注視下，脫掉大頭皮鞋，解開褲帶，竟然沒有被顛簸的車廂晃倒，站在原地脫下棉褲，順手摺給羊小陽：「穿上！」

「羊娃子」就是再少不更事，也不能心安理得地穿這條棉褲，可攝於高排長冷峻得不容抗辯的眼神，他又不得不穿。他一邊哆哆嗦嗦地往棉褲裡伸腿，一邊不安地看看張大明，看看周圍的我們。

張大明臉色漲紅，一屁股坐下去，第一個解褲帶。劉松濤、安子陰和我等也跟著解。

「幹喜麼，幹喜麼？都在幹喜麼？」只穿一條襯褲的高排長，像一棵胡楊樹一樣，直挺挺地樹在車廂中間，門縫裡透進來的嗖嗖冷風，似乎躲著他吹，或者他內衣裡藏了什麼保暖的神祕東西，既不見他打顫，也不見他縮脖子，只有寫滿冷靜的臉依然嚴肅。「都把褲帶給我繫緊！羊小陽是我的兵，尿了褲子是我的責任。聽口令，把褲帶繫緊！」

我們一車新兵就這樣折服了，一路再也不笑話他「喜麼」的方言口音。

他讓我們唱歌，我們就扯著嗓子唱歌，他讓抓緊時間尿尿，我們就在兵站的廁所站成一排，齊聲嚷嚷「弟兄幾人，抬炮出城……」

悶罐車走走停停，然後換成篷布汽車，一路往西，風雪無阻。半個

月後，新兵們終於來到一座古老的軍營。

這座軍營四四方方，坐落在塔克拉瑪干大沙漠西緣的一片綠洲，東北兩面還保留著高大的土夯城牆。站在古老的城牆上，遠眺巍巍喀喇崑崙的皚皚積雪，近觀墨玉般的葉爾羌河水，視野豁然開朗，心境頓時遼闊，思維一下子就跳出了家鄉，那一方黃土高原。

據說軍營駐地的歷史可以上溯到西漢時代，東漢名將班超曾在這裡以少勝多，一戰打敗五萬匈奴人豢養的龜茲聯軍。但我們這些新兵，只在這源遠流長的古軍營吃了一頓飯，就被拉到戈壁深處的教導隊訓練去了。

教導隊方圓幾十里荒無人煙，周圍盡是石頭，黑的，白的，灰的，花的，長的，短的，圓的，扁的，大的一個人抱不動，小的一把能抓幾十。小石子都聚攏在大石頭旁邊，填充密實，遠遠看去很是平坦。班長丁華說這是風的傑作，風把這裡的沙子都刮到幾十公里以南的沙漠去了。一場大雪剛過，落雪沒幾天就被石頭吸乾了。我這才知曉戈壁和沙漠是兩個概念，如同農地和草原。

新兵營住在幾幢石頭砌的平房裡，每連一幢，每班一間房，一班打頭，九班斷尾，連部居於中間。新兵班的地鋪與民工差不多，不同的是麥稭下面就是石頭。白床單，綠軍被，鋪蓋一字兒排開，誰的鋪上有精彩紛呈的斑點一目了然。大家早上起床疊被子跪成一排，散了一夜的綠軍被，馬上變成一排「豆腐塊」；晚上洗腳的臉盆也列成一排，能夠比較的只是誰的腳更大更臭。

白天的訓練緊張有序，兩眼一睜，忙到熄燈，幾乎沒有自由支配的時間，只有躺進被窩，身心才能完全放鬆。

有天夜裡，我夢見一個女同學，在耳邊說悄悄話，說得很含糊，聽

西陲兵事

得我耳朵癢癢,卻怎麼都聽不清,請她大聲點,她就用力扯我的耳朵。我痛得「呀——」了一聲,醒了。當時屋裡黑漆漆的,周圍盡是放屁磨牙說胡話的響動。我的香夢未了,心裡癢癢,從被窩伸出一隻手,去摸意念中被人扯過的耳朵,忽聽頭頂有窸窸窣窣的動靜。敵情?

我在暗夜裡屏住呼吸,再三辨別,斷定是有一個小東西在草下活動,肯定來者不善,不由人手有點癢癢,先捏成拳頭猛然壓下去,聽得吱吱的叫聲,再伸開三個指頭戳進去,竟然卡住一個毛茸茸的東西,我本能地大喊一聲:「班長開燈!」

話音未落,電燈亮了。我捏著那毛茸茸的東西,用力朝火牆上一摔,順勢坐了起來。一直惦記著夜裡緊急集合的戰友們,幾乎同時翻身起來,齊刷刷圍攏過來:「怎麼了?」

一隻討厭的小老鼠,已經奄奄一息了。

「毛長!新兵搞什麼名堂?」丁班長披衣下床,打著手電數頭髮、數汗毛一樣把我腦袋和手檢視,那樣子就像集市上的老經紀看牲口。

這個「河南擔」,也就比我們多當兩年的兵,竟然也敢擺架子!他的木板床用石頭支在火牆另一邊,高高在上,是這個班裡最典型的「腐敗」。他掌握著電燈的開關拉線,只要熄燈號一響,不管你鑽沒鑽進被窩,「啪嗒」一下就拉黑了,從此不許說話。白天他在下達「臥倒」口令時,不管你前面是大石頭還是小石頭,倘若你有點猶豫或者臥偏了位置,他就說你「毛長!」

據說「毛長」是早前從騎兵部隊調來的一個連長傳下來的,相當於「毛病挺多」的意思。丁班長是這個口頭禪的典型傳人,我們背地裡都叫他「丁毛長」。這會兒他看我身上並無老鼠的牙印子,不甘心白下床一趟,就用力地在我腦袋上彈了一下,道:「你應該屬貓,是個偵察兵的苗

子。睡覺！」他起身走了兩步，忽又轉回來。「我看你老捏耳朵，還是去找醫療兵看看吧！」

醫療兵吳八十與丁班長是同年兵，一骨碌爬起來，他用放大鏡仔細看了我的耳朵，除了略微紅腫，沒有外傷，問題不大。但他不敢擅做診斷，要帶我去營部找醫生。

剛出門高排長趕來了，問我有什麼不適。我其實除了耳朵癢，什麼感覺都沒有。可是營部的軍醫認為鼠疫是很嚴重的傳染病，診斷複雜，衛生所沒有化驗設備，建議馬上請示營首長，連夜送我到醫院做檢查。

一個新兵坐著營部的吉普車，我尾巴都快翹起來了，可惜大半夜的，沒幾個人看見。

西陲兵事

2　餃子列隊成方陣

　　醫院的病房裡有暖氣，我這個土包子第一次開眼。晚上洗的襪子搭在暖氣片上，天明就乾得硬邦邦，擺在床上能折飛機。病床是鐵腿的，床板上面鋪了厚厚的軟墊，比丁班長的「腐敗」高級太多。醫院的夥食尤其不錯，頓頓有肉，米飯麵條饅頭隨便點，廚師準時送進來，不像在新兵連，有一次為搶一碗麵條將帽子掉在面盆裡。

　　我在醫院除了化驗和檢查，就剩下吃飯和睡覺，日子過得跟神仙一樣，天天享福，夜夜美夢。我打算沉下身子，將一個多月訓練的辛苦都睡回來。

　　星期天丁班長來探望，從門縫裡塞進一紙包瓜子，隔著窗戶罵我「毛長」，住得比高排長還舒坦。我有一點頭重腳輕，聽他嘴裡的「毛長」就像「很好」一樣。他告訴我：出了「老鼠事件」之後，上級緊急調來一批床板，新兵們都不睡地鋪了，還組織了一次滅鼠「大會戰」。

　　這些變化顯然與我有關，我應該是全體新兵的福星，福星就該有福星的待遇！

　　過了幾天，我忽然感覺福星不是那麼好當的。窗外刺眼的冬陽，還有女醫療兵走動的身影，雖然可以隔著玻璃欣賞，但窗戶上裝有防盜網，打不開；病房的門是加了鎖的，醫務人員和廚師來了才開，他們離開時馬上又鎖。四四方方四面牆，裡面圈著一個郎。囚！隔離觀察，完全就是囚禁。

　　囚禁我的是醫生，我想從他們那裡知道我的危險性。醫生的談話很晦澀，聽不大懂，但隱約透露「得了鼠疫的人基本沒救」。抗日戰爭時

期，日本曾多次使用鼠疫、霍亂等病毒，打細菌戰，目的就是想使敵方迅速大面積非戰鬥減員。

　　一陣冷顫之後，我有點害怕，成天想些死人和與死人有關的事情，黑黝黝的棺材，白刺刺的花圈，黃禿禿的野崗，冷森森的墓穴。沒有留下後人，也不知宗族裡那些姪兒姪女，會不會披麻戴孝，真心哭我幾聲。

　　醫院費盡周折，也沒檢查出我與鼠疫有一絲半縷的關係，但對我耳朵的紅腫疑竇叢生：萬一是鼠疫病毒潛伏下來了呢？威脅常在，那也絕不能留在部隊！

　　看樣子一時半會兒是死不了了，但我很不甘心。一連多少天趴在冰冷的戈壁灘練射擊，身下的石頭都焐熱了，到最後一發子彈都沒打，這兵當與沒當，真沒什麼區別，說出去叫人笑掉大牙。更遺憾的是還沒戴上領章帽徽照一張相，寄給女同學顯擺顯擺。離開市區的時候，我似乎在送行的人堆裡，看到她和幾個女知青的身影。

　　心煩意亂。我開始想念「丁毛長」，想念「高喜麼」，想念劉松濤那陰陽怪氣的「弟兄三人⋯⋯」我多麼希望他們來看看我，哪怕只和我照個面，一句話不說都行。可是日子一天一天過去了，連個鬼都沒來，我只能一遍又一遍翻著護理師送來的電影雜誌，自行探索那幾個女演員，為何會長得那麼漂亮。

　　大年三十，除舊迎新，軍營裡也呈現出年的氣息。窗外飄雪，雪片很大，但落得很慢，落在地上如同鬆軟的牛毛。有人搭彩門、掛紅燈，還有人問晚上的聯歡會幾點開始。我這渾身的文體細胞，被緊鎖在寂寞的病房，簡直是龍袍上的補子做內褲──白瞎了這塊布。驀然想起自己上學時寫的一首歌〈家鄉的月亮〉，曾獲得地區的創作獎，也不管有人沒

人，扯開嗓子就唱了起來。

「家鄉的月亮斜掛在樹上，美麗的小村沐浴著銀光。微風裡，青紗帳醉倒嫦娥，童謠中，嬰兒的笑臉像花兒綻放……」

大概是聽慣了佇列歌曲的明快節奏，戰友們對我的抒情風格有點好奇，不一會兒，視窗就有好多皮軍帽晃動，最顯眼的是綴在帽簷上的紅五星。竟然有兩個秀美的女兵，擠在最前面。聽她倆竊竊的私議，似乎我的歌唱得挺好聽，要能參加他們醫院的春節聯歡，肯定能讓女兵們瘋狂。從她們含淚的眼神裡，我察覺到自己的宿命。我本能地想在女兵面前裝堅強，便把中氣都使到喉腔。

一陣喧譁。高排長突然出現，一起來的還有丁班長、張大明、安子陰和羊小陽。高排長透漏：有可能對我採復原處理。這大約就是「最後的宣判」了，我的沮喪，立即掛在臉上。

張大明滿不在乎地說：「回去就回去，早回家早娶個老婆！」

「老婆？！」我的耳朵突然「咯噔」一響，一絲溫香順耳根流進心裡。我想起了自己的夢，那個私密的夢。我告訴他們：「耳朵是我自己捏腫的……」

嗐，一場虛驚。那個死有餘辜的老鼠，害得醫生們江郎才盡！

回到連隊，正趕上除夕包餃子。餃餡和麵都是從炊事班領的，以班為單位組織包、煮、吃。丁班長問：「誰會擀皮，誰會包？」

冷場的一幕出現了，只有劉松濤耷拉著腦袋，一隻手似舉非舉，看樣子自信不足。其他人都面面相覷，一臉羞窘。其實我們這些來自農村的「老陝」，土得掉渣，除了油潑辣子褲帶麵，常年難見誰家炒菜。至於餃子，我倒是吃過兩個，但因為特殊的原因，連味道都不知道，像「羊娃子」這樣的，恐怕連見都沒見過。我生怕丁班長這時挖苦人：你們在二

連的山西兵、湖南兵面前,不是把家鄉的八百里秦川誇得神乎其神嗎?

「不會沒關係,誰也不是生來就會,今夜我包教包會!」丁班長並沒有順我的思路羞辱我們,很是意外。他突然變得像一個廚藝嫻熟的大媽,繫上白布圍裙,撕下一坨麵,放在半個桌面大的砧板上,迅速拉扯成圓條,兩手像掐豆角一樣,揪成紅棗大小的糰子,撒一把乾麵粉,展開手掌拍平,然後左手捏著麵糰轉動,右手滾著尺把長的擀杖,「咣噹咣噹」幾十下,十幾個圓圓的餃子皮擀好了。他「命令」我們,每人左手持一片餃子皮,右手用筷子放上餡,不能太多,也不能太少,然後站成一圈,看他做示範。他包的餃子,遠看如一輪玄月,近看像一個元寶。

我在驚奇、叫好的同時,懷疑丁華上一輩子一定是個女的。他將包餃子的過程分解成合口、捏邊、成型三個步驟,喊著一、二、三的口令,讓我們一步一步來。這看似複雜的包餃子,一旦被程序化,立時就簡單易學。丁班長的要求是符合規範,整齊劃一,大家每做一個動作,他都像檢查齊步走時抬腿的高度一般,認真檢視。誰的口合歪了,誰的邊捏厚了,誰的餡放多了,誰的手型不對,他一一講評,還讓大家互相評判。

新兵們幾個餃子包下來,要領都掌握了,雖然還不熟練。丁班長頗有成就感,這時又來一條擺放要求:橫成列,豎成行。「除夕餃子,都是一茬一茬的老兵傳下來的,不喊稍息它們就一直列隊立正。就這一手,將來見了丈母娘,準能贏得歡心!」

劉松濤藉機與丁班長開玩笑,問他的丈母娘是喜歡葷的還是喜歡素的。丁華並未與他糾纏,三言兩語就改了話頭,說:「從這裡畢業的人,身上將會出現無形的烙印,往後不管走到哪裡,別人一看就知道你是當過兵的。」

 西陲兵事

丁班長這幾句話，讓我記憶深刻。

包好的餃子都放到外面「守歲」，大年初一才能下鍋，饞蟲便在肚子裡搗亂。「羊娃子」更是不住地吞嚥口水，喉頭一鼓一鼓的，跟我小時候看見街上的糖葫蘆一個德性。

我晚上又做夢了。夢中的餃子非常香，香得人含在嘴裡不忍下嚥，茫茫人海滿世界找那位女同學，想讓她嘗一嘗。遺憾地是一陣刺耳的緊急集合號角，驚碎了我的美夢。我們深知這是「敵人來了，立即轉移，不能留下任何有用的東西！」

全連在規定時間集合完畢，一聲「跑步——走」的口令，開始了五公里急行軍。

黎明前的夜，黑得陰沉。戈壁灘的石頭，依然冷峻。大頭鞋踩地的「咚咚」與口鼻喘氣的「吭吭」，互為和聲，蓋過了風的呼嘯。當大家口吐白霧回到操場點驗時，才發現忙亂中有人穿反了褲子，有人扣錯了釦子，也有人的背包散了架，像個包袱似的抱著。

鬨笑是一定的，總歸是沒有丟人丟東西。連裡講評給了七十分，顯然是不理想。「掉鏈子」的人自覺慚愧，影響了全排的成績。高排長讓沒裝好背包的人下去後連打裝一百次，直到達標為止。他的「解散」口令剛下，突然聽到「羊娃子」一聲驚叫：「看——」

眼前的陣勢確實令人震撼。門前的空地上，薄雪蓋不住石頭。各班的餃子競賽似的擺在一起，每班一塊麵板，近看餃子橫成列，豎成行，斜著也是一條條線，大小相當，胖瘦勻稱，遠看彷彿我們這些年輕氣盛的士兵組成的方陣，英姿勃發，昂首挺立在戈壁的早晨。一夜的風吹雪掃，一夜的寂寥冷凍，反而讓它們變得更加堅硬。我和許多戰友，都圍在這壯觀的餃子陣旁，遲遲不忍離去。

新年的「餃子宴」後，連裡舉辦聯歡。各班各排都排練了大小合唱、三句半、對口詞等節目，圖的是個熱鬧。高排長讓我在聯歡會上露一手，為一排爭點榮譽，不要光想著招惹女兵。

我覺得高排長純粹捕風捉影，但腦海裡確實抹不去那兩個女兵含淚的眼睛。一曲〈家鄉的月亮〉，唱得大飯堂裡鴉雀無聲。我喜歡這種劇場效果，希望餘音未盡時，爆發雷鳴般的掌聲，甚至誇張地伸出雙手，準備鞠躬謝幕。

然而，掌聲未起，「羊娃子」哭了，哭著喊爹呼娘，一臉鼻涕眼淚。

「羊娃子」這一鬧，其他年齡小的戰士，也像得了傳染病，一時間啜泣聲和哭聲混成一片，整個聯歡會的氣氛變得悽悽切切，令人掃興。連裡要求各班排迅速安慰自己的兵，恢復過年的氣氛。但感情的閘門與水龍頭不一樣，不是你用力擰一下，就能關緊，新兵的鼻涕眼淚抹掉了，眼睛還紅紅的。

要強的張大明站起來，一把拽過「羊娃子」道：「你爹媽就是一對糊塗蛋，為了點雞毛蒜皮的家務事，一個喝藥，一個上吊，放你半大小孩不顧不管，要不是民政幹部求情，把你送到部隊，你吃屎都趕不上熱的，更不要說餃子！你這個倒楣鬼，想的什麼家，哭的什麼喪？」

羊小陽被罵傻了，飯堂裡也安靜了。張大明自告奮勇，要唱一段秦腔〈下河東〉，央我幫他打過門。我找來一塊木板，一塊石頭，給他打個大尖板，他就放開嗓子大吼：「河東城困住了趙王太祖，把一個真天子晝夜巡營……」

張大明那煙燻的破嗓子，唱得聲嘶力竭，驚天動地，飯堂的頂棚都快被他吼下來了。戰友們卻聽得很認真，許多人搖頭晃腦，彷彿時光倒流，一群精忠報國的楊家將，紛紛來到西陲邊塞，陪我們過年來了。

西陲兵事

3　果園野草莫輕採

我沒當上威風凜凜的偵察兵，高排長卻復原了。

有人說高連第沒能升官與我的「鼠疫」有關，這讓我很是愧疚不安；也有人說高排長的升官指標，被連隊種菜的給頂了，我想那個種菜的戰士，一定有魯智深倒拔垂柳的功夫。

丁班長勸我不要聽閒話，把一切都歸結為「部隊需求」，並舉出好幾個相似的例子，說明吃虧的不是高排長一個。

我到了這裡還是沒脫離這個「丁毛長」的魔爪，雖然我不喜歡他，因為他把我夢見女同學的事情散播出去，留給戰友們笑柄。

丁華的新職務，是工兵營舟橋連一排代理排長兼一班班長。工兵營是新組建的兵種，來的新兵多，張大明、安子陰和羊小陽也分到舟橋連，我們所有的人都有一種創始的神聖。

會下軍棋的人，都知道工兵是排地雷的，但不一定知道工兵還有架橋的，而且架橋的也得會排地雷，首先，必須。

我們的教官是一個叫白新光的參謀，新疆人，因為長得比煤炭還黑，直接讓我們喊他「黑參謀」，省得拗口。他先從雷管和導火線教起，然後是引信和炸藥，再是防步兵地雷，防坦克地雷，以及火箭布雷車布置的地雷陣。他當著大家的面，像放爆竹一樣放雷管，拆掉真地雷的引信，讓我們輪換著踩踏。等到大家的膽子都練出來了，才教徒手排雷的技術活。

炸山放炮的工作，我當兵前做過，炸藥也經手過好幾噸，因為做得

好，還被提拔為水庫工地的技術員，所以對排雷的要領掌握很快，常常被黑參謀叫到隊前做示範。而丁排長以前是偵察兵，學爆破排雷的起點是零，遲遲不得要領，時不時被黑參謀不點名批評。

這樣的上下顛倒，弄得丁排長心裡憋氣，我也很不自在。他一次次在班務會上表揚安子陰，說他每頓飯後都是第一個去掃飯堂，積極！他也表揚羊小陽，年齡雖小，掏廁所爭先恐後，去的地方雖髒，但思想乾淨。他有時會捎帶著表揚一下我，說我業務基礎好。但他緊接著話頭一轉：「越是基礎好的人，越是要謙虛謹慎，戒驕戒躁。」擺明了重點在後面的敲打。

丁排長似乎已經把我定性為「落後分子」，這讓我很掃興。既是這樣，索性按照自己的個性來，晚飯後新兵們不是去廁所，就是去營區外打豬草了，我卻約上劉松濤去打籃球。

球場上基本都是老兵，他們已經有資本不做那些細小的工作了，我倆的到來讓他們覺得「很有個性」。我剛投了幾個球，「丁毛長」就趕過來了，拉住手臂就走。他將我帶到汽車庫的後面，猛不防屁股上就是一腳。我被他踢得差點趴下，心想遭了：這傢伙是擒拿格鬥的好手，對付兩個我都不在話下，最好的應對就是不還手。

「毛長得很！」丁排長也就這一腳，再不打了。「你個新兵，竟敢這麼放鬆！從今天起，業餘時間你幫我。黑參謀講的那些，你掌握了多少，必須全部教會我，不許保留！否則……」

「否則怎麼樣？」我怯怯地問。

「否則我打你！」丁排長臉紅了。「我自己都做不好，還怎麼帶兵！」他這一臉紅，就不再端著了，形象反而高大起來。我突然想起他對我的好來，手把手教他拆引信，尋找輕拿輕放的技巧。他動作穩定性很好，

西陲兵事

終得竅門。他說:「關鍵在於訓練時拿假雷當真雷拆,將來到戰場,才能拿真雷當假雷玩!」他的感悟,很快得到連營兩級首長的賞識,威信也很快樹立起來。

我要跟丁排長學搏擊,他罵我像個商人,剛付出就想回報,而且提出一個條件,要我幫他洗一個星期臭襪子。我向來鄙視像哈巴狗一樣巴結人的做派,但有求於人,也只好矮簷下低頭。他故意當著全班人的面,說我的襪子洗得乾淨,比安子陰一點也不差,羞得我臉脹腮紅,這才明白他就是要調教我,心裡一遍遍暗罵「丁毛長」。

丁排長一旦收我為徒,便教得很認真,我有一個動作不到位他就喊重來,當然踢屁股也是常有的事。他說:「你有點能耐,響鼓更要重錘,趁年輕多學點本領,技不壓身!」

一個新兵,成天跟丁排長在一起,自然惹得新兵們羨慕、眼紅甚至嫉妒。他們有事沒事,總想跟我說幾句話,以期得到丁排長的重視。安子陰更是把他對首長的殷勤擴大到我,星期天一大早,就把丁排長和我的臭膠鞋都刷乾淨了。

說實話,我非常討厭同安子陰分在一個班,因為他從小學一年級開始,就喜歡打小報告。不管是誰扯了女同學的辮子,還是誰折了路邊一棵玉米桿當甘蔗吃,他都會告到老師那裡,是有名的馬屁精。在第一次互相介紹認識的班務會上,我故意強調他的名字,安胎的安,子宮的子,陰道的陰,都憋在陰處,見不著陽光。引起一陣哄堂大笑,連丁排長都笑噴了。

安子陰的毛病,是每頓飯都不好好坐下來吃,打上饅頭或者米飯,隨便往碗裡夾兩筷子菜,就走了,邊走邊往嘴裡刨,之後很快就拎上掃帚站在飯堂門口,眼巴巴等著大家離開,他好開始打掃。在他的影響

下，越來越多的人，改坐下吃為走著吃，都想在連首長還在飯堂時露個臉，爭取個好印象。

有人稱這種行為是「掃帚感人」，我說是「掃帚趕人」。一字之差，認知兩分。據說有不少戰士就是沿著打掃環境——餵豬種菜——廚師——炊事班長的路線，一步步成為幹部的。我覺得這很滑稽，不可靠，一個軍隊都用這樣的人，不會有多大戰鬥力，就和張大明、劉松濤說了自己的想法，想著打擊一下這些「假積極」。

機會來了。五一節連裡會餐，我們幾個「落後分子」故意吃得很慢。安子陰他們等到連排幹部離開飯堂，就魚貫擁了進來，似乎故意目中無人，大掃帚揮著，掃得肉骨頭亂滾，菜葉子橫飛。我正愁沒地方發揮，偏偏他給瞌睡蟲遞了個枕頭。他的手臂肘無意間撞到我拿筷子的手，我乘勢將一碗熱噴噴的雞蛋湯，順他的褲腰灌了下去。他被燙得手腳亂掄，不小心又撞上劉松濤，劉松濤又給他領口灌了一碗，這下他就只能像落水狗一樣撲騰，像被殺的豬一樣嚎叫。張大明非但沒有安慰，還陰陽怪氣地說：「子陰啊，不是我說你，炊事班的戰友不辛苦嗎？好好的雞蛋湯讓你打翻了，浪費了，你這對得起人嗎？猜想連首長也幫不了你。」

張大明說的沒錯。這件事發生後，連裡重申打掃飯堂是炊事班的工作，不提倡戰鬥班的戰士去幫忙，也不許在正常用餐時間打掃。

我勝利了，有點小陶醉，想找個機會和張大明、劉松濤慶祝一下，卻被「丁毛長」再次拽到車庫後面，揣了兩腳。要想人不知，除非己莫為。他一雙偵察兵的眼睛，什麼蛛絲馬跡看不出來！但他沒有責令我向安子陰道歉，一腳踢過來一個竹籃子：「去打豬草！」

哪裡有豬草呢？工兵營是個獨立的營區，在郊區的位置，離師部大

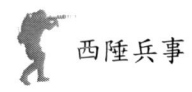
西陲兵事

院約兩公里，左面毗鄰地方醫院，前、後、右三面都是農田。張大明告誡我：大片的麥田是不能進了，麥子已經吐穗，踩壞了就沒了收成。他是當過生產隊長的人，農事比我了解。小塊菜地裡本來草多，但經不住人多手稠，這些天挖得差不多了。還有個人順手牽羊，割了別家的白菜和苜蓿，主人家察覺後都看著，像防賊一樣，遠遠就喊叫著打手勢讓走開。要想找到豬草，得走遠一點，東邊兩公里外有個果園，不少戰友都奔那邊去了。

我和張大明邁著七十五公分的標準步伐，在初夏的阡陌裡穿梭。有幾個背書包的小學生，站在路邊打量我們，眼裡充滿疑惑。我伸手去撫摸一個小男孩的腦袋，他抗拒地揮著手臂躲開，然後招呼小夥伴們跑了，跑了不遠，又停下來，用半生不熟的漢語衝我們喊叫：「黃蘿蔔！」

「黃蘿蔔」是當地人對當兵的一種蔑稱，起先未必有惡意，只是形容當兵的一身軍裝而已。後來一波又一茬的年輕軍官，在當地找對象結婚，把一些當地小夥的青梅竹馬、同學甚至暗戀的女同學都領走了，維吾爾族聚居區漢族人本來就少，男女的平衡被打破了，自然引起漢族男青年的不滿，「黃蘿蔔」就成了他們怨恨的惡語。然而一群維族小朋友，怎麼會使用有辱人格的詞語，招呼「軍人叔叔」呢？

當時，我們並不知道維吾爾人忌諱摸腦袋，漢族人的愛撫到這裡就成了冒犯、衝撞。我和張大明臊得對視一眼，不約而同地跺跺腳，裝出一副要追趕的樣子，看著那些小朋友撒歡逃去，也就自嘲一笑，不去想了。

眼前是一片杏林，杏子已經有小指頭大了，樹下有三三兩兩的戰友，或蹲或躬，像掃雷一樣尋找蒲公英、趴地草、甘遂、白蒿子等雜草。他們所過之處，地上像掃過的飯堂一樣乾淨。大明拉著我繼續往前

走，不多時來到一個很大的蘋果園。蘋果的花瓣還沒落乾淨，果子只比黃豆大一點，應該沒有瓜田李下之嫌。可是剛走到地頭，就看見瘦小的羊小陽，提著籃子貓著腰，拚命朝我們跑來，後面有一個果農，手裡揮舞著大剪刀，邊追邊喊，好像很生氣的樣子，喊些什麼，一點也聽不懂。

我一把攔住狼狽的羊小陽，將他護在身後。果農也趕到了，一臉大鬍子，一頭的汗珠子，一邊用力揮舞剪枝的大剪刀，嘴裡嘰哩咕嚕地罵。他見我們聽不懂維語，乾脆搶過羊小陽的草籃子，反扣在地，將倒出的草，用剪刀猛戳，用氈靴猛踩，直搗得稀巴爛，和地上的泥土混在一起，方才攤開雙手，抖抖肩膀，轉身走了。

「至於嗎？不就挖了你家地裡幾棵草嗎？」我有些憤憤不平，安慰「羊娃子」幾句，就招呼張大明，追那果農去了。我們要看看他想做什麼，這麼光天化日，追得一個子弟兵戰士滿地跑，成何體統？

嗯？我突然被自己的問題嚇到了，覺得很不對勁。沒當兵前，我腦海裡軍人的形象一直是高大的、威武的、受人尊敬的、神聖不可侵犯的；當自己成為一名軍人時，不但沒有一絲高大、威武、受尊敬的感覺，怎麼還變得這麼隨便、猥瑣、卑賤？一種名為自尊心的東西，猛烈地拷問我，問得我渾身燥熱。我毅然轉身，扯住張大明的手臂道：「我們回去！」

「就是，我們當農民時，都不做這種事！」張大明顯然還沒忘他生產隊長的身分，心裡早就窩著一團火。

我和張大明不在一個排，不知他是如何交差的，反正我將空籃子和鏟子，一併交給丁排長，申明再也不去丟人現眼，打死都不去！不等丁排長發話，我就奔了籃球場。由於心裡窩火，抓住球就往後場扔，而且

西陲兵事

一連幾個都扔到了界外。黑參謀不高興地責問：「你扔的是鉛球嗎？」

丁排長追來了，喊我到連部。

連部坐著兩個地方客人，一個是大鬍子果農，另一個年輕人我不認識。指導員羅明輝介紹，年輕人叫艾爾肯江，是公所的職員，通曉漢語，專門陪叔叔來說明情況。原來蘋果樹上剛上過農藥，藥液落在了草葉上，牲口吃了會中毒。大叔是一片好心，就是語言不通，無法溝通。

我對這次誤會的具體原因已經不感興趣了，但與同齡的艾爾肯江一握手就像熟朋友，他那濃眉大眼深眼窩，忽閃著聰慧和熱情，讓人覺得他不去演電影太可惜了。

送走艾爾肯江叔姪，羅指導員問我有什麼想法。我連珠炮似的提了三個問題：我們是軍人嗎？軍人有尊嚴嗎？政府養不起軍隊了嗎？

4　別拿參謀不當長

　　六月的開都河，像一位豐腴的少婦，越來越顯得嫵媚、張揚。來自天山的雪水、泉水和雨水，結伴順流而下，最終匯進浩淼的博斯騰湖裡。沿途的淺灘大灣裡，灰鷺成群，白鷗列隊。兩岸的肥沃綠洲，被高大挺拔的胡楊分成一塊塊整齊的條田，麥子將熟，稻秧待插，一望無際的蘆葦，在微風中浪翻波起。

　　我的連隊就在這陽氣上升的季節，機械化開進到滾滾的開都河畔，住進一群地窩子裡。

　　地窩子是軍墾農場職工為我們騰的一種半挖半砌的房子，大部分在地下，小部分在地上，立柱架梁，蘆葦蓋頂，冬天比較暖和，夏天又潮又悶。訓練一天的戰友們，熄燈號前在外面沖個澡，進到裡頭就只能穿內褲了，雖然連裡要求不能脫背心。

　　要命的是這裡的害蟲。說三隻蚊子炒一盤菜是有點誇張，但確實大得出奇，也多得出奇。一般的蚊香，對它們簡直連個噴嚏都催不下來，隔著蚊帳也能吸走小腿上的血。如果趕上太陽下山後入廁，那就更慘了，扇子要是搖得不快，屁股那兩塊肥肉上立時就撲來一群，一巴掌下去，血刺刺一片，不明就理時，還以為得了痔瘡。比蚊子更可惡的是蒼蠅，綠頭的，飛機一樣，無論怎麼防，它總能爬到食品上，導致三天兩頭有人跑肚子拉稀，甚至染上痢疾。

　　醫療兵吳八十每天往各班發藥，自己背個噴霧器往廁所裡噴灑殺蟲劑，忙得連喝水都沒空，但水渠縱橫，野草茂盛，滋生蚊蠅的條件太優越了，累死也事倍功半，天天都有報病號的。

西陸兵事

　　我不知吃了哪隻蒼蠅爬過的饅頭，細菌在腸子裡興風作浪，害得人一會兒跑一次廁所，剛出來又想進去，半天不到就拉趴下了。吳八十給我加倍的驅蟲藥，吃得我一看見藥片就噁心，病情卻沒有好轉的跡象，無精打采時，蹲在廁所也顧不得蚊子了，渾身被咬得到處是疙瘩，半個臉都腫了。丁排長讓我躺在地窩子休息，一再叮囑千萬不要用手去抓，一抓破很容易引起皮膚發炎。

　　奇癢難捱時，我在床上來回打滾。千小心，萬提防，蚊帳裡還是鑽進幾隻又黑又長的「鬼子」。我一個摸黑都能逮老鼠的人，豈能讓這幾個可惡的「鬼子」活著出去。不一會兒，「鬼子」全消滅了，蚊帳上染得一道道見紅，手上也沾滿鮮血。

　　我以一個勝利者的姿態到炊事班去洗手。奇怪的是，一泡冷水，手背上那些紅疙瘩似乎不太癢了。我再用水龍頭沖手臂，兩隻手臂輪流沖，確實有止癢的作用，還真神！這一來，我就不用在床上寂寞加難受了，我要去訓練場看熱鬧，整個身子往水裡一浸，又能止癢，也省得上茅房繼續招惹蚊子，一舉兩得。

　　丁排長對我的到來，先埋怨後誇讚，埋怨我不珍惜身體，誇讚我帶病參加訓練，還把我的行為，定義為「一不怕苦二不怕死」的革命精神。我心裡暗暗叫苦：這不把大家都害了嗎？往後誰生病了還敢躺下！我渾身軟得走路都搖搖晃晃，哪裡還有訓練的力氣！好在黑參謀善解人意，他要求我要麼回地窩子躺著去，要麼蹲在水裡看別人訓練，少逞能！

　　這一階段是游泳訓練，場地是河邊的一個水庫。黑參謀一遍又一遍示範蛙泳的動作，還抓來一隻青蛙，用絲線綁在一條腿上，放在水裡讓大家觀摩體會。新兵來自五湖四海，南方水鄉的兵游泳基礎好，很快就能掌握要領。西北兵大部分是旱鴨子，不會游泳，小部分會遊，但動作

五花八門。我和張大明自小在村裡的池塘載浮載沉，大一點到水庫河流裡戲耍，最擅長的是「狗爬式」或者四不像的自由式，耐力也不錯，在水下潛個把分鐘小菜一碟。但是沒用，黑參謀說必須改掉這些動作。

習慣已成自然，冰凍三尺非一日之寒，那些習慣動作豈是說改就能改的？黑參謀見張大明不是改不了「狗爬式」的老毛病，就是腳手不協調，急得罵開了：狗和青蛙都分不清，你那幾年生產隊長是怎麼當的！

揭人不揭短，打人不打臉！黑參謀的話顯然讓張大明臉上掛不住。他畢業後就在村裡磨練摔打，不光做過領導幾百人的生產隊長，還兼著民兵排長，大小是個官，怎麼說也是要面子的人。他立即舉手喊了報告，說：「黑參謀口口聲聲訓練為實戰，真正打起仗來，敵人管你是狗爬式，還是蛙式！只要是落水會自救，能爬到舟排上操控，能游快游遠就行了，我覺得你這就是擺花架子，純粹不打糧食！要不然你找一個蛙式游得好的，我跟他比一比，看是他的蛙式管用，還是我的狗爬式管用！」

張大明這傢伙也太率直了，不是「犯上作亂」嗎？明擺著沒拿不帶長的黑參謀當首長，真以為「參謀不帶長，放屁都不響」？

丁排長是游泳訓練的領隊，自然不能允許戰士冒犯上司，劈頭蓋臉將張大明一通訓斥，還向黑參謀道了歉。誰知人家黑參謀「宰相肚裡能撐船」，根本沒往心裡去，「嘿嘿嘿」笑了一陣，一伸手臂蛻掉背心，一下鑽進水裡，三兩下就游到張大明跟前，然後抹一把臉上的水，指著對岸的一棵榆樹說：「看清了，距離一百八十多公尺，前八十公尺比速度，後面一百多公尺比耐力，先到為勝。請丁排長做裁判！」

一場官兵較勁的游泳比賽，就在戰士們的吶喊助威聲中開始了。黑參謀是軍校畢業的科班幹部，理論實踐都有一套，前八十公尺游下來比

 西陲兵事

張大明超出一個身子。但他畢竟大張大明十歲，越往後越顯得體力不支，漸漸落得遠了，晚上岸三十六秒。就在大家揮著拳頭為張大明慶賀勝利的時候，連長孟興成和羅指導員，陪著幾位大首長來了，其中有師長、參謀長、後勤部長、工兵科長，職位最低的是工兵營長。

「立正——」丁排長趕緊吹哨子喊口令。

我們這些小兵碴子，只著溼淋淋的短褲，也來不及穿軍裝了，就這麼不無狼狼地列隊，接受首長的檢閱。新兵戰友都是第一次見這麼多的首長，本來就受寵若驚，再加上有師長這麼大的官，更有些誠惶誠恐。

誰知師長一副笑呵呵的樣子，徹底顛覆了我腦海裡那些不苟言笑的將軍大帥形象。他的臉是古銅色的，身材並不高大，說話的聲音也不高亢，看見誰身上沾著泥，還用手刮一下。他顯然已經從頭看了剛才的比賽，不但沒有批評，還表揚黑參謀有練有賽，取長補短，好！他特意在張大明的胸上敲了幾拳，誇讚他是個好兵，問了姓名與出生地，對身旁的參謀長說：「像這樣的苗子，有機會送院校培養培養，很快就能帶兵。」

「可惡的張大明，昨晚肯定得了神仙指點，否則怎麼能在師長眼皮底下露臉！」我心裡有點嫉妒，但更多的是高興，為戰友歪打正著的成功。偏偏我的身體不爭氣，竟然站立不住，散架似倒在地上。幸虧師長他們已經轉身，沒有看見，否則我們一個車廂拉來的，反差如此明顯，人就丟大了。

吳八十蹲在我身邊，從藥箱裡取出一個紙包，開啟來捏了幾顆黑藥粒，讓我咬碎，用唾液一點一點下嚥。我覺得小藥粒有一股奇怪的香味，油滴滴的，嚥下去一會兒肚子不痛了，肛門也不腫脹了，精神好了很多。我問他什麼藥，他說好藥。我想知道到底是什麼藥，吳八十用右手比劃了一個手槍的動作。

槍藥能治肚子痛？我將信將疑，但很快就被肉香的誘惑沖散了。

師首長帶來一隻整豬慰問部隊，大夏天的不好存放，大家都摩拳擦掌，等著大快朵頤。可當我和戰友圍在班裡的菜盆旁，盯著最大那塊骨頭流口水時，卻被醫療兵拉走了。「忘了『鼠疫』的事了？就算你不拉了，還帶著病菌，好意思傳染別人！」

這個吳八十，真是哪壺不開提哪壺！他不讓病號吃肉，監督我們用消毒液洗手，用開水燙碗筷，然後端來一盆雞蛋番茄麵，給我們一人盛上一碗，自己也盛了一碗。我好奇他為何不去吃肉，又不是回教徒。他笑笑道：「你們一個個拉得沒精打采，我怎麼好意思？」

我的筷子停住了，感動地注視著這位滿臉粉刺的老兵。

麵是手擀的，長而筋道，湯的香味很特別，依稀有一種似曾相識的味道，卻怎麼也想不起在哪裡嘗過。吳八十看著我們吃飽了，就讓大家在樹蔭下休息一會兒，下午跟他割黃花蒿。他已經從農場的衛生單位打聽清楚，黃花蒿燃燒的煙霧，燻蚊蠅效果不錯。

吳八十的功夫沒有白費，連隊的防蚊蠅措施初見成效，跑肚拉稀的現象大為減少，我也恢復了體力，重新回到訓練場。黑參謀已經不再過分強調蛙泳的標準動作，轉而要求一切以實戰為目的，練為戰，訓為用，不管蛙泳狗爬式，速度和耐力是考核的兩個關鍵指標。休息的時候，他還遞菸給張大明，問他當生產隊長時，怎樣處置調皮搗蛋的傢伙。

我悄悄提醒張大明：小心黑參謀笑裡藏刀，畢竟你讓人家丟了臉。

我的話不幸言中。

這天紅日高照，又悶又熱，但發源於天山冰川的開都河，卻是急流滾滾，冰涼刺骨，與水庫的死水截然不同。連裡組織武裝泅渡，以檢驗前階段的游泳訓練是否達標。

西陲兵事

　　我們這些舟橋兵，身著夏服，全副武裝，分成幾個梯隊，要徒手游到近百公尺的對岸。連長和指導員親自檢查，看每一位戰士的槍栓是否鎖定，三個彈夾是否裝滿，三個手榴彈的蓋子是否擰緊，水壺裡是否裝滿了水。黑參謀帶領運輸排的戰友，開了兩輛六五式汽艇在河裡施救，凡是被拉到汽艇上的，都算不合格。

　　張大明大概過於看重成績了，一下水就奮力划水，在他的梯隊一路領先。誰知距離上岸還有十幾公尺的時候，兩條腿突然同時抽筋，痛得亂喊亂叫。抽筋扳腳趾，是我們從小就有的經驗，可兩腿同時抽筋，就非常危險，兩手交叉去扳左右腳，身體就會下沉。眼見得他的腦袋沉到水下，半天不露，我的心不由得提到了嗓子眼。黑參謀的汽艇就跟著他，我祈禱這傢伙千萬別被拉上去。好在張大明水性好，在水下終於處置好，三兩下終於上岸了，是梯隊的第二名。

　　「槍呢？」連長的眼真尖，他一看張大明上岸，就大聲質問。「張大明，你的槍呢？」

　　槍是戰士的第二條生命，人在槍在，這是我們領槍時就明白的道理。張大明一下子傻了眼，回顧渾身上下，子彈夾手榴彈水壺都在，就是掛在脖子上的自動步槍不見了。他猜想掉到了抽筋的地方，不假思索就返身入水去摸索。他在水下憋一陣，露出腦袋換口氣，然後再潛下去，一直找到我所在的最後一個梯隊都過了河，他也在冰水裡泡得沒了力氣，被黑參謀拉上汽艇，仰八叉躺在甲板上，準備接受處分。

　　「張大明，接槍！」黑參謀輕輕踹了他一腳，將張大明的自動步槍還給他。「這次不算丟，是我在你亂滑水時用鉤子摘的。」

　　真是的，嚇死人不償命啊！

5　河流滾滾鯉魚肥

在一個毫無紀念意義的平常日子，連長在午飯前宣布了一條命令：任命張大明為碼頭班副班長，我為連部的軍械員兼文書。

我戀戀不捨地離開一班，搬到醫療兵和臨時配屬的報務員的帳篷。丁排長送我一支鋼筆，說是他以前在偵察連軍事競賽得的獎品。張大明似乎有點不忿：「老子靠真本事吃飯，升個班長還是副的，你搖幾下筆桿子，就站老子頭上去了！」在他看來，我這個職務相當於正班長。他不由分說就把我的一沓信紙「貪汙」了，還要求以後連裡發什麼東西，有機動的首先要考慮碼頭班，他們成天肩扛手拎費力氣。

晚上入睡前，吳八十以一個老大哥的口吻，告誡我為人要低調，越是在長臉的時候越不能失態，以免被冠上「驕傲」的帽子，這頂帽子足以扼殺任何才俊。文書這個職務，曾有幾個人暗暗競爭，尤其是安子陰，是非沒少生，見人就強調他入伍前是語文老師，有事沒事總愛往連部跑，甚至為洗連長的床單與通訊員鬧得臉紅。現在長官提拔了我，像他這樣有想法的，肯定死死盯著我的一舉一動，是應該睡覺都睜上半隻眼睛。

安子陰和我較勁，不是一天兩天。其實雄性競爭是動物的本能，人焉能超脫！問題是競爭應該有底線，你可以發自己的光，但不要吹熄別人的燈。我的前任黃國遠經常找我幫忙，也許是讓我先熱熱身。每次出板報，安子陰便死皮賴臉湊過來，奪過我手中的粉筆，在黑板上秀他的板書。更可惡的是他寄給連裡匿名信中，揭發我在老家時偷過生產隊的西瓜。

西陸兵事

　　匿名信落款是老家的生產隊，卻蓋著農場郵政所的郵戳。指導員一看就是安子陰的筆跡，卻不動聲色，私下找人了解情況。戰友們普遍反映那不是個事，就是農村孩子一點刺激，大人看見也就喊兩聲。「羊娃子」說他也偷過，張大明炫耀自己偷瓜最有經驗，劉松濤不但偷過瓜還偷過蘋果，只有安子陰是一副很意外的樣子，說：「呀，誰把這事挑出來了？這節骨眼上，可是對李曉劍不利啊！」。

　　「是啊，你們村的人也是，大老遠跑到農場寄信，也不多走幾步，直接到連裡談一談，我們也了解得全面一些。」指導員笑著說，眼睛一直盯著安子陰。

　　安子陰當時臉都紅到了脖根，但他始終沒有承認，事後卻跑來告訴我：「你得小心點，連裡正在調查你的問題，聽說老家有人告你了。」

　　指導員並未找我談話，事情都是別人告訴我的。現在醫療兵好意提醒，我也就重點設防：防火防盜防小人。不怕被賊偷，就怕被惦記。哪成想已經被惦記了，防不勝防。第二天一早換鞋穿，就出了狀況：一隻寸半長的大蠍子，與我的腳趾來了個親密接觸！

　　醫療兵覺得奇怪：蠍子怎麼能鑽鞋裡？他拿鑷子夾起來看了看，蠍子是活的，但尾部的毒刺沒有了，忙叫我抬起腳，脫下襪子，扒著腳趾檢視。看了一陣，沒發現毒刺，見我也不痛，便有些疑惑：「蠍子尾巴上的毒刺哪去了？」

　　連長孟興成來了，連部就在毗鄰的帳篷。這個從高炮營調來的幹部，據說是打航模的高手，在軍區比賽上拿過獎，但他成天板著個面孔，不苟言笑，好像誰欠他錢似的，許多人都有些怕他。他一進來就問：「怎麼了，高喉嚨大嗓子的？」

　　「新文書的鞋裡鑽了一隻蠍子，好在沒蜇著。」吳八十說著，將蠍子

踩成了齏粉。

「你們陝西人，還真有古代那些皇帝護佑啊，老鼠咬不著，蠍子蜇不著！」連長似乎不乏幽默，但話從他嘴裡出來，就沒了笑味兒。「我說啊，你要盡快熟悉工作，先管好油料，別被運輸排那些老兵油子糊弄了。」轉而又向醫療兵交待，提醒各班注意，提防蠍子蜈蚣蚰蜒之類的小蟲。

連長走後，我立刻找到臺帳，到油料庫清點查對。不一會兒，副連長肖積冰帶一個農場司機要「借油」。軍油不外借，這是規矩。可副連長是首長，他的話就是命令。我請他寫個條子，好做帳。肖副連長眼睛一翻：「就一加侖，你隨便記些損耗就好了，老子親自來，還寫撒子條子！」

我一聽他這麼說，就有些作難了。連隊的油料是為保障訓練用的，我在這裡給了副連長方便，後面還怎麼對付那些資歷比我深的「老兵油子」？再說連長的話言猶在耳，我不能陽奉陰違吧！現在的境況是，給了違反規定，不給得罪人。人家是連首長，隨便一隻小鞋甩過來，我們吃不了就得兜著走。這時，我想起我的前任黃國遠，移交工作時再三提醒：凡事多用心，多請示多彙報，不要擅作主張。我於是推說油泵的搖把在帳篷裡，讓他們在外面等一會兒，飛身往連部請示。

連長正與黑參謀商量事情。我不敢提肖副連長，只說是農場的司機要借一加侖汽油。連長要我自己決定給不給。我說：「沒有連首長的條子，我誰也不能給！」

話音剛落，肖副連長掀簾子進來，與連長對視一笑說：「這小子，跟老子玩這招！」

我有些迷濛，丈二和尚——摸不著頭緒。看看連長，看看肖副連

西陸兵事

長，再看看局外人似的黑參謀，一時不知所措。還是黑參謀可憐見兒，笑說：「你可以走了！」我正要離開，連長又把我喊住，隨手遞來一張紙，是他與黑參謀商量的下一階段訓練計畫，命我趕快整理下發。

這是我製作的第一份訓練計畫，自然是十分用心。請連長指導員簽批時，羅明輝順便安排我，盡快將黑板報換一下，重點是表揚各班訓練中的好人好事，鼓勁打氣。我吃過晚飯就往各班去了解情況，最後去的一班，為的是能在「老家」多待一會兒。

丁排長問我是不是與安子陰有矛盾，我搖了搖頭。他笑了，告訴我安子陰思索的舟橋連線新方法，下午終於實驗成功了，比老方法快兩秒，提請我重點表揚。我回頭找黑參謀一考核，就登在板報的頭條。

安子陰在黑板報前待了好長時間，有人調侃都不在意。後來我又在指導員的鼓勵下，將他刻苦訓練的事蹟，寫了一篇報導，投給軍區的報紙，沒想到真的刊登了，還改了一個很吸引眼球的標題：〈小戰士發明了新方法〉。報紙發下來的時候，大家爭相傳看，紛紛向安子陰道喜。

也有誇讚我的，畢竟在軍區的報紙上露了臉。我上廁所時，安子陰悄悄跟了進來，一言不語，點上蒿子稈在後面胡亂揮舞。我感到自己飛到天上去了，連長營長都沒這待遇，說：「子陰你一來，我的屎都不臭了！」

「比狗的都臭！」安子陰笑道，「你快點，又不是拉井繩，我們倆到外面轉轉！」

傍晚的胡楊林裡，鳥雀正忙著回巢。是時，夕陽將西垂，林間近黃昏，來自天際的光輝，把我倆的臉都塗成了金色，相互看著，跟廟裡的菩薩似的。我猜想安子陰一定有話要說，否則他不會浪費做好人好事的黃金時間，約我來欣賞農場的落日。然而摸了一棵又一棵胡楊樹幹，他

跟我說的，盡是別人的事，比如丁排長的代理將轉正，劉松濤可能調到炊事班，等等。

連隊的事情，我比他清楚。我想聽的是他親口告訴我，告狀信是他寫的，蠍子是他放我鞋口裡的。我與醫療兵分析來分析去，就是他在幫我收拾行李時搗的鬼。他要是道個歉，我也會檢討自己和劉松濤灌他雞蛋湯的壞事，都是男子漢，又鄉里鄉親的，這事就翻篇。可他到終究還是沒提，繞來繞去，只說以前兩人可能有些誤會，今後要互相支持。

好吧！安子陰就這德性，他不破題，我也不點雷。我默默地陪他踩了一路腐爛的樹葉，覺得很無趣，沒有絲毫成就感，就揮手做個「打道回府」的動作，突然發現安子陰的眼睛直了。他朝我擺擺手，又示意蹲下身。我看他如此神祕，就像個聽話的小學生一樣，屏住了呼吸。

前方不遠處有一種曖昧的聲音，粗粗的喘氣，嬌嬌的呻喚，離得很近。循聲細辨，果然在一棵大樹的旁邊，有一個晃動的影團。太陽已經落山，看不清人的面孔。

我和安子陰都未結婚，雖然他比我多個未婚妻，但在農村那個封閉的環境裡，根本沒有男女之間的親密接觸，遇到這種情況，自然是驚奇而又亢奮。我們罵那一對偷情的「饞貓」，怎麼跑到了樹林裡？

安子陰問：「捉姦還是撤退？」

我想了想說：「撤吧，我覺得有點怪。」

於是，我們把新兵連學的匍匐前進，改成匍匐後退。一條狗不知從哪裡竄出，狂吠著衝我們撲了過來。我倆只好站起來，一人撿一節樹枝，且戰且退。那邊的「饞貓」，顯然不能繼續偷吃了，草草收場。男的急慌慌逃跑，慌亂中被樹根絆了一跤，叫罵著爬起來再跑，身子跌跌撞撞的。女的似乎在收拾殘局，打個口哨將狗喚了回去。

我和安子陰發了毒誓，不把這次發現說出去，以免帶來無盡的麻煩。偷情的賊心人人有，但不是每個人都有賊膽，也不一定有賊機會。正因為如此，偷不著的人總是喜歡議論別人偷情，刨根究底，津津樂道，樂此不疲。

我是哼著歌回到帳篷的，一掀簾子，就看見醫療兵幫肖副連長消毒上藥。肖副連長的鼻尖破了，額頭也蹭爛一片皮。我起先沒心沒肺，還想關心一下長官，問他怎麼弄成這樣。轉念一尋思，恨不得扇自己十個嘴巴。樹林裡那個謎團，似乎不用再猜。

肖副連長說：「下午去農場聯繫副食，回來時路上有個樹枝，把老子給絆倒了！」

「哦！」我已經恢復了平靜，隨便應付幾句，就當什麼都不知道。

過了幾天，肖副連長叫我跟他一起去炸魚。他知道我當兵前做過爆破的工作，炸魚也很老道。我想用一塊TNT炸藥，威力大，又方便，上次訓練還剩下幾塊。結果連長不批，說訓練物資不能用於生活。我退而求其次，從醫療兵床底下搜了幾個點滴瓶，到農場的石灰窯上買了些生石灰，想找一個破籃球膽，費好多功夫也沒找著，只好割了一把蘆葦當魚漂。

開都河的鯉魚又大又肥，幾次撞到汽艇的艇舷。汽艇是連隊的水上交通工具，在運輸排專門有一個班的編制。連長覺得訓練強度大，戰士的體力跟不上，而河裡的魚都是野生的，既然自動招惹我們，不如結合訓練打一些改善生活。炊事班提出買個漁網，讓汽艇拖著跑，結果不理想，魚不往汽艇後部去，一共也沒網住幾條，這才想到請我「出山」。

我和肖副連長，還有前不久調到炊事班的劉松濤，乘著一艘汽艇，很快就到了水流比較平緩的河面。我先將一條尼龍長繩的一頭繫在艇舷

上，一頭繫在蘆葦魚漂上，然後在兩個點滴瓶裝上大半瓶生石灰，用一段八十公分的短線固定在魚漂上，最後往點滴瓶灌水，淹過石灰就行。看著瓶內冒氣後，我塞緊橡皮塞，穩穩地投進水裡，便讓汽艇逆流而上，與爆炸物保持距離，準備撈魚。

「行嗎？」劉松濤將信將疑。

「把那個『嗎』字收回！」我十分自信地說，「等等那些不明就裡的傻魚們，就會誤以為水中懸浮的石灰瓶是美味的食物，正爭先恐後地圍上去親嘴呢，一次次咬不下一星半點，反而激發牠們更強烈的欲望，這點魚與人相仿……」

我的話還沒說完，「轟——隆，轟——隆」，兩個白色的大水柱騰空而起，生石灰反應生成的巨大熱量，終於被壓縮到極限，突然引起點滴瓶爆炸。那些上當受騙的大魚，就在強大的衝擊波的打擊下，紛紛翻起了肚皮。

我喊叫著讓汽艇順流而下。肖副連長和劉松濤揮舞灶濾，見白條子就撈，一會兒就撈了一大盆，夠連隊美美地吃一頓了。

6　黃昏放歌胡楊林

炸魚初戰告捷，我還真有點成就感。連長把我叫過去，看著我笑了半天，什麼也沒說，又揮手讓我出去了。後來，我們每週如法炮製兩次，戰友們過上了魚米生活，見了我多是溢美之詞，有的還來一個大擁抱。

沒有不透風的牆。炸魚這事兒不知怎麼被上面知道了，說是違反了規定，要求寫出報告，等待處理。連長指導員都還沒說什麼，底下已經傳開，說我這次恐怕凶多吉少。

我感到壓力山大，急忙找劉松濤商量對策。

「商量個屁！」劉松濤把擀麵杖往砧板上一擲，解下圍裙，拍拍身上的麵粉，給我沖了一缸糖水茶，然後才說：「事情出來了，總得有人頂雷，既然逃不脫，牽扯人越少越好。把所有責任往我身上一推，大不了復原回家，反正我是下鄉知青，這兵一當，就該回城了，比不得你們農村兵，都巴望升官。」

「龜兒子，大包大攬！這板子輪不著你挨，天塌了有大漢撐著！」肖副連長不知何時出現，衝劉松濤揚揚手，拉上我就往外走，一直拉到了胡楊林。

「你這小子還有點城府。我的事情你看見了，沒說出去，我很感激。但安子陰那小子就難說，他幾次看我的眼神，都怪裡怪氣的。」肖副連長臉色很不好看，他的率直也讓我吃驚。我覺得萬一安子陰嘴上少了把門的，他也完全可以不認，這種事要捉姦拿雙的。可他卻搖起了頭，說道：「即使他不說，我心裡也不得安逸，畢竟不是什麼光彩事，與其背個

『作風問題』，還不如『違反規定』的處分好聽。反正我與老婆分居，也不是長久之計，她不願意隨軍，我就該打報告轉業了。」

　　肖積冰一直以張飛為偶像，性子裡透著率直與豪爽。據他透漏：指導員羅明輝早就想調我到連部，因為我寫的反映打豬草影響軍民關係、損害軍人形象的材料，被指導員稍加潤色，逐級遞到首長機關，上面很重視，很快就基層連隊的農副業生產問題下發了檔案。是連長孟興成覺得我在戰鬥班時間太短，業務領會不透澈，有意讓我多歷練歷練。他那天的「借油」，純粹就是連裡對我的一個小考驗。

　　我突然對肖副連長產生了一種難以言喻的感情，心裡酸楚楚的。看著暮色中即將隱身的胡楊，聽著樹枝上小鳥嘰嘰喳喳的鳴叫，雙腳不停地踢踏腳下的樹葉。我有點怨憤，衝的是安子陰。要不是他那天拉著我來胡楊林，就不會發現肖副連長的隱私，更不會害人家丟了前程。我也有些自怨，要不寫那篇報導，就不會令安子陰感今懷昔，與我「冰釋前嫌」，討好地要「到外面轉轉」。

　　「我求你一件事，」肖副連長聲音有些變調。「我是不能再見她了，請你與申雪見一面，告訴她事情不會洩露出去，讓她不要有思想負擔。」

　　「沒問題，肖副連長！」我不假思索就答應了，即使申雪是一個未曾謀面的陌生女人，一個有點那個的女人。

　　當過兵的人都知道，在一個雄性奔放的壯男世界，與女人單獨見面或說話，會被高度關注和嫉妒的，稍不小心就被傳得很難聽。但是為了肖副連長的信任，我還是背著「紅軍不怕遠征難」的綠軍包，踏上了林蔭如蓋的機耕路。指導員派我到農場的書店買一本歌本，連裡訂的那本，被幾個老兵油子偷偷捲了抽菸去了。

任務極其簡單，我很快就「順路」到水管站。五十來歲的站長是個老戰士，跟我算半個同鄉，問了許多家鄉的問題。

　　說起肖副連長，老站長一臉激動。他在一個多月前去市區買了些機械配件，回來時拖拉機壞在路上了。前不著村後不著店的，欲自己走路回場找人吧，一來一回兩天時間，怕拖拉機手夜裡凍死；兩人一起回吧，又怕丟了拖拉機和配件，正愁得沒辦法說，肖副連長帶的生活車從對面過來了，二話沒說，先將拖拉機拖回農場，大半夜了，又出發往市區。他準備送一面錦旗給部隊，以表感謝之情，還被肖副連長謝絕了。他一直覺得欠著部隊的人情，後來肖副連長提出照顧申雪，他很快就報上去了，就等下半年房子調整，這一對男女就可以領著兒子，住上一間半的土坯房了。

　　老站長親自將我領到一個水閘上，讓我辦完事情到他家吃飯。申雪正在調整水閘，將流往左邊管道的灌溉水，改到右邊管道。沉重的水泥閘門，搖起來很吃力，她的滿臉都是汗水。老站長幫著她調整到位，就讓我們到樹蔭底下談。林帶旁有幾個人正在除草，看見老站長遠遠地打招呼。

　　申雪是個二十七八歲的清秀少婦，微笑時能看見一對淺淺的酒窩，脫下草帽才見一頭黑髮剪得齊肩，兩隻大眼略帶憂悒，細長眉，小櫻嘴，瘦削的臉龐，被陽光炙晒得發黑，與領口偶爾露出的白皙，形成鮮明的對比。半舊的藍褲藍衫，是時代的標準色，一坨一坨的斑塊不知是汗漬還是水印，只有那雙粉色的塑膠涼鞋，依稀昭示她也是一個愛美的女人。她有些喜出望外，沒想到肖副連長會在這個時候派我來安慰她，說話的時候老盯著我的眼睛，夾雜著新疆味的普通話，不時冒出幾個伲儂稱謂。

「我不是一個道德敗壞的女人，阿拉一個赤貧女子，除了這個身子，能給別人什麼呢？」申雪一開口就讓我陷入尷尬，好在臉紅可以藉口曝晒。她是十年前支邊的上海知青，那時候剛出校門，一身幼稚，滿腔熱情，到了農場才知道理想很偉大，現實太骨感。沒有高樓，沒有商場，沒有劇場影院，沒有弄堂裡司空見慣的叫賣，所有的娛樂就是胡楊林下漫步，開都河邊聽蛙，所以她很快就戀愛了。

申雪的男朋友，也是個上海知青，在種馬場工作，兩人惺惺相惜，一起哭完一起笑，在一個不能自已的黃昏，激情燒過了男女之間的雷池，並且被人發現了。從此兩人被扣上不良份子的標籤，就是後來結了婚，還住在各自的集體地窩子。天當被，地當床，的確不是童話的世界。忙完一天的工作，到食堂打上飯菜，兩人就來到黃昏的胡楊林，看日落，聽鳥叫，冬踩積雪，夏沐夕暉。孩子出生後，她和丈夫也曾多次申請住房，得到的答覆總是房子有限，得一批一批解決。如今兒子都六歲了，他們一家的團聚地，仍然是黃昏的胡楊林。

肖副連長走進申雪的生活，純粹是個意外。他雖然是連裡的幹部，在痢疾之魔那裡也是沒有面子，有一天拉肚子拉倒了，跌跌撞撞從廁所出來，抱著肚子直不起腰。這時有個遛馬的人，從身邊經過，問了緣由，就把他扶上馬，帶到一個小樹林旁，如此這般比劃一番，很快就消失了。

肖積冰有些恍惚，他根據那人的指點，走過一排土房子，來到一個很大的晒場。晒場滿地都是發黑的果殼，樣子很醜陋。他隨手撿起一個捏破了，倒出裡面的籽，放一些在嘴裡，細嚼慢嚥，果然滿口香津，一會兒肚子就不痛了。他見土房裡進出的人，並未注意到他，就又撿了幾個，藏在褲兜裡，回到駐地交給了吳八十。醫療兵認出那是罌粟殼。從

農場入伍的報務員解釋,國家規定部分農場種植做藥,煙膏全部上交,煙殼由醫藥公司收購,有的也被做調料。我這才明白,那天吳八十給我治病的「槍藥」,原來是這個玩意兒。

　　肖副連長幾乎天天見到那個遛馬的,自然要表達感謝之意。一回生,二回熟,慢慢就成了朋友。朋友的特殊困難,一下子攪動了他的熱心熱腸,這位張飛故里的年輕軍官,雖不說為朋友兩肋插刀,但力所能及的忙還是要幫的。他找老站長,找農場的主管科室,以申雪是他遠親,其丈夫幫助連隊抵抗痢疾為名,請求給予生活照顧。老站長答應了,上面也同意了,等秋後新房竣工,調整時給他們一套別人騰出的舊房,這對一直抬不起頭的申雪夫婦,已經是天大的好事了。

　　申雪的經濟狀況十分糟糕,她來這邊的第三年,父親自殺,母親悲痛欲絕雙目失明,她要與遠在上海崇明島的哥哥,分擔母親的醫療照料費用。夫婦倆微薄的薪資,除了給老人的藥費和孩子奶粉錢,就沒有多少了,平時在食堂打飯,都是撿最便宜的。突然間遇到菩薩一樣的好人,讓夫妻倆感激涕零。一下子欠了這麼大的人情,又熬煎得他們長夜難眠。申雪不是個知恩不報的人,但以己之地位,這輩子都沒有能力幫別人。她得到丈夫的默許後,洗得乾乾淨淨,穿得整整齊齊,悄悄去了老站長家,去了場部的科長家,在床頭報答人家的「搭救之恩」。她找到肖積冰,以死威脅,以情感惑,於是就有了胡楊林的「吃腥」。

　　「你不會看不起我吧?」申雪嘆口氣說,「阿拉不是個隨便的女人,這麼多年,從來沒有做對不起丈夫的事情。現在想來有些後悔,我是心安理得了,可是害了肖副連長。」

　　唉!天下幸運者都一樣,苦難者卻是各有各的苦衷。別看申雪說得輕描淡寫,似不在意,其實她肯定心在流血。我一個未婚青年,能就如

此悲催的故事，發表什麼看法呢？好長時間兩人都不說話，一直等到老站長喊我，她又苦笑著問我：「我把自己的事情，全告訴你了，你不會說出去吧！」

我盯了她一眼，她大概讀出了信任。

幾天後，我拉著吳八十到胡楊林去開歌。所謂開歌，就是先把一手新歌的曲譜讀下來，再把歌詞填上去唱熟。我把新歌開了，然後教連隊的戰友唱。以前這項工作是黃國遠做的，他看我識譜，交接時也交給我了。

這是指導員指定的歌曲，歌詞挺有氣勢，曲子也硬梆梆的，不知作曲者追求的是什麼，反正唱起來不是很好聽。吳八十說：「這麼難聽的歌，一定沒人想學。」

「那怎麼辦？」我擔心不好向指導員交差，請他想辦法。連部的幾大員，一向互相幫襯。吳八十抬頭看樹梢，一泡鳥屎恰好落在他鼻尖，不偏不正，差點掉進嘴裡。他滿地找樹枝嚇鳥，我卻笑得坐在了地上。

微風習習，飄來一陣歌聲。似乎男女聲混合，時而雄壯有力，時而宛轉悠揚。這首歌我只能哼個大概，歌詞似是而非。現在有人在唱，唱得這麼好，我就想學一學，教會戰友，肯定能在下次歌詠比賽時一鳴驚人。

我不再笑話吳八十的「嘴臭」，與他一起朝著歌聲的方向走去。但見胡楊林下，一個低矮的孩子，一邊拉著一個大人，彷彿在憧憬明天的美好。晚霞的逆光，將這一家的背影，剪成一個大 M，重重地鐫刻在我的心裡。

7　見義勇為險蒙冤

　　開都河的舟橋合練結束了，我的連隊與兄弟部隊配合默契，受到指揮部的嘉獎。回到駐地，連裡召開慶功會，丁排長和安子陰等多位戰友受到嘉獎。中午會餐，安子陰一反常態，來者不拒，喝了不少酒，這與他以前能推就推、能躲就躲的做派判若兩人。我感覺這傢伙有些不對勁，欲勸他克制一點，他已經舉著酒杯到了連部這一桌：「肖副連長，那天在胡楊林……」

　　這個說話不算數的渾蛋！我彷彿被蠍子蟄了一下，趕緊起身，將一塊大骨頭，塞進那張跑風的嘴裡，拉上他就往外走：「子陰喝大了，我去幫他醒醒！」

　　我將安子陰拉到我的房子，關上門就是一個大嘴巴：「你吃屎了嗎，嘴這麼臭？」

　　安子陰被我打懵了，嘴角出了血，滿嘴還在嘰哩咕嚕地胡言亂語，說些什麼恐怕連他自己都搞不清。須臾，這傢伙反應過來，就與我爭執，欲還我一巴掌，被我推倒在床，照屁股又打了幾拳。我打夠了，他也消停了，就沖一杯糖茶水給他，扶他起來，把臉湊到他面前，讓他打。他把手舉起來，舉過頭頂，恨得面目都有些扭曲。我雙目冷視，一眨不眨，他的手反而像自由落體一樣掉下去，死狗般躺在我床上，嗚嗚咽咽，似乎受了多大的委屈。

　　我說：「有點男人樣吧！今日你敢點了別人的隱祕，明天我就講你娘是個乞丐，誰給一口吃的就跟誰。」

　　安子陰蔫了，像個被霜打的茄子。人人都有見不得人的隱私，況且

他的家史的確沒什麼炫耀的。他父親小小年紀抽鴉片，把祖上百十畝地全敗光了，又沒人僱他扛活，一個光棍只好到處瞎混，肚子餓的時候，就趁摸到廟裡偷供果獻飯。有一年村口來了個女乞丐，餓得氣若游絲，誰能給一口吃的，就可以領回家。有熱心人找到這位光棍，兩人就過到一起。八個月後生下安子陰，村裡人沒少議論。

我之所以如此維護肖副連長，是因為他值得我尊敬。他為了連隊的榮譽，為了保護連長和指導員，保護我和劉松濤，以及一切與炸魚有關的人，獨自一人承擔了河道炸魚的責任。上級雖然沒有明示炸魚違反了什麼規定，但將事情定性為「安全事故苗頭」，給予通報批評。我真不知上級是怎麼想的，一支工兵部隊，弄個爆炸物都不安全，將來還怎麼打仗？

上級的事情我們不懂，同鄉的心思我還是清楚的。平心而論，安子陰的表現是突出的，丁排長不兼一班長後，副班長轉正，他最有資格當一班副，他自己也把這個班副，看得比嘉獎重。他是聰明反被聰明誤，怨不得別人。離開農場時，他悄悄帶了一挎包罌粟殼，回來當天，就透過營部的通訊員送了營長。營裡開會時，連長開啟營長的茶葉盒打秋風，一把抓出幾片罌粟殼。營長說是通訊員找舟橋連一個叫安子陰的戰士要的，你一連之長還要從我這裡搶？連長羞個臉紅，肯定對安子陰的人品打了問號。

安子陰不得不認慫，在我的床上睡了一會兒要走，發誓哪裡跌倒哪裡爬，還感謝我及時阻止了他。我這時倒生出一點憐憫之心，在他肩上拍了兩下，算是安慰。一開門，發現醫療兵坐在門口的房簷臺上，身旁放著一碗綠豆湯。

湯是給安子陰準備的。吳八十看著安子陰喝下去，專門強調是連長

讓他送的。安子陰的眼睛就直勾勾地看了醫療兵一陣，嘴角浮起一絲笑意，彷彿所有的委屈，都煙消雲散了。

轉眼到了國慶，除了值班部隊，大家都放假三天。連長和指導員的家屬都隨軍，放假可以回家屬院住。他倆一人拿出五十塊錢，託我和吳八十上街，幫肖副連長買點東西。肖副連長的轉業報告已經批了，他也沒什麼家當，說走就能走。我把自己的抽屜翻了一遍，共搜出十五塊。吳八十剛寄錢給家裡，找人借了五塊。丁華塞給我八十塊，是他們幾個排長和司務長湊的，一人二十，臨走一再叮囑不能告訴連長指導員。

我和吳八十在街上逛了大半天，從新城走到老城，最後決定幫肖副連長打兩個棉被網套，買兩床緞子被面。新疆的長絨棉花好，閬中的冬天陰冷潮溼，蓋上能暖和些。剩下一百多塊錢，夠買兩塊羊脂玉。老闆一聽是送戰友，少收了五塊，我們就又提了幾瓶酒，預備歡送肖副連長時喝個痛快。

回到營房剛坐下，一口水還沒喝，通訊員急火火地跑來，說連長來電話，叫我倆立即趕到醫院，安子陰出事了。我倆都大吃一驚，恨不得長上八條腿，放下水缸就跑。到醫院時，天快黑了，連長和指導員都站在走廊上，焦急不安，一盞「手術中」的燈箱，無語勝似有言。

手術一直持續到夜裡十點，當兩個戴口罩的護理師推出病床時，安子陰右眼紅腫，額頭貼一塊紗布，腹部被紗布纏著，身上還插了兩根管子。醫生說手術很成功，斷腸接上了，腹腔都洗乾淨了，頭部只是外傷，其他臟器都未受損。我看見安子陰的眼裡噙著淚珠，嘴唇蠕動了好幾下。連首長向醫護人員表示感謝，我們和護理師一道，將傷者推進病房。

這是一件普通的病房，有三張床，因為過節都空著。連長安排我

和醫療兵留下陪護，指導員說他負責送飯給我們，醫院沒有非病員的餐食。

「先不麻煩吳指導員，這兩天過節，我們可以幫著打一點！」一位戴口罩的護理師說。我一看那杏眼有些面熟，她也半摘口罩，淺淺一笑，要我明天唱歌給他們女兵聽。

「你們認識？」女護理師的善解人意，大大出乎指導員的意外，他先看了我一眼，又看了看吳八十。

「認識！」女護理師徹底摘下口罩說，「他不就是鬧『鼠疫』的新兵李曉劍嘛，賴在我們醫院的單人房裡，騙住了半個多月。」

這位老兵姐姐，簡直冤枉死人了，我那是賴嗎？也罷！好男不跟女鬥。重要的是她明天會打飯給我們吃，夜裡照顧安子陰也就有點力氣了。但我和醫療兵都一頭霧水，什麼情況，讓安子陰傷得如此重？

一夜很快過去，窗外探進朝陽。病人餐送來了，只有少量流食。醫療兵要餵，安子陰不肯。我將病床搖個半躺，想把安子陰往上挪一挪，痛得他齜牙咧嘴直叫喚。喝過稀飯，我見他能說話，就問為何弄成這樣。他半天不語，問得急了，只一句話：「一言難盡。」兩眼卻已淚水汪汪。我最瞧不起男人掉淚，見他這副模樣，也就不說了，只勸他一心養傷，不要胡思亂想。

「新兵，吃飯了——」女人就是這樣，聲音總在人前頭。她們一共四個，一個端饅頭，一個端菜，兩人端稀飯，一夥人飄進病房。病房頓時陽光燦爛，連來蘇爾都聞著清香。

女兵們帶來一首手抄的〈山楂樹〉歌譜，要我教她們唱。這是一首蘇聯抒情歌曲，四分之三節拍，旋律婉轉優美，歌詞從容流暢，表現的是一個美麗、善良但又不失思想的女青年，面對兩個男青年的愛戀時內

心的矛盾。那是我夢中都未曾出現的場景，仔細品味一下就覺著怦然心動，也不知她們從哪裡找到這歌曲的，重要的是春華閃耀、活力四射的四個女兵，圍在身旁，你想不興奮都不可能。

　　我很喜歡這首歌的旋律，但歌譜上沒寫作曲者是誰。我更喜歡其歌詞，歌譜上也沒寫誰寫的歌詞。人們總是不尊重原創，我們在享受許多美好的時候，根本沒在意是誰給了我們這些美好。我先教她們讀譜，然後填詞。女兵的音樂細胞天生比男兵多，不一會兒就學會了。我的愉悅溢於言表，高興地打著拍子，與她們一起合唱，彷彿病房外的院子裡，就有「茂密的山楂樹，白花開滿枝頭」。

　　大約過去一個多小時，值班護理師通報師首長看望來了。我們立刻下意識地站起來，不知是事情太大了，還是士兵的命很貴，竟然驚動了參謀長！

　　參謀長姓郭，經常下連隊，我們都認識，似乎他的臉上從未出現過笑容。他的隨從一大群，工兵科王科長也在裡面。病房裡一下子連個下腳的地方都沒有了，氣氛突然有些凝重。參謀長聽了醫生的彙報，指示醫院全力救治，又到床頭安慰安子陰，拉著他的手說：「好小子，像我的兵，有血氣，臨危不懼，見義勇為，我要給你記功！」

　　安子陰早已熱淚盈眶，掙扎著要起來，被參謀長勸住了。王科長和工兵營長都到床頭與他握了手，黑參謀還往床頭櫃上放了一籃子蘋果。這排場大的，連長和指導員都只能在門外的走廊上候著。參謀長臨走掃視了四個女兵一圈，眼光似乎慈祥許多：「嘿嘿，你們放假不回家，在病房唱歌陪護，很好嘛，誰想的這個主意？」

　　女兵的回答只是笑，參謀長似乎已經滿足了。等人都走後，一個女兵對老兵姐姐說：「郭虹，你老爸今天好像沒以前那麼凶！」

老兵姐姐——一個很富同情心的善良女孩，竟然是參謀長的女兒！我的驚訝可想而知。而當她告訴我，身旁有兩個女兵的父親還是軍級幹部時，我的驚愕近乎恐懼。這小小的師醫院，藏花臥鳳，水也太深了！我這土包子，想不自卑都不行。我下意識離她們遠一點，腦子裡亂七八糟，眼睛不敢直視她們的目光，嘴唇變得笨拙異常，也不知該說點什麼。直到他們帶上已被吳八十洗乾淨的碗筷，哼著剛才學的新歌，嘻嘻哈哈地離開。

　　「看你那點出息，首長站在面前都沒怕，倒是被首長的女兒嚇成這樣！」連長一上來就笑話我，他和指導員送走了首長，才能進到病房。「你們也都聽到了，剛才師首長講，安子陰是見義勇為，你們好好照顧他！安子陰，你好好休養，你這黑鍋，要不是那女孩砸了，我和指導員的兵也就當到頭了……」

　　「行了，別磨磨蹭蹭了，老人家從口裡來一趟不容易，還等你領著逛巴扎呢！平時沒時間，放假又趕上這事兒。」指導員把連長推出去後，親自給安子陰削了一只蘋果，用刀割成小塊，一塊一塊餵到嘴裡，感動得安子陰又流淚了。這傢伙的淚腺就是發達，可能是哭江山的劉備轉生的！不過，他這次幹的事兒，夠爺們。

　　原來，安子陰昨天上午到連長家挖菜窖，幫助儲存冬菜，因為連長的父母來隊，要在兒子家過年。不知他是怎麼獲得這個拍馬屁的機會的，幹完活還在連長家吃了中午飯。回連隊的路上，安子陰突然想起，當天是他和羊小陽的「學雷鋒小組」活動日，應該去看庫爾班老人。庫爾班無兒無女，腿腳不便，他們每月都要去兩次，幫老人買煤買面，打掃環境。他知道「羊娃子」被劉松濤叫去幫廚了，索性一個人去。

　　安子陰走到一個小巷的轉彎處，忽聽有人喊「救命」，便提高了警

惕，循聲搜去，發現一個廢棄的小院裡，兩個流氓正對一個女孩施暴，女孩的裙子都扯破了。他縱身一躍，從矮牆上跳進去，喝令流氓住手。流氓看他只有一個人，也不高大威猛，就罵他「黃蘿蔔」，叫他少管閒事，能滾多遠是多遠。

戰士的英雄氣概這時得到激發，安子陰過去拉上女孩就走。流氓豈是這麼容易善罷甘休，追上來就打。安子陰多少也是跟丁排長學了幾手的，拳來手打，腿來腳踢，開始也還順手，不料一個被他打倒在地的傢伙，揚了一把沙土，刺他的眼睛，另一個就朝他腹部捅了一刀。他在受傷後仍然一手扯住一個流氓，大聲喊叫著「快跑」，而另一個流氓又給了他一刀。

女孩跑了，附近的居民趕來了。兩個流氓反咬一口，指認「軍人調戲婦女」，被他倆撞上了。居民們不明就裡，也不知受傷者是否真的真的，但知道紀律中有一條，不許調戲婦女，就將他們一併送到附近的派出所。值班警察將他和流氓分開訊問，他忍著疼痛，撕下領章，用盡渾身力氣喊道：「我是工兵營的戰士安子陰，就是犯法，自有軍事法庭，你們沒權審問！」說完就昏迷了。派出所看到他領章後面的資訊，趕緊通知部隊，將其接走送醫。

兩個流氓一口咬定，他們是「路見不平，拔刀相助」，警方也只能按「防衛過當」處理。這樣就苦了安子陰，他一直被認為是「害群之馬」，差點被押送回家，成了當代竇娥。

也是安子陰不該倒楣，那獲救的女孩有良心，經歷了一夜的天人交戰後，一大早就在家人的陪伴下，到派出所報了案，事情終於水落石出，這才有參謀長帶領機關幹部，到醫院慰問的光榮。而在昨天夜裡的緊急會議上，參謀長還拍桌子罵人，發狠要將敗壞軍紀的害群之馬，送交軍事法庭，並追究營連主官的責任。

8　規矩面前無私意

　　安子陰榮立三等功，只有一個人不高興。

　　羊小陽首先跑到炊事班，將劉松濤抽屜拉開，看到有沒拆的兩包菸和一袋水果糖，拿上就走。劉松濤搶回一包，問他不抽菸拿菸做什麼。他吹了一口氣，指了指天，又指了指地，意思是天地都知道他生氣了。劉松濤你不早不晚，偏偏那天拉人家幫廚，白白耽誤了與安子陰一起見義勇為的機會。他對安子陰的不滿，則是在安子陰上廁所的時候，故意跑進去上大號，就要臭臭安子陰的「個人英雄主義」，有好事把他甩下。

　　我看小兄弟悶悶不樂，就在晚飯後讓他幫我出黑板報，順便開導說：「你光看人家立功，沒見人家挨刀，那兩刀要扎你身上，大概小命都沒了！」

　　「羊娃子」到底年紀小，還是轉不過彎。他搔著後腦勺問我：「你們是不是都有神機妙算？否則，張大明怎麼會在師長來的那天與黑參謀比賽，安子陰怎麼會在有流氓的那天單獨行動，你怎麼會在胡楊林遇見唱歌的人，還幫我們連露了臉？」

　　「還真是哦！」我被「羊娃子」的走火入魔笑噴了，扔粉筆頭砸他的腦袋。我一扔，他一躲，他越躲，我越扔，不小心一顆砸到路過的連長。連長罵我「成何體統」，罰我晚上站崗，還讓我傳達給醫療兵和通訊員，最近事少，連隊的幾大員，都要和其他戰士一樣，輪流站崗。

　　這一個惹禍的粉筆頭，害的不僅僅是自己。

　　站崗最怕後半夜，尤其是後半夜的第一崗，剛好把前後的睡覺時間切成兩半，熬又熬不成，等又等不得，這也是戰時敵方摸哨的最危險時

段。不幸我就輪到這一崗,前面下哨的是通訊員,通知我兩個小時後接醫療兵。我答應得很明確,就定好鬧鐘,想再偷懶一陣。誰知腦袋一沾枕頭,一覺睡到起床號響,連鬧鐘響都沒聽到,害得吳八十站了大半夜,大方臉凍得像個冬瓜。

吳八十的厚道是出了名的,他試圖替我遮掩,可是排班表在各班長手裡,該上崗的沒上,底下一議論,事情便擺明了。連長黑著臉要我檢討,我紅著臉答應一定深刻檢討,從靈魂深處挖根源。連長鼻腔一哼:「誤崗就是誤崗,與靈魂有什麼的關係!你也不用寫,就在早飯前,當著全連幹部戰士的面,說說你是怎麼誤的崗。」

這次人丟大了。平時我站在全連幹部戰士前面,都是教歌、指揮唱歌,或者與兄弟連隊拉歌,多少是有點臉面的。今天要跟大家承認錯誤,肯定是很沒臉面。這會兒要有個地縫,我肯定鑽了。忽然發現吳八十臉色通紅,一觸到我的目光,馬上低下了頭,好像對不起人的不是我而是他。

做人得有良心,丟不丟臉倒在其後。我於是先向醫療兵吳八十深鞠一躬,道了「對不起」,然後就將誤崗的過程如實表述一遍,發誓汲取教訓,誠懇地說:「我們是野戰部隊,時刻都要想到打仗,萬一有人攻進來,後面的人不接崗,敵人就會撿大便宜。一個人的懶散,很可能造成很多戰友的流血犧牲,希望大家以我為戒!」。

掌聲,自發的掌聲,很熱烈。我的戰友們就是如此寬容,雖然他們平時會為一張信紙、一把小掃帚、一升汽油跟我計較。連長的臉上也換成輕鬆的表情,他說:「文書的檢討很深刻,但他說過了界,把我想說的話也說了。別笑!大家既然都鼓掌,說明一個個心裡都是明白的。最近沒有大任務,許多人閒得骨頭痛,這樣不行!我再次強調,作風紀律要

常抓不懈，什麼時候都不能懶散！在我們連隊，不管是戰鬥班的，還是連部的，任何人都不能特殊。」

這次檢討，讓我刻骨銘心。

休整的日子很快結束了，大冬天的，工兵營成建制開到一個叫柯克亞可的地方，執行援建施工任務。

柯克亞可雖然地處戈壁，但離公路不遠，附近有一個牧場，距離二十多公里就是市區。幾個月前勘探隊在這裡鑽出了石油，伴生豐富的天然氣。由於工業化開採設施還有待建設，又不能嚴重汙染空氣，石油部門在油井上樹了好幾個鋼管，口徑很大的，將噴湧而出的天然氣點燃，熊熊烈火，日夜燒天，燒得人人心痛。而流出的原油暫無儲存手段，只好任由附近居民桶裝袋提毛驢車載拖拉機拉，能拉多少拉多少，拉回家燒火做飯，自己用不完的，就賣給需要的人，逐漸有人發現商機，就租了罐車販原油。附近幾個縣的居民，燒火做飯甚至取暖，幾乎全都用上了廉價的原油。

石油勘探部門倒不擔心老百姓沾點小便宜，他們揪心的是寶貴的石油資源，被如此原始利用，不但浪費嚴重，還嚴重汙染環境，甚至威脅到居民健康。於是就在專業施工隊伍一時難以調動的情況下，商請駐軍援助，幫助鋪設通往附近市區的應急天然氣輸送管道，建設臨時儲油池。

一天之間，戈壁上冒出一群綠色的帳篷，荒漠裡降下一群生龍活虎的軍人。人員分班輪換會戰，推土機、挖掘機、裝載機、碾壓機日夜轟鳴。我們連的舟車改成運輸車，砂石搬運的工作。

元旦前，石油部門的長官來工地慰問，送的有米有肉，瓜子花生每人發了一包。見面的時候，張大明把我拽到一旁，說慰問團那個領頭的

講一口關中話，長得很像我們村的一個人。我從小就知道有這麼個人，在民國時期犯了事，逃走以後投奔了八路軍，後來事情越幹越大，他兄弟多年前去北京探望過一次，回來時帶了好多稀罕玩意兒，全村人都羨慕。聽張大明這麼一說，我尋思搞不好就是。

我託指導員私下打聽了一下，果然是我同鄉，論輩分我該叫人爺爺。能在這裡結識一個同鄉，而且是個高官，對我是一種機會。我連忙寫了個紙條遞上去，還真被叫到越野車前接見了五分鐘。老人家問我當了幾年兵，復員後願不願意當一名石油工人，他們的新油田建設在即，需要大批有素養的員工。

我當然願意。當兵是義務，服役有年限。和平年代的農村兵，其實是一個變態的群體，自從穿上軍裝，就沒有一個不想升官留在部隊，從此跳出農門的，不管誰的調子唱得有多高。大家擠破頭搶任務，髒活累活爭著做，甚至過分地表現，誇張地討巧，目的就是賺個好名聲，留下好印象，盼望一紙升官的命令。

在當今的體制下，一當幹部，人的命運就改變了，即使不能在部隊做到退休，轉業地方也是吃商品糧的。基層幹部普遍喜歡農村兵，他們死腦筋又聽話、上進，好帶呀！但升官不光要做得好，還得機會好，最終能如願以償的鳳毛麟角，絕大多數人，都得面對復原回鄉的結局。就連高連第那麼優秀的代理排長，都捲鋪蓋回家了。既然升官難，退而求其次，能當個技術兵，學點謀生的手藝也不錯，比如駕駛汽車就很吃香。眼下有了實在難得的機會，直接參加工作吃商品糧，誰能不樂意呢？

不樂意的還真有。

「才當一年兵，就想復原的事，不是瞎想嗎？趁早把心給我收了，安

下心，好好做！」指導員說這話的時候，坐在桌前翻一本雜誌，眼睛也沒看我。連長給我使個眼色，我就莫名其妙地退出了連部的帳篷。

當夜，連長和指導員一起叫我，陪他們在火熱的工地轉一轉。他們不時與幾個老班長、老駕駛員打招呼，讓其注意安全，並問我知不知道這些人的名字。我是連裡的「小管家」，要連戰友的名字都對不上，那不是白吃飯麼！回到連部，連長便開門見山了。

「你先把手頭的事情放下，當務之急，是把幾個老兵的事情辦一辦。春節後就要安排老兵復原，指標已經下達，現在還保密，我們也沒說是誰，你自己心裡有數就行。」說到這裡，連長看了看指導員。「假如說能幫助安排到油田，就改變他們人生的命運了。我們這些做基層的，也算沒和弟兄們相處一場。就是你以後也走這條路，不是還多幾個熟人嘛！」

那天夜裡，我躺在床上睡不著，不知怎麼就想起一件往事。小學三年級的時候，我與幾個同學偷了家長的菸，下課後躲到教室後面群抽。老師發現後每人後腦勺拍了一把，警告說再不學好他會打斷我們的腿，但期末的操行評語，卻寫著我們每一個人的優點。我突然覺得連隊首長有時劈頭蓋臉地罵人，有時聲色俱厲地批評，關鍵時候，還是滿滿的兄弟之情。

醫療兵在不停地翻身，猜想也沒睡著。他的服役期也滿了，今年會不會復原呢？

「連長找我談過，讓我再做一年。」吳八十嘆口氣說，「再做一年，就能存夠娶親的禮錢。我老家那地方，窯洞靠山，種地靠天，吃水靠擔，結親靠換，一年到頭難得溫飽，不少人跑出去要飯。我這幾年的津貼寄到家裡，老婆算是訂下了，沒用我妹妹換，這就是讓人眼紅的光景了。」

我突然想起甘谷兵站那一幕，一大群衣衫襤褸的男女，在新兵們剛領到饅頭的瞬間突然出現，無數黑乎乎的髒手，伸向毫無防備的新兵，搶過饅頭就跑，或者咬一口塞進懷裡，繼續等待下一個目標。我沉默了。原以為我託生在農村，是莫大大的不幸，沒想到農村和農村也不一樣，還有比我潦倒的。

第二天，我就寫了一封信給當官的同鄉，告訴他我們這裡有許多優秀的戰士，品行可靠，踏實能幹，其中還有一些是技術兵，如駕駛員，醫療兵，廚師等，脫下軍裝，仍然能指到哪打到哪。

兩個星期後，我收到一封公函。意思是長官很忙，委託他們回覆我，對我介紹的情況表示感謝；他們本來就有招募退伍軍人的打算，透過這一階段的工程合作，更感到我們部隊的素養很高，相關部門將盡快呈文報批。

雖然有沒有我那封信無關緊要，但連長和指導員還是非常高興，要專門做彙報給營長。我悄悄對他們說：「要是有機會，考慮一下醫療兵吧！」連長盯了我一眼，什麼也沒說。指導員卻裝得一本正經：「擺正你的位置哦，讓你操這心，還要我和連長做什麼！」

我又過界了，跟上次檢討一樣。但我看見吳八十的時候，心裡閃過一絲鮮花般的甜意。俗話說，送人玫瑰，手有餘香。

工程在春節前一週勝利竣工，我們又回到自己的營房。通訊員背回一大堆信，有一封是肖積冰專門寄給我的，裡面夾了一張全家福照片。照片上的丈夫穿一身中山裝，陽光帥氣，妻子細眉大眼，美麗漂亮，三歲的兒子天真可愛。

肖積冰轉業後被安排到了工商局，請我有機會與他在張飛廟相聚。

9　小事不檢大禍生

　　轉眼到了四月，營區裡面柳綠，營區外面花紅。

　　送別老兵的場面，真是讓人難以描述。那些平時摔跤時恨不得把對方摔死、籃球場上使絆子、見了面就抬槓的戰友，此刻抱著頭哭在一起，足以令操場哀嘆，樹木動容。

　　油田這次招的人多，由其指明參加過援建工程的復員兵全部都要，所以大家的分別只是暫時的，還有見面的機會。

　　吳八十把我氣了個半死，好好的機會他自己放棄了，理由竟然實在得犯傻：連裡派了羊小陽參加醫療兵培訓，要半年後才能回來，他走了，誰有個頭痛腦熱的不方便。連首長當然肯定他的優秀，是大家學習的好榜樣，可新醫療兵回來後，去油田工作的機會還有嗎？

　　新兵很快下連，充實到各排各班。張大明和安子陰都當了班長，劉松濤也當了炊事班長，我也被舉薦，這讓我很高興。誰知一夜之間，連裡紛紛議論，「李曉健與醫院的女兵談戀愛」，一時間唾沫亂飛，惡評如雲。

　　士兵談戀愛是大忌，它不光違反紀律，更觸動了男性世界的敏感神經。我找指導員解釋，指導員說：「此地無銀三百兩，這種事越描越黑。」吳八十懷疑是安子陰使壞，找他質問。安子陰當著吳八十的面對我發誓：「我只說過你教醫院的女兵唱歌，誰要說你談對象，天打五雷轟！」

　　五十步和一百步之別，還表白什麼！

　　張大明和安子陰這次都當了幹部，我卻與之擦肩而過。指導員問我

有什麼看法。看法當然有，只是不能說：名額有限，總得有人被拉下，但被拉下的不該是我。

指導員見我遲遲不語，讓我在他床邊坐下，倒了一杯茶，挑明是他提出繼續考驗我的，也不見得與流言蜚語有關。

我一聽十分傷心，低頭看著腳下。我的工作很大部分是給他臉上貼金的，通訊報導見報，黑板報評比拿獎，歌詠比賽拿獎，戰士演講比賽我是直屬部隊第一名，連隊還拿了獎，要是連長不同意也就罷了，你當指導員的怎麼能卸磨殺驢、進門扔磚呢？

指導員大概看出我的委屈，笑了笑，開啟抽屜，拿出一張調令給我。我一看是調我到政治部電影隊當放映員，一時不敢相信，疑惑地望著他，手突然有點發抖。

「上級派人考察幾次了，明天就去報到。到了新單位，一切從頭做起。機關裡藏龍臥虎，個個都有幾把刷子，要虛心，多請教，多學習。」指導員語重心長地交待，像一個關愛小弟的大兄長。我這才意識到他是上級派下來的，我所有的成長，都有他指點培養的痕跡。

我一到電影隊就被派到軍區文化站，參加為期半年的業務學習。回來後聽說張大明和吳八十都上了軍校，一個工兵學校，一個軍醫學校。我在為醫療兵吳八十的好運高興的同時，對張大明不免有點嫉妒，一不小心這傢伙又跑我前頭去了！

放電影需要技術，其實也很辛苦。除了每週兩次在機關禮堂放，每月最少要到教導隊、農場和部隊臨時駐訓點各去一次，還要負責機關和直屬部隊日常的會務布置，廣播宣傳，幻燈片製作等等。我們的隊長叫呂和平，是個年輕的畫家，出過一本連環畫，工作上是個甩手掌櫃，任務派給誰，就只要好結果，中間的過程全靠個人。

這天剛從農場放電影回來，呂隊長讓我回老連隊一趟，說是吳選旺指導員要調回機關當副科長了，中午連隊歡送，特意叫上我一起參與。

　　在機關待了一段時間，眼光自然有些變化，看車場排列整齊的舟車，和營區被修整得稜角分明的水渠，除了親切，更多的是欣賞。但在戰友的眼裡，我多少有點「衣錦還鄉」的意思。他們圍著我問長問短，親熱無比。我將從隊長桌子上「偷」來的信紙和信封分給他們，沒搶到的說我欠帳，下次一定要還。我是從連隊出去的，最理解戰友的心思。家書抵萬金，那寄出的信封信紙要是部隊制式的，家人的榮譽感似乎就高出許多，這並不同於一般的虛榮。

　　歡迎宴會擺在連部。其實也就是將連長和指導員的辦公桌，往中間一拉，利用兩邊的床邊，再加幾張椅子，連隊幹部圍在一起，沒有山珍海味，表現的是大家的一份感情。

　　營長也被請來了，進門先扔下十塊錢，黑下臉問都掏錢沒有，不許占用士兵生活費。司務長忙拿出一個表格給營長看，上面列著每人應攤的費用。營長一看樂了，說自己拿多了。連長忙將那十塊錢交給司務長，讓他記上營長捐獻，不要白不要。營長嘆息自己手下的幾個連長「沒一個好東西」，全是「算計」他的貨色。

　　久居都市的人，很難理解這種發源於戰爭年代的軍旅文化，正事上執行命令不折不扣，要手臂不給腿，要腦袋不惜命。有一句玩笑說，除了老婆是自己的，其他都是公家的。

　　營長既然出席，他就是理所當然的主持人。他的歡送詞倒也簡單：「吳副科長回機關，多向首長說說基層的不易，遇到首長要提拔在座這些壞傢伙時，多多美言幾句，我這酒錢就算沒被白騙。」這話中聽，也就在酒桌上能說。

酒過三巡，自由行動。所有人的「矛頭」，都準確地指向「吳副科長」，非要他喝好。在座的都是幹部，我敬了一圈的酒。連長要和丁排長比試比試，烘托一下氣氛。我被公推為酒司令，負責倒酒監酒。連長猜拳耍賴，被我判了罰酒，說我偏袒丁排長。丁排長不服：「偏袒也該偏袒連長，連長總比排長大……」

「噠噠噠……」外面傳來一陣刺耳的槍聲。

槍聲就是命令。大家幾乎同時站了起來，帶上帽子往外衝。門一開，就見通信員上氣不接下氣地跑來報告：炊事班出事了！

我跟首長們趕到時，事態已經被控制了。劉松濤帶人將一個新兵，控制在炊事班的宿舍，幾個班長在飯堂招呼大家正常用餐，安子陰的懷裡抱著一支衝鋒槍。

事情起源於一盤豬頭肉，司務長交待是端到連部的，炊事班一個叫胡勇的新兵，端到外面偷偷吃了，將空盤子扣在窗臺上。劉松濤找了半天找不到豬頭肉，在窗臺上找到一個空盤子，氣得甩菜刀丟擀杖，挨著廚師一個一個問：「誰幹的？」

沒人承認，敢做不敢當，不像男子漢！劉松濤是個吃軟不吃硬的性子，要是有人承認，他最多罵幾句，或者踹一腳也就拉倒了，沒人承認就把他的火拱大了，橫眉豎眼地喊道：「炊事班全體都有，集合！立正！張嘴！張大嘴！」

六個廚師一字兒排開，接受這特殊的檢查。劉松濤不知長了什麼眼，竟然從胡勇的牙縫裡扯出一絲長長的臟證。胡勇想不承認也不行了，忙狡辯他只是在用行動提意見，官兵平等，當官的不該有特權，多吃多占！

「平等？平等！平等什麼！」劉松濤讓其他廚師各忙各活，照著胡勇

的屁股就是兩腳。「你當兵你家沒幫你送行？連裡歡送指導員，本來加幾個菜都是應該的！這些都是幹部們掏自己的錢買的，你也吃得下去！你怎麼不到美國總統的廚房吃去？你爸你媽就是這麼教你的？滾！」

胡勇被劉松濤差點踹倒，又遭劈頭蓋臉罵了一頓，心生不滿，突然起意，趁連隊開飯大家不注意，悄悄溜到安子陰的班裡，掂了一支衝鋒槍出來，對著劉松濤就扣扳機。正是開飯時間，就餐的戰士都傻眼了，誰也沒想到這傢伙如此渾蛋。千鈞一髮之際，還是醫療兵羊小陽眼尖，想都不想就正面撲上去，將槍口用力往上一推，一個點射打天上去了。

真扯！

這個事件的性質極其嚴重，雖然沒有造成人員傷亡。師機關派了專門工作組調查，吳選旺打好的背包又解開，就地轉為工作組成員。

劉松濤一下子成了輿論焦點。有人說他不該小題大做，不就是一盤豬頭肉嘛，吃了就吃了，就是查出來了也不該用腳踹人家，碰上胡勇這麼個二百五，弄得自己差點命都丟了。到底是命要緊，還是一盤豬頭肉要緊？也有人支持他嚴格管理，軍人嘛，該你的就是你的，不是你的就不是你的，不能偷偷摸摸，更不能錯上加錯，戰士要都像他，說不得，碰不得，一批評就要殺人，這部隊連土匪窩都不如了，兵還怎麼帶？

事件的主要原因終於查清楚了。胡勇自小頑劣，無法無天，打架鬥毆成性，國中都沒畢業，就與街上一幫地痞流氓混在一起，還重傷過賣菜的，被公安機關監禁訓誡，家人實在管不了，才走門路靠關係，偽造高中學歷送到部隊，希望軍隊的嚴格管理，能使之改邪歸正。他在新兵連能忍耐幾個月，已屬難得，這次藉機滋事，源於舊病復發。

胡勇很快被起訴到軍事法庭，最終受到軍法審判。部隊也將情況通報了原兵役機關，希望嚴格把關軍員。軍隊裡專門發文，要求所有部隊

開展一次「怎樣當一個好兵」的專題教育，並就這次事件暴露出的管理問題，給予營長通報批評，連長孟興成記過，副科長吳選旺撤銷任職命令繼續留任指導員，司務長嚴重警告，劉松濤和當班的流動哨都受到警告處分。

羊小陽關鍵時刻反應快，救了戰友被嘉獎。但他一點都不開心，私下找連長，要求撤銷嘉獎，抵消劉松濤的處分，被連長拍桌子訓了一頓。

劉松濤覺得自己最虧，處分他的理由是沒有提早說明，豬頭肉是幹部們掏錢買的。他跑到電影隊向我訴苦：「有必要什麼事情都說明白嗎？我們都是從新兵過來的，就一個服從命令聽指揮，該知道的知道，不該知道的不問。」

我勸道：「受處分誰都不爽，但比起丟命來，哪個輕哪個重？要不是他眼尖手快，我們現在還能坐在一起嗎？你說的那些規矩，也不見得都對，人和人不一樣，事情和事情不一樣，有些事情還是公開的好。想想人家指導員，比你虧得大多了，正營變正連，也就是一天時間，他要不參加那個歡送會……」

「唉，這都是命！」劉松濤在我的勸說下，心結開啟了，他覺得這一輩子都欠著「羊娃子」的救命之恩，讓我有空到連裡看看指導員。

我答應他過段時間，因為我領受了任務，馬上就要出發。

10　沙漠腹地有人家

　　出發的時候，風和日麗。

　　我和駕駛員老馬一上路就議論高連第。高連第是他的山東同鄉，復員後當了生產隊長，做得挺歡開心。我覺得社會上的事情也是怪，張大明辭了隊長來當兵，高連第不當兵回去當隊長，這裡面好像沒什麼規律。但高排長是我敬佩的人，他不光身手好，他讓我明白被子疊成「豆腐塊」不光為了好看，按時作息不是跟哪個人過不去。

　　老馬以前在運輸分隊開卡車，去年調到電影隊的。他所開的放映車，其實也就是一輛後開門的吉普車，遇到風大或者天況不好時，可以將放映機直接架在車裡。

　　出城的時候，老馬載了一個搭便車的女孩，讓我坐後邊去。我心裡很不高興，一方面因為隨便拉人違反規定，另一方面我是出去放電影，老馬是配屬給我的，載人這種事，至少應該徵求一下我的意見吧！但老馬與呂隊長是同年兵，資歷在那裡擺著，我也拿他沒辦法。

　　這女孩大約十八九歲，嘴很甜，一上車就對我哥長哥短，還要我們把他送到前面的鎮上，到他姐姐家。他上車就給老馬兩包菸，還開啟一包，叼上一支點燃了，親自塞到老馬嘴裡，完全無視我的存在。後來從他們的談話裡，我似乎多少明白一些：這女孩的姐姐，原來與老馬有意思，但礙於不許士兵在當地找對象的規定，兩人無果而終。

　　好在老馬也算知趣，沒有去見昔日的戀人。我們在一家小飯館吃了一碗羊雜湯，就又上路了。下午四點多一點，吉普車拐進了沙漠。

　　沙漠的氣候，變化無常。趕上一場大風，流沙把所有的車徹底淹

西陲兵事

沒,隨身帶的指北針又進了沙子,失靈了,我和老馬在天黑的時候迷了路,拿著地圖也不知自己在哪裡,只好在車裡躲一陣,將車子挪一挪,以免被沙子埋住。

老馬說:「我們得說點什麼,否則一會兒睡著了,沙子將車一埋,我們就成木乃伊了,往後被考古的挖掘出來,搞不好能分清我是結過婚的,你還是單身。」

「別瞎扯,這也能分出來?」

「你還別不信,這最好分了,就看你那傢伙開花沒有。」

「去去去,老不正經的!」我一把擋開老馬伸過來的手,提醒他挪車。

「陷沙窩了,你下去推吧!」

「你成心的!」我嘴上埋怨,身子還是下去了。我只輕輕一推,車子就往前移動了一個車的距離,這下更覺得他故意作弄我,也不管他老兵不老兵,就在車上和他打嘴仗。他拿山東話罵我,我用陝西話嚼他,搜腸刮肚,不說重複的,一直罵得口乾舌燥,我都笑岔氣了。開啟車窗一看,風停了。

沙漠的後半夜,又黑又冷。我從布袋拿出預備的乾糧,硬的像石板一樣,咬一口,沙子磕得牙痛。我懷疑布袋有破口,用手摸了半天也沒找到。老馬笑我沒經驗,讓我不要細嚼慢嚥,就是充飢,咬個大概就行了。這沙子無孔不入,要不指北針怎麼會失靈呢!

隨便墊了墊肚子,我倆穿上皮大衣下車,走到旁邊的沙梁上。老馬用噴燈燒水,我開啟手電筒亂照亂晃。看起起伏伏的沙梁,彎彎曲曲,好像也沒有什麼規律,就是梁頂上這一道線,彷彿是刀子刻的,有稜有角。突然間看到一根電桿,再往前還有一根,我急忙指給老馬看。老馬

讓我過去查編號，確認了順序，就可以找到架線的通訊分隊。

我深一腳淺一腳來到電桿旁，黑底上噴的白字在手電的照射下熠熠閃光。我們很快就確定了自己的位置，距離施工分隊駐地也就七八公里。這時，頭頂漸漸豁亮一些，一會兒月亮也露了頭，周遭是一圈模糊的暈團。我覺得等著也是冷等著，還不如順電桿方向前進，走一程近一程。

老馬猛吸幾口菸，發動了車，走了沒幾步，又讓我下去推。推就推吧，出點力還暖和些。可是我推動了剛上車，他又叫我下去，累得我上氣不接下氣，就跟他置氣，扯著手臂要他下來推。

老馬問：「你會開車嗎？」

我說：「不就是個油門、方向盤嗎，汽艇我也開過，沒什麼大不了！」

「那好吧！這沙漠裡開車，還真跟水裡開汽艇差補多。」老馬說著就跳下去了，我坐在駕駛位上，也沒關車門，就掛在一檔，踩下一腳油門。車子還真往前移動了，甩過來的車門打得我手臂肘生痛。老馬在後面看笑話，罵我硬要逞強！

「有情況！」我猛地踩了一腳煞車，發動機憋死了。

老馬沒好氣地說：「剛順了一陣，也就百十公尺，怎麼就熄火了，下來下來！」

我並沒有下去，而是移到副駕座上，等老馬打著了火，我讓他閃遠光。遠光燈煞白的光柱裡，能清楚地看見前面的電桿上有人。肯定是施工分隊的戰友，爬桿是他們的拿手本領，肯定也是躲沙暴來著。可是再往電桿底下一看，我的天，一堆綠色的眼睛。

狼！一群，有四五匹。

「怎麼辦？」我問老馬。

老馬的五年軍糧不是白吃的，顯然比我鎮靜。他不停地閃遠光燈，按喇叭，見群狼並沒有離開的意思，就掉過車頭，問我會不會打槍。他簡直小瞧人！我在新兵連射擊成績就是優秀，最新的成績是十一發一百零六環。我從槍托上取下衝鋒槍，開啟保險，推彈上膛，一連三個點射。

群狼立即散了，紛紛金命水命逃命去了，被打中的一匹，倒在沙地上一動不動。

兩個架線兵戰友從電桿上跳了下來，他們的腳釦還深深地掛在電桿上。兩人是在查線路時遇上大風，誰知風停了狼來了，困在電桿上大半夜，已經快支持不住了。我們要再晚去一會兒，他們可能就躺進了狼肚子。

救了戰友兩條命，我很有成就感。老馬對我也挺認可，拍著肩膀說：「新兵還不賴，你剛才要是打不中，這群狼就會撲向汽車，那時危險的就是我們自己了。」

「怎麼不早說呢？」我還真有點後怕。

老馬詭異地一笑，繼續吸他的菸。我突然覺得這裡面有一個哲學問題，淺顯而又深刻，那就是玄機。本來可能吃人的狼，由於玄機，現在要被人吃了；誠如本來可以早走一天的副科長吳選旺，由於玄機，當下還是連隊指導員。這些玄機裡藏匿的奧祕，到底是偶然還是必然，誰又能說明呢？

我將所帶乾糧和水拿出來，與餓了一夜的架線兵戰友分享，他們的腿還處於半僵狀態。忽有一道強烈的燈光射來，架線兵說是工程車，應

該是找他們來了。

　　天明的時候，我們來到施工部隊的宿營地。戰友們把我抬起來歡呼，說這次是大慰問，不但有精神的，還有物質的。

　　宿營地有一眼清泉，日夜不停地往外冒水。泉眼旁邊，是濃密的沙棗樹林，幾座低矮的土房子，就掩映在沙棗林裡。泉水順一條小渠往東流去，不到一公里就消失在乾燥的沙漠裡。小渠的兩邊，是幾塊被沙棗樹圍起來的稻田。稻穗已經黃了，過幾天就能收穫。住在這裡的兩家人，是一對柯爾克孜兄弟，他們放棄了本民族奔馬放牧的傳統生活，經營著沙漠腹地這一塊袖珍綠洲，過著與世無爭的平和日子。

　　柯爾克孜房東幫我們宰狼，也與戰友們一起分享狼肉的美味。我覺得狼肉沒什麼特別，似乎跟牛肉差不多。剝下來的狼皮裝上沙子，一天就晒得硬梆梆的。

　　我一共帶了三部影片，開映前特意將同鄉的大人小孩，都安頓在放映機前的好位置，可放完第一卷膠片，他們就都回家了。我還有點納悶：這裡荒僻封閉，騎駱駝出去到最近的小鎮，來回也得六七天時間，還得躲過風沙，他們怕是十年也難得看上一場電影，怎麼還不喜歡呢？

　　電影在激越高昂的樂聲中結束了，幾個戰友留下來幫著我收銀幕，裝放映機。發電機並未停機，幾個耀眼的大燈泡還亮著。這時，只見那對忠厚的柯爾克孜兄弟，一個圍著放映車轉圈圈，一個看著掉下來的銀幕發呆。他們用力地甩著雙手，跺著雙腳，一臉的驚奇，嘴裡哇哩哇啦，誰也聽不懂。末了，兩人不由分說，一人拉我一隻手就走。

　　怎麼回事？我也不知為何惹了他們，心裡忐忐忑忑，腳下趔趔趄趄，一直被拉到黑黝黝的房子裡，看到微弱的羊油蠟燭的一點亮光裡，一鍋米飯已經蒸熟，還有半袋稻米正在淘洗，女主人帶著孩子正在洗馬

鈴薯，這才恍然大悟：他們在尋找剛才銀幕上的千軍萬馬，連飯都備下了，好客的主人呀！

　　我很想笑，十分想，但笑不出來，喉頭一酸，兩行熱淚就滾落下來。我雙手摟住這一對大叔，只恨自己不會說他們的語言……一連幾天，施工部隊都吃著房東兄弟煮好的米飯，並把等量的稻米白麵送給他們做補償。我隨後又放了兩部影片，房東兩家人未必看明白，但都看得很認真。臨走的時候，幾個孩子圍在放映車前，久久不肯離去。我想幫他們合影一張，可是照相機的快門按不下去，大概也進了沙子。我和老馬商量，應該送點什麼給孩子。

　　車廂內外，屬於個人能支配的東西並不多。我找到一個電影宣傳畫，孩子們看得很高興。老馬有一把手動發電的手電筒，是他去年探親時買的，心愛至極，放在工具箱以備不時之需，已經拿出來了，又似乎戀戀不捨。我一把奪過來，演示幾遍給孩子們看，看著他們愛不釋手，我的眼睛又溼潤了。我想下次來的時候，一定帶幾個蘋果給他們，帶一些書本，鉛筆和紙張。

　　回到機關，老馬背上狼皮到後勤報銷子彈，我給隊長和隊友嘗了一小塊狼肉，請假到了舟橋連。通訊員告訴我，指導員一個人在房子，我便扯著嗓子喊了一聲：「報告！」

　　「嘿，我當是誰呢？這人到了機關，衙門大了，嗓門也大了！」吳選旺指導員一見是我，顯得很高興。他昨天剛從監獄探視胡勇回來，說胡勇在裡面做豆腐，表現還不錯，把菸都戒了。他也寫信給其家庭，說明我們部隊懲處犯罪，目的還是教育人，希望胡勇幾年後出獄見到父母，應該是一個心智正常，拿得起放得下的人。他問：「你怎麼樣？」

　　我說：「還行吧！我這趟出去，帶了點東西給你。」

一包狼肉乾的禮物，讓指導員喜出望外。當他聽說我百公尺距離打中狼後，自豪地撥了兩下頭髮，誇耀我不愧是他帶過的兵。他切下一小塊狼肉，打發通訊員送去給營長，又給連長留下一小塊，剩下的就招呼班排長們分享了，還說：「我們舟橋連出去的人，到哪裡都是人才。小李今天送的這狼肉，稀罕，是他親自打的，更稀罕。你們說，一輩子能吃到狼肉的，肯定不多，我們連都十幾個了，有福吧！」

　　我笑了，指導員這人肩膀寬厚，並未被處分壓得一蹶不振。

11　身教重在不言中

每年的冬季，部隊都要野戰訓練。今年的野戰訓練，由於南部邊境形勢嚴峻，高層預判來自西北的壓力增大，意義更非尋常。

部隊拉出營房，野營完全模擬實戰，吃河壩水，住輕便帳篷，沒有床板，不管多溼的地，防雨布一鋪，開啟背包就睡。有時剛打來一便當，防空警報就響了，揣上飯盒就鑽貓耳洞。在剛剛容身的貓耳洞裡吃飯，吃一口得伸一下脖子，否則飯糰會卡在喉嚨下不去。伸脖子時不小心，就會撞幾個小土塊掉到飯裡，這時只能安慰自己，「糧食本是土裡生」，因為誰也不知道下一頓飯在何時何地。

司政後機關跟首長在一起，我們這些打字員、放映員、油料員之類的輔助人員，就成了幹部群裡顯眼的大兵。有一天我正在和同事構築堅壁洞，準備將放映機、發電機和影片盒等設備都掩埋起來撤退。上級的要求是主動撤退前，不留給前來占領的「敵軍」任何蛛絲馬跡。誰也沒想到師長會親自帶人來檢查，他問我們有沒有做好方位標記。我指了左右和前方的三棵獨樹，向師長彙報了「垂直定位法。」師長「嗯」了一聲，帶上人就走了。

我們以為受到了師長的肯定，樂得不得了，掩埋後偽裝得十分到位。撤退了兩天，轉入反攻，「收復」了失去的陣地。機關要開祝捷大會，命我們在很短時間，將舞臺和音響設備準備好。呂隊長帶我們回來找設備，發現原先用來標記定位的三棵獨樹，有兩顆被「砲彈」炸飛了，現場面目全非。我們憑記憶亂挖一陣，什麼也沒挖到。

限定的時間，在一點一點迫近，呂隊長、宣傳科文科長、甚至政治

部主任都急了。放映機之於放映員，就是戰士的槍，丟了就是丟命；之於電影隊、宣傳科乃至政治部，那就是一套保障設備，丟了算事故。大家都清楚利害關係，所以都在絞盡腦汁想辦法。「餿主意」也是滿天飛。關鍵時刻，駕駛員老馬一句話提醒了我：「你不是工兵營出來的嗎，找你那些戰友幫幫忙，立刻調一部探雷器過來！」

工兵營駐地較遠，調探雷器顯然來不及了，但我當過工兵，順他的思路一想，辦法還是有了。

我從放映車上取下加侖桶，倒掉裡面的水，拴上繩子，差不多就是一個簡易的探雷器，在大致確定的範圍慢慢拖動。堅壁洞裡有一對大功率音箱，磁鐵很大，有時可以將音箱吸附在鐵架上。加侖桶是純鐵玩意兒，這麼大的表面積，吸力一定小不了。

因陋就簡的「探雷器」還真的有用，在我跑得滿頭大汗的時候，它在一個不被人注意的地方明顯變重了。我轉著圈拖了拖，確定無疑，就在一幫機關幹部懷疑的眼神裡揮鍬開挖。三鍬見真貨，誰也不敢小覷我這個小兵砣子了。

野戰訓練總結時，這個事蹟被記錄下來，本意是表揚我，在關鍵時刻急中生智，讓預設科目圓滿完成。結果被師長在大會上點名批評，說我們沒有第二、甚至第三套方案，最後找到放映機只是僥倖，僥倖有個放映員當過工兵。

總部上下都感到壓力很大，層層要求總結經驗教訓，制定整治措施。呂隊長被文科長叫去談了一番話，回來就甩臉給我看。我知道當時要找不到設備，結果就是被處分，從上到下都少不了。現在客觀上是讓我露了臉，顯得別人不專業。不專業很正常，術有專攻，大家都是搖筆桿子的。問題是有人不這麼想，能人擠堆的地方，總是七嘴八舌。

西陸兵事

　　反正我也沒做錯什麼，乾脆呂隊長他說他的，我裝作什麼都聽不見，把軍報從報頭翻到報尾，一個字也沒看進去。他見我不搭腔，突然提一個放映機齒輪間隙的業務問題？我衝他一笑，感覺今天不被他逮住點什麼，怕是不能過去，就故意說個放大百倍的錯誤資訊。他一聽反而樂了，拿一本雜誌扔我：「新兵，敢捉弄我！去叫一下人，我們開會！」

　　呂隊長只管兩個放映員，除了我還有一個白天負責放廣播，住在廣播室。老馬沒事就擦車，他能管一半，老兵嘛！三個半人的會議上，隊長把科長教育他的那些話，全部上情下達，這樣他就輕鬆了。然後又強調：「野戰訓練的方案，都是反覆推演確定的，師長臨時增加難度，也沒推演，政治部都是一幫秀才，誰知道怎麼臨時處置呢，這不是逼著政工幹部學軍事嗎？」

　　「哎，你還真說對了！」老馬指著我剛才翻的那張報紙說，「這上面就報導了某部政治機關學軍事的事蹟，你們看看。」

　　隊長搶過報紙，竟然讀出了聲音。我也湊過去，自責剛才有眼無珠。隊長終於抓住了我的「粗心大意」毛病，表揚老馬果然是「老革命」，眼窩子擦得就是亮。他馬上拿起電話，向文科長彙報。文科長的聲音很大，我們都能聽得到，笑話呂隊長是馬後砲，主任已經指示重寫整治報告，立足點就是政治機關幹部學軍事，掌握必要的戰術技術知識，保證戰時應付各種突然情況。

　　「吭！吭！」我們都圍在電話機周圍聽科長作指示，沒注意師長已經站在身後。師首長也不是第一次來，所以我們也不像基層戰友那般誠惶誠恐。隊長略顯拘謹地搬椅子讓座，我趕緊洗杯子沖茶。師長不坐，也不喝茶，漫無邊際說了一句「想吃狼肉」，就一個個看我們的反應，然後指著我問，「這個臉紅的就是李曉劍吧？」

啊？！我大吃一驚，慌亂中把開水倒在了桌子上。師長顯然是衝我來的，而且追究的是打狼的事情，我就摸不清這裡的深淺了，放下水壺，怯怯地應了一聲：「我是。」

「聽說你打了一匹狼？」

「是的，首長！」

「還聽說浪費了我八發子彈，光拿回一張狼皮，上面還有三個彈孔，肉呢？」

師長連這些細節都知道了！我突然有點額頭發冷，弱弱地回答：「吃了。」

「都誰吃了？」

「這個……」我不知師長的用意，也不知該如何回話，靜靜地站在原地，看見呂隊長衝我吐舌頭。

「臭小子，煮了一鍋狼肉也不給嘗一口，我還是你們的師長嗎？」師長前頭還一本正經，大概看我很不自在，突然笑了。「狼肉好吃嗎？」

「不好吃。」我如釋重負，明白師長不是來興師問罪的，但心裡的後悔還是有的，後悔自己沒有安子陰那樣的心眼，後悔當時沒想到給首長都帶一點，後悔……有些東西屬於思維模式，父輩沒給我們傳下那些意識，後悔也是沒有用的。

「告訴我，你那天怎麼就想起，用一個鐵桶當探雷器呢？」師長終於轉了話題。

我的精神壓力徹底解除了，輕鬆地說：「那都是黑參謀教的。」

「黑參謀教過用鐵桶？」

「黑參謀講的是磁性原理，我只是反過來用。」

「哦！」師長點點頭，走了。

呂隊長把那張報紙扔給我說：「你攤上事了，準備打包走人吧！」

我在惴惴不安中過了兩天，如同過了兩年。

第三天一上班，我就被文科長叫去了。他這人戴一副厚眼鏡，看人的時候，往往從鏡片上面瞅，多少有點舊時代的帳房先生的做派。他收拾呂隊長毫不客氣，但對我們這些大頭兵一向很客氣，讓座，倒水，先問最近工作怎麼樣，有什麼困難。

對這些套話，我自是應對自如。事實上一天近似一天，要想把每一天都過得很精彩，那種日子不在人間。就是這兩天忐忑不安，那也不能跟長官彙報。

文科長掰著指頭，歸納了我的優點，竟然有四五條，把我嚇了一跳。但因為沒有帶本子，只記下一條：學習能力強。缺點呢，叫我多和同事們打好關係。

對我的考驗還沒結束，由不得自己。我馬上將入伍一來的經歷都過了一遍電影，似乎同所有人的關係都很正常，除了安子陰。難道我往安子陰身上倒湯的事他也知道？好吧，有則改之。感謝文科長的諄諄教導，以後一定嚴格要求自己。

文科長見我也還虛心，就把話題一轉，開始徵求我的意見，對電影隊的，對科裡的，甚至對政治部的。天！在一個人人喜歡報喜、個個都怕報憂的圈子裡，我一個小兵碇子，就是打死也不敢造次，所有能說的就是衷心感謝組織，感謝首長，讓我在工作中增加才幹，茁壯成長。

「那好，你走吧！從這個門出去，你就是司令部的參謀了，去三樓工兵科報到吧！」

咦！這樣啊？

我不記得是怎樣離開文科長的，只是在樓道把身子挺得筆直，似乎長高了幾公分，上樓的腳步很輕，爬樓梯如履平地。

一樓之隔，我從政治部調到司令部；門裡門外，我由大頭兵變成了幹部！激動，高興，一種想放聲歌唱的興奮。呂隊長說我攤上的事，難道就是這個？攤這種事，我願意！

一個在機關當打字員的同鄉，上完廁所看見我，高興地帶我到工兵科。我的任職命令是他列印的，他經常列印各色人等的任職命令。他的出現，讓我突然覺得自己不過爾爾，升個小幹部，並沒有什麼了不起，我們的名字，不過是他鍵盤裡幾個字元。從今天開始，雖然身分標籤變了，但我還是昨天的我，單眼皮小耳朵肚臍窩往裡翻的本質，沒有絲毫改變。

工兵科長王黔龍眼下是光桿司令，而且光桿司令還得繼續當。一個參謀調走了，黑參謀接兵去了，回來後繼續擔任新兵營長，新兵訓練結束後將去工兵營當營長。我這參謀是從放映員提拔起來的，沒有基層帶兵的經驗，所以上任第一件事，就是當新兵排長，今年的新兵馬上就到了。後來聽說我的任命是師長提議的，他覺得我是塊磚，但放錯了地方。政治部就只好發揚風格了。

帶新兵的幹部也要集訓，由教官教我們下口令，做動作，習練正人先正己。否則，真有可能搞不清什麼情況下「向右看齊」，什麼情況下「向左看齊」。

集訓點就在教導隊。兩年不見，這裡發生了不少變化，首先是結束了用蓄水池的歷史，打了一口井，修了十幾公尺高的水塔；再是在營區前後造了幾片林，全部是在戈壁上挖池子，從遠處拉來沙土回填，然後

栽種了沙棗和沙柳苗。雖是三九天，沒有一片樹葉，但那些風中的樹幹都是生命，無意間給荒涼的戈壁增添了幾分活力。

黑參謀成了黑營長，一見面就對我耳提面命，我明白他是叫我到機關後，少說多做，夾著尾巴做人。

軍事幹部與政工幹部的做派，在形式上有很大區別。

黑營長把我放到一連一排，帶的是長江邊上的四川兵。這些新兵弟弟雖然個頭普遍偏低，但一個比一個聰明。有個叫曾小軍的，幾乎是「羊娃子」的翻版，也是父母雙亡的孤兒，十六歲就來當兵。他在第一天出完操，就打了一盆洗臉水給我，把牙膏擠到牙刷上，稚聲稚氣地站在我面前：「排長，請死吧！」

「死？」大清早的咒我，這小子是不是晚上夢遊到子虛國去了，滿腦子鬼話魔咒！我沒好氣地瞪了他一眼。

「裡不死啊？裡不死我就撒了！」曾小軍一臉固執，說著就要端盆子出去。

我真想飛起一腳，踹這小子的屁股，雖然我剛從新兵過來不久，不像當初的高排長那樣嚴厲。正在沒好氣的時候，籍貫湖南的一班長突然笑彎了腰，解釋這些兵的老家把「洗」說成「死」，把「你」說成「裡」，「撒」和「灑」也是分不清，他是請我洗臉呢！

我有點尷尬，為自己的無知。刷牙時尋思：曾小軍小小年紀，怎麼一到部隊就知道討好上級？抽時間單獨談了談，才知道是他們村一個復原老兵教的。這個不好，很不好，與疊被子包餃子的軍旅文化截然不同，我在當新兵的時候就深惡痛絕。

當天晚飯前，我召集幾個班長開了個簡短的會，然後當眾宣布：不許戰士幫排長、班長擠牙膏，打洗腳水、洗臉水，不許下級給上級洗衣

服、刷臭鞋，做屬於個人應該做的事情。自己的事情自己做，希望大家把心思和本事，都用在訓練上！

我這「訓令」，多少有些招嫌惹怨，是對長期以來的不成文規矩的公開宣戰。黑營長的評價是「有點書生氣」，但鼓槌敲到了點子上。他把我的「訓令」變成「營長訓令」，規定不許老兵欺負新兵，不許下級巴結上級，要把舊軍隊遺留下來的邪氣歪風，從今年的新兵這裡戒除。

引發這個「訓令」的曾小軍，身世可憐，身子骨相對單薄，我對他的關照自然多一些。我反覆扶他上單槓，講解射擊的要領，甚至在連裡幾天吃不到米飯時，找教導隊的司務長幫他打了一點。這小傢伙也很爭氣，射擊考核打了全連第二，連黑營長都對這個小個頭刮目相看，有意將來分到他營裡當通訊員。

然而到了手榴彈投擲考核，這個曾小軍卻犯了錯。我將手榴彈的後蓋開啟後，親自將拉環套在他手指上，然後下達投擲的命令。誰知他想把拉線在手指上纏一下，用力太大，將拉線拽掉了。看著一股白煙冒出，他似乎忘記所有的要領，突然不知所措了。

糟糕！手榴彈要是在他手裡爆炸，死的可就不是他一個。我也沒有什麼選擇，一把奪過冒煙的手榴彈，用力扔出去，同時將曾小軍撲倒在地。

一聲劇烈的爆炸之後，我發現師長壓在我身上，黑營長壓在師長身上。

師長是來觀摩投彈考核的，他以尊貴的身軀，父輩的年齡，保護我和一個新兵，讓我感動，讓我羞愧，讓我突然想起他在電影隊要狼肉的情景。

我迅速立正，行舉手禮，高聲報告道：「師長，我欠你一塊狼肉！」

師長拍拍身上的沙土，似乎什麼都沒發生：「好，繼續！」

12　烈士不知身後事

　　這年秋天，一場戰役規模的實兵演習在崑崙山下舉行。

　　按照攻堅戰的演習預案，三個步兵團一個主攻，一個助攻，一個作為預備隊，砲兵團的火力則分成主炮群和機動炮群，師部直屬各專業分隊也都領受了相應的任務。

　　經過幾次沙盤推演，我對這次演習的方法已經諳熟。戰役的目標，是要奪回被敵人占領的一個策略高地，將敵人壓制到國境線他方一側。一開始，參謀長根據師長的決心，下達進攻命令，先命主炮群進行戰鬥預備，掃清兩個方向的明碉暗堡，然後通知助攻團先行出擊，製造錯覺給敵人，待敵人將防禦目標調整到助攻方向後，主攻方向的攻擊才突然發起。敵人發覺上當後迅速調整部署，並對我主炮群實施反壓制；我主炮群轉移的同時，機動炮群出其不意，運動到指定位置，對敵砲兵陣地實施毀滅性打擊，掩護主攻團，抵近殲敵，奪取策略高地。

　　演習日程確定後，我突然被安排到導演組。導演組就是扮演敵人的角色，不同的是隻出招，不出兵，不使用火器，虛兵實玩。我覺得這一切按牌理出牌的演習，就是打一場一切都在掌握中的戰役，有些不過癮，就在機動炮群運動時，建議設定主炮群撤退至河邊時被敵方偵得，機動跑群被迫開火掩護，結果暴露位置的態勢，看前敵指揮部如何應對部署。

　　導演組組長是副參謀長，也就是說這場戰役，是參謀長和副參謀長在打。他覺得我這點子有點尷尬，會打亂「前指」的思路，但事關全域性，事先未徵求參謀長意見，牽一髮動全身，還是按部就班的好。我聽

說上級已任命他接任郭參謀長的職務，郭參謀長改任副師長，檔案已經到了，只是還沒宣布，這個節骨眼上，自然是不想出難題給領匯。但我認為演習就是為了打仗，未來敵人可不會告訴我們他如何打，沒有這個「節外生枝」，挺遺憾的。

　　沒想到師長也不滿意完全按沙盤推演的演習，突然來到導演組，要求出點新情況，來點沙盤上沒有預演的，這樣更接近實戰。副參謀長看了我一眼，按照我的思路彙報給師長。師長指示還可以再大膽一些，比如說主炮群在完成第一波攻擊後，被敵人重創了。

　　有了師長的「尚方寶劍」，導演組接連出了幾個損招，一時使前敵指揮部失去主動，疲於應付。作訓科長氣勢洶洶，一副興師問罪的架勢，人還沒進帳篷就罵導演組胡導亂演，完全是扯蛋！一看師長就坐在沙盤前，就是有多大的火也不敢發了，只好灰溜溜退出去。接下來他們動了大腦子，幾番應對，終於變被動為主動。

　　就在「前指」信心滿滿，調預備隊增援時，突遇河水猛漲，預設過河的地方河床成倍變寬，無法按原計畫架設浮橋，只能實施漕渡的預案。考慮到漕渡一個團的兵力和裝備，現場組織工作很複雜，王科長向導演組借人，我又被提溜出來，派往漕渡點幫助協調。

　　我乘一輛掛偽裝網的吉普車，很快趕到漕渡點，只見長蛇一樣的運兵車，正一字排在路上，說怪話的罵嚷的雜音，一浪高過一浪。帶隊的團長原是司令部的作訓科長，雖說不熟，也算認識。他一看到師機關的車，馬上立正，向我敬禮報告。我一個排職小參謀，哪敢沒大沒小，受一團之長的舉手禮，趕緊還禮，而且一直等到他放下手，我才放手。

　　團長說：「你雖然職務低，但是身分不一樣，代表的首長機關，沒有什麼不好意思的。」

我說：「老科長，我是來向你報到的，你有什麼指示，我一定照辦！」

「你這小子，嘴倒是挺甜！」團長說，「那你趕緊催促黑營長，讓他們動作快一點，別誤了老子的戰機，可別說我跟他認識！」

「遵命！」我向團長敬個禮，說明遭遇突發情況，漕渡肯定比原計畫費時間，請他們稍安勿躁。團長表示理解，喝令部隊保持安靜。

我很快趕到漕渡碼頭，發現工兵營的兩位主官都身穿救生衣，在現場指揮。黑營長與戰士一起撐桿，他的新搭檔吳選旺教導員鎮守碼頭，組織人馬車輛有序上舟排。兩位都是我的良師兄長，我跟他們一點也不見外。老營長調到兄弟部隊去了，與之一起調走的還有孟興成副營長。年初西南邊境戰事爆發，各部隊擴編，需要大批幹部。

其實部隊升官主要是看機會，就跟上舟排一樣，趕上這一批就上，趕不上就等下一批，也許下一批機會還沒來，你已經離開了，與每一批兵員的整體素養無關。我們這一屆兵算是鴻運高照，一大批像我一樣的愣小子，都穿上了幹部服。

安子陰現在是舟橋連的二排長，眼下正信心滿滿，與丁華的一排在河面展開漕渡競賽，看誰的舟排擺渡得又快又安全。他遠遠向我揮手，我大聲向他喊「加油」。

漕渡即將結束時，上游突然漂下來好多雜物，有原木，有木板，還有門窗桌椅，被褥衣物。這些漂浮物數量眾多，個體分散，排除起來頗費功夫，為漕渡工作帶來極大威脅。一旦最後這幾組舟排被漂浮物纏上，漂離碼頭，下游兩公里之內沒有登陸點，部分人員和裝備就不能按時集結，算作非戰鬥減員，團長不把我們吃了就怪了。

黑營長帶頭跳進渾濁湍急的河裡，用撐桿引導漂浮物。安子陰喚了

一聲「營長」，招呼一些人隨即下水。他入水的時候簡直像條鯉魚，動作的弧線非常優美。丁華也帶著戰士跳了下去，一下水就招呼安子陰協同。戰友們有的用撐桿，有的用槳板，有的乾脆徒手清障，但人手畢竟有限，漂浮物卻越來越多。吳教導員一看著了急，招呼岸上的駕駛員和廚師，通通下水。我也顧不上穿救生衣，縱身跳進急流裡。

崑崙山消融的雪水，冰冷刺骨，凍得人牙齒直打架。但「戰事」要緊，誰也顧不得了。大家咬緊牙關，組成一段一段人牆，擋住漂浮物，掩護舟排快速通過。

不知不覺之間，危險在悄悄積聚。一堆被攔的破氈爛絮，終於擋不住滾滾而下的河水，從一堆木頭上翻捲過來，突然蓋住了安子陰，將他捲了進去。我大喊一聲：「救子陰！」就什麼也不顧了，奮力向其接近。誰知又一團絮狀物飄來，我也被纏住了，多虧丁排長和曾小軍拚力相救，我才僥倖脫險。可是安子陰，那個曾經讓我十分討厭的戰友，我的同學和同鄉，卻被淹死了，遺體在夜裡沖到水電站才被撈起。

演習結束後，安子陰被安葬在烈士陵園。這裡蒼松挺立，翠柏環繞，靜靜地安臥著許多烈士，有的已經默默地長眠幾十年。他們為國家的安全獻出了寶貴的生命，大多數死得很平凡，並沒有多少轟轟烈烈的事蹟。

讓我驚訝的是郭虹，她和另一個女兵，為死者擦洗化妝，表現得極為平靜。口罩上面那一對杏眼，似乎含淚，白手套裡的纖細手指，把死者的軍裝整理得平平展展。此時此刻，對於死人的害怕，已經從我的心理世界，徹底消失了。

安子陰的父親被請來送兒子最後一程，與他同來的還有兒子的未婚妻。那女子幾次痛不欲生，幾次要往墓穴裡跳，在場的人都為之動容。

安葬儀式之後，吳選旺教導員告訴我：「安子陰說他欠你一個道歉，本打算這次演習後找你。」

「唉，不說了，人都不在了！」我說。安子陰要是活著，我跟他也就面子上過得去，不可能有什麼深交。他不看天，也不看地，不看滿世界升官發財的，就只盯著自己的同學、同鄉，生怕別人比他進步快，比他多得到點什麼。你要與他有競爭關係，他就死抱著「弄死對手活一半」的理念，處處搞小動作。你要與他沒有競爭關係，他就一副酸溜溜的口吻，見面不是挖苦就是讓人莫名其妙，似乎你家八輩子之前就欠著他的。

但是那個不那麼陽光的人已經死了，死在演習場，死在自己的職位上。他用無私無畏的行為，詮釋了什麼是一個兵，我對他的一切不滿，都隨著那場洪水流走了。在我的心底，他的形象，永遠定格在縱身入水的那條優美弧線上。

離開烈士陵園之前，我脫下軍帽，用我們老家的習俗，給子陰磕了三個頭，並鄭重地說道：安子陰，你是安邊的安，子夜的子，陰諧的陰，一隻在黑暗的夜裡為國家巡邊的大鳥！

因為鄉緣，我和「羊娃子」想幫安家多爭取一些利益，就問政策之外，家屬還有什麼要求，不出格的話，我們會向相關部門反映。安子陰有四個妹妹和一個小弟弟，大妹考上了專科，其他幾個都還在讀中小學，一家人住在土改時分的兩孔窯洞裡，日子很不寬裕。

烈士的父親覺悟還是很高的，覺得部隊該辦的都辦了，地方的照顧也落實了，沒有其他要求。但那個未婚妻，卻不省事，竟然提出一個棘手的問題，讓所有人都措手不及──她要當兵，穿軍裝，繼承未婚夫未竟的事業。

相關部門以她超齡，不具高中學歷，不符合入伍條件，以及沒有女兵指標等理由安慰勸解，她就是賴在部隊不走。安父無奈，自己回家了。女子一看當兵無望，又提出她要在部隊找對象，她這身子許給了部隊，一輩子非軍人不嫁。這就讓人懷疑她在安葬那天的表現，摻進了表演的成分。

　　我說：「我們現實點，不要想當然。」

　　她一聽突然哭了：「我怎麼現實？我從十七歲等到二十二，桃花一樣的臉蛋等黑了，水汪汪的眼睛變痴了，多少好姻緣錯過了，如今子陰一走了事，他爹抱著烈士證回去領照顧去了，我從此落下『剋夫』名聲，誰還敢要我呢……」

　　安子陰這個未婚妻，我多少聽說一些。她國中畢業後回家做農活，沒多久就與安家訂婚了。我們當兵後國家恢復了考試制度，她連考兩年沒考上，過年時聽說安子陰升上幹部，就期望能趕緊結婚，隨軍吃商品糧。安子陰回信說部隊有規定，不滿二十五歲不批准結婚。她怕安子陰變成「陳世美」，要其先與她把該做的事情先做了，到年齡再去公證結婚，否則她就到部隊來住，等安子陰長到結婚的年齡。

　　安子陰將信給教導員看了，吳選旺提醒他妥善處理，這種事情十分麻煩。安子陰回信警告：不鬧就保持關係，要鬧就玉石俱碎，大不了復原回家。她還真被這封信給鎮住了，沒再鬧。現在安子陰出了事，她換了一種方式，鬧上了。

　　吳選旺教導員以老大哥的身分，不厭其煩地講了很多道理，肯定了她熱愛軍隊的崇高感情，把戀人與夫妻的法律關係，掰開了揉碎了講給她聽。沒想到她的臉皮更厚，毫不害臊地說：「張大明和李曉劍，都是子陰的同鄉，幾個人又一樣大，他倆我都能看上。」

張大明遠在軍校,大概耳跟發燒。我一看她來者不善,乾脆越躲越遠。黑營長打趣說:「要不,你就認了,反正你也沒有對象。」

人要沒了自尊,也得不到別人的尊敬。一個烈士的未婚妻,硬是把人們對她的尊敬和同情,一點點消耗完了。她一住三個月,行為越來越不像樣,讓服務人員幫她洗衣服,動不動跑到食堂打飯。眼看春節將至,還沒有走的意思,逼得招待所採取斷供措施。連隊只好擠一擠,把醫療兵和文書的房間騰給她。她吃飽飯就往連部一坐,一會兒要打電話給營部,一會兒要打電話給其他部門,也不管連隊開會還是辦公。

「羊娃子」實在忍不住了,就向我求救。「她娘是遠近有名的『神姑』,誰黏上誰倒楣。這貨能說『剋夫』的話,肯定是她娘教的,你再不想辦法,她就把我們老家的人丟光了,子陰在烈士陵園也躺不安生啊!」

「羊娃子」後面一句話,確實刺痛了我。有什麼也不能有病,丟什麼也不能丟人。安子陰啊,安子陰,你怎麼會有這樣一個未婚妻呢?

隔了一夜,我來到安子陰以前「犯事」那個派出所,諮詢對付無賴的辦法。巧的是艾爾肯江調來這裡當所長,兩人一見面就有說不完的話,還邀請我過段時間參加他的婚禮。我說了來意,他認為事情雖麻煩,但如果部隊把人送來,他們也會按照相關法規,對其進行訓誡。

「訓誡倒不必了,只要你配合演一齣戲,把人趕走,萬事大吉。」我說。

星期天一大早,艾爾肯江穿著警服,帶了一名助手,騎著摩托車到工兵營大門口,聲稱要抓一個長期擾亂部隊秩序的女人,口裡來的,卻不肯登記進去,只催哨兵打電話給舟橋連。那女人剛好在連部煩人,一聽通訊員接的電話是要抓自己,頓時亂了方寸,趕緊找「羊娃子」問怎麼

辦。羊娃子表現得很緊張，提醒她趕緊跑。她擔心警察在門口跑不掉，急得眼淚都下來了。「羊娃子」就當著她的面，給我打電話，請求「幫助」。

我事先已經聯絡了老馬的放映車，一路直奔工兵營，拉上人就走。出門的時候還故意同艾爾肯江打個招呼，問他到這裡何干。艾爾肯江裝作很生氣的樣子，埋怨哨兵不讓進去抓搗蛋女人。我讓他等一等，回到辦公室幫他協調。然後瞅了一眼後座蜷作一團的女人，心想：她也有害怕的時候。

放映車一溜煙開到長途客運站，我揣著事先買好的客票到售票處繞了一下，然後將女人送上車，又塞給他一百塊錢，讓他一路別往窗外伸腦袋。

客運車啟動的時候，我總算聽到一句變了調的「謝謝」，並不能看清她裹在頭巾裡的臉面。我招呼司機停一下，脫下大衣遞上去，對她說了聲「一路保重」，眼淚竟湧了出來，不由自主。

我和老馬將車開到烈士陵園，在安子陰的墓前佇立許久。我隱約有一種不那麼正大光明的負罪感，不知該不該對他說一聲抱歉。

13　天涯何處尋芳草

　　過完春節不久，我的探親申請批了，王科長通知我回老家前，先去四川送一趟老兵。這肯定是一個深諳統籌學的安排，裡面充滿公私兼顧的邏輯。

　　老兵比新兵待遇高，敞篷汽車拉到吐魯番，就改乘綠皮客車了。被送的老兵，也有與我同年的，雖然好多人心有不甘，但普遍顧全大局。我對他們似有一種莫名的歉意，一路客氣熱情，陪打牌，陪喝酒，陪聊天，氣氛平靜。

　　火車進入四川時，我猛然想起曾經與肖積冰有個約會，紅著臉向後勤一個助理員借了一些錢，買了個玩具槍給肖積冰的兒子。因為我這一年攢的錢，差不多都花在處理安子陰的身後事上了。

　　閬中這地方真是不錯，嘉陵江在這裡轉了個葫蘆灣，看起來山圍四面，水繞三方。一塊富庶之地，養育了一方熱辣的川北兒女。雖是三月初春，這裡已然山清江水秀，柳綠菜花黃。繁忙的碼頭小船擁擠，川腔高亢，窄窄的石板小街，滿是忙碌的人影。

　　我的老首長在工商局的市場科，成天跟街頭小販打交道，什麼小吃都找有點講究的。他讓我遍嘗張飛牛肉、紅油火鍋、牛肉麵的麻辣，也帶我到張飛廟祭拜上香，給我細數張飛在閬中的歷史傳說。她的妻子一再問我喜不喜歡這個地方，我的回答自然令她自豪。她的妹妹在一旁直衝我笑，笑起來眼波流韻，彩霞貼頰，很唯美。

　　她在政府機關當文書處理員，長得白皙可愛，小巧玲瓏，有一雙會說話的眼睛。

她在姐姐姐夫陪老人打麻將的晚上，主動邀請我到江邊散步，兩人一起聽槳聲號子，看水中月沉。她覺得兩個人分處川陝，血緣關係遠，將來生的孩子一定聰明。

我對生孩子這樣的遙遠事情，還很難於啟齒，但在與她傍肩而行時差不多被感化了。只是我心裡住著女同學，不能接受她的橄欖枝。結果，我被冷不丁推到江裡，掙扎了好一陣才爬上岸。

川妹子的性格，的確有點辣。送行的時候，她特意送我兩瓶醋，專門強調是當地特產。我一路看著這醋瓶子，心情還真有些酸酸的。

我與父母熱絡了一夜，第二天就上市區了。

市區與我離開時沒有多大變化，只是街上的小販明顯增多，賣的東西也不僅限於地裡的出產。我懷著忐忑的心情，整整領口的風紀扣，耐心地敲著城北一扇矮小的黑門。好長時間才出來一位牙齒漏風的老太太，她用黯淡的目光打量了我半天，又抬頭看了看天，才閉上眼說：「沒下雨啊，女子嫁人了。」

我的失望可想而知。我不知去省城替劉松濤看望父母之後，為什麼還要去看她，聽她饒有興味地述說，我在她家「囫圇吞餃」的臭事。那是她過十六歲生日的一天，邀請了我們班幾個同學，到他家吃飯。我能被一個市區戶口的女同學邀請，榮幸得忘了自己是誰。她的母親煮了餃子，一連為我夾了兩個。我以前沒見過這東西，三兩下就送到胃裡，頓時心口發燒，喉嚨冒煙，亂跳亂叫，趕緊趴水龍頭上喝了一肚子涼水。她和幾個女同學笑得前俯後仰，說我把餃子當棗子吞了。

她的丈夫是個副食品公司的採購員，在商品短缺的年代優越感超多，張口閉口「當兵的」，不大的功夫就提醒「孕婦不能坐得太久」。我清楚他的雙關，知趣地起身告辭。她卻堅持腆著即將生產的大肚子，送我

走到車站。一路上盡說些上學時的趣事,關於他的戀愛與結婚,一字未提,也沒問一句我在部隊的經歷,只在告別時叮囑我:「趕緊找個喜歡的人結婚吧,別耽誤了!」

我的尋愛之旅如此滑稽,那些未枕黃粱的美夢,像肥皂泡泡一樣瞬間破滅。我想在老家靜靜地待上幾天,誰知媒人前腳走後腳到,幾乎踢斷門檻,所提的親事,大都是我入伍前不敢高攀的上好人家,正所謂「人到哪事到哪」。就連安子陰那個前未婚妻,也領來了自己的表妹,還鄭重地提醒我:找個外地人,吃都吃不到一起。

父母把我所帶的土特產,都送了鄉鄰。妹妹大概看出我的煩惱,裝了幾雙他做的鞋墊給我,勸我趕緊走人!

去哪裡呢?閬中嗎?不能再一次自討沒趣!

我提前歸隊了。只有回到軍營,我才重新找回自信。冷靜了一段時間,無意間在列夫·托爾斯泰(Lev Tolstoy)的《戰爭與和平》(*War and Peace*)裡,尋到許多戰友的影子,便把這一路的荒唐,像菸圈一樣吐了出去。

過了幾天,艾爾肯江一個電話,讓我對他的婚禮產生了幽深的記憶。

這位帥呆了的維吾爾年輕人,娶了一位婀娜多姿的女舞蹈演員,誰看見都異常羨慕。有幾十位歌舞團的演員,作為娘家人助興演出,城邊的小院子充滿了歡樂。一會兒,所有的賓客都一起跳舞,稱為「麥西來甫」,更把歡樂的氣氛推向高潮。我笨手笨腳,只會跳幾個簡單的舞步,被幾個熱情美麗的女演員圍在圈裡,出盡了洋相。幸虧艾爾肯江過來解圍,讓我上裡屋去坐。

我一進門就驚呆了:師長盤腿坐在炕上,與一幫上年紀的維吾爾老

者吃饊子，剝花生，舉杯喝奶茶，談笑風生。早就聽說師長長期戍邊，有不少少數民族朋友，維語很流利，今日百聞不如一見。

艾爾肯江介紹師長旁邊那位帶花帽的，是他的父親，剛當選縣長不久，其他的都是父親的同事和親戚中的長輩。我向各位長者致意，不失一個軍人的風度。出門的時候，在艾爾肯江屁股上搥了一拳，埋怨他搞「突然襲擊」。這傢伙誇張地高聲嚷道：「報告師長叔叔，你的兵打人了！」炕上的人笑成一團。

「打誰？打誰也不能打新郎官！」師長今天是「吃人家的嘴短」，明顯地向著主人。「罰他唱歌，我聽說這小子唱得不錯。」

「唱歌！唱歌去！」艾爾肯江塞給我一只蘋果，拉上我回到熱鬧的氛圍。

唱就唱唄，這又難不倒我。我走到人群中間，拱手表達對朋友婚禮的祝賀，然後清了清嗓子。我想唱我那首自創歌曲，那是我的最愛。又怕維吾爾朋友聽不懂，乾脆就自己報幕：〈山楂樹〉。令我沒想到的是，我的話音剛落，手鼓就響了，緊接著卡龍、熱瓦甫、艾捷克、蘇吶依、納額熱等民族器樂一齊鳴奏。

樂手們對這支俄羅斯歌曲的熟悉，大大出乎我的意料。優美的旋律，加上我洪亮的歌聲，迅速感染了在場的賓客。大家無分男女，也不論老少，紛紛踩著四分之三的節拍舞之蹈之，或成雙成對，或三五成群，一會兒連師長也加入到跳舞的人群。一曲終了，又返場一次，讓我初次領略維吾爾民族的能歌善舞。

一位身材頎長的女演員，向我敬了一杯奶茶。她白皙的長脖和烏黑的辮子楚楚動人，她那黑眉大眼深眼窩，讓我想起電影裡的女主絕，而她身上一種奇異的香味，讓我心口猛烈地躁動。我們對視了幾秒，她的

目光竟然沒有躲閃，而且臉蛋飛起紅暈。在接茶杯時手指的輕輕觸碰，像一股電流酥麻了我所有的神經。

婚禮結束後，明月初上。小小的邊城，到處飄著烤羊肉的膻味。

我和奧依古麗，慢慢地走在樹影婆娑的路上，她看我一眼，我看她一眼，然後就是笑，羞赧或者憨厚。她的話不多，漢語也不是很流暢，更多的是向我討教一些漢字的發音。快到她家的時候，路過一個又窄又長的巷子，碰上一些她的熟人，對我的出現或者噴舌，或者怪叫，表現得異常怪異。我把她送到門口，她又把我送到巷口，臨別在我臉上輕輕親了一下。

當天夜裡，我這個土包子失眠了，被親過的臉龐情如泉湧，腦海裡全是女演員奧依古麗的倩影。此後的幾天，我都在蜜一樣的日子裡度過。靜靜的河邊，有我們追逐的腳步；高高的樹林裡，有我們爽朗的笑聲。我們一起去看電影，在門口買了幾個熱得燙手的烤包子，你傳給我，我傳給你，咬一口不燙了，才遞給對方。就在我考慮要不要將戀情公開的時候，她卻突然不理我了，電話不接，到公司找她，門衛說請假了。

事情來得莫名其妙。

五一節後，春的巧手也開始打扮西陲的小市區，城東的公園裡綠枝舒展，桃杏爭豔，蜂飛蝶舞，人流如織。孩童歡笑，小販叫賣。美人頭上，裊裊春幡。我按照艾爾肯江約定的時間，來到桃花掩映的八角亭，剛一轉身，看見奧依古麗和她母親的身影。

奧依古麗穿一身艾德萊斯連衣裙，戴一頂巴旦木小花帽，脖上圍著藍底的大紗巾，體形修長，姿態娉婷。一陣微風吹來，撩起的紗巾遮住了她半個臉龐。她扯一扯紗巾，撥一撥頭髮，右手撫在前胸，彎腰向我

鞠了一個躬，沒正眼瞧我一下，也沒說一句話，擰身就走。她母親急忙追她而去，臨走留下一句不大熟練的漢語：「不幸（行）的！」

剛剛萌發的愛情火苗，很快被現實潑了一瓢涼水。艾爾肯江告訴我，其實漢族與邊疆少數民族通婚的歷史可以上溯到兩漢，就連定遠侯班超還娶了疏勒公主呢。可自近代這裡伊斯蘭化以後，也不知從何時有了不成文的習俗，維吾爾男孩娶漢族女孩為妻，那是一個家族的榮耀，臉上有光；可誰家女兒要是嫁給漢族男性，會在整個家族、甚至周圍引起很大震動。這種習俗有時候可以通融，有時候就變得很頑固。這裡面有文化習俗和生活習慣的差異，深層原因還是與宗教有關。

「要不，你就放棄吧！」艾爾肯江說。

「都怪你，讓我認識了一個不該認識的人！」我在責怪艾爾肯江的同時，給了自己一個大大的嘲笑。

過了幾天，機關裡傳得紛紛揚揚，同事們看我的眼神都有些異樣。就連郭虹都打電話，陰陽怪氣地問我是否「感情氾濫」，快成了「唐明皇」？王科長雖然認為年輕人有愛的權利，但他還是希望我出去躲一段時間。俗話說，眼不見心不煩，耳不聽意不亂。時間是流言的銷蝕劑。

西陲兵事

14　意外剿匪葫蘆谷

　　王科長老謀深算，還真讓我「躲」得老遠。

　　軍區一個測繪小組，奉命到喀喇崑崙邊境地區做地形測繪，所到之處大都處於我部的防區，請求協助和保障。師首長指示，從工兵營抽調幾名身體強壯、軍事素養好的核心成員，組成保障小組，由剛剛提升為舟橋連副連長的丁華任組長。我這個放屁不響的小參謀，帶了一個報務員，代表機關做協調。

　　說是協調，實際上就是領隊，兩個互不隸屬的小組，由我歸結在一起，成為一個小分隊，代號「崑崙之鷹」。但這支鷹隊的頭鷹還真不好當，因為我太嫩。測繪組的組長是個有十三軍齡的工程師，我對他除了照顧，還有一份尊敬。丁副連長從新兵就帶我，是我的老首長，我凡事都與他商量吧，怕給人一個沒有主見的印象，我自己直接決定吧，又怕他覺得我「毛長」。於是我給了自己一個標尺：放低身段。

　　出發前舉行了一個簡短的儀式。參謀長的講話非常精煉，卻頗有鼓動性：「魏巍崑崙，茫茫冰川，高寒缺氧，遠離人煙，一直被稱為『生命的禁區』，只有飛得最高的鷹鷲，才可以領略它的壯麗與雄偉。」

　　當我舉著紅底黃字帶軍徽的隊旗時，忽然熱血澎湃，下意識地檢視了佇列整齊的十多個隊員，和他們身後兩輛吉普車、兩輛設備和軍需卡車，一種沉甸甸的擔當，無形地負在肩膀上。

　　崑崙巍峨，外表高大壯美，一旦接近，你馬上就會感覺它的性格乖戾，簡直是一個魔鬼。為了逐步適應高原的惡劣氣候，我們沿破爛不堪的新藏公路有序開進，每日的行程控制在二百公里以內，卻也是起早貪

黑。上了海拔四千公尺的第一個兵站，我們決定在這個叫作黑戈壁的地方休整一天。誰知一覺起來，軍需車上有兩桶汽油被抽乾了。

這是個袖珍兵站，兩座低矮的土房子，醜陋地躺在這兔子不拉屎的荒野。站上只有三個人，看起來吊兒郎當。一大早三人正在做飯給我們，一聽說丟了四百升油，不約而同首先懷疑油桶漏了。站長是個河北籍志願兵，黑豆小眼，鬍子拉碴。我們領他查勘現場，沒有發現大量漏油的痕跡，而且軍需車廂有人押車，每天下車前都有嚴格的檢查程序。

站長的臉紅了，把頭一低，領我到他的辦公室兼宿舍，指著地上的兩個加侖桶說：「天地良心，我們只抽了這兩桶，不信可問那兩個戰士。」我不明白他守著兵站的戰備油罐，為什麼如此偷雞摸狗。他說：「戰備油罐的油，就是吃了豹子膽也不能動。」

身為一名軍容風紀不大好的軍人，他的底線到底還是有。據說偷點油，也就是拿給路過的地方車駕駛員，換點菸酒糖茶之類東西，幾個人共用。這地方太荒涼了，除了定期有車送點吃的燒的，什麼東西都沒有。

「附近絕對有賊。」丁副連長憑著老偵察兵的敏感，斷定那麼多油不會長翅膀飛走，肯定還有下手之人。我和他交換一下眼神，不想追究兵站監守自盜的責任。那站長似乎若有所悟，想起不久前有輛車在過夜時也丟過油，他當時以為對方騙人，雙方還吵了一架。

早飯後，我和丁副連長帶著兩輛吉普車，在茫茫戈壁大海撈針，追尋盜油之賊。他開始懷疑的一條車轍，走了一段又回歸了大路，我們無功而返；第二條車轍一直伸往戈壁深處，大約四十多公里後傍上一條小溪，輪胎印子也漸漸消失了。

我們決定溯流而上，探個究竟。溪水只有一公尺來寬，最中間也只

深十一二公分,流速很慢。二十多公里之後,兩邊的山勢逐漸升高,最後到了仰頭而觀的高度,彷彿一道天然的山門。山門不寬,至有十二三公尺。進得山門,山谷逐漸開闊,由稀而稠出現駱駝刺和沙柳,不時有動物的骨頭,而且大都完整,看樣子年代並不久遠。

進谷約一公里,地面豁然開朗,闊過兩公里之大,氣溫也明顯較高,幾個人已經解開領口,我的背上也有了微汗的感覺。溪邊的紅柳和沙棘更多,還有蘆葦和一種褐紅色的草本植物,葉子和穗子都酷似高粱,但我這個種過高粱的人,知道它不是。我用望遠鏡四下瞭望,發現谷地再往裡又逐漸收攏,整個形狀酷似一個葫蘆。在葫蘆底附近,還有一片綠色。

丁副連長帶頭下車,在地裡扒拉植物莖桿,弄了幾下招呼我過去,連續踩倒三株高粱狀的植物讓我看。我看它們在一條線上,又檢視了旁邊的幾株,也基本成行,就猜個八九不離十:這東西不是野生的。我將望遠鏡給他,讓他看遠處的綠色。他看了只有幾秒,就斷定那是一片稻田。

「這裡有人!」我們幾乎異口同聲。

「我帶一輛車往前去偵查,你留一輛車在這裡接應。」丁副連長說,「要是沒有情況,我很快就回來。」

「還是我去吧,你在這裡監視。」我覺得危險時刻,自己應該衝在前。

「別忘了自己的領隊身分,毛長!」丁副連長不容我爭,帶了一輛車走了。

我便讓我車上這幾位分散警戒。這裡有一個趙班長,與我同年;劉班副,比我軍齡少一年;還有曾小軍和一個駕駛員。他們都離開吉普車,

將衝鋒槍端起來，推彈上膛，掩蔽在沙柳叢中。我自己則趴在車上，繼續用望遠鏡觀察。

　　這是一個幾乎完美的葫蘆谷，兩頭小，肚子大，谷地那頭也有一條窄窄的山門，溪水自西而東，南北兩邊是高高的陡坡，有些地方簡直是上百公尺的絕壁。我突然為向陽處的一縷青煙感到驚詫，調了調焦距，眨了眨眼，仔細辨認，確實是炊煙，從幾簇沙柳背後裊裊升起。憑經驗，那裡應該有人燒火做飯。只是這谷底平坦，附近找不到高地，沒辦法看得更清楚一些。

　　過了三十五分鐘，丁副連長回來了，從車上推下一個頭髮散亂眼神慌張的女人。「這傢伙做了一鍋飯，足夠六七個人吃。山洞裡也發現了吉普車和汽油桶，奇怪的是沒發現床鋪，也沒發現別的人，問什麼，這傢伙都搖頭，不知是不是真啞巴。」

　　這是個什麼樣的女人？她怎麼能來這所有地圖上都沒有標註的地方？我的腦海裡一連掛出兩個問號，就與丁副連長他們，又押著女人來到冒煙的山洞。

　　山洞寬有六七公尺，深有三十多公尺，慢坡向上，越往裡走越大，最高處足有十公尺。洞壁的巉巖都有人工斫鑿的痕跡，鑿口已經被煙燻得難辨新舊。洞口用石塊壘著，只留有一個進出的門。門口支起一塊大板做簡易桌子，旁邊盤著兩口小耳朵，前鍋的米飯已經熟了，後鍋的燴馬鈴薯也熱氣騰騰。灶後靠裡面是一個乒乓球桌，墨綠色檯面有斑駁的疤痕，球桌周圍有六把鐵質摺疊椅，再往裡是一大堆稭稈柴禾，最裡頭是一些日常生活用具和農具。

　　在這個大山洞的左邊，還有一個敞口小山洞，深只十來公尺，高三到四公尺。洞口放一輛吉普車，看樣子有六成新，沒有車牌。在車子的

後部,有四個汽油桶,一個機油桶,以及一些修車工具,還有好多配件。幾把手電筒交叉照射,沒發現小山洞有什麼機關,周圍也沒有其他山洞了。我拉開吉普車門,發現後座被拆了,裝了一個橡皮軟囊。軟囊是癟的,拔出木塞,口上汽油味很大。這無疑是用來偷油的了,可惜沒抓在現場,不好定罪。

丁副連長認為女人的飯已經做好,吃的人肯定沒有走遠,要帶兩個人重回大洞搜查。我招呼大家返回兵站,雖然偷油賊沒抓住,但已是不虛此行。我們發現了一個近四平方公里的「世外桃源」,按這裡的氣候條件,將來完全可以作為戰備物資儲藏基地。回頭讓測繪組來一趟,新的地名我都取好了——葫蘆谷。

為了安全,我們還是交替行進,丁副連長帶前車開行百來公尺,我所在的後車跟進,前車再開。一陣汽車轟鳴,驚出兩隻黃羊,它們驚慌地站在稻田邊上,也不知剛才躲在何處。曾小軍馬上問我:「打不打?」

以我這個年齡,當然是想打,弄回兵站改善生活。但有領隊的身分框著,手腳放不開。這裡既然有人,就不好判定野生還是家養了。不過又一想,放幾槍再驚驚它們,看能否逼出主人。我說:「曾小軍,你隨便放幾槍,不要打中。」

「是,李參謀!」曾小軍說著,就將衝鋒槍從車窗伸出去,叭!叭!叭!一連放了三槍,打得土起草飛。那兩隻黃羊二次受驚,從呆懵變得清醒,突然奮蹄逃向山門。我想這倆傢伙跑到葫蘆谷以外,就是千里戈壁上的野黃羊了,完全可以作為美味下飯。正尋思它到底是一種什麼味道,山門口「轟隆」、「轟隆」兩聲巨響,煙塵四起,緊接著槍聲大作,有人從外面打了進來。

我急忙與丁副連長會齊,命全體人員下車應戰。其實也沒時間商量

作戰方案，煙塵散落處，幾個射擊的人影隱約已見。隊員們有的憑車射擊，有的以沙柳為掩體，有的直接爬到地上，八支衝鋒槍、兩支手槍一陣交叉亂打，山門口就消停了。丁副連長做個交替接近的手勢，隊員們從兩邊梯次前進，趕到山門口，只見地上挺著三具屍體，還有兩個沒死的，一個打滾哀嚎，一個哭爹喊娘。我讓趙班長和曾小軍貼著門柱迅速突出，向兩側掃射，肅清暗處的匪徒。結果他倆沒有開槍，回頭說沒人了。

這是一場什麼戰鬥呀，我這個參謀還沒擬定方案就結束了，真不過癮！

這當兒，丁副連長已經命人將兩支自動步槍和三支手槍收繳，將兩個受傷的匪徒控制。有一個頸部、胸部都中彈的傢伙，挺不住，嚎叫了幾聲斷氣了，剩下一個右肩和大腿中槍的，還能說話。

為了留活口，我留幾個人在原地警戒，用吉普車將最後一個傷匪押回山洞。洞裡的「啞巴」女人突然說話了，打聽其他幾個人的下落。一聽說都死了，怔了一下，旋即狂笑，揮著雙手一遍又一遍說「天報了」，一會兒又嚎啕大哭，還撿起一塊石頭，將那一鍋米飯砸了個稀巴爛。我叫人幫那哇哇亂叫的匪徒包紮，之後和丁副連長分工，將匪徒和女人分開審問。

原來死掉的匪徒中，有一個是越獄的犯人，逃跑路上搶了一輛吉普車，劫了一個搭便車的女人，想逃往藏北高原無人區，尋找活命機會。上了高原，無意間看見那條小溪，出於好奇，便逆水而上，意外地發現了幾隻黃羊。這個逃犯原先是做地質的，因為常年在外，妻子與人通姦，被他發現後殺了姦夫，也殺了妻子與岳父母三口，因為罪大被判了死緩。他分析小溪與黃羊的發現，一定有適合生命存在的條件，於是一

路尋找到葫蘆谷。他認為谷裡水草豐美，黃羊成群，氣候溫暖溼潤，簡直是個無人打擾的風水寶地，就在裡面住下了。

如果這一對男女從此隱居，種地打獵，也許可以終老，沒有什麼人會刻意找到這個地方。但人往往自以為聰明，逃犯覺得光吃黃羊不是長久之計，他的生活應該更為豐富。他在開荒種地的同時，利用身體強壯的優勢，多次潛到公路邊，以賣黃羊皮為誘餌，專門打劫往藏區載百貨副食的貨車。那些被他劫持來的司機，有幾個留下來與他同流合汙，並與他共享這個女人，其餘的都被他弄死了。

幾年下來，這夥人殺的人不下十個，劫的貨有十多車。後來據說在司機圈子流傳一個神祕的說法，道是黑戈壁一帶有鬼怪出沒，大白天的，突然一道黑雲夾帶龍捲風過來，路過的車輛就被捲到天上去了。因此不到萬不得已，一般人不敢在這一帶停車休息。這也使得打劫少了機會，他們便改搶為盜。偷盜都是去山下的城鎮，長途跋涉，順便將劫持的汽車拆成配件賣掉。小兵站離他們不到一百公里，屬於「窩邊草」，地方車輛停的少，軍隊的東西很棘手，他們一般不吃。這次半夜出來準備下山，無意間發現有人在車上抽油做「初一」，他們才臨時起意做的「十五」，不想還被發現了。

那孔小山洞是原始的，開始用來住人。大山洞的洞口原來很小，但裡面很深，曲裡轉彎，一直通到山上，後經土匪們爆破打鑿，弄成現在的模樣。今天我們進谷後，土匪們很快就發現了，他們就是利用這個通道，跑到外面打埋伏的。土匪們有五支衝鋒槍，都是從黑市買的。他們知道這次較量關係到生存根本，一心想將我們全部殺掉，遂將一百多公斤炸藥全部埋在山門口，設定了兩套絆索。聽到爆炸後又迅速藉煙霧出擊，沒成想被黃羊給攪了局，這可能也是「天意」。

在那個不幸女人的帶領下,我們從柴禾堆後面的小洞口爬上去。在大洞的側上位置,有一個「二樓」,有幾個槍管粗細的通風口,外面一般很難看出。「二樓」上有六個棉被堆疊的睡位,鋪陳得很厚,旁邊堆滿各種布匹、毛巾、鞋襪、香皂、牙膏、蠟燭等百貨,以及菸酒糖點心,琳瑯滿目,什麼味道都有。

「哇,這下我們發財了!」我高興地對丁副連長說。

「是啊,這些物資都是我們需要的。」丁副連長說著,開啟一箱餅乾聞了聞,「雖然時間長了些,但沒變質,肯定比我們的壓縮餅乾好吃。」

然而,我們與繳獲還是擦肩而過。師首長在接到我們的電報後,命令我們封存現場,等待警方前來接收處置。我反覆思索電報紙上這幾行字,懷疑電報員是不是譯錯了。

在等待警方的兩天時間裡,我們將那兩隻被炸得屍骨不全的黃羊,深挖重埋,樹了一塊很大的墓碑,上書「義羊之墓」。在場的人全體脫帽,向其行了三鞠躬禮。

沒有這兩隻黃羊,死傷的肯定是我們。

15　冰消雪融下崑崙

　　葫蘆谷剿匪之後，我們這支小分隊受到通令表彰，我、丁副連長等四人榮立三等功，其他人獲得嘉獎。除此之外，我還得到晉升副連職參謀的額外獎勵。這讓我受之有愧，因為戰鬥打得糊里糊塗，毫無章法，僥倖取勝，相當程度上得益於戰友們過硬的軍事養成和自覺的合作，以及意外獻身的黃羊。還有，我要是聽從丁副連長的建議，對大洞進行二次搜查，也許可能發現那個暗洞，直接迂迴到葫蘆谷外，居高臨下，拿土匪當活靶打。

　　「你就不要得了便宜還賣乖了！」丁華說，「你讓曾小軍驚黃羊，我也沒想到，神來之筆，我的兵就是毛長！」他的驕傲是真實的，「毛長」卻變了味。

　　乘著勝利的喜氣，小分隊很快進入藏北高原，在人跡罕至的荒漠與山谷間，穿梭了半個月，按計畫來到了班公湖。

　　班公湖是個跨界的湖泊，大約有六百平方公里，其中三分之二在中國境內，三分之一在鄰國。湖面的海拔四千兩百多公尺，形狀極像一隻長脖子天鵝。站在巡邏的汽艇上，遠觀群山環繞，雪山點點，近看湖水清澈，魚翔淺底，更有湖中鳥島上斑頭雁和赤麻鴨等候鳥大批產蛋孵卵，景色十分迷人。由於湖水流向的關係，東部在中國境內的水域為淡水，中部為半鹹水，西部在鄰國境內的為鹹水。淡水裡的魚又愛國又守紀，絕不偷渡越界去外國。

　　國界在水上的劃線，僅僅是一排浮標。浮標那邊的軍人，比我們多一臉鬍子，也乘一艘噪音很大的汽艇，一邊打旗語，一邊指手畫腳，嗚哩哇

啦。意思是我方做測量，威脅到他方的安全。我們的旗語兵解釋半天，不存在威脅他們的問題。對方不但沒有理解返回的意思，還將汽艇開到了浮標前，變本加厲地叫喚，意思是即使不威脅安全，也應該事先知會他們。

荒謬，難以理解。我們在自己的領土上做自己的事，憑什麼告訴他們？陪同的邊防站長連連搖頭，詳述這個鄰國自不量力，自從十七八年前在邊境與中國打了一仗，輸得一塌糊塗，也的確老實了幾年，一旦好了傷疤之後，馬上就忘了痛，這幾年又開始沒事找事了，動輒交涉這交涉那，不勝其煩。

「媽的，蹬鼻子上臉！」我的骨子裡似乎還帶著剿匪的得勝之勢，跟丁副連長交換了意見，讓大家趴在甲板上持槍拉栓，弄得嘩啦嘩啦響，保持高壓態勢。邊防站長擔心引起外交風波，提醒千萬不能開槍。上級的要求是不生事、不避事、不屏事、不怕事，有理有節，維護邊境穩定。我朝他笑了笑，並讓旗語兵告訴對方：我們是中國的測繪部隊，不是邊防部隊，我們在自己的領土上進行測量，完全是主權內部的事情，任何干擾我們工作的因素都將被制止。如果你們再朝前開一公尺，越界進入中國水域，我們就讓你們的屍體餵中國的魚。

旗語兵有些猶豫，徵詢地看著站長，站長點了點頭，他便揮舞旗子警告對方。對方大概看到我方汽艇上人多槍多，明顯占著上風，只好灰溜溜地撤走。這讓人充分理解「實力說話」的重要性，弱國無寧邊，忍讓被人欺。

班公湖的裂腹魚很多，一群一群跟著我們的巡邏艇，幾乎不怕人。巡邏的戰友每天都會逮上幾條，根本吃不動。汽艇駕駛員建議我們抓幾條大魚晒成魚乾，帶到山下去。到了山下就成了罕見東西，因為這是「高原魚」。

西陲兵事

　　我覺得這是個好建議，就在測繪兵工作時，和丁副連長配合扎魚。我們倆一人手持一根帶鋼釬的測繪標竿，不大功夫就扎到一條大魚，但魚受傷後拚命掙扎，將兩根標竿都拖走了，連我們的人也差點被拽到水裡。

　　駕駛員猛踩一腳油門，汽艇在湖面上劃了一條優美的弧線。不管那條魚有多麼狡猾，他最終被我們抓獲了，晒乾後一稱，十七公斤。我暗想：欠師長的狼肉，也許可以用高原魚頂替，這樣老欠著也不是個事情。

　　班公湖附近的測繪工作結束後，我們一路往西，到了被稱為「冰山之父」的慕士塔格峰下，汽車就沒辦法開動了，要穿越慕士塔格峰、公格爾峰和公格爾九別峰之間的峽谷，全靠徒步行進。這幾座山峰海拔都在七千五百公尺以上，沒有經過專業訓練的人只能望山興嘆，即使夏季山下湖光山色，山上仍然冰川覆蓋，到了五千公尺的冰層上，說下雪就下雪，動輒就是暴風雪，氣溫會斷崖式從零下幾度下降到零下三十度。

　　「崑崙之鷹」的工作範圍在海拔五千五百公尺，超過這個高度的測量點，都採用參照物計算的辦法。即使這樣，一路爬冰臥雪肩扛手拎之艱辛，也只有風知道。丁華每天都發給戰友們抗高反的藥，也監督大家使用防紫外線的搽臉油，但一個個還是晒得臉黑似鐵，一片一片如同魚鱗。曾小軍本來是個小白臉，現在也跟大家一樣黑了，他不止一次感嘆：「長這麼大吃過的苦加起來，也沒這次苦。」

　　這話說早了。在公格爾峰腳下，我們意外地遇到一支準備登峰的女子登山隊。一位三十歲的藏族大姐，面相完全是個男人，說她是第五次登峰，前四次都沒能到達山頂，還把一個助手犧牲了，這次她一定能登上頂峰。這位巾幗英雄的氣概，霎時就讓我們這些堂堂男兒自慚形穢，無地自容。在她們的幫助下，我們直接測量到峰頂的準確高度。丁副連

長看著我壞笑，等著我有所表示。我明白他惦記我那條魚乾，只好高姿態送出去。告別公格爾峰後，我一再提醒丁華：「回去見到師長，我就說狼肉被丁副連長搶走了！」

「不是一條魚嗎，怎麼就成了狼肉？」丁華不解。

「就是狼肉！『毛長』。」我堅持自己的說法，也不解釋。

丁華見我學他的口頭禪，不禁笑了：「不管你以後當了多大的官，終歸是我帶出的兵。」

隊員們有的也參加議論，誰也不明就裡。說說話話，緊趕慢趕，還是遇上氣溫回升，冰消雪融，下山的路上出現山洪。橡皮舟都在營地的車上，我們只好扛著儀器和數據涉水通過。冰冷的水裡不時有冰塊、冰稜，小的如刀尖利，戳到哪裡哪裡痛，大的如斗沉重，碰上誰就會砸倒誰，不小心就要命。

丁副連長在前面探路，一再提醒大家注意安全，一步一步踩穩，我在後面壓陣，密切監視水裡的冰凌。走了一程，我發覺水越來越深，甚至沒過腹部，流越來越急，漩渦也越來越多，剛要提醒丁副連長注意，這位老兄在前面站住了：「堰塞湖！」

麻煩大了。冰凌在山溝的狹窄處迅速集結，累積成壩，洪水的體量在迅速增加，眼見成湖。這條山溝是下不去了，只能攀岩，翻過旁邊的小山峰，下到另一條溝裡。好在身邊有攀岩的高手，兩個人喘著粗氣，二十分鐘爬上五十多公尺的裸露巖頂，放下兩條繩索。我讓丁副連長帶幾個人先上去，然後吊設備和數據箱，等設備數據全上去，再繼續上人。

大家都是年輕力壯的人，高山缺氧的考驗都已過關，這點困難擋不住誰。在剩下我等四個人的時候，丁副連長突然喊道：「上游一塊大冰，

比一間房子還大，正向下游漂來，底下的人小心！」

我回頭一看，隨著水位的不斷上漲，果然有一個龐然大物，正緩緩向我們漂來。這個冰塊表面積有十來個平方公尺，出水高度大於三十公分，猜想平均厚度在七八十公分以上，少說也有七八十噸，要是猛然擠過來，還不把我們幾個都夾成肉餅！更不妙的是我們攀爬的山體表面也開始大面積消融，冰塊像風化的山體一樣，一片一片掉落，繼續攀爬顯然不可能了。

「乘船！」我的「腦力激盪」一閃，還就只有這個辦法了。

我讓上面拋一條繩索下來，由曾小軍收著，我和趙班長、劉班副手執標竿，在齊胸的洪水裡等著「冰船」一點點靠近。這個龐然大物一過來，我們從側面給力，順利將其靠在山體上，四個人迅速爬上去，用標竿撐著山體，將其引入水流「航道」。一路遇到小冰塊，我們不理會，遇到大冰塊，我們用標竿推，雖說提心吊膽，卻是興奮不已。「冰船」在陽光的照射下，不時將五光十色的光芒，折射到大家身上，臉上，又像迷彩，又像霓虹。可惜照相機不在身邊，無法留給大家一張「冰船」漕渡的照片。

漂了一會兒，「冰船」的速度逐漸加快。我猜想水的流量成倍或者數倍增加，這堰塞湖的危險在一點點增大，便有意識讓「冰船」盡量貼著左邊山體，讓曾小軍在距離冰壩還有十幾公尺距離的時候提前下去，在山體上尋找突出物固定繩索，以防萬一。

「冰船」終於抵達冰壩，這裡是山溝最窄的地方，頂部只有十一二公尺。好在左邊兩公尺多高的地方有一個平臺，從平臺往上十來公尺，就是褐色與黑色相間的山頂。大家都累了，一個一個亂放響屁。飢屁冷尿熱瞌睡——我知道都飢腸轆轆，但誰也不願說。壓縮餅乾和罐頭都在丁

華他們那裡，再餓也吃不上。

　　我將衣兜裡僅有的幾塊牛肉乾分給兩位戰友，讓他們在平臺上休息一會兒，自己拖著繩索的一頭，採用「之」字路線，慢慢登頂。冰面在消融，雪掌不大好使，全身的重量都掛在手釬上，考驗的是臂力，每前進一步都很困難。但越是這個時候，我越不能認輸，不能讓他們看不起我這個「首長」。

　　經過艱難的攀爬，在我幾乎用完全部力氣的時候，總算爬出冰面，來到裸露的山頂。我找了一個石頭縫，將鋼釬壓進去，然後繫住繩頭，剛要喊叫曾小軍拉著繩子過來，意外的事情出現了。那塊「冰船」在水的衝擊下發生位移，頂到冰壩上，只聽一陣轟響，十多公尺高的冰壩垮了，洪流像脫韁的野馬，攜著大量的冰塊翻捲下去，一時水霧咆哮，濁浪滔天，整個山谷都在轟鳴。更不可思議的是，洪水連底下那塊冰平臺也拉走了，趙班長和劉班副只詫異地驚叫了幾聲，連同身邊的標竿一起，瞬間消失在滾滾的洪流裡。

　　「哎呀——」我乾著急沒辦法，傷心地扯下皮帽，摘下雪鏡，跌坐在地上，乾澀的眼睛發出一陣揪心的痛。

　　過了一會兒，曾小軍拽著繩子爬上來了。他已經不是那個拉了手榴彈索環不知道投的新兵了，鼻下長了一道黑絨絨的鬍渣。他瞅了一眼頭頂的太陽，也脫掉帽子，卸下雪鏡，瞇著眼白發紅的眼睛看我，嘴唇動了動，什麼也沒說。

　　我示意他坐下，突然想起第一次認識他的情景，便學著他的川腔說：「曾小軍，裡（你）請我死（洗）吧！」

　　曾小軍怔了一下，瞬間就明白了。他低頭戴上雪鏡，又戴上皮帽，扣緊釦子，然後側過身子，替我戴上雪鏡，戴好帽子，扣緊釦子。

「排長，請死吧！」曾小軍喘著粗氣說。

「我不死，我如今是李參謀！」

「李參謀，裡不死啊？裡不死我就撒了！」

「撒吧！」我一陣心酸，緊緊地抱住了這位小兄弟。

曾小軍在我懷裡哭了，哭得很傷心。我的雪鏡也模糊了，睜眼看不清周圍的山峰。我們相擁躺在脫去冰殼的山頂，幻想兩位隨水而去的戰友，會遇到通天河的老黿，或者撲水救命的神鷹，幸運得毫髮無損。直到雪粒落在臉上，打得生痛，我們才意識到變天了，氣溫快速下降，溼漉漉的褲腿開始發硬，前胸貼後背的肚子，也在發出更強烈的抗議。

「餓嗎？」我問。

曾小軍強打精神：「不餓！」

「我也不餓。」我站起來，看了看雪影如線的山溝，流水已經很少了，就說：「我們下山吧！」

16　咫尺生死兩茫茫

　　我與曾小軍一前一後，在陰暗的山溝裡涉水移動。

　　寒風一陣一陣，吹過來就像刀割，流水越來越少，後來竟然全部結冰了。我們坐下來，脫掉大頭皮鞋，將裡面的水倒出來。一雙腳已經麻木，踩在冰面上也沒有冷的感覺。為了減少在冰面跌倒，我用繩索將兩個人連線起來，一人拄著標竿前行一段，用繩索將另一個人拉過來。一走段，換一次，凍得硬梆梆的棉褲正好可以當滑板。

　　曾小軍高興地說：「李參謀，你的辦法就是多。」

　　「畢竟多吃了幾年糧食，等你長我這麼大，肯定比我辦法多。」我說。忽然覺得氣喘，就讓曾小軍別再說話了，省點力氣走路。

　　艱難地走了一個多小時，天黑之前，我們總算下到兩條溝的交合處，發現了山坡上的帳篷。丁華一看只回來兩個人，臉色陡然陰下了，抓著我的肩膀問：「趙班長呢？劉班副呢？我那兩個兵呢？」

　　我喉頭似乎被塞了棉花，什麼也說不出來。曾小軍終於忍不住哭了，哽咽著說：「被洪水……沖走了……」

　　「怎麼搞的？」丁副連長猛然當胸一拳，把我打倒了。

　　我倒地後順坡滑了足有五六公尺，頭朝下，雪鏡也掉了。幾個戰友跌跌撞撞趕過來，要扶我起來，我擺了擺手。我仰躺在簌簌有聲的雪地上，任小米大的雪粒，肆意地抽打臉面。奇怪的是感覺不到臉痛，心卻像刀絞一樣。我理解丁華的責難，是嫌我沒把兵帶好。誰的孩子誰愛，誰的兵誰心痛。我要是他，也會這麼大發雷霆。

「李參謀，你沒事吧？」曾小軍坐在身旁，似乎有些抱不平。

「沒事！」我自己戴上雪鏡，轉過身，讓丁小軍推我一把，便又向前滑行了好幾公尺。我覺得比起人的生命來，任何的委屈都不足為道。但死者長已矣，存著還要活，而且我們身負重任。身為「崑崙之鷹」的領隊，我不能沉浸在懷念戰友的悲傷裡。本來的計畫是在冰消雪融之前下到營地，因為臨時增加測點耽誤了五天，要是像今天一樣淌水行進，三天的路程恐怕得走一個星期，甚至更長時間。到那時就算累不死，也該餓死了。小分隊物資支撐的極限只有三天。

「老子的心像油煎似的，你還有心思在這裡滑冰！」丁副連長沒好氣地趕過來，在我屁股上踹了一腳，我又向前滑行幾公尺。

「對，就是滑冰！」我雙手撐地站起來，對他說：「我們必須改變思路，晝伏夜出，利用晚上結冰下雪的有利條件，抓緊時間下山，等白天消雪化冰的時候休息睡覺。」

「那犧牲了的戰友呢？不找了？」丁副連長堅持白天下山，再苦再累，也要將自己帶出來的兵，一個不丟的帶回連隊，哪怕屍體。

我肯定不能那樣做，眼下顧活人要緊。但這話此時不能說，不合時宜。事實上不等我回答，工兵營那四個戰友都圍過來了，包括曾小軍，眼睛瞪得一個比一個大，拳頭握得一個比一個緊，似乎要把吃了，異口同聲地說：「我們一定要找到戰友！」

「找？怎麼找？」我也被逼到懸崖邊上了，雙手比劃著說：「要搭上剩下的十一條命嗎？沒等我們找到他們，他們就該找到我們了！」

「我們不怕死！」丁華帶出的兵，還真和他們的副連長一個直脾氣。「就是和戰友死在一起，也值了！」

「放屁！值什麼值？」我不知為何突然變得如此激動。「大家不要忘

了,『崑崙之鷹』是有任務的。我們這一趟爬冰臥雪,所有的辛苦和犧牲,就為了測繪組,更確切地說,為了那些測繪數據。能將那些數據帶回去,所有的犧牲都是值得的;如果那些數據回不去,就是我們都死了,所有人都死得一文不值。現在又不是戰爭年代,上級還會安排下一次測繪。在幾百萬人的部隊,在十多億人口的國家,我們充其量只是些磚塊、石子、木頭棒子,沒有誰不可代替。但在家裡,我們都是兒子,是父母的心頭肉,是唯一的。我們爹我們媽養我們一場,就為了抱一本烈士證,在夜深人靜時傷心流淚嗎?」

戰友們被我這機關槍一樣的一梭子擊打,紛紛低下了頭。丁副連長摘下雪鏡,擦了擦眼睛,側過了臉去。我猜想大家都明白當下的處境,就喘幾口粗氣,降低嗓門,接著說:「我是這麼想的,洪水比人快,犧牲的戰友肯定在前頭;如果被洪水沖到山下,沿河有幾座水電站,肯定會被打撈上來;如果卡在石頭間或者被淤泥埋了,那就讓他們長眠在崑崙山上,哪裡黃土不埋人!戰友們,弟兄們,我們是在『生命的禁區』,什麼樣的不測都可能發生,搞不好下一個死的,就是我。要奮鬥就會有犧牲,死人的事是會經常發生的,但是我們為國家而死,就是死得其所。趙班長和劉班副,是光榮的軍人,他們是在執行任務時殉職的。他們的死,比崑崙山還重!」

我自己都吃驚,竟然說出這麼一通宏篇大論,說得自己快要背過氣了。丁華趕快從懷裡掏出水壺,餵我喝了幾口。我們帶的有固體酒精,必要時可以弄點熱的吃喝,熱水灌到水壺後,大家都會暖在懷裡,開始用水暖心,後面用心暖水。大家將我扶到帳篷裡,拿吃的給我和曾小軍。

「那你倆稍微休息一下,我來安排晚上的行動。」丁副連長說著,就招呼大家收睡袋,捆東西,搬箱袋,不等我吃完一塊壓縮餅乾,就要拆

帳篷了。我喝口水，將定量的一塊牛肉乾塞到曾小軍嘴裡，敲打敲打褲腿上的冰塊，就跟著忙活起來。

出發前，我們為犧牲的戰友舉行了一個簡短的悼念儀式。大冷的天，脫帽默哀三分鐘，然後所有武器都發出了響聲，每槍三發子彈。趙班長和劉副班長的衝鋒槍，由我和丁華代扣扳機。寂靜的山谷，突然被槍聲震得瑟瑟發抖。

雪夜下山，隊伍還挺壯觀。照例是丁副連長在前面領路，工兵營的四個兄弟，與測繪組四個人一一成對，我跟在報務員在後面壓陣。溝底的冰面基本平坦，雖然有些地方較陡，只有很大的石頭才露在冰面。所有的軟包都被捆在標竿上，像雪橇一樣，帶箱子的設備直接用繩子牽著。雪鏡不時被嘴裡哈出的熱氣矇住，瞬間就凝成冰。開始還要摘下來擦拭，到後來乾脆懶得管它了，跟著前面的人走就行。不停地有人滑倒、栽倒，但人人穿著皮大衣，裹著皮帽子，身體臃腫，滾一滾也就跟鍛鍊身體差不多，大不了叫罵幾聲。

一個半小時後，安排第一次休息。休息其實不是歇人，嚴寒裡運動比坐著暖和。休息的目的主要是檢查和收拾裝具，該加固的加固，該緊綁的緊綁，另外再脫下大頭鞋，將裡頭的氈墊子正正位。丁副連長還剩下最後半包菸，沒想到平時不抽菸的測繪組長也要，發一圈到最後剛好沒自己的了。我點著菸後狠狠地吸了一口，馬上塞到他嘴裡。他的菸癮比我大，我到機關後已經抽的很少了。

「李參謀，丁副連長，你們快來看！」提著褲子尿尿的曾小軍，突然喊叫起來。

我趕緊過去，大家也都圍過去了，只見兩堆高出的雪堆，像人體一樣，並排列在山坡上。其中一堆被尿衝開一個角，露出半隻大頭鞋。大

家趕緊跪在地上用手刨，很快就顯出人形，用手電一照，正是趙班長和劉班副，身體已經僵硬了。

我感到又驚又喜：他們怎麼會在這裡呢？從兩人並排睡躺、肩膀平齊的姿勢看，他們肯定是從洪水裡爬上來的。那麼大的洪峰，除了舟橋兵，別人也難有這作為。這下我們可以帶他們回去了，丁華和戰友們也稍可慰藉。我正要招呼大家搬遺體，被丁華攔住了。他反覆用手指試鼻息，試了一陣，突然雙手高舉，歡呼大叫：「他們還活著！」

我用手摸了摸，兩人果然還有微弱的鼻息。「活著！」

「活著！趙班長活著！劉班副活著！他們都活著！」

眾人一起歡呼，大家都喜出望外。丁華卻抱住我，嗚嗚地哭了。我讓電報員立即發報給首長：「遇難戰友找到，尚有氣息，我們一定帶他們回去！」

對於凍僵之人的施救，我們上山前都有培訓。這會兒找了兩個睡袋，將人頭朝裡裝進去，然後再讓另一個人腳朝裡鑽進去，將僵者的腳，暖在懷裡，只能聽任慢慢甦醒，醒來了是命，醒不來也是命。最後的死活，完全取決於他們自身的器官功能。

一下子增加了兩個沉重的大睡袋，所有的裝具都要調整。我們將帳篷的豎桿和橫桿全部利用起來，結構成擔架，再拆幾個儀器箱的蓋板，固定在上面，讓睡袋不與地面接觸，由大家輪流拖動。白天睡覺的時候，再換人暖腳，始終為那兩位凍僵戰友提供體溫。

到了第三天晚上，任何吃的都沒有了，我們忍飢挨餓走了半夜，已經筋疲力盡，抓一塊冰就迫不及待地嚥下去，心口冷得似貓抓。我看定位儀顯示的位置，離山口不到十公里了，海拔高度也降到四千六百公尺，於是鼓勵大家再堅持一會兒，迎接最後的勝利。

戰友們一聽勝利在望，猶如打了一針強心劑，勁兒又來了，甚至有人提議一口氣到營地，一躺下就睡它三天三夜。誰知沒走幾分鐘，突然地動山搖，有許多石塊和冰塊滾落下來，我們還沒來得及反應，一塊牛頭大的石頭，活生生把測繪組長給砸死了，這個業務精湛的老兄長，甚至沒來得及叫一聲，就與我們訣別了。

喀喇崑崙山屬燕山褶皺系，大地構造的發育，主要與南亞次大陸向北位移並與歐亞大陸碰撞有關。這一帶地震活動頻繁，碰上了算倒楣，碰不上算僥倖。問題是我們九十九道險灘都過了，剩下最後這一道彎出了事，實在是掃興。

一種肅殺的恐懼，立刻瀰漫了狹窄的山谷。落石不斷，就在我們猶豫的這幾十秒間，電報員和另一個戰士也被落石砸傷，萬幸的是石頭較小，一個傷肩，一個傷腿，還能堅持走動。我和丁華都有點慌了，兩人一商量，反正走不走都可能被砸死，還不如冒著危險走，能走過去算命硬。我們將組長的屍體裝進一個睡袋，架在一個儀器箱上，讓全體人員貼著一面巖壁，邊清障邊走，沒有一個人出聲。

謝天謝地，總算到了比較開闊的一段山谷，可以鬆弛一下緊張的神經。曾小軍往前面觀察，不到五分鐘就回來了，告知前方遇上塌磊——兩邊山頭垮塌下來的石塊和冰塊，塞了三十多公尺高，踰越絕非易事。時間已是凌晨四點二十，如果四個半小時內不能出山，等到太陽出來，消融的雪水奔流而下，必將在這裡形成巨大的堰塞湖，那時不管我們在湖內還是湖外，都將面臨更大的危險。

只能與時間賽跑，與閻王爺較勁了。贏了保命，輸了玩完！

「輕裝吧，」丁副連長建議，「時間不等人！」。

我覺得有必要向首長機關彙報一下，讓電報員快速發報。電報員擺

弄了幾下也沒辦法開機，顯然是壞了。

「別用了，出了事我承擔全部責任！」丁副連長焦急地說。

「滾！」我沒想到自己竟然用這種語氣對待老首長，問題是他把我看扁了，我們姓李的是怕事的人嗎？我突然來了一股邪氣，像個將軍一樣嚴肅道地：「聽我命令，丟掉一切瓶瓶罐罐，包括皮大衣、皮帽子，只留下測繪數據和武器。丁副連長和工兵營的戰友負責背傷員，測繪組的戰友背數據，我和報務員幫大家背槍，立即準備，三分鐘出發！」

「那組長呢？」測繪組的戰友，顯然捨不下組長。

我沒有理會他們的問題，看看夜光錶，時間到了，就下令出發。前面的人走了，測繪組那兩位沒受傷的，堅持要背組長。我根據他們的體力狀況，明知不可為，也不好硬反對。

塌磊上的石頭，大的大，小的小，大的巨如一間房，很難翻越，小的如同鵝卵石，踩上去就滾，空人都很難攀，不要說我們都負重幾十公斤，往往前進一步，退下兩步。我們工兵用了足足一個小時，才攀上塌磊的頂部，一個個熱得解開棉衣，累得上氣不接下氣。而測繪組那兩個背遺體的還在半坡。我和丁副連長下去接應，上來後連出氣的力氣都沒有了。測繪組的戰友一個個往石頭上一躺，一副死狗架勢，說什麼都不走了，死就死吧！

我也躺在石頭上，問他們家在何處，父母安在，兄弟姐妹幾何。幾句話問得他們喘著粗氣哭了。大家幫著將組長安放在山坡上，鞠躬告別，鳴槍悼念。咫尺之間，陰陽兩界，境況窘促，也沒辦法對得起這位老兄了。正在這時，趙班長醒了，嘴唇動了幾下，要水喝。哪裡還有水！曾小兵撿起一個大冰片，咬一小塊含在嘴裡，化了後用嘴餵給趙班長，一連餵了三口。

117

趙班長氣息弱弱地問：「什麼地方？」

「狗日的老趙，耍死狗，不想走路了，讓老子背你，沒舒服死你狗日的！」丁華這傢伙，剛才已經累成狗了，一看戰友甦醒，又像打了雞血，聲音提得挺高。

趙班長乾澀的嘴角，露出一絲淡淡的微笑。我摸了他的額頭，燙得厲害，就告訴他馬上到營地了，請他不要說話。我又去摸了摸劉班副，也是燒得厲害，但還沒甦醒。

腕上的手錶已經指到六點零五分，我碰了一下丁華的肩膀說：「走吧，不敢再耽誤了！」

當我們像一群難民一樣撲倒在營地，爬也爬不起來時，迎接我們的駕駛員驚訝地喊著：洪水下來了……

17　除夕無月望星空

　　一晃幾年過去，我們這一茬兵多少混出點名堂，機關連隊哪裡都有。像張大明這樣升得快的當了舟橋連連長，與丁華指導員搭班，劉松濤升官晚還是司務長，我的副連職參謀算中不溜。「羊娃子」復員回鄉後又跑回來，在吳八十軍醫的幫助下，到駐地一家私人診所當了全科護理師。

　　安子陰忌日那天，我們幾個同鄉相約去掃墓。一起去的還有師醫院的護理師郭虹，她已與張大明走到了一起，正值燕爾新婚。

　　其實，我曾經以為郭虹對我有意。她去護校學習前專門打電話，含蓄地希望我能送送她。我那時剛認識了一位女教師，不想旁騖，藉故推了。後來我被送到軍校培訓，還與張大明同校半年，結果他畢業回隊後抄了我的近路，攻城略地，左右逢源，很快取得郭虹父女的信任，等我一年半之後回來，女教師和那些潛在的對象，差不多都嫁人了。

　　張大明新婚那天，我在他家喝多了，推著肩膀問他是怎麼追上郭虹的，他憨笑裝傻。我又拉過郭虹的手臂，問她是怎麼「上當受騙」的。她竟然狠狠地挖了我一眼：「不要以為你會唱歌，全天下的女孩子就都非你不嫁！」

　　我討了個大沒趣。

　　過了一個多月，郭虹給我打電話，一開口就說：「我要和張大明離婚，不過了！」

　　我知道她說的氣話，肯定是兩人鬧矛盾了，就故意說：「那好啊，離了跟我過！」

西陸兵事

「滾一邊去吧你！你就等著趁火打劫呀？」郭虹馬上露怯了。她很生氣張大明與他打冷戰，已經連續兩個星期不回家「過週末」。原因呢，也簡單。郭虹喜歡浪漫，喜歡挽著手臂逛街，張大明每次都把人一甩，黑下臉叫她不要拉拉扯扯；郭虹喜歡二人世界的溫馨，講究衛生幾近潔癖，張大民動輒招呼連隊的同事來家喝酒划拳，每次都把屋裡造得亂七八糟；郭虹喜歡聽流行歌曲，託人買了一臺進口卡式收音機，卻被張大明「霸占」，用來聽評書，等等。

這種事情很正常，根本的原因是夫妻雙方門不當戶不對。我們這些農村出來的土包子，自小生活在艱苦閉塞的環境裡，憨厚、實在、剛直抑或狡黠，見識也就方圓十里地，唸了一些書才一心想跳出農門，過一種與父輩不一樣的生活。但真正不再面朝黃土背朝天了，新的生活該怎麼過，恐怕誰也沒認真想過。更可怕的是以土為榮，以沒教養為本色。而像郭虹這樣的「軍二代」，從小就生活在城鎮，接受到較多現代文明的薰陶，見多識廣，從未為柴米油鹽和書包鋼筆之類的事情操過心，而且一般都是父母的掌上明珠，她們強調生活的情調，渴望花前月下的感受，喜歡被追求、被痛愛、被遷就。

我從一本婚姻專著裡讀到，「門第觀念」固然不對，但門第問題其實是存在的，兩個有共同閱歷和教養的人，總是容易溝通。兩個出身不同、教養不同、生活習慣不同的人走到一起，一般都要經過一段時間的磨合，才能達到互相遷就。磨合時間的長短，取決於雙方對婚姻家庭的認知，學習的態度，以及個人修養品性等因素。像張大明郭虹這樣的，就是還沒磨合好。

雖說清官難斷家務事，我還是決定找張大明聊一聊。

「你聽她說！她就是小心眼，吃醋，疑神疑鬼。」張大明說的完全是

另一套。他以前在老家訂過親，上軍校期間透過書信友好分手，女的很快找了人家。前一陣女方的孩子週歲，他寄了些錢給家裡，讓家人買點東西給孩子，也就是個心意。她那前對象也是多事，寫信表示感謝，這就惹得郭虹不高興，刨根問底還不算，非要問他和對方有沒有做過那種事，因為他是生產隊長。「天地良心，我們農村人說話粗不假，誰能有那麼大的賊膽呢？」

「你別標榜了，沒人幫你立貞節牌坊！」我打斷了張大明，怕他說得沒邊沒沿。「過半個月你就要上崑崙山修路去了，還不抓緊這段時間多陪陪老婆？郭副師長退休回內地了，人家郭虹沒跟著回去，留在邊疆陪你過，委屈著呢，不要身在福中不知福！」

我的話大概發揮了點作用，張大明與郭虹很快和好，星期天還請我一起包餃子。我想藉機給大明送行，便拐到黑科長家蹚摸酒。王科長轉業回了貴州，白新光成了「黑科長」，前任送給後任六瓶貴州茅臺酒，司令部會餐時他貢獻了兩瓶，被我搶走一瓶送了艾爾肯江，剩下三瓶藏在他家的櫥櫃裡，一直被我們這些年輕參謀惦記。

黑科長記著我的「前科」，搬一把椅子坐在櫥櫃前喝水，令我無法得手。我只好啟用「內線」。黑科長十二歲的兒子「黑子」跟我學拉二胡，兩人關係很鐵。我假借要聽他拉一段，院子裡如此這般一嘀咕，就隔門給黑科長打個招呼，走了。一會兒有人敲門，我高興地喊著「黑子送酒來了」，搶著開門，差點把黑科長手裡的酒瓶撞跌地上。

「你說，我哪有你們這樣的賊部下，算計著偷老子的酒不說，還策反我兒子？」黑科長親自來送酒，還說他家黑嫂馬上送菜來。他知道郭虹不大會做菜，也就是番茄炒雞蛋和拍黃瓜的水準。我這時反倒有些不好意思了，把黑科長按到椅子上，自己往他家去搬菜。

喝酒的時候，張大明要跟我划拳，划了六拳我輸了四拳。黑科長說：「你輸了，不能喝酒，老科長的酒，贏的人才有資格喝。輸的人要懲罰，罰什麼呢？郭虹，大明上山後，你家裡有什麼困難，大掃除呀，買個米麵的，直接找這個偷酒的『強盜』，別讓他閒著！」

「得令！」我馬上敬一杯給黑科長，「你家那兩瓶酒，就等著幫大明接風吧！但願他們能早點把那條公路修好，太爛了，那年上山進行測繪，差點沒把我弄死。」

「你要把惦記那幾瓶酒一半的心思，放在找對象上就好了！」黑嫂總共就說了這麼一句話，可見她真心為我著急。

其實我也著急，同年的戰友一個個結婚成家了，我還是光桿一個，不說來自老家的壓力，就是我的長官黑科長，似乎臉上也無光。抓緊找吧，時不我待！

工兵營上山後，駕駛員老馬那位搭便車的曖昧朋友，介紹了一個女同學給我，在稅務局工作。開始兩人談得還可以，有一天帶我見她父母。我提溜了菸酒糖茶四樣禮物鄭重登門，結果被問「幾年能當上科長」。看樣子當不了科長就不配做她家的女婿，我趕緊撤退了。

轉眼到了冬天，施工部隊圓滿完成任務，下山歸建。機關組織部分直屬部隊，列隊到路口迎接。我一眼就發現不對勁：最前面一輛篷布車蒙著黑紗，緩緩而來。經驗告訴我：有人犧牲了。令我萬萬沒想到的是，那犧牲的人是我尊敬的吳選旺教導員！

晴天一聲霹靂，草木頓時含淚。

據說下山路過一個高山達坂時，帶隊的營長看教導員高山反應嚴重，不住地吐酸水，就將他換到副駕駛的位置，想讓他多吸點空氣。幾分鐘之後，車子右前輪被一個碗大的石頭顛了一下，吉普車大角度傾

斜，教導員被從座位上甩了出去，直接掉下百公尺深的大溝。救上來時身體都涼了。他要不換座，甩出去可能就是營長。營長的腸子都悔青了，這就是命！

　　生是父母的恩賜，死是自己的選擇。上山前吳選旺的宣傳科長任命已經下了，因為接任者還沒到職，國防施工任務繁重，他不忍將重擔全壓營長一個人肩上，主動要站完這最後一班崗，不料這成了他人生的最後歸宿。我曾不止一次地想：假如他不主動爭取上山，假如營長不與他換座，假如他的高原反應小一點，再假如不考慮高原空氣稀薄問題，吉普車門子的上半部不拆呢……人生沒有假如，所有的事情都有其內在的邏輯。誠如我和吳八十、劉松濤、羊小陽等戰友，只能將對逝者的尊敬，變成抬靈柩的行動，將對這位兄長的懷念，化成對其親人的照料。我們簡單地排了排班，輪流到吳科長家去幫忙，哪怕沒事坐一會兒也行。吳科長的妻子是個中學教師，知書達理，對我們這些戰友的關照心存感激。丈夫犧牲後，她在這裡只有悲傷，遂申請帶著十歲的女兒回原籍洛陽，老家還有父母高堂，家人在一起也是個照應。

　　由於調動手續很麻煩，送她們母女走的那天已是大年三十。從機場回到城裡，已見家家張燈，戶戶結綵。吳八十說：「都去我家吧，讓我那口子燉一鍋馬鈴薯，我們喝幾杯！」

　　「好啊，反正我們光棍幾條，也沒別的地方去！」我說著，給劉松濤使個眼色，他便在半道下去了。

　　家屬院是一排排平房，連級幹部只能住一間半，總共不到五十個平方。好在每家有個小院子，相對較為私密。沾油田的光，天然氣已經接入廚房，做飯不再燒煤燒柴禾，這比內地的許多大城市優越多了。

　　吳八十家裡除了床和幾樣配發的營具，最上等的物件，就是我們幾

西陲兵事

個戰友湊份子送的一臺十四寸彩色電視機。電視臺快建好了，過不了幾天就可看節目。他的妻子隨軍不久，身材微胖，但很勻稱，主要是皮膚白皙，屬於「洋芋開花賽牡丹」那一類，也難怪吳八十沒當「陳世美」。

我和「羊娃子」坐在床邊嗑了一會兒瓜子，劉松濤便扛著一個紙箱進來了，裡面有酒有菸有肉有帶魚，還有幾罐午餐肉罐頭。我們盡情用裡面的東西吃喝玩樂，一會兒把吳八十家裡整得酒味熏天，烏煙瘴氣。

「好啊，打電話沒人接，原來你們都鑽吳軍醫這裡來了，就把嫂子我一個人晾在家裡！」郭虹不知怎麼來了，而且還掂了一瓶五糧液酒。這種特供酒，肯定是他父親留下的。我最近盡忙了吳科長遺孀的事，冷落她了。張大明在山上留守，這除夕之夜，她也孤苦伶仃，肯定是來興師問罪的。

我想先發制人，就問：「誰是誰的嫂子？說清楚，『羊娃子』可以這麼叫，本大哥不行，再說還有吳軍醫家的，她才是我們大家的嫂子。」

「滾吧你，別裝糊塗，張大明比你大兩個月，以為我不知道？你本來就該叫我嫂子。你是鴨子的嘴——太硬，一直沒叫過，我也沒和你一般見識，今天講明白了，就必須得叫，叫嫂子！」郭虹沒喝酒，腦子很清楚，說著就上手擰我的耳朵。

我只好胡攪蠻纏，不認張大明比我大。郭虹讓劉松濤和羊小陽賭咒發誓作證，這兩人還真見色忘友。我被逼到牆角，乾脆來個橫的：「郭虹，你聽著，你敢把你那瓶酒吹了，我就叫你『嫂子』。」

幾個半醉的人一起起鬨，就看郭虹有沒有這膽量。誰知她還真豁出去了，雙目一瞪，一口咬掉瓶蓋，揚起脖子對著瓶口就吹，一氣喝下小半瓶。我本來也就是想激一下她，沒有灌她的意思。她要是喝倒了，我們這幾個男人還有什麼面子。於是我一把搶過酒瓶，替她把剩下的喝

了，並恭恭敬敬地叫了一聲「嫂子」。

不知是我舌頭大了，把「嫂子」叫成了「餃子」，還是郭虹已經醉了，沒聽明白，一直糾纏著要重新叫。我心裡似乎很清楚，但嘴唇不聽使喚，腦袋大的厲害，一頭紮在床上，只覺得腹腔裡有一團火在燒。而郭虹跌跌撞撞，也倒在床的另一頭。

吳八十讓妻子用紗布擠了兩杯馬鈴薯汁，又削了幾個梨子，想盡辦法讓我們醒酒。但醉倒的人，哪有那麼容易醒的！我的意識突然跳躍到安子陰住院那個橋段，在病房裡教女兵唱歌的情景歷歷在目，情不自禁就哼起了那首〈山楂樹〉，「⋯⋯他們誰更適合我的心願，我卻沒辦法分辨我終日不安⋯⋯」

「住口！」郭虹掙扎著坐了起來，在我身上搥了幾拳。「誰讓你唱這歌？誰讓你唱⋯⋯」

我的表情一定很猥瑣，大概是恬著臉吆喝：「我想唱歌我就唱，唱起歌心情多麼舒暢⋯⋯」

「不舒暢！」郭虹大叫一聲，突然淚流滿面。她掙扎著坐起來，哽咽著唱歌，唱得很舒緩，也很投入，淚水一串一串。我突然想起艾爾肯江教我的一句諺語：當女人撕下帶花的面紗，你才能看清他的臉。

一屋子的人似乎都很理解郭虹思念丈夫的心情，竟然一個個跟著唱了起來。

男兒世界，女兒點綴，半是團圓半是離。「羊娃子」突然趴我耳邊，不懷好意地問：「和戰友的老婆躺一個床上，算不算破壞軍婚？」

「滾！」我一把推開羊小陽，翻身坐起。回顧左右，的確只有我和郭虹在床上，其他人都在看著，多少有些尷尬。

西陲兵事

　　我不願被人誤解，也不願自己誤解自己，就在劈里啪啦的鞭炮聲中，獨自走到院子裡。仰觀天穹，繁星點點。我不知哪顆是安子陰，哪顆是吳選旺，但見一道流光破天際，緊接著是「砰——啪！」的巨響，不知誰家的煙火，竟一衝上了天！

一九八六年夏秋草於西安－莎車
二〇一七年冬改於海南瓊海

守山

守山

1 艱難的抉擇

　　凜凜寒天，颯颯冷野。生物學家曾經預言：這裡是「生命的禁區」。

　　進入十月以來，狂風撕扯著雪片，雪花攪和著狂風，風雪一混，好一對暴戾恣睢的魔鬼，進行著無休無止的廝拚！這是真正的「龍捲風」，氣勢如洪水猛獸，其聲似猿啼狼嚎，其厲像劍尖鋒刃，忽而從天上猛撲下來，攪得四野混沌；忽而從地上直旋上去，颳得瘴氣蓋頂。茫茫喀喇崑崙高原，天地一體，八方不辯。冰雪，連同被風揚起的砂礫一起，填塞了溝壑，填塞了冰川，填塞了山間的一切窪地……封山的日子近在眼前！

　　擔負國防公路修築任務的 L 步兵師前方指揮部決定，在兩個步兵團下撤之後，由直屬機械連派一個小分隊駐山留守，一面保養施工機械，一面在明年開春後，為大部隊進山施工做好準備。

　　事情明擺著：海拔五千多公尺的高原，空氣稀薄，寒冷異常，又是與世隔絕的生活，說不定哪天感冒得個肺水腫，就永遠封在這個大冰庫裡了，所有的人生設想，都會變成「馬歇爾計畫」。機械連又經歷了連續兩年的國防施工，部隊把絕大多數人難以想像的苦都吃了，更有幾位戰友已經長臥在雪峰之下。

　　副師長兼總指揮郭鴻基，決計親自到連隊走一遭。

　　在這個凍掉鼻子的鬼天裡，機械連的會議一開始就冷了場。郭鴻基說明了「前指」的意圖之後，幾個年輕的帶兵人一個個低頭，似乎都暗暗鉚足了勁，人人要當抽菸比賽的第一名，一口接一口，一支接一支。副師長「慰勞」的兩包「鳳凰」已抽之一空，然後「打秋風」，從連長開始，

一人一圈地散。散完了，又跟著技師秦嶺卷「麥克風」。小小的帳篷裡，煙霧繚繞，氣味古怪，嗆得郭鴻基不得不挪到門口，不時掀一下門簾，請寒風進來，稀釋一下尼古丁的濃度。

半個小時過去了，沒人表態。

又過了半個小時，還是沒人說話。

眼睛緊盯在手錶上的郭鴻基，眉頭越皺越緊。他是個率直爽快的人，不喜歡這種死一樣的沉默。軍人以服從為天職，其實沒什麼價錢可講。戰爭年代，不一直是這樣的傳統嗎？記得「蘭州戰役」的時候，他所帶領的尖刀排三天三夜沒闔眼，戰鬥打響後，連長命令他打衝鋒，他還不是二話沒說，駁殼槍一揮就上去了。那是冒的槍林彈雨，子彈既不長眼，也不看熟人的情面，碰上就自認倒楣，碰不上就繼續前衝……誰知和平時期的事情，反不如戰爭年代好辦，尤其是不能一切都靠行政命令。

當然，郭副師長身為長官，也是十分體諒基層官兵的苦衷的。

當正月的喜氣還籠罩著駐地那個市區的時候，身為整個築路部隊的先鋒，眼前這些幹部和他們的連隊，就跟著他踏上了冰天雪地的喀喇崑崙高山。積雪絕路時，推土機在前面「突突」，十輪大卡跟在後面顛簸，人坐在車上一個個半昏半醒，一條毛巾紮緊了腦殼，一條毛巾捂在嘴上接吐出來的胃液。要是遇上厚達兩三公尺的積雪，一日也只行得七八公里。夜晚宿營，帳篷就搭在雪地上，狂風颳來，動不動連人帶帳篷捲得老遠，那罪不比死好受。

進入工地後，艱苦有增無減，按照每升高一千公尺海拔氣溫下降攝氏六度計算，他的家鄉汾河平原金黃色的麥浪滾滾、鄉親們揮汗如雨笑臉盈門的時節，山上才開始融雪化冰。官兵們對棉衣的特殊情感，對空氣的奢

望，不是終日溫飽的大都市人能理解的。高原上強烈的紫外線照射，使人臉上長出密密麻麻的小硬片，魚鱗一般，稍一觸控，隱隱生痛。高原病無情地折磨著每一個人，一開始頭痛氣喘，體乏胸悶，血壓升高，到後來有人食慾不好，有人記憶力下降，有人失眠多夢，還有人嚴重掉髮，或者性機能減退⋯⋯基層幹部苦哇！現在的兵做事不但要幹部帶著，你還得比他做得多做得好，他才服你。大家捨命忘我地打拚了七個多月，好不容易盼到下山這一天，突然又要他留守，誰能沒有想法呢？

一陣狂風襲來，帳篷搖晃得厲害。郭鴻基忽然覺得，自己的心不該這麼軟。軍人是國家機器的一部分，是隨時準備奉獻的，而奉獻往往是殘酷的，戰爭年代是流血，是犧牲，和平年代呢，就是做常人不願做的活，受常人難以承受的罪。每個人從他穿上軍裝的那一天起，就注定了要經受殘酷的考驗。試想，幾十臺各式各樣的築路機械，隨便一臺都是萬把十幾萬甚至幾十萬元，何況它們在高原的地位又非平原能比，把它們交給不會維修保養的步兵是不行的，不留機械連又留誰呢！怪只怪你們當兵當錯了兵種。事情往往就是這麼不公允，越是能幹好用的快牛，越要下地工作，古往今來，誰又能改變這種不合理呢？

沉默。沉默。還是沉默⋯⋯

大約是看到郭副師長眉間皺出了「川」字，主持會議的指導員羅政文發言了：「我留下吧！」

郭鴻基瞥了一眼羅政文，覺得他黑瘦的臉龐更長了，長得與那雙大眼睛很不協調。這個去年從師機關下到連隊鍛鍊的秀才，好勝心太強，前不久才切除了三分之一的胃，還沒好俐落就上山了，醫生警告他保養不好殘胃，還得切去二分之一。再說政治部已經準備調他回去，怎麼能讓他留守呢？

「還是我留下吧，反正已經成了『騾子』，下去也是白搭……」胖乎乎的連長蓋新民掐滅菸頭，苦笑著看了郭副師長一眼。他還不知道郭鴻基已經推薦他擔任副營長，也得到了其他師首長的贊同，就等著過會下任職命令了。兩個月前他借下山採購物資之機，順便回家一趟。妻子笑盈盈迎進屋裡，百般溫柔，結果他有心無力，害妻子啜泣一夜，要他到醫院檢查。心高氣傲的年輕人受不了這種屈辱，很快辦完公事就回來了……他已經結婚四年，開始是兩地分居，前年妻子隨了軍，又趕上他上山施工，一直也沒有懷孕，兩口子為沒有孩子相互埋怨，感情像隔了一層床板。現在他又染上了人們羞於啟齒的病，他實在該去個有名的大醫院看看！

「我請上頭派個人到上海看看我父親好了，雖然他得了癌症，雖然最後的日子很想見我這個獨子一面，雖然……」副連長、去年剛從陸軍學校畢業的學生官李曉剛，前幾天收到軍用電臺破例轉發來的一封「父癌速歸」的電報，情緒一直很低落。他低著頭，似乎怕別人看見他臉上的表情。他的普通話夾雜著濃重的寧波調，「都說革命軍隊是個大家庭，戰友比兄弟還親，我父親見到我的戰友，也就等於見到了我這個兒子……」

副連長的話，其實挺討人厭的。首先聽不下去的是技師秦嶺，別看他是個技術幹部，以往這種爭風表現的事情，他一般都是找個角落落座，自始至終不發言，但他聽了李曉剛的倒裝排比語句，就有些按捺不住。李曉剛這情況大家都清楚，戰友們也都勸他下山後馬上申請探家，可是他一開口，就把大家都推到了不仁不義的境地，聽起來高風亮節，實際上弦外有音。他慢慢地站起來，朝郭副師長昂了一下頭，又前後左右環顧了一圈，用他那道地的陝西話說：「對咧，好賴一個鍋裡攪勺把，既然你們的難處都比我大，都下去吧，我留下！」

噫！所有的人都感到意外，一時間面面相覷，腦洞裡排列著一萬個問號。羅政文剛想說點什麼，被李曉剛扯了一下袖子。

郭鴻基咳了一聲，他的臉上明顯寫著吃驚的表情。平心而論，這位首長對秦嶺的印象並不太好，覺得這個人擺不正個人和集體的關係，吃飯從不排隊，也不參加連隊唱歌，對首長似乎也缺乏尊重。有一次為了加快進度，他決定設備保養日繼續施工，結果秦嶺差點與連長打起來，還拿著《設備使用保養守則》找他，要求收回成命。他不信延遲幾天保養設備，能有什麼問題，就沒理他。誰知幾天後就有兩臺推土機趴窩，還真應了那小子「不按時保養會出問題」的話。他讓連裡組織維修，蓋新民硬著頭皮，請首長親自下命令給秦嶺。原來蓋新民也知道，保養是「磨刀不誤砍柴工」，但為了副師長的面子，他就未持異議。出了紕漏，又遇上秦嶺「維修可以，但必須討個說法」的犟勁兒，只好委婉地請求首長承認錯誤，並保證以後再不「瞎指揮」。

這件事讓郭副師長失了面子，雖然他從秦嶺拆東牆補西牆，想方設法先修好一臺推土機的表現看，那傢伙的技術還不錯，也不是小心眼。但一個人對誰有了成見，那是不容易改變的，即使他覺得你還不錯，有幾把刷子，有值得人佩服的地方，也不會輕易就覺得你好，你已經不為他所欣賞了。

2　老頭與刺頭

　　狂風怒吼，暴雪飛揚。帳篷在風雪中瑟瑟顫抖。

　　郭鴻基一手拿著蓋新民送來的留守方案，一手夾著「雪蓮」牌香菸，圍著火爐打轉轉。由秦嶺擔任留守處主任，成員都是從自願報名的戰士中挑出來的，共十二人。成立一個臨時單位，秦嶺任書記，委員為炊事班的老班長趙有兵和軍醫劉軍。需要他這個總指揮拍板的，是配備給留守處一部電臺，和一個收發電報的機要參謀。其實王參謀已經向他申請過，他也與山下通過氣，定了。就是這個留守處的主任兼臨時書記秦嶺，他覺得還是沒有十分的把握。

　　爐火燃得很旺，打上山就沒熄過。但郭鴻基仍感到身上冷颼颼的——比起帳外的嚴寒來，爐膛的熱量實在太小了，小得不足以給人溫暖。他忽發奇想，老天爺為什麼不把世界造得平衡一些，比如山川、平原，比如河流、海島，又比如日照、降水；讓芸芸眾生都生活在大同的世界裡，沐浴一樣的陽光，吸吮一樣的空氣，付出一樣的勞作，享受一樣的待遇，那樣也就不再會有人羨慕桂林山水，西湖風光，紐約的摩天大樓，塞納河畔的田園綠地，以及威尼斯的「貢多拉」，而喀喇崑崙和南極的永凍層就不復存在，「火洲」吐魯番和非洲的熱帶雨林也不會占據世界一隅⋯⋯「這小子該不是心血來潮吧？」郭鴻基暗暗忖道。因為在所有的人看來，秦嶺的留守都和崑崙山的造化之謎一樣難解。

　　秦嶺是去年底才從軍區一個工兵團調過來的，可他一報到就打了一份探親報告，要求回西安結婚。當時部隊正忙著籌備上山，機械連是開路先鋒，幾十臺的推土機、軋路機、挖掘機、發電機、自卸車等大設

備，都靠著他來保障，誰能批？報告層層呈報，一直捱到主管施工的郭副師長桌子上。郭鴻基決定，親自見見這個問題人物，順便告訴他，年輕人不要「恃才傲物」。沒想到年輕人真是個「二百五」，進門就發難：「為什麼不准我探家？」

「為⋯⋯」郭鴻基一開始曾對這個年輕人寄予很大希望，因為秦嶺是打報告給軍區，為了施工專門要來的技術核心人物。他對技術人員向來是很尊重的，還準備跟老婆商量商量，哪天有空，把年輕人請到家裡吃頓飯，為了國防公路建設，他將親自敬酒三杯。可今天他被這個愣頭青激怒了，也就沒好氣，將水杯重重地敲在桌子上：「就為你這個態度！」

「態度？你們當首長的，站著說話不腰痛，你們天天下班回家，老婆孩子一家親，可我已經兩年半沒有探家了。」

「兩年半？我們這裡還有三年沒探的。」

「三年？又沒打仗，誰這麼沒有人性？」

「放肆！」郭鴻基幾乎是惱羞成怒，拍案而起。實在太氣人了！他不敢相信，面前站著的「細高挑」，就是他曾想敬三杯的技術核心。他覺得年輕人太狂妄，沒教養，不知天高地厚。他怎麼可以如此目無尊長，如此當面頂撞長官呢？下級服從上級，這是紀律。即使上級錯了，你也得先服從，有意見下來再提。多少年了，從戰爭年代到和平時期，他何曾見過這等刁兵？他何曾受過這樣的窩囊氣？要不是看年輕人新來乍到，真想當下給小子一個處分。但是，他喝了一口水，剛才的憤怒給壓下一些，想想自己一大把的年紀了，犯不著與這個愣頭青較勁，就叵煩地揮揮手，「你走吧！」

秦嶺心裡根本不服，也沒太注意郭副師長鐵青的臉，悻悻地轉身，剛走到門口，又被喊了回來。

「你說說，兩年半沒探家，究竟什麼原因？」副師長似乎有點體諒年輕人的困難了。

「有用嗎？」秦嶺挑釁的目光似乎在說。

郭鴻基明顯地意識到秦嶺的桀驁不馴，像匹野馬似的，反而寬宏大量地指著沙發道：「坐下說。」

秦嶺沒有坐。他怕一屁股坐在那鬆軟的海綿墊子上，一肚子委屈反而說不出來了。他在南線參加邊境作戰，立功後被送到工程兵學校，在校最後一年，趕上軍事專業競賽沒探家，畢業後分到工兵團，又趕上去天山施工，一拖就是一年半，好不容易被批准回家結婚，又接到了調令來到L師。

「我在南方服役期滿，正要復員時，敵人在邊境挑釁，上面決定自衛反擊，部隊一動員，我就留下了。我覺得身為一個男人，保家衛國這是義不容辭的。一上戰場，誰還顧命，為救戰友，我弄死了三個敵人，還得了一枚二等功證章，後來受傷遇險，又多虧戰友所救。說實話，我不大喜歡部隊一些陋習，包括表面文章，拍馬屁，不懂裝懂，好大喜功。我知道無力改變這些，沒想留在部隊，可上頭決定送我去軍校學習，我還是去了。畢業分到西部邊防，我也沒說二話。請問首長，你說我哪點沒處理好？」

「這個……」郭鴻基被問住了，似乎秦嶺不該有這樣光榮的經歷，有這樣經歷的也不該是他。在他看來，說落後話的人一定思想落後，思想落後的人不可能做先進的事，就像太陽不會打西邊出來。這小子怎麼這麼複雜呢，莫非他是個奇葩！於是他語氣溫和了許多：「你既然是功臣，就要珍惜自己的榮譽。過去的事情都處理得很好嘛，這一次……」

「那總不能沒完沒了，明日復明日，明日何其多！」秦嶺激動了，聲

音也高了好幾度。「我二十八了，女朋友也二十八了，上級規定一年一次省親假，為什麼不讓我享受？莫非我是後娘養的！」

郭鴻基剛剛平靜一些的心裡，又燃起了熊熊怒火：什麼話！這哪像個軍人的言語，強詞奪理嘛！要是上級不這樣規定，我看你還說什麼？要是你犧牲在戰場，我看你還能享受什麼？許多人不是這樣，什麼都沒享受就犧牲了嗎？你能說他們沒權利？想想那些死去的戰友，那些與你一起出國作戰，而沒有同你一起光榮回來的人，你不感到內心有愧嗎？你不感到對他們也有些什麼責任和義務嗎？你原先所在部隊是怎麼搞的，怎麼就把不安心部隊工作的人留在部隊，還送去深造？還提拔當幹部？算了，他竭力用不與小人一般見識的信條，控制自己的情緒，勸他先隨部隊上山，個人的事聽組織安排。

「⋯⋯那麼，我的女朋友等不住，而嫁了別人誰來負責？」

郭鴻基再也克制不住了，又一次拍案而起：「怎麼，要威脅老子？難道你打光棍，要老頭子把女兒嫁給你不成？」

秦嶺驚呆了。老虎不發威，確實不能當牠是病貓。看郭副師長渾身顫慄，滿臉殺氣，眼珠都像充了血。聽說這老頭參加過戰爭，也是提著腦袋衝鋒的角色，他害怕了，扭頭便跑⋯⋯

3　人才不帶標籤

翌日上午,風弱了,雪也小了,頭頂的雲層也薄了一些。郭鴻基把兩個步兵團和幾個配屬分隊的頭頭都召到帳篷裡,宣布了師裡批准部隊下山的電報。布置完工作,因為惦著秦嶺留守的事,又匆匆往機械連去了。

他要找秦嶺好好談談,拋開一切偏見,他對這位機械技師的印象也不是太壞。那小子教育程度高,知識面廣,技術上也是很好的,無論怎樣難使的機械,經他一擺弄就順手了。戰士們對他的崇拜,有一種說不清的情愫,他覺得他們兩人都是上過戰場打過仗的 —— 在這支部隊,和平兵多的是,打過仗的人可是不多,殺過三個敵人的,就更是鳳毛菱角,無論如何,他也不希望這小子出什麼紕漏。

秦嶺不在。修理所的帳篷裡空無一人。迎接副師長的,是行軍桌上一部標著洋文的收音機,以及十幾盤碼得整整齊齊的磁帶,還有許多書,業務的、英語課本、偵探小說、詩集等。

「這小子興趣蠻廣嘛。」郭鴻基想,便往連部的帳篷打聽秦嶺的下落。

幾個連幹部,正圍著一張摺疊桌開會,由連長傳達他剛才的「指示」。看見他這個不速之客,一時有些意外,起立,報告,給了首長應有的尊重。

「繼續開會!」郭鴻基示意大家坐下。聽說秦嶺帶著一些戰士去了車場,轉身就出了帳篷。

雪地上有許多零亂的腳印,卻是大致指向車場。前行一段,看見一

個半人高的「雪菩薩」，坐南朝北，團在地上，大大的腦袋，渾圓的身子，鼻子是用折斷的圓鍬把插上去的，兩手捧著一個軍綠色的罐頭盒子，合在胸前。看得出戰士們用了心，雪雕做得有模有樣。一個扛圓鍬的戰士迎面走來，說「雪人」是秦技師領著我們堆的。

郭鴻基想：秦嶺這麼有生活情趣，這麼熱愛生活，一定不會令他失望。他不准小戰士叫「雪人」，應該叫「雪菩薩」。戰士不解，他不容分說，「我說是『雪菩薩』，就是『雪菩薩』嘛！走，帶我看秦技師在做什麼！」

車場很大，所有的設備都在。迎面是一臺二百五十馬力的大推土機，墨綠色的葉子板上貼了一張圖紙，周圍聚了許多人。秦嶺正比比劃劃，跟大家強調注意事項。郭副師長走過去時，秦嶺已經說完了。挖掘機手開始發火車，準備在推土機後面掘大坑。

原來，秦嶺考慮到高原上沒有車庫，一般用帆布苫蓋車的辦法封閉性不好，便設計了一種新方案：替每臺設備挖一個一公尺深的大坑，不管是推土機、剷車、碾壓機、自卸車或挖掘機，恰好放下去，然後塗上奶油封閉，用帆布苫頂，將挖出來的沙石填在周圍，最後再蓋上雪，多少澆上一些水，使帆布與地面凍成一體。這樣，風再大也刮不起帆布，沙子也進不到機器裡。

「嗯，這方法很好！」郭鴻基喜不自禁，竟然取下雪鏡，眼睛笑成了一條線。「做得好！我看你這辦法，可以推廣到部隊扎帳篷上去！」

不等秦嶺開口，一個人稱「小四川」的戰士替他回答：「首長，那可要不得，帳篷裡生著火爐，溫度相對高一些，會融化近處的冰雪，冰水流到帳篷裡，我們就都成水鴨子了！」

「哦！是嗎？」郭鴻基先是一驚，轉而哈哈一笑，拍著「小四川」的

肩膀問,「懂得不少嘛!」

「近朱者赤,近墨者黑嘛!成天跟秦技師在一起,還不多少學一點!」

「小四川」說罷,大家都笑著附和。

郭鴻基忽覺臉上有種灼熱之感,這是他從未有過的感覺。他出身農民之家,抗戰勝利後在老家被招進「賀龍中學」,後改編為西北軍政大學,是專門培養基層幹部的,學制只有半年,文化知識頂多是個「速成」,哪能懂得這些技術問題呢?

此刻的郭副師長,並不是為知識的貧乏而愧疚;如果有學識,他早不是師級幹部了,同年入伍的現任兵團級的有的是,那是人家有水準有能力,他不眼紅,更不嫉妒,而且他升得慢也另有衷情。他臉紅的是自己一直懷疑秦嶺的留守目的,甚至當機械連的幹部們擔保秦嶺是真心留守時,他還將信將疑。

其實,老首長原來是想偏了,他想得很深,很古怪,很出格,因為山那邊就是另一個國度,那個國家曾經跟我們發生或邊境戰爭,他本人就是那場戰爭的親歷者。戰後,他所在的連隊曾發生過一件非常糟糕的事件,一個性格古怪的戰士因違紀受了處分想不開,從哨所叛逃敵國。正是這件事,使得他對那些有這樣那樣情緒的、不那麼聽話的下級,總多一些提防,前車之鑑啊!

然而,時過境遷,時代變了,官兵受教育的程度提高了,愛國主義已經深入人心,絕大部分戰士還是顧大局的,鑽牛角尖的只是極少數,再也不能用老腦筋老眼光,對待新一代的官兵了。此刻,他覺得愧對秦嶺的一番苦心,誤解了這個孩子,來時準備好的問題,一句也不必問了。

守山

　　戰士是公正的，他們會對每一個領導者，作出不偏不倚的評價。此刻，秦嶺的話彷彿又在他耳邊迴響：「說實話，哪個缺心眼的想留在山上！我不是沒辦法嘛！」

　　「秦嶺，你小子好大的架子，首長來了也不報告！」郭鴻基突然故作嚴肅，慌得秦嶺馬上立正行禮，剛要喊報告，被郭鴻基揮手制止了。「你倒是說說，你是不是怕別的幹部留守，工作做不到重點上，來年大部隊上來前，保養不好設備，耽誤國防施工？」

　　「謝謝，首長明察！」秦嶺學者電視劇裡官話說著，用力想昂起腦袋。

　　「稍息吧！一看你就沒正規練過報告。以後當主任了，就要有個軍事主官的樣子！」郭鴻基佯裝升氣，默默地走上前，關愛地正了正秦嶺皮帽子的護耳，然後後退一步道，「秦嶺聽令，你們連的留守方案，我批准了！」

4　命運無關理想

　　當大城市的人們埋怨日子過得飛快的時候，山上的日子其實過得很慢。每日裡或日出日落，或風攪雪飄，都是寡淡如水，甚至消遣無聊。

　　當了留守處長官的秦嶺，每日會安排一個小時的室外鍛鍊，走路，背雪（化水），胡亂做做體操，以防身體僵化；還有一個小時的業務學習，要麼他和劉軍醫交叉，給戰士們講講技術和高原生存課，要麼組織大家討論交流；其餘時間就是吹牛喧慌，打雙扣，下象棋軍棋。本來部隊還有一項擊鼓傳花的傳統遊戲，核心是點到誰，誰唱歌演節目，劉軍醫說高原氣稀，盡量少費力，也就罷了。

　　到了晚上，藉著電臺和山下聯絡的機會，會發兩個小時的電，也就讓大家看兩個小時錄影。後來，那些錄影帶都看膩了，也為了節省燃油以防不測，錄影節目就取消了，改成自由活動。說是自由活動，誰也不遠出，能自由到哪裡去！帳篷外冷得邊尿邊凍，大便都聞不到臭味，就是看看那尊「雪菩薩」，也早被雪蓋得成了一個大雪包。

　　郭副師長為什麼將「雪人」叫「雪菩薩」呢，好多人都不解，秦嶺也沒有合理的解釋，想想可能是他們老家的叫法。俗話說十里不同俗，部隊這個大家庭，集合了五湖四海的人，互相距離何止十里呢！

　　慢慢的，「雪菩薩」的問題，也就不去想了。自由活動時間，就變成戰友之間「互揭老底」，互曝隱私，互相消遣，開玩笑挖苦找樂子，看誰逗得大家笑多。清一色的未婚小夥，身體的零件一個都不缺，要是誰一開口提起女人，那各種沒吃過豬肉的「肉香」便撲鼻而來，一個比一個說得沒邊沒沿，至於戲臺下拉手──心潮澎湃，竹林裡親嘴──舌吐蓮

花，草堆上抱團——酥胸貼臉，那都是文明的。

這些對話中，秦嶺想起一件往事。當年在南方邊境作戰後期，有一段時間為了防禦，鑽了一個多月貓耳洞。那鬼地方潮溼得要死，什麼衣服都穿不住，大家只好光身子精屁股在裡面貓著，有人的襠下都爛了。他那時就想，如果什麼都沒做這東西就廢了，這輩子就虧大了。忽然不經意間碰到一旁的泥土，渾身一陣顫慄，感覺挺涼爽，很愜意，就拿泥巴把下身抹了個遍。不想歪打正著，一個多月下來沒爛襠，不但完成使命，還預防了溼疹，被團裡當成了經驗。

「那後來呢？」「小四川」聽得入了神，黑暗中能看見他閃動的眼光。

「後來，老子命大，打仗沒死，戰功也立上了，軍校也上上了，還應邀到師範大學演講，賺了女孩們許多淚水，順便結識了一個學歷史的女同鄉，長得還不錯，就把她拿下了。」秦嶺每每想起這一段羅曼蒂克，就禁不住心頭的興奮。聽到有人問「親嘴沒有」，他便賣個關子說，「這兩個人之間的隱私，你們就開動腦筋，盡力想，隨便想吧……」

「一定是親上了。」

「聽說你因為違反學員不能談戀愛的規矩？是真的嗎？」

在大家羨慕的猜測中，秦嶺因勢利導，說女人的美妙，只有像我們趙班長一樣，你擁有了才能體會，光過嘴癮多沒意思。為了擁有一個好女人，大家得好好活著，有了命，才可能享受好事美事，才可能立功、升職、成家，實現理想是不是，是不是？

「秦技師改當指導員了啊！」王參謀很感意外。

秦嶺也未反駁。指導員羅政文下山前一再強調的，每月要搞一次人生觀教育。他不欣賞指導員那一套大道理說教，高深歸高深，不接地氣，自己都是從教材上書報上抄來的，照本宣科還要求戰士們做筆記，

之後還要以班為單位討論。太假,太空,太矯情!在我們這高寒缺氧、兔子都不來拉屎的地方,人以生存為第一要務,生存以不生病為首要條件,這就是直截了當的政治。

　　戰士們逐漸明白:每一個人的命都是金貴的,不管是為了革命,還是為了自己,為了自己將來的老婆孩子,都得好好珍惜。雖然冷風無孔不入,直鑽骨頭縫隙,洗澡純粹是奢望,但每個星期天,大家在擦拭完武器之後,還是要燒一鍋熱水,撩起衣服,用熱毛巾簡單地擦一擦發癢的身子。

　　儘管大家都活得小心翼翼,還是有人嘴唇不停地蛻皮,眼色發烏,有人長了紫癜,有人得了夜盲症,還有的腸胃功能出了問題。劉軍醫說,這都是缺乏維生素,長期吃不到蔬菜水果引起的,以山上的條件,毫無辦法。更令人心酸的是,年底的時候,一個江西籍的戰士感冒了。畢業於軍醫大學的劉軍醫寸步不離,餵藥、扎針、用溼毛巾降溫,還是沒有好轉。眼看著有轉化為肺氣腫的跡象,秦嶺在第一時間發電報給山下。師裡很重視,專門打報告請求軍區派直升機接人,這種病只要及時離開高原就脫離危險了。不巧那幾天天氣惡劣,無法保證安全飛行,飛機晚來了兩天,人就沒留住,只把一具二十歲的年輕遺體運下去了。

　　送別的時候,大家都哭成了淚人。所有的人都希望直升機能留下來,以應付不時之需。但這也就是想想,現如今我軍的裝備,離這種現代化的保障水準還差得遠呢!一把鼻涕一把淚的「小四川」,鄭重而又戀戀不捨地將自己的二等功證章,別到死者的胸前,撕心裂肺地述說,死者生前一心想立上二等功,這樣復員後就能安排工作,按政策在城鎮落戶。現在,那並不遠大的理想還在,人卻在等待飛機的希望中走了。戰友們只能祝願小兄弟在九泉之下,能順利地安個城鎮戶口!

守山

「鳴槍，為戰友送行。」這是秦嶺身為一名技術幹部，第一次下達的軍事命令。

一排冰冷的衝鋒槍沖天齊射，槍口連藍煙都看不到，是對老天的埋怨，是為戰友鳴不平，更是對國防現代化建設的呼喚。但因為天太高了，地太厚了，周邊太空曠了，四野太廣袤了，沒有任何回聲的障礙物，這呼喚太微弱了，還沒有山下放炮竹的響動。而飛機離開後，營地便陷入死一樣的沉寂，整整一天，沒有人說一句話，連吃飯也是提不起精神。

「這可不行，這樣下去都會病倒的！」劉軍醫看在眼裡，急在心上。直升機雖然來遲了，但飛機帶來了新鮮蔬菜，白菜，青椒，菠菜，芹菜，紅蘿蔔，滿滿三大筐。他和老趙商量，一定要好好烹調，把蔬菜的營養利用好。

5　政治的色彩

　　一隻雪雞的入侵，令營地的戰友們變得興奮。

　　那天，秦嶺正在講古西域的兩個「堅守英雄」，一個是耿恭將軍，一個是定遠侯班超。東漢中期，他倆同在西域，守著天山南北兩座名字相同的城池——疏勒城。耿恭在天山北麓，據說就是如今奇臺縣的半截溝遺址。他在抗擊匈奴左谷蠡王兩萬大軍的守城戰中，英勇頑強，打退敵人無數次進攻，甚至拒絕匈奴人美女金錢的誘惑，即使彈盡糧絕，也不向敵人投降，一年後被友軍營救回到洛陽。班超守的疏勒城，就在今天的喀什城一帶，他以幾十人的弱旅，憑城與叛軍作戰，力撐兩年多，城裡的樹皮都吃光了，勇士們靠吃一種片狀的土充飢，終於等到朝廷援軍，反守為攻，一仗重創叛軍，最後收復西域三十六國，重新開通了「絲綢之路」。

　　這兩個大英雄都是陝西人，是秦嶺的同鄉，所以他講起來繪聲繪色，慷慨激昂，有一種強烈的自豪感，為家鄉有這樣的豪傑驕傲。「陝西人精忠報國，愛憎分明，不畏權勢，外憨內秀，古往今來，在西域這塊土地上，可是沒少出英雄！」

　　此言一出，湖南籍的壓路機手就不服氣了：湘軍自古驍勇善戰，左宗棠收復新疆領土，沿途栽了一路「左公柳」，也就一百年的歷史吧；王震將軍，屯墾戍邊，建立兵團，也才三十幾年吧，哪個不是響噹噹的英雄！「小四川」也加入戰局，高高地豎起大拇指，說起一九六二年邊境作戰的「滾雷英雄」羅光燮，我們自己部隊的吧，犧牲的地方距離這裡也不遠吧，我們四川人……不等「小四川」說完，大家紛紛搶開了話頭。華

守山

夏大地，群星閃耀，英雄輩出，各領風騷，每個地方的人，都有引為自豪的家鄉英雄，如一帶儒將、禮部尚書、唐代討伐龜茲叛軍的安西大都護郭孝恪，河南人；開元盛世平定克什米爾的右羽林大將軍高仙芝，朝鮮族人……「靜一靜！外面好像有什麼響動。」一向不太喜歡吹牛皮的劉醫生，突然揭開門簾出去了。大家紛紛裹緊皮大衣，一個個跟了出來。

當兵的警覺性是自然養成的，這時人人自覺屏住了呼吸，分別往不同方向巡視。有人用手電筒來回亂照，忽見灶房那邊飛出一隻鳥兒，旋即落地，搖搖擺擺，略似大雁行走姿勢，飛快地跑了。

是雪雞。老趙認得，七八月分也曾打過幾隻。

雪雞是喀喇崑崙山的精靈，通常生活在海拔三千至六千公尺的高原，雞窩一般在人跡罕至的崖洞或山邊，平時以根、草葉、塊莖、球莖為食，有時也吃昆蟲及其他小型無脊椎動物。雪雞的身材矯健，飛跑敏捷。這種動物喜歡集群，常組成十幾到二三十隻的群體活動，而且以白日活動為主，為什麼今天單獨出現，而且黑夜還跑出來？一定是大雪封山時間長了，雪雞找不到吃食，來我們營地來偵查，猜想還會來的。

大家分析了一陣，人人口水直流，好幾個月沒見到鮮肉了，一致意見是組織一次打雪雞行動，改善一下夥食，也化解一下營地的單調和沉悶。

說做就做！因為涉及真槍實彈的使用，需要發電報向山下請示。連長回電：非射擊訓練未經批准嚴控武器彈藥。

軍令不可違。大家鼓足的氣，一下子又洩了。秦嶺也是無可奈何，晚上躺在床上，自己跟自己較勁。第二天早飯時，老趙悄悄跟他說，雪雞昨晚又來了，這次是兩隻，猜想還是偵查部隊，他沒打擾，還在灶房後面專門放了半籮筐黃豆、花生和小米，作為誘餌。猜想一兩天，大群

就會來。「試試看吧，機不可失，時不再來！」

「試什麼試！」秦嶺沒好氣地說，「你沒看電報嗎？出了問題誰負責？」

「能出什麼問題！你這技術幹部就是不懂，你安排一次射擊訓練不就結了！」

「什麼什麼什麼……你說清楚點！」秦嶺瞪大了眼睛。

老趙認真地說：「我和連長同年兵，以我對連長的了解，他明明就是同意。你想他回電給我們，要師裡首長簽發，動武器彈藥不是連長能說了算的，他要請示，等批下來，是不是失去機會了。他是讓我們先做了，他肯定能找首長批了，多大點事啊！不信，你好好思索思索，看有沒有我說的意思！」

噫！秦嶺似乎才開了竅，連長的電文為什麼要強調「非射擊訓練」呢？他和王參謀一起，把電報反反覆覆唸了幾遍，似乎好像大概還就是老班長說的意思。他怎麼沒想到這一層呢？還是和連長相處時間短，了解太少。

他從作戰部隊到了施工部隊後，發現眼下和平環境久了，一些部隊怕出事故，恨不得刀槍入庫，再加上幾把大鎖。對槍械的管理，彈藥的消耗，制定了一些綁手綁腳的限制，早都偏離了軍隊要時刻準備打仗的宗旨。殊不知軍區每年都要處置大量過期彈藥，他自己就參加過兩次，這些彈藥為什麼就不能讓戰士練手呢！老班長說的沒錯，連長巴不得大家能改善夥食呢，他連招數都幫我們想好了。

「出了問題往我身上推，」趙班長進一步幫秦嶺減壓，「反正我就是個志願兵，過兩年就該滾蛋了，怕什麼！」

「你也太小看人了，我們是那怕事的人嗎？」秦嶺笑著，把電報一

守山

揚,「快把大家都叫來,我們認真學習連首長指示,安排射擊訓練!」

　　學習的結果,就是為了健康和士氣。於是大家輪流值班,晝夜監視,終於在第三日傍晚,發現一群雪雞聚籠到灶房後面,圍著糧筐「會餐」,旁邊連一個「站崗」的都沒有。秦嶺說雪雞冒險一趟不容易,也不能保證全殲,乾脆讓牠們吃飽再打,免得受驚回去的還餓著肚子。幾個槍法好的自告奮勇,選好位置,等到秦嶺做個手勢,一陣點射,已翻倒七八隻,沒傷著的立刻逃命去了。

　　紅燒雪雞之後,放入壓力鍋猛燉,加上馬鈴薯塊,肉美菜香,或蓋澆米飯,或拌麵,或就饅頭,與那些牛肉蛋粉罐頭比起來,簡直是天宮的盛宴。大家足足解了一陣饞,好長時間都在談論著雪雞的味道。

6　崑崙之境界

　　四月下旬，正是葉爾羌河流域柳綠花紅的季節。萬物復甦，耕牛下地，處處一衍生機。

　　就在這個季節，擔負國防公路施工任務的部隊，又登上了冰封雪裹的喀喇崑崙高原。一座座綠色的帳篷比肩並列，像山下的春苗一樣，突然地長了出來。

　　留守的官兵，一看到大部隊上山，一個個興高采烈，情緒失控，歡呼的，吶喊的，敲罐頭盒的，朝天扔帽子扔大頭鞋的，抱住戰友流淚的——半年了，與世隔絕，連收音機也收不到廣播，這不是一般的寂寥啊！

　　秦嶺似乎不像戰士們那樣感情外露。他最關心的是他的信。已經成為副營長還兼著連長的蓋新民，一下車就把一大沓信交給他，還有一個小包裹。戰士們不等主人同意，就搶著拆開了。包裹裡是糖，牛奶糖，高粱飴，巧克力，大家搶著，笑著，好像只有透過這近乎發狂的舉動，才能抒發積聚已久的感情。

　　秦嶺早已不管這些了。山上的習慣是：誰的東西都是大家的。他用比電子電腦還快的速度，從一大沓信中揀出未婚妻的三封，飛快地鑽進帳篷。誰知當他讀到第二封時，臉色漸漸緊繃，木然地站在那裡，呆了。

　　「怎麼了？」細心的連長問。不等秦嶺回答，李曉剛拎著一包蘋果來了。蘋果早凍成鐵，嚼來無味，倒有些冰酸。這個二十五歲的學生官，一點也未注意秦嶺的表情變化，熱情得過份，問了山上情況，接著又講

起大上海的繁華迷離，以及各種天花亂墜。秦嶺心緒煩亂，逕自先走出帳篷。蓋新民和李曉剛又跟了出來。

幾個人一起來到已經被春風颳得面目全非，只剩下屁股大一塊冰疙瘩的「雪菩薩」跟前。秦嶺問：「指導員怎麼沒上來？」

「他，不在了，下山不幾天舊病復發。」蓋新民說著脫下皮軍帽，幾個人一起為英年早逝的羅政文默哀，埋怨命運不公，那麼上進一個秀才，突然就把大家都拋閃了。良久，蓋新民又說，「新指導員的命令也下了。」

「誰？」秦嶺問。

「喏，就是他，」蓋新民指指李曉剛說，「現在是李指導員了。」

「真是慚愧，」李曉剛謙卑地說，「我可能太嫩了。」

「祝賀你！」秦嶺同李曉剛握了手。正在這時，郭鴻基來了。

「哈哈，你們都在啊。秦技師，我這次又帶來一位新技師，你明天就可以下山了，坐我的吉普車下去。我已經打過招呼了，批你三個月假，再獎勵十天。回去結婚去吧，到時別忘了寄些喜糖喜菸來……」

「謝謝首長，」秦嶺苦澀地咧了咧嘴唇，「已經沒有必要了。剛才戰士們搶的，是她寄的喜糖……」

「怎麼……」郭鴻基預感到事情不妙。再看那尊『雪菩薩』，已經完全變了模樣，頭和身子都沒了，只有那個軍綠色的罐頭盒，還緊緊凍在冰裡。雖已開春，但山上的溫度回升有限，背陰溝道的雪還沒有化乾淨。他本來想告訴大家，他和「雪菩薩」還有些特殊的淵源……曾幾何時，汾河岸邊，家鄉那個小村莊的年關，雖然沒有崑崙山這般寒冷，但一樣的銀裝素裹，每到雪擁門檻，他都和小夥伴們一起堆「雪菩薩」。有一年，

他正玩得開心,一位親戚來家,說幫他找了老婆,長得白白淨淨,人稱「雪菩薩」。小夥伴們往他身上砸雪蛋,起鬨耍笑,他對老婆的概念還很懵懂。過了幾年,十六歲的他考上了「賀龍中學」。在入伍前,家裡非要讓他先娶老婆。

那日的雪下得真大!鄉親們就在他家門前堆起十六尊「雪菩薩」,整齊地排列在路兩邊,兩兩相對,一律是紅紙疊的大鼻子,手託一包花生,寓意他婚後能男男女女花著生。突然一聲爆竹炸響,嗩吶紛紛奏了起來,嘀滴噠噠的熱鬧中,花轎落了地,新娘頭頂一塊紅蓋頭布,兩邊還有俊俏伴娘攙扶。他有些害羞,伸手牽住長長的紅喜帶,牽著自己的女人,一步一步前趨。在鄉親們熱烈的祝賀聲中,款款進了洞房……不能與部下分享深藏心中的幸福了,郭鴻基有些遺憾,為自己,更為秦嶺。不料秦嶺卻破天荒地勸他:「這裡風大,首長趕緊進帳篷吧!」

好吧!郭鴻基這位戎馬幾十年的老邊防戰士,已經接到了退休的通知,但他執意請命,要看著國防公路在他手裡竣工通車。他沒想到遇上這樣的事,看了秦嶺幾眼,什麼也沒說,走了。此刻任何的安慰都是蒼白的。

蓋新民跟在郭副師長後面,他有工作要請示。李曉剛似乎有什麼話要說,秦嶺早早揚起右手,示意他免開尊口。

晚飯是一次聚餐。郭副師長也來到連裡。他端起酒杯說:「我老郭選擇秦嶺留守,也許是當兵生涯所犯的最後一次錯誤,硬生生耽誤了年輕人的婚姻,這裡先賠罪了!」

郭副師長一飲而盡,眼眶有點溼潤。蓋新民接著敬酒,他感謝秦技師,已經讓所有設備都進入臨啟動狀態,為下面的施工奠定了良好基礎,也是一口喝乾。輪到新上任的指導員李曉剛了,不知為何,手一直

守山

在顫抖，好像得了帕金森氏症似的，囁嚅了一陣，終於控制不住自己的感情，哇哇地哭了起來。

「秦技師，實在對不住，是我太卑鄙了。我父親並沒有病，是我為了下山，讓家裡發的假電報……」

「你……」郭鴻基氣惱地拍案而起，左手揪住李曉剛的領口，右手舉起巴掌，眼看就要扇向那張還帶著稚氣的小白臉，卻被秦嶺伸手攔住了。

「首長！」這「首長」二字，包含了很多的意思，有勸阻，有提醒，也有敬重。這裡是部隊，首長是不能打下級的，再說打了他又能解決什麼問題呢？能讓已經成為別人新娘的女友，再回心轉意嗎？

秦嶺高高地舉起酒杯，故作無事人一般。「人常說是你的，終歸是你的；不是你的，無論如何也不會成為你的。我已經一再失約，女友身邊又不乏追求者，青春苦短，我理解，也不恨人家，真的。我今天也敬首長一杯，別的不說，你都是要退休的人了，人家躲都躲不及的苦，還要上山來吃，只這一點，就值得我這一輩子都尊敬！」

秦嶺喝完一杯，又自己斟上：「這第二杯，我敬羅指導員一杯，我雖然不喜歡他的課，但我敬佩他的人品，沒趕上給他送行，是我一大遺憾。」他舉杯齊眉，然後輕輕地祭灑在地。郭鴻基看在眼裡，眼圈一酸，親自又為他斟上。

「這第三杯，」秦嶺又端了起來，「我敬蓋連長和李指導員一杯，過去的事都別提了，誰沒點私心啊？我覺得在現在這個年代，凡是能不顧高原反應上崑崙山的，都不是孬種；能連續幾次上崑崙山的，更是名副其實的漢子！崑崙山夠高了，這裡沒有境界。我這裡也跟你們表個態，這個山，我不下了，我要和你們一起做，迎接竣工驗收！」

秦嶺喝罷，連杯子都摔了。滿桌人像受了他的感染，異口同聲吼著「乾！」一個個飲酒摔杯，還真有幾分壯士出征的氣概。

　　郭鴻基驀然發現，失去戀人的技師秦嶺，竟一改過去微駝的習慣，直直地挺起了腰板，不由他心中泛起一種由衷的讚許：這年輕人，是個漢子！

　　（原載《絲路》1986年第三期，轉載《西域》1986年第一期）

守山

母親的婚禮

母親的婚禮

「吳林，你的電報！」

怪事！我這個只與母親有書信聯繫的人，前天剛收到她的信，還有誰發電報給我呢？

電報的專用封是開口的，沒有任何隱私可言，看見「母婚速回覆」五個原子筆抄寫的電文，我抬頭撇了撇郵差，發現他嘴角掛著一絲怪怪的笑，腦袋就有點混亂了。

母親是一個年過四旬的中年教師，做兒子的都已經萌動著對一個女同學的愛慕之情了，她卻突然要結婚，這確實讓我有些尷尬。

我很快便坐上了從北京開往烏魯木齊的直達快車。耳邊是車輪「咣噹咣噹」地鳴響，眼前是車窗外飛速後退的綠樹，連同遠處鱗次櫛比的建築物，而腦子裡盡是些亂七八糟的疑問。母親單身幾十年，為何這個時候結婚？她找的那個也許我要稱為「爸爸」的人是誰呢？他倆之間有故事嗎？曲折嗎？離奇嗎？具有新聞性或者文學性嗎？

在我的印象裡，母親可算是世界上最不幸的女人了。而她的痛苦，似乎跟家裡那件舊軍裝具有千絲萬縷的連繫。每當初春和秋末時節，她總要從櫃子底下翻出它來，掛在鐵絲上晒一晒，打一打，然後重新疊得整整齊齊，動輒注視著它出神，有時候還流淚。倘若發現我在場，馬上就收進櫃子。我曾好奇地問：「媽媽，那是誰的衣服呀？你怎麼一看到它就不高興了？」

母親猛然顫抖了一下，背過身去，好半天才轉過身來，撫摸著我的小腦袋，又把我攬進懷裡，喃喃地說：「小娃娃，該問的問，不該問的，別問！」

從那以後，母親晒軍裝時總是躲著我，我也沒再問那「不該問」的事。

突然有一天，我正蹲在門口看小人書，一群人大呼小叫地闖進了我家。這些人穿著無領章帽徽的軍裝，左臂上纏著印有黃字的紅袖章，右邊的袖子挽得很高，進屋就到處亂翻。臉盆架踢翻了，暖水瓶推倒了，抽屜底僅有的一些錢和糧票也被拿走了，櫃子裡的衣物扔得滿床滿地。

我非常害怕，以為遇上了小人書裡的土匪，嚇得躲在母親身邊，怯怯地望著她。這時進來一個有領章帽徽的，一看就是個頭頭，黑皮鞋擦得很亮，比那張陰沉沉的臉還亮。他手放背後，在臥室廚房轉了一遍，然後用皮鞋踩著地上的衣物，口裡髒話連篇，似乎都是罵母親的。

其中一人扯著那件舊軍裝，低頭哈腰與之耳語一陣，頭頭立刻踹了他一腳道：「男人的棉軍裝？這還不是搞破鞋的證據！臭婊子，爛貨！給我帶走！」

那夥人看起來凶神惡煞，架起母親就往外走。母親憤怒地質問犯了什麼罪，拚命掙扎。但一個弱女子哪裡爭得過身強力壯的男人，何況人家還是代表公家。

公權是難以抗拒的。看見那個頭頭竟然揪住了母親的頭髮，我也不知哪裡來的膽子，突然衝上去，抓住那個頭頭的手就咬了一口。頭頭痛得「哎喲哎喲」地慘叫，一把推開我，轉身狠狠地踢了我一腳。

我被踢得岔住了氣，痛得眼冒金星，抱住肚子半天「啊」不出來。幸虧鄰居王奶奶及時趕到，一邊叫著我的名字，一邊用力幫我拍背。當我終於哭出來時，顧不上擦眼淚就問王奶奶：「他們把媽媽抓到哪裡去了，媽媽不會被殺死吧？」

王奶奶一邊安慰我，一邊替我們收拾狼藉的屋子。老人家誇我勇敢，敢為媽媽出頭，又說現在有新規定，反正你也不知道是什麼，我老太婆也搞不懂，就是亂得很，工人不做工，學生不上課，可能明天農民

母親的婚禮

也不再種地了,我看都喝西北風去。小娃娃,我們鬥不過人家,以後別咬人了!

到了吃飯時間,我餓了。王奶奶將我帶到她家,做「孤兒麵」給我吃。那時我不懂「孤兒」的意思,就覺得那是我吃到的最好的飯食了,至今想起來仍口水直流。王奶奶在小米和穀子混煮的粥裡,下了菜葉和麵片,稠糊糊,鹹滋滋的,下到肚子,口裡還留著香味。

多年後才知道「孤兒飯」是一個勵志的故事,說的是有一個沒爹的孩子長成大人了,還好吃懶做,不思進取,母親苦口婆心地教化,就是聽不進,終於坐吃山空,寒冬臘月裡,母親掃盡家裡的麵缸米甕,挖了院子裡僅有的幾株青菜,煮了一鍋粥,吃完後母親就離家出走了。徹底成了孤兒的孩子,被餓得奄奄一息,乞討到廟裡請求出家。方丈說人要吃飯佛要供,老天不憫懶惰人,你要到我這裡來,必須天天挑水種菜,打掃院落。年輕人一看佛家都不養懶漢,終於開始下地工作,並在農閒發奮讀書,後來考取了功名。

我那時就覺得與王奶奶親,是母親之外的第二個親人。下午的時候,我從後窗看見一個影子,跟跟蹌蹌進了我家。王奶奶趕緊端了一個暖水瓶,領著我過去。出現在我眼前的,是一個蓬頭垢面的陌生人,懷抱那件舊軍裝,穿著一件遮不住身體的素花上衣,褲子撕得一條一條,像許多帶子在飄,不大的腦袋剃得雪亮雪亮,簡直就是個大燈泡。臉上沾滿了散發臭味的汗漬,挺嚇人。

我一下子想起了白骨精,驚叫著撲向王奶奶。

王奶奶說那是媽媽。

「不,那不是媽媽,是妖怪。」我邊哭邊說,「媽媽有頭髮的呀,跟肩膀一樣齊⋯⋯」

「林兒，可憐的孩子！」「妖怪」這才放下懷裡的舊軍裝，瘋了似地摟過我，嚎啕大哭起來。

我慢慢感受到母親熟悉的體溫，感受到母親砰砰的心跳。母親摟著我哭，我伏在母親懷裡哭，母子二人哭成一團。

王奶奶倒了半盆熱水，替母親擦洗，嘴裡說些什麼，我也聽不明白……「哎，這年輕人怎麼哭了？是初次出門吧？」

一隻有力的大手，輕輕按在我肩上。抬頭一看，是對面舖上的一位中年軍人。我這才如夢初醒，意識到自己是在火車上。唉，都是大學新聞系三年級的學生了，還這麼……我很尷尬地朝人笑笑，又自嘲地搖搖頭，不好意思當著那麼多人的面擦眼淚，便轉過臉，望著窗外。

窗外成了一望無際的戈壁灘，列車駛過嘉峪關了。那一塊塊黑白褐黃的石頭，單調，淒涼，缺少刺激視覺的畫面。但知識告訴我，久遠的板塊運動之前，這裡也曾經是一望無際的海洋。我已經去天津看過一次海，知道不管海面如何平靜，海底的暗流都在翻捲，時刻準備掀起滔滔波浪，猛烈地衝擊海灘和堤岸……還記得我們家被清查的第二天，母親被趕到豬場做苦工。

時令進入隆冬，天氣冷得出奇。一場大雪連續下了七八天還不停歇，把道路都封住了。凜冽的寒風颳著，「呼—— 呼——」發出尖厲的嘯叫。身材單薄的母親，挑著沉重的豬食擔子，身子一扭一歪，從煮豬食的土棚走到豬圈，將豬食倒進食槽，又將空桶從豬圈挑到土棚。有時候腳踩不穩就滑到了，倒地後顧不上自己腰腿痛，趕緊爬起來，雙手歸攏撒落雪地的豬食，回鍋再煮。腰痛得實在挑不動了，就放下擔子，雙手扶著扁擔伸一伸，她說在做廣播體操。我穿得棉嘟嘟的都喊冷，她只穿件棉背心還冒汗。

母親的婚禮

有一天餵完豬回到家裡,我被眼前的景象嚇傻了:我家的房頂被積雪壓塌了!

我無助地巴望著母親。她流淚了,但沒有哭。只見她鎮靜地從雪堆裡掏出被褥和衣物,掏出鍋碗瓢盆,然後裹進幾個包袱,她背上幾個,我背上一個,我們母子住進了豬場。

豬場雖然總是飄著一股豬糞的臭味,但沒有人罵我們,欺負我們,差不多是個避難所,而且土棚裡盤有一口大炕,燒熱了,比家裡暖和許多。四歲的我在豬場學會了自己穿衣洗臉,學會了燒火掃地,還學會了招呼豬,並為自己封了個「豬司令」的官銜。每當我一聲叫喚,那些大大小小的豬們,就高高興興地跑過來了。當母親將豬食倒進食槽時,我再喊一聲「開飯了」,那些豬就爭著搶著吃,大的拱小的,壯的拱弱的。

母親告訴我:人與豬的最大區別,是人會謙讓,大的讓小的,小的敬老的;而豬一味只搶,搶到吃到,搶不到挨餓。為了公平起見,她教我拿一節細竹竿,不時地敲打敲打那些搶得太厲害的,儼然一個維持秩序的警察。

可是,這段快樂的時光並沒有維持多久。據說有人告我們用煮豬食的柴禾燒飯,還偷吃餵豬的麩皮,於是我們又被趕回了學校的家,那時路邊的柳絮還沒長出來。好在房子是學校的公產,教職員工幫忙不算犯錯,於是和泥的和泥,扎蘆葦的扎蘆葦,扛木料的扛木料,一天時間就修好了。

其實新疆南部不下雨,房子蓋得及其簡陋,四周的牆都是土坯磊的,頂上沒有瓦,架幾根木料,鋪上樹枝和蘆蓆,抹一層泥巴就好了。

到了晚上,王奶奶跑前跑後,動員許多鄰居阿姨幫忙收拾,糊頂棚,貼牆面,用的都是舊報紙,這家帶兩把掛麵,那家捎幾只雞蛋,也

有送窗簾、舊氈子、舊衣物的。落難時能遇到這樣善良的鄰居，是我們母子的福氣。

　　鄰居走後，散發著泥土味的房子裡就剩下我和母親。她忍著一天強體力勞累的腰痛，又從包袱裡拿出那件舊軍裝，撫摸著，端詳著，胸脯一起一伏，突然就抽泣起來：「狠心的你啊，你在哪裡？」

　　那一刻，我似乎長大了許多。是呀，別的小朋友家打煤餅、挑水、劈柴之類的活都是爸爸做，我的爸爸怎麼不回來幫媽媽呢？

　　母親嚴肅地告訴我：「你沒有爸爸！」

　　我不信：「為什麼別的小朋友都有呢？」

　　「別人是別人，你是你。」母親說著，摟住我，眼淚撲簌撲簌往下滴。我一見媽媽難過，就不敢吱聲了，一邊為她擦拭淚水，一邊保證以後再不惹媽媽生氣了。

　　無論環境多麼惡劣，孩子總要成長。我上學了，母親很高興，每天都要詢問我學了什麼。我把老師教的說一遍，她總會挑出我說錯的地方。進入高年級後，她白天在又髒又臭的豬圈勞動，晚上回來趕緊做飯，收拾之後還要輔導我學習到深夜。

　　在我的心目中，媽媽比學校那些老師強幾百倍，她什麼都懂，講的都是課本上沒有的知識，從鑿壁偷光的匡衡，到羅馬勇士斯巴達克斯（Spartacus），從發現蘋果落地存在萬有引力的艾薩克·牛頓（Isaac Newton），到繪製〈蒙娜麗莎〉的李奧納多·達文西（Leonardo da Vinci），以及威廉·莎士比亞（William Shakespeare）和他的《哈姆雷特》（Hamlet）。

　　我始終記著母親的話：做人要謙讓。因此，我從小到大，從來沒有與同學打過架，一方面是沒有父親這顆大樹的庇護，即使是男孩子，我心底也是自卑的，不敢接受別人的挑戰；另一方面我成績好，老師喜歡，

母親的婚禮

那些貪玩好鬥的同學，因為天天要抄我作業，反而成了我的保護傘。

考高中時，我門門滿分，作文還被刊登在好幾家報紙上。一家報紙的記者來採訪我，得知我的好成績與母親的輔導有很大關係，一定要我帶著他去豬場。記者在豬場與母親單獨交談了半天，回去後發表了一篇〈養豬女與「狀元兒子」〉的報導。

這篇兩千多字的文章，主要描述了母親的艱辛和兒子的刻苦，隻字未提我們母子的身世。就是這篇文章，改變了母親的命運，使她又回到了闊別的講臺上。也是這篇文章，讓我了解到記者的力量，進而萌生了學新聞的志向……烏魯木齊到了。我對這座首府並不熟悉，也無意逗留，直接趕到客運站，買了一張次日的車票。沒想到又與那個軍人是鄰座，看來我倆是有些緣分的。他已經從我胸前的校徽上知道了我的身分，誇獎之餘，問我不到放假時間怎麼回家來了。

我因為小時候特殊的經歷，對穿軍裝的人感情很複雜，也可以說沒多少好感，儘管我清楚這是不好的，不理智的。我隨便敷衍了兩句。

中年軍人說他姓陶，叫老陶就行，到南疆接一位新長官上任。我覺得這人可能是個馬屁精，嘲諷他接得「夠近」。老陶並不計較，笑笑，說情況較為複雜。

從烏魯木齊到我家所在的南疆市區，巴士要開一個星期，免不得曉行夜宿。軍人主動要和我住一間屋子，一路都不要我掏錢，說學生窮，將來賺錢了再幫別人。我覺得他沒有惡意，也就接受了，兩人三聊兩喧，就聊到他要接的長官。

老陶說，他要接的人是他的老連長，戰場上救過他的命。當年戰爭時，老陶是個新兵，有一天不小心踩上了敵人的地雷，穆連長命令他不要動，不要抬腳，然後慢慢爬過來，用刺刀輕輕扒開他腳周圍的土，一

手壓住雷體,一手小心翼翼地拆下了引信。他當時已經嚇懵了,連長排完雷,踹了他一腳,他才癱倒在地。這樣的救命之恩,他一直沒能報答,接一下這才是哪裡到哪裡!

那為穆連長出生在太行山上,從小在延安育幼院成長,後來上了步兵學校,畢業後分到西部邊防部隊。到這邊開始一切都順利,不幾年就成了上尉。他的一切不幸,都是因為那年國慶節的軍民聯歡晚會上,認識了一位女教師,並且很快相愛了,愛得難捨難分。過了沒多久,喀喇崑崙雪山西南那個鄰國,不斷在邊境武裝挑釁,國防部下達了自衛反擊的命令。他要開拔了,臨行前一天晚上,他急急忙忙地跑來向女友告別。

「誰?」女友已經睡了,奇怪誰會半夜敲門。

連長急切地說:「是我,穆成。」

須臾,燈亮了,門開了。他進到裡面去,她又隨手關上。

「怎麼這時候⋯⋯」

「差點還來不了呢!營長根本就沒批我假,只說一個半小時後他要查崗,我一往一返就得花一個小時。」他說,「我們要開到前線去了,要打仗。」

「什麼時候走?」

「明天一早。」

「這⋯⋯」一陣眷戀,一陣緊張,一陣激動。兩雙近距離對視的眼睛,然後是緊緊的擁抱。

「我該走了。」他說。她不放。連長盯著手錶說,「只能待一分半鐘了。」

母親的婚禮

「人家說，你們當兵的不浪漫，不懂愛情。」

「是嗎？」連長用更熱烈、更深長的吻，反駁了她的話，突然放開她：「交給你一樣東西。」

她定睛一看，原來是他進門時，放在桌子上的一件舊軍裝。

「這是我爸爸的遺物，是母親親自縫製的。我雖然不信迷信，但父親穿著它打了許多仗，子彈就沒近過身，所以它就有『護身符』之稱。父親犧牲時是夏天，他沒穿『護身符』，所以遭了特務暗算。」穆連長深情地說，「我本來要帶著他上山，希望它也庇護我，可我怕萬一在戰場遭遇不幸，玷汙了這件傳家寶。沒時間了，你替我儲存著吧，也許不會成為遺物。」

「穆成！」她呼叫著連長的名字，嘴唇上咬出了深深的牙印，淚水順著臉頰滾了下來。與世界上所有熱戀中的軍人的未婚妻一樣，她不忍他離去，為他的生命擔心，但她只能抽泣著為她送別：「你，多……保重！」

每天都有戰報從前線傳來，可唯獨沒有女教師日思夜念的消息。半個月後，她心煩意亂，上課時竟讓一個學生回答這樣的問題：「我們英勇的戰士會有犧牲嗎？」學生答道：「不會。」她高興地給了一個滿分。

但是，這點欣慰畢竟有限。三個月沒得到未婚夫的音訊，女教師再也無法平靜了，一天往部隊大院跑三四趟。

「有我的信嗎？」

「噢，是您呀，暫時還沒有。」這是曾向她求愛被拒的白炳文，穆成所在部隊機關的一名軍需助理員。當初拒絕他的原因，是這人見面就炫耀自己是幹部子弟，父親在不遠的城市，當軍分割槽副司令員。她不喜歡淺薄的男人，也不想攀附任何權勢。這天無意碰上他值班，人倒很熱情，招呼她坐下，還說一有消息，他會親自通知她。

過了幾天，白炳文果然來了。那時女教師剛剛下課，一看到他就跑了出來，歉意地說，「哎呀，還勞駕你親自跑一趟！」

　　白炳文一臉正經，不苟言笑，怔怔地盯著他看了好久，才低下頭說：「你可要挺住啊！」

　　怎麼？出什麼事了？一種不詳的預感襲用心頭。女教師接過白炳文手中的鉛印紙一看，是一張烈士登記卡。這就是說，穆成，一位年輕的上尉軍官，在無情的戰爭中，在罪惡的槍彈面前，倒下了！

　　一連幾天，女教師晝不思食，夜不成寐，只是抱著那件舊軍裝傷心。她埋怨命運的不公，為什麼讓她承受如此的打擊，為什麼讓她失去親愛的戀人？

　　白炳文來看她，帶了許多東西，有奶粉，雞蛋，煉乳，白砂糖，蜂蜜，還有蘋果、梨和棗。在那個物資極為短缺的年代，地方上一切都要憑票供應，他一次拿出這麼些東西，除了部隊的特供條件，肯定是頗費了一番心思。

　　從那以後，白炳文就把自己裝扮成年輕女教師的保護神了，他發誓一輩子照顧她，痛惜她，愛她。這個人還真不是空口發誓，那段時間的殷勤獻的，連她在學校的同事都羨慕。比如下班幫她買菜做飯，週末騎車帶她到野外散心，她生病的時候請假到醫院陪護。尤其是有一次，她送學生返回的路上遭遇流氓，被挾持到一個廢棄的院子。幸好那天白炳文辦事路過，聽到聲音就撲了上去，在與流氓打鬥中頭被砸了一磚，血流不止，後到醫院縫了六七針。

　　人心都是肉長，何況更富於感情的女人呢！女教師那受傷的感情防線，終於被攻破了，兩人很快結婚，在白炳文父母家裡辦了婚禮，又去河南洛陽祖籍度了蜜月。

母親的婚禮

故事發展到這裡，本來可以畫一個也算圓滿的句號。誰知蜜月回來，帶給同事的喜糖還沒發完，女教師發現備課桌上放著一封信，前線來的。就是這篇字字絞心的文字，讓故事的情節變得急轉直下。信是穆連長在戰鬥間隙寫的，就告訴自己的戀人戰鬥很殘酷，但大家意志很堅定。他期待凱旋的一天與她重逢，並請她答應結婚。還說那件舊軍裝裡裝著父親的故事，他已經講給戰士了，到時候再講給她聽。

讀了這封信，女教師幾乎要瘋了。信的落款時間，比她得到噩耗的日期還晚三天，因為那是個令她肝腸寸斷的日子。一時之間，她只覺得七竅冒煙，五雷轟頂，天在旋，地在轉，屋頂好像要壓下來，書桌似乎要飛起來，頭比斗還大，身子比柳枝還軟，眼前金星直冒，雙手顫抖得不聽使喚。同事們見她臉色蠟白，還以為路途辛苦，勸他趕緊回家休息。

家就安在學校，離辦公室不遠。但女教師卻不記得自己是怎麼回到家的，好像路上還跌了一跤。好不容易等到白炳文下班回家，便將信拍在桌子上：「你自己說，這是怎麼回事？」

白炳文慌慌張張看了信，額頭冷汗直冒。開始裝得很無辜，說可能是弄錯了。女教師要拉他一起去找部隊首長徹查，立刻，馬上。白炳文這下嚇壞了，知道紙裡包不住火，雪地裡埋不了人，便捶胸頓足，痛哭流涕，攤了底。原來，犧牲的穆成是個戰士，白炳文卻利用工作之便，在《烈士登記卡》上做了文章。

「我都是因為太喜歡你了，太愛你了，才出此下策。」白炳文雙腿一屈，突然跪在地上，抱住她的腿哀求起來。「按說我這是挖戰友的牆角，確實不道德，所以才不敢在部隊辦婚禮。我想過一段時間再告訴你，等穆成班師回來，他就是揍我一頓，最終也會接受這個現實的。原諒我

吧！雖然你一開始就沒看上我，但我一見你就喜歡得不行，我真的不能沒有你啊⋯⋯」

「走開！」被騙的女教師，一把推開白炳文，此刻所有的傷心都變成了噁心，又變成了憤怒，「你看看，你還像個軍人嗎？你膝蓋那麼軟，說跪就跪，這要在前方打仗，搞不好一見敵人就叛變了，舉手投降了，你給我滾！滾！我再也不想看見你⋯⋯」

白炳文苦苦哀求，並接來她在另一個市區工作的父母，拿「生米已經做成熟飯」說事。女教師也考慮過這個問題，但她實在忍受不了那種被愚弄的恥辱，不想看那張陰險的嘴臉，最終與他分道揚鑣了。父母見拗不過她，氣得與她斷絕了關係。

離婚後的女教師，並未告訴別人婚姻破裂的真實原因，因為這是白炳文同意簽字的條件。她把一切心思都用在教學上，試圖讓自己堅強一些。她知道，對於穆成，自己已失去愛的資格。一天，她突然又噁心，又嘔吐，去醫院一查，懷孕了。罪孽！她曾幾次萌動過打掉孩子的念頭，猶猶豫豫三個月過去，醫生說已經不能打了。不能打就生下來吧，孩子是無辜的，她也不準備再嫁人了，要與孩子相依為命。

這時，邊界的反擊戰結束了，參戰部隊凱旋歸營。地方上組織機關幹部和學校師生載歌載舞，夾道歡迎。她藉故沒有去，卻在幾天後得到了這樣一個消息：穆成被判了八年徒刑，甚至被開除軍籍。

霹靂，簡直是晴天霹靂！

女教師茫然了。她找部隊機關，找軍事法院，除了得到一紙判決書，沒人同情她。當時的社會環境，對男女之間的事情諱莫如深，誰一旦沾上，就臭如狗屎，百口莫辯。判決書說穆成身在前線，本應一心報國殺敵，卻因資產階級思想惡性膨脹，竟然利用書信勾引有夫之婦吳

母親的婚禮

某,破壞軍婚,造成他人家庭破裂⋯⋯怎麼能如此顛倒黑白呢?明明是穆成在前方為國效命,白炳文在後方算計他的女人,現在反而豬八戒倒打一耙,陷無辜於囹圄,這還講不講理?她請求人家聽她辯冤,不為自己,只為穆成。得到的卻是「蒼蠅不叮無縫的蛋」,「籬牢犬不入」,「恐怕你自己也不檢點」。

一連多次的碰壁之後,她終於明白了:白炳文離婚時,一定要帶走穆成的那封信,原來是處心積慮,別有用心。這個畜生!她要申訴,向上級申訴,一直申訴到北京,不信天下沒有講理的衙門。然而她所有的血淚控訴都彷彿泥牛入海,沒有任何回音。與此同時,白炳文的職務已經升到副科長,而其父更是從部隊轉業到地方,成了地區行署的專員。

多年後她才知道,她的申訴狀連一封都沒有離開發件地。權力呀,權力!權力到了正直的人手裡,他可以為民做主,為民請命,伸張公義,鞭撻醜陋,弘揚正道,懲治罪惡;而權力到了陰謀家的手裡,他便能為虎作倀,為所欲為,假公濟私,製造冤獄,它能讓是非互相換位,能為豺狼披上美麗的外衣。

申冤無門,但人還得活著,眼見得孕態越來越顯,人們的眼光裡充滿了異樣的表情。她抱屈含辛,忍辱負重,不為自己,為了腹中的小生命,寫信給一個偏遠小縣的同學,請求對調。

到了新的環境,她一切都從頭開始,逢人遞笑臉,遇事讓三分。與同事和鄰居都處得很融洽。學校食堂的王奶奶喪偶多年,又沒有子女,憐憫她一個女人挺個大肚子,常常偷偷送他一碗肉,或者兩個雞蛋,叮囑她不要虧了身子。但每當下了班,批改完作業,尤其是夜深人靜的時候,她都感到非常孤單,非常無助,無聲的淚水,經常滴落到穆成留給她的那件舊軍裝上。

兒子出生了，大眼白皮膚，跟她很像，一天天長起來，給了她極大的慰藉。尤其是孩子會笑後，她一聽到小傢伙的笑聲，所有的傷痛和辛苦，就都飛到九霄雲外去了。

　　默默無聞的小教師，怎麼都逃不出權勢的魔掌。她沒想到白炳文和他老娘開著小汽車來看兒子，而且選在孩子週歲生日這天。為了斷絕他們的非分之想，她平靜地說，「孩子是穆成的，不信你看，與你們白家人一點都不像。」白炳文母子掐著指頭，數著日曆，算來算去，也沒算清孩子到底是白家的，還是穆家的，只好掃興而歸。

　　「那後來呢？」我對老陶的故事產生了濃厚的興趣，因為它深深刺痛了我的神經。

　　老陶認為，對穆連長的審判，既沒有公開，也沒有給人自辯的機會，一判就是八年，非常重，完全是有人公報私仇。連長被帶走的那天，許多戰士頂著被處分的壓力，圍在汽車周圍，向其行注目禮。到了監獄後，穆連長一直不服判，堅信自己無罪，多次絕食抗爭，控告白炳文奪妻陷害，甚至與管理人員打過架，結果不但沒有冤獄昭雪，反而被一次又一次加刑。

　　老陶在穆連長入獄不久，被提拔當了管理員，派往監獄農場。他很高興，以為能為老連長做點什麼。結果幾年下來，除了偷偷摸摸送點菸酒餅乾之類，什麼也幫不上，心裡非常痛苦。

　　好在烏雲終究遮不住太陽，白炳文壞事做盡，手裡有間接人命，還和一位打字員發生了婚外情，被立案審查，其當年利用父親的影響力，欺騙女教師，誣陷穆成的案情也大白於天下。老連長冤案昭雪，恢復軍籍，被任命為老陶所在單位所長了，而老陶目前是副所長。

　　我的心砰砰跳著，暗想老陶所講的故事，似乎與我有某種連繫，便

母親的婚禮

試探著問他:「你知道那位女教師的名字嗎?」

「不知後來改沒改,」老陶打住話頭,然後長長地出了一口氣說,「穆連長當年在陣地上對我們說,『你們的嫂子叫吳霞,口天的吳,霞光的霞』。」

吳霞?我的母親!真有這麼巧嗎?

我的心跳突然加快,臉上燒得發燙,猛然從床上爬起來,晃得床腿吱吱作響。老陶翻個身,問我怎麼了,我靈機一動,道是床下好像有老鼠。老陶笑說這種路邊旅館,房間有老鼠很正常,一會兒他的齁嚕聲一起,老鼠就嚇跑了。

謝天謝地,幸好房間裡黑乎乎的,老陶根本看不清我的表情。他的齁嚕也很快起來了,我卻久久不能入睡。

一九八十年代考大學時,我才十七歲,在全縣百分之九十五以上的考生落榜的情況下,我以優異的成績考進首都北京,成了一名新聞系的學生,這成就浸透了母親的汗水。

在我赴京前那天晚上,母親又拿出那件舊軍裝啜泣。她就是這樣,心中的傷痛總不願告訴別人,尤其是對我這個做兒子的,似乎還有一點母親的威嚴。可是,我再也忍不住了,大不了是個私生子嘛!我要知道這其中的祕密,必須!

「媽媽,請告訴我,」我靠著媽媽坐下,滿懷期待地望著她。「告訴我吧,我已經不是小孩子了,這件舊軍裝,可是爸爸的?」

「什麼!」媽媽似乎被馬蜂蜇了一下,「你說什麼?」

我第一次沒被她鎮住。沒有父愛的童年,是缺少歡樂的童年,是缺乏力量支撐的童年。那種無助,那種懦弱,那種壓抑,酸辣苦鹹我都嘗到了。既然參天樹木根為本,為有源頭活水來,我身為一個活生生的靈

長類生命,怎能沒有爸爸呢?我哭了,伏在媽媽懷裡哭了:「媽媽,告訴我吧,什麼時候我也不會忘了您,我的好媽媽,偉大的媽媽……」

母親不停地撫摸著我的頭,默默地,好長時間,什麼也沒說。聽到雞叫,她催我去休息一會兒。我哪有心思睡,陪著她一直坐到天明。臨走,她才對我說:「兒子,相信媽媽!你還小,還不完全懂,記住,你現在的任務只有一個,就是學習,其他事情以後會清楚的。」

但是,香山的楓葉紅了一次又一次,昆明湖的薄冰化了一回又一回,除了每月收到媽媽一封勉勵我發憤學習的信和一張匯款單外,「其他事情」我還是一無所知。只有發奮學習,讓自己徜徉在知識的海洋,才能不去想這件事。誰知,就在我已經淡化這件事的時候,卻收到了她要結婚的電報。我興奮而又不安,彷彿心裡裝著一隻貓,眼前罩了一層霧。

與老陶的意外同路,像陽光照進了樹林,燈塔閃爍在海邊。我心中的迷霧開了,腦海的情結解了。我不知這場遲到的婚禮,是如何籌備的,也不知那一對忠貞的伴侶,是如何很快相聚的。我不僅替母親的感情嘆息,也為她的愛情驕傲!歷盡艱辛情切切,山伯永戀祝英台。可是,我怎麼好意思告訴老陶,我就是為母親的婚禮回來的呢?

汽車跑得很慢,似乎幾年不見,那茫茫戈壁灘變大了,遲遲走不到盡頭。老陶第五天下車了,我整整第七天晚上才到達市區。

自從上了大學,我一直還未回過家。這裡面有經濟上的原因,主要還是媽媽想讓我利用假期,到北京附近走走,增加些見識,為將來的工作打些基礎。親愛的母親,你總是那麼細心地為兒子著想,你的身體還好嗎?你臉上的笑容還燦爛嗎?這次與心愛的人黃昏重逢,那該是一種什麼樣的心情?

母親的婚禮

　　熟悉的校門，熟悉的禮堂。雖然都是土土的，但披紅掛綵，透著洋洋的喜氣。母親的婚禮，正在燈火通明的禮堂裡舉行。偌大的禮堂，座無虛席。母親也真是，都四十多了，何必如此高調呢！

　　我遠遠地望著站在舞臺中間的母親，只見她笑容滿面，略施淡妝，身體略顯富態，著一襲潔白的婚紗，頭戴一朵大紅花，脖子上還繫了粉紅色的紗巾。我有生以來第一次發現自己的母親原來如此美麗，而且她的漂亮透著成熟和矜持，不似小女孩那種單純與造作。站在她旁邊的那位男士——肯定就是穆成。那個英雄，那個倒楣鬼，那個也許我將稱之為爸爸的人，濃眉大眼，醬紫色的方臉膛，穿一身嶄新的軍裝。要說不足就是背略微有些駝，不過看起來也還精神。在他們面前的桌子上，竟然放著我家那件舊軍裝……又一次被一隻有力的大手拍肩。

　　我回頭一看，是老陶！不由得靦腆地低下了頭。這時禮堂裡卻傳出了雷鳴般的掌聲，讓我和老陶都為之一振。

　　　　　　　　　　　　　　（原載《喀什葛爾》文藝季刊 1982 年第二期）

雪蓮酒

雪蓮酒

多麼好的紅雪蓮呀！顏色那麼鮮豔，花瓣那麼大，味道又那麼香，聞一聞就感到神清氣爽。據說泡酒喝了，還真有返老還童、益壽延年的功效呢！

阿司莫縣長笑得眼睛瞇成了一條線，對著窗戶把花朵舉起來，輕輕撫摸著。他越看越高興，越摸越愜意，簡直愛不釋手。

阿縣長這般高興，不是沒有原因的。一九四九年參軍那陣，他是個多麼壯實的年輕人呀，在他的家鄉——偌大一個村子上，誰見了不誇獎幾句。可自一九六二年中印邊境反擊戰他受傷之後，身體就不如以前了。一旦遇上個天陰下雨颳大風，就腰也酸，腿也痛。後來軍隊根據他的身體狀況，安排他轉業到地方工作，幾經歷練又當了副縣長。實踐使他認知到要有一個好身體時，卻被當「走資派」打倒，送進了「牛棚」。十個災難的年頭，總算熬過來了，得以平反昭雪，重新工作。然而他的身體更不如以前了，在「牛棚」時又患上了風溼性關節炎，心跳過速等症。

阿司莫一想到死就傷起心來，好不容易盼來國家發展的大好時光，五十剛掛個零，幹麼丟掉革命，丟下妻子兒女呢？為養生他這幾年看了不少醫生，吃了不少藥，但見效甚微。正當他為此苦惱的時候，上級調他擔任Ａ縣的縣長。對於Ａ縣他並不陌生，而且是懷有一種特殊感情。如今重任在肩，前程遠大，可身體不佳，更增加了他的煩惱。

那天，阿司莫到任後的第一次縣委擴大會議中間休息時，和幾個公社領導人隨便交談中談起了健康問題。阿其幹公社社長託乎提一聽，笑著說：「我們公社後山上有一種長瓣紅雪蓮，是很好的滋補藥，據說對風溼病很有療效，泡酒喝，越喝越精神呢！」

「是嗎？」阿縣長驚喜地問。

「可不是，你瞧我，都快走不動了，哈哈……」

「那就麻煩……」

「不麻煩，這事好辦，好辦！」託乎提當即答應過幾天就送些來。

果然，五天，只有五天，託乎提社長就親自送來了。

啊，這麼好的雪蓮，阿縣長還是頭一次看到。他在窗戶前左看右看看不夠，真可謂踏破鐵鞋無覓處，得來全不費功夫哇！嘻嘻……他都笑出聲來了，彷彿一種長生不老的液體正注進肌體，他逐漸在強壯。他本能地對著穿衣鏡一照，彷彿已經年輕了十歲，忙吩咐妻子：「快把那兩瓶酒拿來泡上吧，你瞧，多麼好的雪蓮喲！」

雖然，阿縣長沉浸在喜悅之中，但他沒忘記自己的夙願，要去阿其幹公社卡瓦克大隊看看自己的救命恩人庫爾班。

這是個晴朗的早晨。初夏的太陽剛剛冒出山尖。阿縣長好不容易才接待完縣級機關各部、局、廠礦、企事業單位的領導人，終於有機會去走一趟。

小汽車在凸凹不平的石子路上賓士、顛簸著。坐在裡面的阿縣長心中是激動的，面部表情是嚴峻的。他想：庫爾班也許老了吧？可不，他還大我三歲呢。那麼見到他以後說些什麼？十幾年不見這位老哥了，他說話還是那麼幽默嗎？他還是那麼熱情地彈著熱瓦甫琴唱著家鄉的歌嗎？

阿縣長對庫爾班大哥的深情，使他陷入往事的回憶中。

戰鬥告急。身為先鋒連連長的阿司莫，率一個排為部隊開關通路，不幸誤入敵雷區。敵人又撲過來了，雨點般的子彈向他們射來，不斷有人倒下去。面對敵人的猖狂進攻，情況十分不利，只好且戰且退。他們撤

雪蓮酒

到一個山頭時，只剩下四個人了。阿司莫自己也受了傷，彈藥又打光了。成群的敵人狼嚎驢叫般湧了上來。一場肉搏，身邊的三個戰士倒下了，他的肩部捱了一刀，鮮血直流，看來敵人想生俘他。一個滿臉鬍鬚的大個子兵端著槍向他逼來，他假裝死了倒在地上，眼睛只留了一條縫，待敵人走近身邊，俯身要摘取他身上的檔案包時，他突然使盡全身力氣，把刺刀捅進了敵人的腹部。這時另一個敵人的刺刀向他扎來，他迅速打滾，滾向一旁，就勢爬起，抱住敵人，廝打中一起從懸崖上掉了下去。

不知過了多長時間，他醒來了。睜眼一看，靠近山巔的太陽，像一團遲遲燃不起來的火苗，幾乎被那些混混沌沌的霧氣遮沒了。他覺得太陽的輪廓模糊，有點不可捉摸。不遠的地方，似乎有潺潺的流水聲。他感到口渴，想過去喝個飽。手臂剛一動，一陣撕心裂肺的劇痛，他又失去了知覺。

再次醒來，已是日照頭頂。阿斯莫重新環視了周圍的環境，樹木不多，到處是一尺多高的蘆葦。他不明白自己為什麼到了這樣一個地方，只感到胃腸在翻騰。再次聽到了流水聲時，他艱難地翻著身，覺得腳觸到了什麼軟東西。一看，頓時明白了一切，那個印度兵就躺在他腳下，幾乎與他成直角擺著。他也不知哪來的力氣，鼓足了勁，翻身起來，雙手卡住印度兵的喉管，累得直喘氣，也不見對方有任何動靜。鬆手一看，這傢伙的屍體早都僵硬了，顯然，剛才的舉動純屬多餘。他一邊慶幸死神也支持正義，一面仰面朝天躺下，實在是筋疲力盡了。

周圍很靜，除了單調的流水聲外，聽不到一聲槍響。他思忖：大概戰線已向前推進了。他為自己部隊的勝利所鼓舞，似乎身上有很多勁兒。他走到溪邊喝足了水，心想著一定要走回去，就是走不回去，死也死得離家鄉近一點，離親人近一點。

他順水流方向，一步一步艱難地挪步，挪不動了，折條灌木條當枴棍，連拄枴棍的力氣都沒有了，就在地上爬。終歸是流血過多，傷勢嚴重，加上飢餓，他每爬一步都要付出巨大代價。天色漸漸黑下來，也不知爬了多遠的路，他再也爬不動了，就躺在地上休息，肚子已經餓得前胸貼後背，腦海裡旋轉的是一塊塊冒著熱氣的油饢，任他如何伸手都搆不著……甦醒時，天已經透出魚肚白色。阿司莫隱隱約約聽得有人在喊他，睜開眼，見是一名同鄉偎在身邊，扶自己坐起。他只說了一個「饢」字，就又昏了過去。

再次醒來，阿司莫已躺在庫爾班家的床上。主人用勺子餵他喝了半碗奶茶，阿司莫漸漸清醒了。他睜眼看見一個男人、一個女人、還有一個小孩圍住他，三雙熱情的眼睛直直地瞅著他。他明白自己在哪裡後，眼裡噙著淚花，緊緊握住了庫爾班粗壯大碩的手。

主人烤饢給他吃，他狼吞虎嚥，吃得很快，噎住了。庫爾班的妻子又餵他喝奶茶，勸他慢點吃。他覺得庫爾班家的烤饢，是他一生吃過的最好美味，一聲接一聲誇獎稱讚。庫爾班告訴他，自己是支前的民兵排長，戰鬥中失散了，順著河邊壓倒的草和血跡找到了他。

當他聽說這位支前民兵背著他走了二十多公里時，激動地流下熱淚。由於他傷勢較重，庫爾班家中不能久留，主人便套上小毛驢車，全家人把他護送到部隊醫院。邊界反擊戰結束後，庫爾班帶著妻子、孩子，背著水果和油饢，從幾十里以外趕來看望他。即將出院的阿司莫感激涕零，緊緊拉住庫爾班的手，含著熱淚承諾，以後要像拜訪親戚一樣經常去看他們……這一別就是十七八年，歲月匆匆，阿司莫一直不曾兌現自己的承諾。開始是工作忙，後來是身不由己。今天，他終於來了……「嘀嘀──」

雪蓮酒

經過四個多小時的顛簸，小車進村了。

這是個依山傍水的小山村，村西是巍峨的崑崙山餘脈，山上下來一股小溪，順村邊的大路向東流去，清清的溪水泛著粼粼的波光。村民們順河建舍，一座座小院掩映在綠樹之中。門前胡楊參天，周遭果木茂盛，青澀的杏子和桃子掛滿枝頭，沙棗花淡淡的香味早已融進裊裊的炊煙裡。

看著眼前的一片生機，阿司莫感到變化非常大，與他記憶中的恰瓦克村簡直判若兩個世界。要不是嚮導——縣委辦公室祕書阿不都指點，他還以為走錯了地方。

汽車在村口停下。一群在溪邊戲水的小朋友好奇地圍了過來，有的怯生生地望著陌生的客人，有的把髒兮兮的小手放進嘴裡，圍著車子轉，有的這裡摸摸，那裡瞧瞧，臉上現出驚奇的、頑皮的笑。阿不都拉過一個渾身一絲不掛的小傢伙問：「你認識庫爾班大叔嗎？」

「不知道。」小孩子搖了搖頭。

阿不都一連問了好幾個小孩，回答都一樣。他轉身對阿縣長聳聳肩，攤開雙手，似乎在說：這些小傢伙，就知道吃飽了玩，一問三不知。

阿司莫知情地笑笑：「他們才幾歲呀，能懂多少？」這時迎面走來一位約莫二十七、八歲的年輕人，阿不都忙上前打聽。

「年輕人，庫爾班大叔家在哪住？」

見年輕人沒有馬上回答，阿司莫上前解釋說，「一九六二年打仗時，他救過一傷員。」

「噢？」年輕人打量著來人，「你們是……」

「這是剛調到我們縣的阿縣長。」阿不都一副高高在上的樣子介紹著，「阿縣長是專門來看庫爾班大叔的。」

「啊？！」年輕人眼睛突然瞪得老大。縣長特意看望一個普通農民，他還是第一次見到。他重新打量起眼前的客人，似乎想要發現他們身上有什麼特殊的地方。驀地，他眼睛一亮，喊出聲來：「阿叔叔……」

　　「你是……」

　　「我是亞森呀！」青年的兩道劍眉閃了閃，眸子裡閃著激動的淚花。

　　「亞森！」阿司莫縣長一把抓住亞森的手臂，喜出望外。「十多年不見，長成大人了，記得那時，你才剛毛驢車那麼高。哈哈……你爸爸還好嗎？」

　　亞森臉上的表情像崑崙六月的天氣一樣，一下子又變了。他低頭沉默了足足幾分鐘，才抬起頭道：「走，到家裡說吧，爸爸在家。」

　　阿縣長預感到事情不妙，就沒再問下去。

　　司機把車子開到門口後，阿縣長同阿不都跟著亞森進了家門。穿過前院的果樹濃蔭，進入主人低矮的房子。

　　阿縣長本來懷著十分激動的心情，可是眼前出現的情景，卻使他大吃一驚：那位救命恩人庫爾班，竟一聲不吭地躺在床上，頭上裹著紗布，只露出一隻閉著的眼睛，和那憨厚的嘴唇，還有下巴上灰白的鬍子，看樣子呼吸微弱，氣息奄奄。阿縣長越看越驚奇，越看越痛心。沒想到啊，沒想到當年那樣一個體格健壯的民兵排長，竟老得這麼快，病得這麼重。他把蛋糕、點心、糖果、罐頭等禮物放在床邊，在亞森搬過來的凳子上坐下。

　　「爸爸，醒醒吧！」亞森輕輕呼喚著父親，「你看看誰來了？」

　　庫爾班被喊醒了，身體緩緩地蠕動了一下，呻吟著，慢慢睜開了那隻眼睛。

雪蓮酒

「爸爸,阿叔叔在這。」

「阿縣長看您來了,」阿不都也湊到床前,輕聲叫著「大叔!」

庫爾班還以為聽錯了,眼睛迷惑不解地眨動著。當他明白了眼前的情景時,竟像神經受到巨大的刺激似的,昏黃但依然冷峻的視線,久久停在阿司莫那有塊傷疤的鬢角上。良久,他終於喊出了不很洪亮但還清楚的聲音:「真是你啊,阿司莫連長……」當他終於認出阿司莫時,就伸出雙手在空中亂摸。

阿司莫知道老朋友是想撫摸他,下意識地俯下身子,貼近庫爾班,由著他那雙粗大的裹著膠布的手撫摸自己的臉、胸脯和凸兀的肚子。庫爾班似乎想坐起來,被阿司莫輕輕按住了。他說:「老哥哥,您躺著吧,別起來!」

劇烈的疼痛使庫爾班那隻露著的眼睛,周圍沁出了汗珠,過度的興奮使他深陷的眸子裡滾出了熱淚。亞森用毛巾為父親擦了擦。見他要喝水,阿縣長忙從提包中拿出一瓶桔子罐頭,機靈的阿不都馬上接過去,開啟,餵庫爾班喝。

「阿司莫,你是怎麼來的?」喝了些桔子糖水後,庫爾班問,聲音很小。

「阿司莫叔叔調我們縣當縣長了!」亞森那兩道劍眉下射出兩道幸福的光,「他是特地來看我們的。」

要不是紗布遮蓋,肯定可以看到庫爾班臉上露出的欣慰笑容。只聽他喃喃道地:「這下好了。十幾年總盼你來,卻越調越遠了,老也見不上。你這些年還好吧!」

聽著這些深情的語言,阿縣長心中又感動、又難過。他望著庫爾班這副模樣,心裡不解地問道:「老哥呀,你怎麼成了這樣子?」

「唉」庫爾班微弱地嘆口氣，抬了抬手指，指指亞森，然後大口大口喘著氣，說不上話來。

阿縣長轉過臉問亞森：「到底是怎麼回事？」

「唉，還不都是為了我。」亞森痛心地說：「媽媽死後，（阿縣長顫慄了一下），爸爸找了好多門路，才把我弄到公社農機站。最近農機站要精簡人，按道理說我的技術好，不會被刷下來，可人家又不說技術好壞，全憑關係和後臺。我妻子在糧站工作，她說我要是保不住農機站的工作，她也可能被裁員……唉！爸爸到處託人說情，兩隻羊都送了，還是無濟於事。沒辦法，我和爸爸一起去找公社託乎提社長，好話說了幾口袋，他總算答應了。可也提了個小條件，要我們半個月內送十顆長瓣紅雪蓮，我們一口答應。但這種雪蓮很少，都長在懸崖峭壁，非常難採。上星期我們整整爬了一天山，才採了三朵。前天想多采些，起得早，誰知偏偏胡大跟我們過不去，爸爸一腳沒蹬穩，就從十幾公尺高的山崖上摔下去了。我把他送到醫院包了包，打了一針，才好了一些，他就要回來。誰知回來又不行了，痛得讓我找村裡的獸醫。我妻子也快生小孩了，我還得兩頭跑……」

亞森越說越難過，阿縣長越聽越聽不下去，忙擺手示意他不要說了。他覺得心中好似灌了鉛似的，熱血直往上冒，頭在變大，耳朵在鳴，一朵朵鮮豔的雪蓮在眼前旋轉，旋轉，紅得像鮮血，豔得像罌粟，一會兒幻化成一塊塊熱氣騰騰的饢餅，在他的頭頂飛旋，任他怎麼用力都抓不上，摸不到。他似乎又躺在邊境那條長滿蘆葦的小溪旁……「快，阿縣長，不好啦！」阿不都驚慌地喊了一聲。

阿縣長定睛看時，庫爾班似乎已處於彌留狀態了。

「爸爸！」

雪蓮酒

「庫爾班大哥……」

此時的阿司莫縣長，已顧不得自責了，他趕緊讓阿不都和亞森將庫爾班抬到小汽車裡，親自送往醫院。一路上，他用兩個指頭掐著恩人的太陽穴，內心彷彿有一個聲音反覆地呼叫著：「庫爾班大哥，我一定要救下你！你不知道，那雪蓮是為我採的……」

（原載《喀什葛爾》文藝季刊 1981 年第二期）

賣優酪乳的女人

賣優酪乳的女人

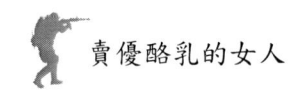

軍區劉顧問退休前主動請纓，前往高寒缺氧的喀喇崑崙高原視察。臨走碰上一件不幸的事故：班長劉勇在排除啞炮時犧牲了。

劉勇的家中只有一個寡母，住在距烈士陵園只有幾公里的市區。深諳世態的人都知道，在和平年代做好這樣的善後工作，並不比炸下一座山頭容易。

劉顧問深深地嘆口氣，心情沉重地下山了。雲頭低垂，氣溫已降至零下十七八度，夜的寒冷罩住了茫茫原野。他回首一望，朦朧中烏泱泱一片，什麼人影都看不見，就連那一排排帳篷，也彷彿被吞噬掉了。大自然的深邃總是讓人們摸不著頭緒。

越野車在新修的山間公路上顛簸了整整一夜，到市區時，已是中午十一點多。走下車來，頓覺熱氣炙人——山下山上竟是兩個世界。前幾天剛刮過一場大風，四野霧氣騰騰，道路旁高高的胡楊，塵土沾身，顯得面容憔悴，看上去活像兩排毫無熱情的黃疸病人。劉顧問與陪他下山的團政治處王主任脫去棉衣，想先找個飯館填填飢腸轆轆的肚子，忽見身旁的白布涼棚下，一個戴圓邊白帽子的女人熱情地迎了上來：

「辛苦了，喝碗優酪乳吧，又充飢又解渴！」

賣優酪乳的女人，身子骨很單薄，大熱天還穿著勞動布工作服，花白的頭髮從白布帽下露出來，看上去有四十五六歲了。但那雙圍在皺紋裡的眼睛，好像有一種特殊的光，讓人感到一種跟年齡和身分很不相稱的定力。

劉顧問在優酪乳攤前的長木凳上坐下，接過一大碗優酪乳，但見白森森的奶周邊泛著淡黃的奶油，口水就在腮邊湧動，一口氣喝去半碗，頓覺渾身的疲憊解去一半，剛想誇攤主一句，抬頭一看，卻見那女人已背過臉去，轉身走了。

女攤主一去不回，劉顧問只好對著王主任苦笑兩聲，往空碗下扣了兩塊錢，離開這個撐著一把黃傘的奶攤。

兩人一起來到縣民政局，一番交流，由一名女工作人員陪著找到街道辦事處。街道辦事處接待他們的，是退休返聘的維吾爾族老阿娜禾那瓦爾。禾娜瓦爾聽到噩耗，突然感情失控，老淚縱橫地哭了起來：「這可怎麼辦？這可怎麼辦？勇子的媽媽，可是天底下最命苦的一個女人啊……」

往事並不如煙。

二十多年前，一個仲秋的黃昏。夕陽把遠處的雪山塗成了「陰陽臉」，一側白如潔玉，一側紅似血漿。這陰陽分明的景象倒映在滾滾的葉爾羌河裡，反射出粼粼波光。禾那瓦爾下班後為負責防汛的丈夫送袷袢，順河盡覽崑崙風光。突然，她發現前面不遠處，一群男人圍成一個大圈子，圈子裡傳出一個女人悽慘的哭聲。她撥開人群衝進去，只見一個二十出頭的女子，雙手捂著臉啜泣。女子頭髮散亂，單薄的衣衫緊緊貼在身上，腳上只穿了一隻鞋，渾身水淋淋的。

禾娜瓦爾的丈夫也在人群中。這個長了滿臉鬍子的區長也是渾身透溼，甚至脖子上還有一道流血的傷口。她心痛地解下圍巾，給丈夫圍在脖子上，又為他披上袷袢。不料丈夫隨手脫下，讓她幫地上的女子披上，並帶她回家，說是從河裡救上來的。

那時，禾那瓦爾在縣婦聯當主任，她請假在家陪伴了這位輕生的漢族女子兩天。女子就像一隻受傷的小鹿，只是哭泣，流淚，苦苦哀求讓她去死。憑著女人的細心，她發現女子的腹部有些異常，心中一下子明白了大半。

「是不是沒良心的男人把你甩了？」禾那瓦爾一問到傷心處，女子

185

賣優酪乳的女人

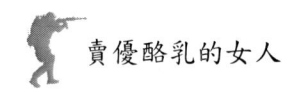

「哇——」的一聲嚎啕起來。

「阿娜,幫幫我吧,打掉……阿娜,求求你……」

「可是,你到底……」

「別,別問了,我求求你,求求你……」

「胡達,這可不行!」禾娜瓦爾俯身抱住女子,「崑崙山能崩倒,葉爾羌河能斷流,你萬萬不能這麼想,那是罪孽,將來真主要懲罰你的。好孩子,生命是真主給的,孩子有什麼罪過呢?」

「可是,生下來又怎麼辦?」

是啊,在我們這個社會,私生的孩子是很難為人們接納的,而私生子的母親將蒙受更大的恥辱。世俗的人們一般不去指責那只圖一時快活、不負責任的男子,而把一切罪惡都強加在無助的女人身上,笑話她,譏諷她,侮辱她,歧視她,甚至傷害她。這實在是極不公平的,可是誰又能改變這世俗的遺風呢?

好在天無絕人之路,聰明的婦聯主任很快想了一個辦法。禾娜瓦爾的姪女努爾古麗結婚好幾年了,一直不曾生育,看了好多醫生也不見效果,夫妻倆為沒有孩子異常煩惱。她想把未來的孩子給她,跑去一說,努爾古麗一家非常高興,連夜就套了一輛毛驢車,把女子悄悄接到鄉下去了。

當葡萄漸漸發紅的時節,一個小生命降落在一間維吾爾農民的土炕上。小男孩胖乎乎的,十分逗人喜歡。努爾古麗一家對這可憐的母子給予了無微不至的照顧,殺雞,宰羊,燉雞蛋,抓飯,時常換花樣料理,還幫母子倆各做了一套維族衣裳。按照事先的約定,嬰兒滿月後,母親便要離去。誰知等到親朋好友都來祝賀這一天,被藏在閣樓裡的母親,聽到孩子在客人懷裡「哇哇」直哭時,卻抗不住感情的鞭撻,突然從閣樓

上跳了下來，一把奪過孩子，緊緊地抱在懷裡，任誰也不讓碰一下。

賓客詫異，主人難堪。演了兩個多月的戲以鬧劇收場。努爾古麗羞辱交加，扭住產婦要拚命。還在接產婦到家的第二天，她就往裙子下面塞了一團棉花，故意去人多的地方顯擺，三鄉五村的人都知道她生了個胖孩子，現在這孩子突然成了別人的，叫她以後哪還有臉見人呢！禾那瓦爾理解姪女的難處，但更理解一個母親對孩子的感情。

「可是，你的處境⋯⋯」禾那瓦爾還是為女子的未來擔憂。「你還年輕，以後的路還長。你做好了迎接白眼和唾沫的準備了嗎？」

「我⋯⋯我什麼都不怕了！」女子站起來，堅定地說，她的眼裡閃爍著一種從未有過的光彩，彷彿襁褓中的兒子像一座大山，給了她足夠的依靠。

禾那瓦爾被感動了。整整用了三天三夜的功夫，才勸住怒不可遏的姪女努爾古麗和她的丈夫，平息了這場移花接木的風波。

毛驢車又載著兩個女人和一個嬰兒，在坑坑窪窪的鄉間小路上艱難地行進。吱吱扭扭的木軲轆聲，和叮噹叮噹的車鈴聲雜在一起，猶如一個飽經磨難的老人，在述說一段浸透了淚水的童話。

在禾娜瓦爾的一再追問下，產婦才說她的老家在江蘇，家鄉遭了災，父母都餓死了，她跟著丈夫到新疆，跑了半年多都沒找到工作，後來丈夫也不見了，無助之極，她選擇了輕生跳河。「承蒙您一家的無私幫助，如不嫌棄，就讓我做您的乾女兒吧，阿娜⋯⋯」

禾那瓦爾答應了，她的善良足可感天動地。

「你在老家做什麼工作？」

「在小學當教師。」

賣優酪乳的女人

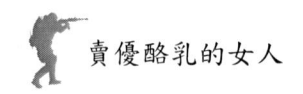

「那好，我們給你想想辦法，縣裡剛創了一所漢語小學，正缺教師呢。」

三個月後，年輕的女人在小學上班了。伴隨著心情的好轉，妙齡女性那誘人的魅力又自然四射。白皙，頎長，年輕，漂亮，她的瓜子臉上閃耀著一雙黑寶石般的大眼，走一路便是一路風光。雖然帶著孩子，很快還是有人向她求愛了。出於她特殊的經歷，她選擇了一個青年喪偶者。不意天有不測風雲，尚未等愛情的紐帶把他們聯結在一起，未婚夫突然在赴烏魯木齊學習的途中喪身於車禍。失戀的痛苦再次地折磨著她，令她懷疑自己是不是個專剋男人的「掃帚星」。而就在這時，人事部門查清了她並不是江蘇人，有人甚至當眾指控她是特務！

「特務？」人們異口同聲地發出了疑問。她自己也感到大吃一驚。「這話從何說起？你們有證據嗎？」

「證據當然有。」人事幹部拿出一封公函，「你的原籍並不知道你這個人。」

原籍查無此人，這個人就是隱姓埋名的特務——這是那個年代的通用邏輯。小小的邊塞市區，一下子「敵情緊繃」。於是，小會揭發，大會批判，明裡審查，暗裡打聽，似乎她的存在對國家安全構成了極大的威脅。後來，她承認自己的履歷造了假，但她愛國愛教愛學生，請人們相信她不是特務。

「你到底是什麼地方人？」校長也急於釐清事實。

「我……」她乞求校長，「請允許我迴避這個隱祕，每個人都有自己的隱私吧！」

不管怎樣追問，她始終不說。那時從內地跑到新疆的人很多，各式各樣的人都有，但人們還沒見過她這樣的。她的回答讓誰都無法相信，

人們覺得她一定有比私生子更不可告人的祕密。

　　她被開除公職了。人們常常看見她衣衫襤褸但洗得很乾淨，一手提著破麻袋，一手拉著小男孩，低著頭在人們不大去的地方撿廢紙，撿廢鐵爛銅螺絲釘，以此來維持生計。誰知這並不是苦難的極限，即使是這種乞丐的生活，她也不能平靜地過下去。後來，她以「特務」之罪關進了監獄。幾年之後，她雖然被釋放了，但無處棲身，禾娜瓦爾又將她帶到城邊一個廢棄的地窩子旁，塞給她一床舊被褥，對她說：「孩子，你就住在這裡吧，我也幫不了你更多！」

　　悽風苦雨的日子，讓人看不到希望，只有兒子，是她活下去的唯一動力。那一年的冬天，雪非常多。一場大雪下得她十幾天出不了門，食物吃光了，柴禾燒光了，天冷加心急，她生了病。她硬撐著發燒的身子爬出地窩子，用僅剩的幾個硬幣買了一個饢餅給孩子，自己抓幾把雪充飢。

　　漫漫冬夜，母子倆蜷縮在一個與冰窖無異的小被捲裡，聽著窗外呼嘯的北風，身子一陣陣直打寒顫。她流著淚對兒子說：「勇子，要是媽媽死了，你就去找禾那瓦爾奶奶，讓她把你送到努爾古麗阿娜那裡，以後你就叫她阿娜……」

　　兒子雖然懵懂，但生與死還聽得明白，小小年紀哪裡捨得下母親，抱著母親哭喊著不讓她死。她也抱著兒子流淚，心裡刀割似的。兩張臉上的淚水匯在一起，浸溼了冰冷的布衾。

　　冬夜的寒風，把這悽慘的哭聲送得很遠，送到了禾那瓦爾的耳裡。她想：救羊救到羊吃草，救人救到人活命。這個女人心中一定藏有極大的苦楚，她不能看著一個小孩子失去母親。於是就頂著人們的指點，把她們母子接到家裡來住下，手把手教她做優酪乳，並幫她在街邊架了一

賣優酪乳的女人

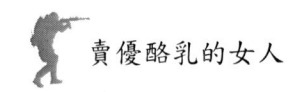

個優酪乳攤。二十年過去，她白皙的皮膚變黑了，細嫩的雙手變粗了，兒子也一天天長大了……聽了禾那瓦爾一說三嘆的述說，劉顧問不禁鼻子發酸。憑著五十多年的人生閱歷，他知道像這樣的女人，是把全部希望都寄託在兒子身上的，兒子不在了，她精神上的大山就崩塌了。如何將噩耗告訴這可憐的女人，還真得好好掂量掂量。

劉顧問戎馬一生，不信鬼神，但他還是選了一個據說吉祥的時辰，去拜訪烈士的母親。

這是一個乾淨整潔的小院。葡萄架嚴嚴實實，站在架下看不到巴掌大的天。葡萄快成熟了，滿院瀰漫著一股濃郁的芳香。院子裡頭，是禾那瓦爾一家的居室和廚房，門口的一座小土屋，就是賣優酪乳女人的住處。

此刻，她正倚在一輛手推車上，一手扶著車幫，一手按在額頭，呆呆地看看對面牆壁，似乎在想什麼心事。車上裝著賣優酪乳的大木勺、小方桌和兩條長木凳。她的臉上沒有一點熱情，一語不發，那雙憂悒的眼睛瞪得溜圓，通紅的血絲像一團燃燒的怒火。

莫非她已經知道了？劉顧問惴惴不安地揣度著。要是這樣，可就被動極了。猛然間她像獅子一樣咆哮起來：「我是楊瓊！楊——瓊——」

劉顧問突然打個愣怔，吃驚得後退了兩步，不覺默默地念叨著：「楊瓊？楊……瓊！」莫非是她？

「我還活著，沒想到吧？我把兒子也養大了，他也當兵了！」她歇斯底里地喊了幾聲，帶著幾分慘笑進了屋。不等人們弄清她與老將軍的關係，屋裡已傳出一陣慘苦的慟哭。禾娜瓦爾和民政局那位女員工，驚疑地看了劉顧問幾眼，就進屋安慰去了。

王主任不解地攤開了雙手：「首長，你看這……」

劉顧問尷尬地低下了頭，兩滴熱淚落在被富態的肚皮腆起的軍衣上。他驀然想起剛才在街上，楊瓊認出他後斷然躲開的情形，就在王主任肩上重重地拍了兩下，「你看著處理吧，盡力……」說完就逃也似的走開了。

運送遺體的卡車，還有兩個多小時才能趕到，劉顧問決定親自去接。他的心情極為複雜，甚至深深自責。他覺得是自己的不作為，害了美麗而善良的楊瓊。越野車在不斷超車，他還一個勁他催促司機：「快！快！」

通往崑崙山的公路上，吉普車風馳電掣。銘刻著痛苦的小船，也在記憶的海洋裡搖盪。

二十年前，邊境的自衛反擊戰勝利了，人們都在歡呼。一場接一場的報告，一陣又一陣熱烈的掌聲，身為參戰的指揮員，身為剛由師長提升的副司令，他也沉浸在歡樂中。但回到家中，一看到大兒子的遺像，老伴臉上的哀傷頓時便反射到他的心裡。尤其當楊瓊來家的時候，沉悶的氣氛更壓得人喘不過氣來。這個十分招人喜歡的女子，早就該和大兒子結婚了，但偏偏戰火此時燃燒到國門口，擔任連長的兒子，跟他去參戰，但一去就再沒回來。

「把他忘了吧，你還年輕。」老伴含淚撫摸著楊瓊的秀髮說，「生活的路還很長，你該……」

「不，我已經是你們劉家的人了，爸爸，媽媽……」她含羞的眼裡盈滿鍾情的淚水。

當時，他以為她是對兒子感情深厚，不意事過不久，老伴在枕邊告訴他：「麻煩了，楊瓊的肚子現出來了！」

「荒唐！」他勃然大怒，氣得從床上跳了起來。

賣優酪乳的女人

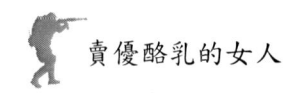

「發火有什麼用，快想辦法吧！」老伴又把他拉進被窩。

生是不可能的，只有墮胎。醫院要追根究柢——那些年可不像現在這麼寬容隨便——能說是兒子的越軌嗎？他是授了「一等功臣」稱號的烈士，傳揚出去對兒子的形象將有多大的損害，而他這個當長官的，哪還有臉見人？

徹夜失眠，束手無策。他只好把這樁事全權交給老伴去辦，並囑咐其一定要想個萬全之策。

有一天中午，他一進家門就聽老伴氣沖沖地叨叨著：「臭婊子貨，給臉不看要屁股！我要她上醫院，她死活不從。還說我們太自私、太絕情。我給了她五百塊錢，她照著我的臉就甩過來了，她要敢給我們家的人臉上抹黑，我就叫她身敗名裂！」

「住口，你怎麼可以這樣⋯⋯」

「首長，卡車！」

司機的提醒，打斷了劉顧問負疚的回憶。當兩車相向停下時，他把臃腫的身子帶進了卡車的車廂。一上車就揭開蓋在擔架上落滿塵土的軍被，端詳著他劉家的骨血。啊，多像兒子的方臉，那顴骨，那下巴⋯⋯但是，那微睜的眼睛，似乎要述說自己的理想和憧憬，抑或是渴望見到他那飽受摧殘的母親？

「苦命的孩子，你承襲了我劉家的姓，延續了我家的血脈，卻未得到我家一絲的溫暖與愛撫；你本是烈士的遺腹子，應該有良好的成長環境，卻從小吃苦受歧視，見慣了世間的冷遇⋯⋯到今日，我這做祖父的，該向你，向你的母親說些什麼呢？」

劉顧問流淚了。司機和護送遺體的戰士，也都脫下了軍帽。

茫茫戈壁，朦朦蒼穹，悶熱的四野籠罩著一片悲哀，汽車的引擎聲，也像一首輓歌，在空氣中縈縈繞繞，低低長吟……劉顧問把孫子葬在兒子的墓旁，還親手在墳前栽下一顆小松苗。一個士兵犧牲了，於國家而言，那是國防建設的必要代價；於戰士個人那是責任，不是你就是他，危險時刻就應該搶著上；於家庭卻是一場災難，尤其是當這個家庭很特殊的時候。劉顧問親手扶起哭倒在地的準兒媳，痛惜地看著那一雙哭成大水泡似的眼睛，動情地說：「感謝你，你是個了不起的母親，你養了個好兒子；也感謝禾娜瓦爾阿娜，她的愛超越了民族和血統。我也慶幸自己有這樣一個好孫子，不知我能不能認他……」

　　楊瓊的眼裡忽然飄過一絲異樣的光，臉上也泛出微微的紅暈，是激動，還是欣喜，她自己也莫名其妙，想著劉家終於認了孫子，她這半世的苦楚心酸，也算有了個交代，禁不住長長地舒了一口氣，輕輕地點了點頭。

　　時光不諳人間事。崑崙山下的小市區，又一次甦醒了。街旁的水渠邊，許多維吾爾男女正提著帶嘴的銅壺洗臉；做完早禱的伊斯蘭教徒，神情淡定地從高高的清真寺大門裡走出。間或有幾聲毛驢的歡叫，打破了清晨的寧靜。偶爾可見蒙著面紗的女人，倚著門框向遠處張望。

　　劉顧問走進禾那瓦爾的院子，正碰上楊瓊與禾那瓦爾抬著一個小罐子出來。

　　「你們這是……」

　　「兒子雖然不在了，但日子還得繼續。昨天的奶壞了，得倒掉另做。您請裡面坐，劉伯伯……」

　　二十年後，第一次聽到楊瓊像當年一樣叫他「劉伯伯」，劉顧問心上輕鬆了許多。看得出楊瓊已經把悲痛壓在心底，為了生活，又開始新的勞作。劉顧問幫著兩個女人倒掉一罐壞奶後說：「優酪乳就不要再做了吧！」

賣優酪乳的女人

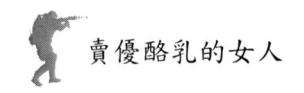

楊瓊不置可否地笑了笑。

土屋的窗戶太小，很暗，裡面充滿了濃郁的酸腐氣味，把另兩個優酪乳罈子也抬出後才稍好一些。劉顧問再次仔細地打量這間土屋，只見一架石油爐架著一口小鍋，油漆斑剝的小方桌上，放著一個鐵皮繡蝕的暖水瓶，桌下塞著兩個小小的木凳，那條出去時帶給顧客的長凳，已可算一件撐體面的家具了。破舊的半截櫥裡，放著幾只粗瓷碗和小半塊伏磚茶葉，生鏽的菜刀旁有兩塊乾糧和幾顆洋蔥。靠牆的地方原是給兒子放床的，兒子當兵後她把優酪乳罈子從她的臥室搬出來放在那裡。裡屋是主人的臥室，除了做工粗糙的單人床和兩個疊放的紙箱，就剩窗臺上那面圓鏡了。

劉顧問不禁想：要是大兒子不死，要是楊瓊嫁進他們劉家，一家團聚，天倫大樂，結局肯定是大不一樣了。人啊，當命運之神把幸福送給你時，切莫以為這完全是你的本事而忘乎所以；當命運拋給你無盡的災難時，也切莫以為完全是你無能而喪失信心。要不是大兒子的唐突和老伴的絕情，人家楊瓊本來就是一個小學教師，怎麼會蒙受這一生的委屈呢？僅這一點，也要把她帶走，讓她晚年不至於再如此勞累了。因此，當楊瓊一進屋，他就直截了當地說：「你還是收拾一下，跟我走吧！」

楊瓊苦澀地咧咧嘴，輕輕地搖了搖頭。

「如果你不願跟我走，我可以幫你辦理回關內老家的手續。」劉顧問誠懇地說，「你好好考慮一下。」

「我考慮很多了，」楊瓊說，「我哪裡都不去。」

「傻孩子，」劉顧問愧疚地說，「你一定還在想過去的事。當初我們是太自私了，每每回想起來，就覺得對不起你。這些年你為我們付出的太多了，現在該我來還債，良心上的債。我應該還的。」

「謝謝你！」楊瓊揩乾眼淚說：「劉伯伯，我相信你，感謝你。可是，良心上的債是還不清的，你也還不起。對我來說，老家已成了陌生之地，唯有這裡，在我最困難的時候接納了我，寬容了我，幫助我活了下來。這裡有我熟悉的人，熟悉的生活，還有我長眠的兒子。你就尊重我的選擇吧，我不用任何人憐憫。」

　　劉顧問感到太遺憾：「像你這樣生活，太苦了。」

　　「最困難的時候都過來了，」楊瓊說了一半，就轉向禾那瓦爾，用維語跟她說了一陣子。禾那瓦爾聽了，也跟她說了一通維語。劉顧問聽不懂，只見兩個女人抱在一起，默默地流著眼淚。劉顧問知道再說也沒用，對於一顆深深植根於土地的種籽，一個把愛與恨、信念與失望、堅毅與痛苦都埋進這塊土地的女人，一個用二十多年的經歷塑起一尊雕像的人，讓她離開這土地，豈不等於讓一個赤子離開他的母親！

　　「那麼，你還有什麼要求？」劉顧問覺得他至少應該幫楊瓊辦一兩件事情。

　　「身為烈士的母親，政府該給的，我都要。我會告訴王主任的。」

　　楊瓊這樣的回答，太出乎劉顧問的意料，他一時竟無言以對了。這位已經從領導職位退下來的老將軍，只好默默地離開這座簡陋但充滿溫情的院子。第二天清晨，他來向楊瓊告別。禾那瓦爾告訴他：楊瓊剛推著優酪乳車出去，拐過一個街口就可以看見。

　　劉顧問跟著禾那瓦爾來到衚衕口，果見前面不遠處，玫瑰色的朝霞剪出一個女人推著車子的單薄的身影，她像一頭負重的牛，躬著腰，昂著頭，一步一步，艱難而踏實地走著，灑過水的路面上，留下兩道清晰的車轍，和一行深深的腳印……

　　　　　　　　　　（原載《絲路》文學雙月刊 1985 年第一期）

賣優酪乳的女人

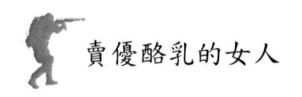

成名之夢

成名之夢

對信奉伊斯蘭教的維吾爾人來說，古爾邦節無疑是一年最盛大的節日。節前人們就忙著宰羊，炸饊子，做油饢，選出最好的哈密瓜、西瓜和葡萄。街旁的院子，突然傳出洪亮的讚頌胡達的歌唱，清真寺頂的手鼓，也高亢的敲出了歡快的鼓點。

我就在這個時候回到了故鄉——葉爾羌河畔的一個小鎮。

暮色中的葉爾羌河，金波瀲灩。高高的胡楊樹，雄姿刺天。一縷一縷炊煙，從一座座綠樹掩映的小院裡升起來，勤快的商家店家，已經開始往門頭上掛紅燈籠。這當兒，一個佝僂的身影悄悄向我走近。我愣了半晌，才認出他是在「廣闊天地」裡結識的朋友克尤木，四年不見，他似乎換了個人，額頭的皺紋由三條增到五條，而且過比先前深沉；眼窩陷了進去，益發顯得眉骨突兀；臉色黃且青，淡珠無光，整個精神與那一身質地考究的西裝極不協調。

我倆寒暄了好一陣，天黑了，我才回家，家人正等我吃飯。

「兒子，你怎麼像丟了魂似的！」母親責備我。

我說：「剛才見到了克尤木。」

「那個孬種！」母親忿忿地說，「年輕輕的，工作也辭了，那麼好一個老婆也不要了，什麼正事不做，成天守在家裡，吃那個老鴇的產業……對了，還有人說他學壞是因為你當初慫恿他寫什麼文章。」

這實在是個不易說清的問題。在那大批判開路的年代，我們國中畢業後在一個偏遠的山川裡插隊。那裡草青水秀，風景優美，窄巴巴的川道裡流著一條彎彎的小河，兩岸散住著三十幾戶牧人，除了小河上一盤水磨的響動和偶爾幾聲牲畜叫，就沒有一點別的響動。我們很快就感到了寂寞、單調、煩悶與無聊，開始對人生進行一些稚嫩地思索。人在逆境中，似乎會多少變得聰明一些。

「我們來創一所學校吧！」克尤木說，「學校創成了，我們就會出名，就能離開這收音機連臺都收不到都地方，你看人家陳永貴、張鐵生⋯」

那時我躺在河邊的草灘上抽莫合菸，辛辣的菸葉變成一股熱氣順到肺泡裡，又合著一些帶著口臭的二氧化碳撥出來，被我吐成一個又一個圓圈，久久不散。

我的靈魂好像就在菸圈裡，螞蚱爬到臉上都懶得去動。他心血來潮跑去請示帶隊的，半响之後滿臉冰霜而歸。我也不問，他也不說。再來，他與一頭公牛較上了勁，扳著牛角使邪力，被公牛犄到河裡，弄得泥一身水一身，躺在水草交接的地方狼一樣嚎叫。

藍天。青草。白雲，羊群。日出日落。上工收工。當一起來的同學陸續都回城之後，我才作為集體戶的「元老」被推薦上了大學。克尤木幼年喪母，運動高潮期間兩派「武鬥」時喪父，自此成為孤兒，無人痛愛，苦相的臉上難得看見笑容。只有在憧憬成為出人頭地的名人時，嘴邊才浮起孩童般的天真。他有點不合群，只和我好。我也一直護著他。此時他已在鎮上當了一名釀酒工人當六年。那年暑假期間，他興沖沖地跑到家裡來看我。

「啊，親愛的朋友，你的〈世外桃源〉寫得真棒！」

他能從一個地區級刊物上讀到我的作品，這使我很受感動。

「我也在學寫小說，」他說，「翻酒糟遠非我的理想，我要寫，因為我的身世就是一部小說。我也可當個名作家。」說著，就拿出一疊手稿讓我看。

他寫的是一個孤兒在十年社會動亂期間的流浪生活，雖然寫的手法有明顯的摹仿痕跡，但因為是自傳體，又有了一些對社會問題的思考，意境不錯。我幫他修改之後，寄給一個刊物，不久就發表了。

成名之夢

「我成了縣裡的名人。」他在給我的信上說。由於小說的發表，他被調到縣委宣傳部當幹事，連長官都鼓勵他寫下去。他躊躇滿志，可惜他把文學創作看得過於簡單了。此後半年不到，他一連寫了二十幾個短篇，但都被編輯部退了回來。他寄了幾篇求我修改。我當時正忙著準備畢業論文，沒有時間，只回信談了些籠統的看法，讓他先讀些基礎書籍，把文字功夫練出來，再鑽研些文學理論，美學常識。

畢業後，我留校任教，按照慣例，報到前要休一個暑假。我一回家就去市區看他。那是個週末，他正在屋裡看書，牆角的石油爐上架著一口鋼精鍋，鍋蓋咕嘟咕嘟地響著，熱氣瀰漫在小小的房間。我揭開鍋蓋，見鍋裡煮著馬鈴薯稀飯。

「挺刻苦的嘛！」我替他關了爐子，開啟房門，讓熱氣和他的臭襪子味往外散一散。

「沒辦法，」他轉過臉來輕輕一笑，「我的底子差，你開給我的學習書目上，好多書看不大懂，想走捷徑，得有雙好靴子啊。」

他把語言比作走路時穿的靴子，貼切又風趣。他每天八小時工作，睡眠六小時，剩下的時間全用於讀書。言談之中，我察覺他並不滿足現狀。他說，「沒聲息的混日子，不是我的態度。一個人應給後人留下點什麼，他的一生才算沒白活。」

他很有志氣，也肯下功夫，眉宇間充滿著朝氣。屋子簡陋的書架上堆滿了書籍雜誌，桌子上堆著厚厚的手稿，一盞檯燈，兩支禿筆。但看他的生活卻一點也不講究，床上蓋的還是離開「廣闊天地」時牧民送的那床軍被，身上的工作服大約好久未換，皺巴巴的，皮鞋也補了好幾塊疤。

這時，一個身材修長的女子推門而入，含羞地把兩塊熱饢放在桌子

上。我猜這準是他的未婚妻了。

女子叫古孜，長瓜子臉，長睫毛，長辮子，嘴角下邊還長有一顆美人痣。我給她取個外號叫「三長一點」。她很拘謹，一句多餘的話都不說，坐了不大會兒就藉故離開了。

「你真有福氣。」夜裡，我和克由木擠在一張單人床上，談了一陣文學，自然又扯到戀愛上。

「古孜在財政局衛作，老爹是中學校長。催著結婚，我想等第二篇小說發表後再辦。」

我說：「你過去寫的東西也還可以拿出來，重新提煉提煉。」

沒想到他將過去的自己全盤否定了：「唉，過去都寫了些什麼，自己看了都臉紅。」

分手後，我們一直珍惜少年的友情，經常聯繫彼此。可惜他的創作一直沒有突破，這令他十分苦悶。我感到他的文字功夫是提高了，但選材面太窄，幾乎全是描寫男女青年戀愛的，又都寫得乾乾巴巴，沒有一點生活氣息。我建議他應該多觀察生活，用作家的眼光去看，而不是用普通人的眼光看。從生活中發現人物，而不應該先把框子定下來，然後拿一些事件去堆砌人物。

「退稿信上也是這麼說。」他對我有幾分崇拜。

為了有個較好的創作條件，他放棄了「發第二篇小說再結婚」的打算，很快和古孜結了婚。打那以後，他一有空就到巴紮上去走走，觀察各式各樣的人物，攤販的叫聲，女人的笑態，小孩子的調皮，老藝人的入靜，售貨員怎樣搶顧客，當官的怎樣打官腔，杏樹如何開花，毛驢子如何撒歡……誰知又是一年過去，他的作品還是沒有一篇印成鉛字。

成名之夢

他把酒杯摔得粉碎,「他媽的,這年頭,發文章全靠關係,沒後門的稿子再好也休想發表!」你瞧,「他拿出一本雜誌給我看,像這樣的臭文章居然能發,我比這強幾倍的卻不能用!」他說著,列舉了許多事實,某作者經常給某某編輯進貢,某某女作者是某某編輯的第三夫人,某編輯想利用某某作者的父親辦子女調動,等等。「我寧可隻字不發,也不這樣低三下四!」

他這最後這句話是很有氣節的,甚至有點偉大。但他在我心目中的形象,已經矮了一大截。是的,應該承認當前個別刊物的編風不正,但不是所有的作品都靠人際關係發表。要是那樣,我的作品連一篇也別想發表。我坦率地對他說:「恐怕還得從自身找找原因吧!」

「自身的原因?哼!」他不以為然地說,「當初,你說我文學功底差,我按照你的話去學習,你說我理論基礎薄弱,我懸梁刺股去讀書,你說我生活不扎實,我紮下身子去體驗,什麼苦都吃了,可是如今我出了什麼成果呢?」他近乎歇斯底里地嚷著。

「你冷靜點!」我勸道,「走文學的道路是十分艱苦的,寫作的那麼多,期刊又很少,不是每個付出了艱辛的人都能寫出好作品,也不是每個好作品都能發表,就是發表了也未必就能成功。」

「我如果像你一樣出了名,也會這樣說的。」他對我的話不屑一聽。

我啞然了。他那麼固執,那麼自信,我怎麼勸都聽不進。最後弄得不歡而散,讓我感到十分酸心。但教師的責任和少年的友誼促使我一連寫了三封信給他。三個多月後,他回信了。告訴我他已和古孜離了婚,正準備同一個值得他愛的老寡婦結合。所有的朋友都反對他,聲言要跟他斷交,他希望得到我的理解和支持。

他沒有談離婚的原因,也沒有解釋老寡婦值得他愛之所在,叫我怎

麼理解，怎麼支持？難道一個二十多歲的年輕人，會跟一個老態龍鍾的寡婦產生感情的碰撞嗎？他們能有共同語言嗎？

這天下班後，我突然接到克尤木都電話：「有時間嗎，到賓館來一下，我叫車去接你！」

十五分鐘後，一輛黑色伏爾加轎車停在宿舍樓下，克尤木西裝革履，油頭粉面，笑盈盈的，一改往日的不修邊幅，鑽出車就拉我上去。校園裡的老師和同學都向我投來羨慕的眼光。

「你這是……」我有點納悶。他，一個小小的幹部，出門住賓館，坐小轎車，合適嗎？我見他一掃去年的頹喪氣，顯得又精神又熱情，禁不住問：「你這是做什麼去？」

「旅行結婚。他笑著說，現在很流行這個。」

「跟那個老寡婦？」

「哎，一個人的價值不在於她的年齡，也不是看她有無閉月羞花之貌，而要看她對於你的適應性與需要性。」

「她很值得你愛？」

「我需要她。」

「何以見得？」

「比如，我的奮鬥目標是當作家，作家必須出版一定數量的作品，她不但有力量讓雜誌幫我出專輯，而且完全可以替我辦一個出版社，只要政府批准。那時……」，克尤木大概在憧憬美好的未來了，眉也飛，色也舞，手也比劃，肩膀也聳動。美麗的幻覺，往往能把人送到幸福的山頂。

「這個人是誰呢？她有那麼大的神通？」

「吐沙汗。」

成名之夢

我簡直不敢相信。這女人小說也有六十五歲了，過去曾是一個名妓，嫁給剛死了老婆的玉素甫江家，玉甫甫江是南疆有名的大商人，鎮上所有的店鋪都是他的，市區也有他的商號，據說曾與日本特務過從甚密。那時吐沙汗雖被管制，但依然風流如故，鎮上的頭面人物一個一個都成了她的保護傘，這幾年幾乎沒有人可以傷到她。稍有頭腦的人都明白這中間的奧妙。只是近十幾年，人老珠黃，門庭冷落，才像《金瓶梅》裡的王婆一樣開起了茶館。難道這樣一個腰比水桶粗、滿臉核桃皮的女人居然有俘虜克尤木的魅力？

「她有錢。」克尤木毫不掩飾地說，「她丈夫的錯案糾正了，據說曾經在盛世才時期，幫助一名革命者逃離追捕的軍閥，這就成了開明紳士，光退賠的財產就一百多萬元。一百多萬哪！我現在要發展事業，最需要的是錢，而不是妻子。假如有一天，我成了名，那時我才真正需要妻子，需要愛情。」

「停車！」我感到受了莫大的侮辱，渾身直冒火。要不是教師的身分，我真想狠狠地揍他一頓。看來他前些年的努力與奮鬥完全是為一種功利思想所驅使，這樣的人是不配當作家的。他寫的書即使印上千萬冊，人們也是嗤之以鼻的。我不等車停穩就跳下去，忿忿地說，「我永遠也不希望再見到你！」

我在梧桐闊大的樹冠下，踩著斑駁的光影，仔細品味他關於事業與愛情的觀點，不禁為他的走火入魔擔憂……一陣尖厲的救護車的嘯叫，壓住了清真寺的鼓點，增加了幾分暗夜的嘈雜。

「大概什麼地方出事了吧？」我想。母親說；「鎮子大了，事情天天有，但願胡達保佑人人太平。你快睡吧，坐了幾天車，就是個鐵人也該累了。」

還真是，我的眼皮直打架。一覺醒來，滿窗陽光。隱約間，聽得院裡有人在跟母親說話。

「怪道，偏偏死在這古爾邦節，是胡達饒不了他吧！」

「你說，他現在住的小樓，家裡僱的保母，大把大把地花錢，等吐沙汗一死，遺產一得，還不是要什麼有什麼，可他為什麼要喝那麼多？」

我有點不明就裡，隔著窗戶問：「什麼事呀？」

「克尤木那孬種死了！」

「什麼時候？」

「昨夜，就是你聽到救護車叫的時候。那孬種，不知原來有什麼病，昨晚酒喝得太多，突然就起不來了，救護車拉到醫院也沒能救活。」

我急忙起來，急匆匆拐進街上一進大院子。落成不久的小洋樓前已聚滿了人，有的嘆息，有的默然，更多的則在議論。吐沙汗木然地坐在一個小木凳上，臉上毫無表情。她一見我，就哆哆嗦嗦地把一個筆記本遞了過來。我開啟一看，裡面寫著：

「⋯⋯我滿心希望那一百萬元人民幣能為我登上文學的殿堂搭一駕金梯，但我不好跟吐沙汗說。我天天盼著她死，她偏偏不死，卻執意要蓋一座小樓，買一輛汽車，還要滿世界帶著我顯擺。她不把錢花完不肯蹬腿，至此，我的出版社便徹底化為泡影了，現在還有什麼可以慰我一生成名之夢呢⋯⋯」

我讀不下去了，默默地注視著他的筆記本，一次又一次地捫心自問，假如我當年不鼓勵他寫作，他今天會死嗎？這時迎面走來一位少婦，只見她略顯富態的身子依然頎長，一襲黑色的布拉吉拖到地上，長長的頭髮散披著，兩眼腫得如同一對水蜜桃。

成名之夢

呀，是古孜！

古孜直接走到我的跟前，悄悄對我說：「克尤木是愛我的，他說吐沙汗活不了幾年，他得了遺產就跟我復婚。可是他這麼快就走了，讓我以後怎麼活呢……」

是啊，古孜阿恰，你還是請教胡達吧！

（原載《絲路》文學雙月刊 1986 年第一期）

小木匠

小木匠

風度翩翩的年輕人，哪個女孩不想多瞄幾眼呢？

他穿了一身筆挺的西裝，深藍的，走起路來目不斜視，顯得瀟灑大方，戴一副茶色太陽鏡，頗有一點留學生的派頭。

「他是誰呢？」慧女子那天下班時在街口碰上他，心裡就畫了一個長長的問號。在這個巴掌大的邊陲小縣，東頭兩口子夜裡吵架，西頭第二天就議論得紛紛揚揚。誰家養了幾隻雞，哪個母親託人從上海買了新裙子給女兒，平素是盡人皆知的，唯獨這個穿西裝的小夥兒，她不認識。

於是，每天下班後，慧都故意在街口多逗留幾分鐘。前兩次見到了，他拎著個精巧的小方匣，匆匆而過，打個照面，以後就沒再看見。

慧失眠了，一個又一個長夜。

有一天，慧懶懶地回到家裡，竟意外的發現他坐在客廳。母親介紹了彼此，那人便熱情地迎上來，和慧女子握手。慧生來還沒同一個大年輕人握過手呢，心裡突然有些慌！

「江蘇木匠……」他自我介紹道。

慧吃驚的程度不亞於哥倫布發現了新大陸，眼光定格了：「你是木匠？」

「不像？」

「看你這身西裝……」

「木匠不能穿西裝？」

慧窘極了。誰也沒規定，什麼人能穿西裝。只是他的言談儒雅，舉止得體，更有那一雙明亮的大眼，那頭烏黑的頭髮，她敢說市區沒一個年輕人能比他帥。

一個多星期過去了。木匠工作又快又好，哥哥的一套家具很快地做

好了，刷了漆，穿衣鏡邊上還雕了花。奇的是他什麼都會，連新房的布置，壁燈的顏色，窗簾的款式，都獨有見地。母親說，請這樣一個工匠，多省心喲！慧發現，這個木匠不光手藝好，知識也淵博，天文地理，文學數學，社教跳舞，幾乎無所不通。「他為什麼是個木匠呢？」慧總也想不通。

「你應該上大學。」她說。

「上了，又退了。」他慘然一笑，「父親得了癌症，需要錢。」

「於是你就外出做工？」慧感到十分惋惜。她連考三年，也沒見到大學的門朝哪開。

「做工，也沒救了父親。」

「你家裡還有什麼人？」

「什麼人也沒有了。」

慧的心一沉，似乎有一種異樣的情感。她突然問道：「你要長期在這裡工作嗎？」

「只做兩年。」

「為什麼？」

「我已申請在家鄉創建一個綜合廠，有兩萬元資金就可以開業了。」

一年的薪資總共只有五六百塊的慧，頗感失望，不滿地瞅了他一眼：「你一年能賺一萬？」

「包括女朋友四千。」

「女朋友？」慧的心一沉。細一想，難道人家就不興有女朋友嗎？

「她是裁縫。」木匠說，「她去了北疆，我們兩年後見面。」

羨慕，嫉妒，同情，敬佩。慧深受感動。她認為這是一對拚事業的

小木匠

青年,結帳時多給了他二十元,被他十分認真地退了回來。

「你很需要錢呀!」

「我會賺夠的,憑我的手藝。」他微微一笑,顯得既自尊又自信,整好領帶,穿上套裝,拎上裝資料和工具的箱子,走了。臨別握了一下慧的手,還是那麼輕輕的。

望著木匠瀟灑穩重的背影,慧覺得心裡空落落的。她一直目送他消失在茫茫的人流裡,嘴裡喃喃道:「唉,這個年輕人,這個木匠!」

(原載 1985 年 6 月 29 日《喀什日報》)

校工

校工

當年母親拉著我的小手，初入校門時，阿不都就揮舞著大掃帚清掃門口的樹葉；如今我回母校當教師三年了，他還守著傳達室那間小屋。除了腰彎背駝，額頭的皺紋更深而外，時代在這個貌不驚人的老校工身上，似乎沒有留下多少痕跡，再說他還留給人既摳又貪的印象，因而一天天更招人討厭了，大家都叫他「小鼻眼兒」。

但凡幫人取外號，總要有點根據。要不是每次不等星期六大掃除，他就把各班的廢紙簍騰空，上廢品收購站賺幾個零錢；要不是大家湊錢祝賀一位同事的女兒新婚大喜時，他哆哆嗦嗦掏出五毛錢，還猶猶豫豫不忍釋手，人們怎麼會對他如此蔑視呢？

我討厭他，是從一張報紙開始的。窮小學，少經費，雞毛撢子輪著用。儘管老師們呼聲很高，校長還是只批准訂了幾份報紙，所以每次人還沒看完，阿不都就雞屁股等蛋似的，催著要收回去。那天，幾個愛抽菸的朋友來看我，不一會兒就把當天的報紙撕得只剩巴掌大一塊了，他發現後眼睛瞪得溜圓，眉頭蹙成個典型的「川」字，腮幫鼓得像吹黑管的演員：

「公家的報紙嘛……」

「我賠你！」當著朋友的面，我可丟不起這個人，儘管我並不贊成他們這粗莽的行為。我隨手掏出一張硬錚錚的大十塊扔在桌上，「給，這比賣到收購站還要划算了！」

阿不都討個沒趣，氣得眼白翻了幾翻，鬍子翹了又翹，最後也沒說出話，只好在我和朋友的揶揄笑聲中，紅著臉走了。

打那以後，我看這個老校工總不順眼，看報紙時也不和他打招呼，還嫌他在爐子上煮飯有味道。有時他討好似朝我笑笑，我也懶得理他。哼，還是個當過兵的人呢，一點男人的大氣都沒有！

一個多月前，我們班的調皮鬼吐洪江一進校門就嚷：「阿不都，要不要冰棒桿？」

　　「怎麼不要，十支一厘錢呢！」阿不都笑容可掬地迎上去，拍拍吐洪江的肩膀。他無兒無女，隻身一人，最喜歡孩子了。可是吐洪江不等他接住冰棒桿，就把沒吃完的冰棒扔到路邊的溝渠裡，壞笑著跑了。阿不都痴痴地站在地上，眼裡湧出兩串老淚。

　　「活該！誰叫他那麼小鼻子小眼睛呢？」我有點幸災樂禍，可不能表現出來，因為吐洪江的惡作劇顯然超出了道德規範，是一個小學生不該有的行為。我照例批評了吐洪江幾句，這件事就風吹雲散了。倒楣的是新來的校長安排我今年負責夏令營，而他同時竟然要阿不都當輔導員，什麼老戰士呀，老榮軍呀，邊境自衛反擊戰的英雄呀，溢美之詞一大堆，讓人推又推不掉，帶又不樂意，心裡老大不爽。

　　更氣人的是阿不都竟然擺起架子來了。出發這一天，同學們都集合在操場準備上車了，他還沒有露臉。我讓司機用力按喇叭，傳達室的門還是緊閉不開。這個寶貝！時間觀念如此之差，也不知當年的戰士是如何當的。我氣沖沖地踹開虛掩的門：「阿不都，你還要磨蹭到什麼時候？」

　　「噢？」昏暗的角落傳來這麼一聲。等那人轉過身來，我不由大吃一驚：背身坐在牆角出神的，原來是校長。只見他面色冷峻，神情愕然，眼裡閃著激動的光。他沒跟我說什麼，卻把一部「聲寶」牌立體聲收音機和一盒磁帶遞給我，手裡捏著一張發黃的紙，急匆匆出去了。

　　「同學們，」校長站在整齊的佇列前說，「我們尊敬的阿不都大叔，他不能跟大家一起去歡度夏令營了，他留下了這張紙條，這是比他送給我們的收音機，還珍貴一萬倍的禮物……」

校工

　　我的心一震,彷彿有一種出事的預感,而懷中的收音機也變得越來越沉,沉得我幾乎拎不動了。只聽校長深情而沙啞的聲音在操場迴盪——「同學們,可惡的戰爭創傷奪去了我做父親的權利,可我把每一個同學都看得跟自己的孩子一樣。我本想和你們一起去度過一段快樂的時光,但我接到了一封信,因而決定去湖南,探望一位漢族戰友的老母親。二十多年前,她心愛的兒子為掩護我,犧牲在喀喇崑崙高原。這些年來,我一直在替戰友盡孝心,雖然我做得不夠好。過些天就是她老人家八十大壽了,老母親召喚我,我一定得去……這裡留下一部收音機,是我二十多年在校園裡撿廢紙、收冰棒桿和許多破爛累積的錢買的,希望它帶給你們歡樂,帶給你們純真……」

　　「哇——」吐洪江哭了,許多同學都哭了,我身旁幾位老師的臉上也掛著淚花。

　　我的心突然酸楚楚的,淚眼婆娑。激動,愧疚,悔恨,各種複雜的感情,猛烈地抽打著我的肝,我的肺,我身上的每一根肋骨。我不知自己是怎麼坐上車的,但見窗外樓舍漸漸隱去,一片生氣盎然的綠洲就在眼前。天上陽光明媚,地上樹木蔥蘢,園裡花草含笑,蕊間蜂蝶舞動。一個高大的身影,隱約就在綠樹紅花之中。

(原載一九八四年六月三十日《喀什日報》)

巴西拉瑪克

巴西拉瑪克

「我是日本鬼子的孽種！」

老鄭開口第一句，就把我嚇了一跳。他是賓館的服務員硬塞到我房間的，說是跑了幾家酒店都沒得住，這個賓館也沒有別的空房了。

「住就住吧，都是出門人，誰還沒個困難的時候！」我在 K 市參加文藝座談會，住的是會議包房，對加人的事情當然反感，但是人已經進來了，還能說什麼呢？

客人四十來歲，個子不高，略顯富態，一雙不大的眼睛笑瞇瞇的，見人就躬身施禮，看上去像個「笑面虎」。他放下旅行包就跟我對上了，還掏出平常人難得一見的「中華」牌香菸，用拇指從後面頂出一支，敬菸的禮貌很是老道。

我表示了感謝，但用手做了個停止的動作。

「真不會？」他搖搖頭，「這就怪了，寫文章的人不會抽菸，那你悶了怎麼辦呢？」

我告訴他：實在悶得慌時，就拿本書翻翻，或者找幾個朋友喝喝茶、聊聊天，不過我這人悶的時候不多。

他聽了我的話，立時眉毛一揚，臉上露出了欣喜的表情：「好啊，太好了，這就太好了！你一定能幫我開解難題。貴姓？姓郎！不是大灰狼的狼！鄙人姓鄭，鄭興業，叫老鄭就行。你們寫文章的人讀的書多，對上面的精神吃得透，你說眼下國家會不會讓私人辦水電，或者買下國營的水電站自己經營？」

這個問題太複雜，不是一句話就能說得清的。我說：「照現在的情形看，商業、服務業國家已經放開了，手工業之類的也基本可以，至於工業類的企業，要涉及到所有制形式和傳統既得利益集團，甚至與社會安定和政權的穩定息息相關，可能要慎重一些，哪些能放，那些不能放，

哪些規模的能放，就是能放的，步伐也可能會走得穩一些，但總歸這是個方向。」

「嗨！一聽你這幾句話，就知道對政策有研究。」老鄭打了個響指，夾起時髦的黑皮資料夾出了門。不過一會兒，又就回來了，一到門口就招呼我幫忙。這人也真是捨得花錢，小香檳直接買來一箱，還有一隻羊頭，一包麻辣牛肚，以及花生米、皮蛋和鴨脖子，茶几上都擺不下了。「來，你不抽菸我們喝汽水，遇上您這樣的人算是緣分。」

「老兄的性格像個北方爺們！」我看他挺率直，也就不再有敵意了，寒暄幾句後問道，「老家是那裡的？」

「你怎麼一開始就問到這裡了？」老鄭的吃相真不講究，嘴裡正嚼著羊頭肉，笑起來噴出些許肉末，然後喝一口香檳壓一壓。「我老家是河北保定，漢奸窩子──抗戰時期出過不少漢奸。那不是被日本人占了嗎，又是平原地方，老百姓總得生活吧！」

這話怎麼說的？有說自己家鄉不好的，但沒這麼糟踐鄉親的。

「因為我是個日本鬼子的孽種！」沒想到老鄭是這樣的經歷，我驚愕之餘，有點欲說無詞，一看他大大咧咧，沒什麼不自在，就坐下來聽他從頭道來。「在我們老家，日本鬼子喪盡天良，沒少做壞事。我們一個村子的女人都被日本鬼子糟蹋了，我母親那時候還是個為出閣的女子，過幾天就要出嫁，誰知日本鬼子進了村。鬼子將村裡的男人們集合起來敲打訓話，將女人們分別到幾個院子強姦。我可憐的母親，被鬼子糟蹋後，又遭男家嫌棄，退了婚，已是五內俱碎，偏偏又懷上了我，你說倒楣不倒楣？家裡找了個老郎中開方子打胎，因為人走時說『這胎打了以後，將來再也不能懷了』，一句話，我的外婆就做主，讓我含著羞辱來到人間。」

巴西拉瑪克

「日本投降的時候我四歲，村裡的孩子罵我日本種，我也罵他們日本種，反正也不知『日本種』是什麼意思，後來上了學才漸漸明白其中的緣故。那時一看到日本的字，就如刺在身，不要說別人罵我，就是我自己都嫌棄自己。恥辱啊，羞愧啊，怨恨啊。然而，這不是原政府窩囊、軍隊肉頭，才讓老百姓遭那麼大的災難嗎？這能怪我不幸的母親嗎？記得上高二那年，學校舉辦數學競賽，我得了第一名，領獎下來，就聽班上有人說長道短。回到教室後，一個叫呂大鯊的同學竟當著我面說：『同學們，我們是不是要提個意見給學校？我們的數學競賽，不是國際性的吧？不能什麼美利堅種、法蘭西種、日本種都參加吧！』我知道他母親也被日本鬼子強姦過的，只沒給他生個日本血統的哥哥姐姐而已，憑什麼這麼噁心我！不由得怒火中燒，衝過去朝他就是一拳。竟然把人一隻眼睛打瞎了。這還了得！我很快就被學校開除了。」

這人也夠魯莽的，不過年輕人誰沒有血氣方剛的時候呢！

「你問我怎麼到了新疆？你想：我一個日本孽種，一個連同母異父的弟妹都不待見的異類，在那個環境還能有什麼好日子過？接二連三的招工招幹招兵，我根本過不了政審關。有個親戚說我書讀得不錯，讓我在村裡當代課老師。可我們一節課只開了頭就回家了，沒辦法上課呀！學生上課不起立，還揮著拳頭喊叫『日本鬼子滾出去！』我當時那個難堪，只想找個地縫鑽進去。地縫找不著，又不想立即上吊自殺，就想著找一個沒人知道我是誰的地方。想來想去，想到鑽深山老林。有一天趁家裡沒人，我偷偷撬開母親的寶貝匣子，把家裡賣豬的十幾塊錢全部帶上，拿幾件衣服就跑了。去那裡？狼牙山。我從地理書上看，那裡山高溝深，人跡罕至，山上有各種野果和野獸，應該可以活命。可是剛出保定，在一家大車店遇上幾個準備闖新疆的，說天山南北到處都是黃金，

連個撿的人都沒有。我想有這麼好的地方，不去不是傻嘛！就跟他們搭夥，西出陽關了。

「人這東西怪得很，怕什麼東西，怕極了也著魔。那時候內地自流新疆的人很多，大都去了北疆，而我為了離家遠一點，徹底脫開日本孽種的奇恥大辱，從大河沿搭了一輛去和田的卡車用力往南跑，也不知跑了幾天，就被司機一腳揣下去了。因為幾天來我由於沒錢買飯，專吃別人剩下的，把肚子吃壞了，頻繁地要停車解手，那司機實在不耐煩了。

「我躺在路邊的小樹林邊，渾身睏乏，四肢酥軟，一陣發熱，一陣發冷，蒼蠅爬到臉上都沒力氣驅趕。樹林的陽光忽閃忽閃，彷彿到了奈何橋邊。我想這下完了，金子沒撿著，命丟在這地方也不會有人知道。一時有些後悔，也很傷心。你說我外婆護著我娘生養我一場，連我一分錢的孝敬都沒享，我就這麼死了，是不是太不孝順？可轉念又想，死就死了，總比活著讓人罵日本種！

「我就這麼胡思亂想，隱隱約約覺得有人來到跟前，睜眼一看，是個維吾爾族老太太。她嗚哩哇啦說了半晌，我也聽不懂。她摸了摸我的額頭，驚叫了幾聲，就把我扶到家裡，請醫生幫我開了幾服藥，見天一日兩次把藥熬好，用嘴唇試試不燙，才遞給我喝。我的感激可想而知，幾次淚流滿面，可是語言不通，我說什麼她都聽不懂。我叫一聲娘，她拿一塊饢給我；我說遇上你是我命裡的貴人，她給我幾顆乾杏子。我搖了搖頭，她就又比劃又嘮叨起來，也不知道說些什麼，我真恨自己是個笨蛋。

「我在維族老太太家住了三天，病情略微好轉就要走，老人死活不讓。她不知從哪裡請來一個會說幾句漢語的人，問了我許多情況，當她知道我是從口裡跑出來，一時還沒有著落時，執意要我留在他家。那個

巴西拉瑪克

　　二把子翻譯告訴我，老太太家裡沒有外人，老頭在鎮上開個玉石店，外出訂貨去了，獨生女兒在文工團工作，下鄉演出去了，老太太人好，想讓我多養幾天，徹底養好了再走。

　　「我到底沒答應。我一個大年輕人，在人家老太太家白吃白住，太丟人了。我決心到外面去闖，做什麼呢？打零工啊？脫土坯，扛大包，還跟著駝隊拉了幾次駱駝。一天，我在街上聽說縣裡要修一個水電站，正在招募民工，就打聽著報名。那時候吃喝不愁的農家人，守著自家幾畝地，沒有幾個願意出門工作的。於是我沒費吹灰之力就被招上了。我在第一時間跑到老太太那裡，把這件事告訴她，想讓她高興高興。可比劃了半晌，她也沒聽懂，無奈我只好將這幾個月賺的錢全部留給她，按照家鄉的習慣給她磕了三個頭，走了。

　　「水電站規劃在一個山口，地名叫巴西拉瑪克，翻成漢語就是『源頭』的意思，距市區三十多公里，沒通公路，十分荒涼，抬頭是一片光禿禿的山巒，低頭是無邊無際的戈壁沙灘，一條小河從山裡流出來，河邊偶爾長幾簇紅柳和蘆葦。第一期工程是在兩山間修一條大壩，截住河水，這事情幾千年前古人就做過了，不需要多少技術。工地上只有碾壓機等幾樣機械，所有的土方、石方都靠人用麻袋背、毛驢車拉，夠艱苦的了。我那時候年輕，有的是力氣，不在乎苦不苦，有事做給飯吃，多少賺幾個錢就行。最惱人的是寂寞，民工中只有我一個漢族人，工作一整天想跟誰說幾句都不行。工地幹部倒有幾個漢族的，可我跟他們說話總是提心吊膽，怕他們追根究底。這樣的生活過了三年，大壩修好了，我的維語學了個七七八八，日子才好過一點……」

　　有人敲門。是會務人員，通知去跳舞。文化人聚在一起，自然有文化特色。我本來想晚上加班寫明天的發言稿，不準備去跳了，誰知老鄭

對跳舞比誰都積極，替我搶過舞票，還給他也要了一張。

「集體活動嘛，舞還是要跳的。」老鄭顯得很興奮，一口氣跟我說了跳舞的很多好處。「我的第一個老婆就是在舞場認識的。你有孩子了吧，老婆做什麼工作？你們不在一起！唉，這可不好，我就是吃了夫妻分居的虧，才犯罪被判了刑的。這件事我們回頭再說，走，跳舞去！」

賓館的舞廳其實就是個大會議廳，臨時布置些燈光綵帶，但樂隊還是非常專業的，尤其是薩克斯風手的演奏堪稱完美。老鄭進去不一會兒，便成了引人注目的舞星，他的舞姿優美，樂感強烈，又打扮得風度翩翩，許多女的都邀他跳，而我因為想著他剛才擱下的話頭，思想不集中，幾次踩上舞伴的腳，討了個沒趣，早早退場了。

我回到房子也沒睡，趕緊鋪上稿紙寫發言稿。十二點舞會結束後，老鄭才回來。一進門就數落我過於矜持。我對他的故事還是挺感興趣的，先洗澡上床，等他上床就熄了燈，催他繼續述說。

「水電站第一期工程完成後，大部分民工都回去了，只留下二十幾個，轉成正式工，我算一個。不久，縣上從西安請了一個工程師，指導電站建設，讓我幫他料理生活，兼當翻譯。工程師姓蘇，是個瘦身材高大，帶一幅瓶底一樣的眼鏡，五十來歲，脾氣又暴又古怪，動輒就發火，連第一任站長老劉都敢罵，至於那些施工員技術員，更是常常被訓得狗血淋頭。」

「蘇工有兩句口頭禪，一發火就不離嘴：你們懂個屁！不要胡日鬼！人們都有點怕他，只有我例外，說他怪也就怪在這裡。這老頭對我非常好，縣上照顧他，常送些瓜果點心什麼的，他總要我同他一起吃，而且一有空就跟我話家常，我的話當然是虛虛實實真真假假，這你能理解吧？」

「那年中秋節食堂會餐,他多喝了點酒,眼睛紅紅的,一回到房子就抓住我的手臂,讓我喊他爸爸。我叫不出口,劉站長和我一起送他回屋休息,這時就用力地用白眼挖我。我一想老人家遠離故土也不容易,自己又是個流浪漢,就低低叫了一聲。誰知蘇工答應的聲音卻很大,驚得劉站長打了個趔趄。我不知他是惡作劇還是腦子有病,把我的手臂抓得緊緊的,生怕我會逃跑似的。他用發紅的眼睛痴痴的盯著我,看了好大一陣,突然倒在床上大哭起來,嘴裡不停的呼喊著:『兒呀,兒呀……』我和劉站長都有點莫名其妙,後來才知道老工程師早年喪妻,只有一個和我同年生的兒子,與他相依為命!不幸的是兩年前,兒子上高中,正趕上全國性的大鍊鋼鐵,在山上找礦時摔死了。人嘛,誰在世上沒有個牽掛,尤其是不幸的人,他們的牽掛就更顯得深沉和強烈。」

「了解到蘇工的不幸後,我彷彿犯了罪似的,心裡很愧疚。終於有一天,我鼓足勇氣認他做乾爸,並將自己的事一五一十地倒給了他。他被我的誠實感動了,兩隻手扶在我的肩上,低著頭不說話。過了好長時間,突然抬起頭問我:『永遠不回口裡去了?』我點了點頭。他說:『也罷,也罷!哪裡水土不養人,你就在這裡做吧!不過你還年輕,得換個做法,明天起我教你學點手藝,你有一定的學識基礎,這裡技術人員又這麼缺!』」

「自那以後,我和蘇工就成了父子加師生關係了。在工地上學專業有個得天獨厚的條件,一手捧著書,一手摸著機器零件,很容易記下。這樣過了兩年,電站建成了,我已經能看懂全部圖紙,對設備也是瞭若指掌。站上進行技術考核,我的成績壓倒了所有的技術員,被任命為技術股股長。蘇工又帶了我半年,看著我結了婚後才回了西安,臨別前,我倆在自己安裝的發電機房坐了一夜,我從來沒有得到的父愛,這個老工

程師給了我。你問我老婆的事？好，這就說。」

「前面已經告訴你，我那老婆是跳舞時認識的，沒忘吧？維吾爾是個擅長歌舞的民族，要跟他們交朋友，最好先學他們跳舞，跳起舞來大家都是朋友，儘管語言不同，民工們都願和我玩，接觸多了語言也學會了，語言一通，他們更是有舞必教我跳。水電站是全縣的重點工程，長官很重視，經常來工地慰問，每次都帶文工團來演出，演完了演員就和大家一起跳舞聯歡。演員中有一個伊薩汗的女子，長得美極了，眼睛一眨，就像要勾你的魂，我們一起跳過幾次舞。她什麼舞都會跳，民族舞也會，交際舞也會，而且都教我男步。這樣三教兩不教，覺得好幾個月不見，我就有點想她，這就是俗話說的愛上了。蘇工和劉站長也都支持我們親事，我們就結了婚。」

「戲劇性？離奇？還有更奇的呢！你也沒想到吧，伊薩汗的母親竟是鎮上那個救我的恩人！你想，我們這一家人的感情該有多深？有天夜裡一點多了，我在配電室跟好友吐爾遜閒聊，劉站長突然來喊我接電話。我進到他房子，一拿起聽筒就聽出是伊薩汗的聲音。她常打電話給我，告訴我她外出演出的日程，以便我安排回家的時間，免得撲空，夫妻間嘛！以往打電話都是白天，這次可是在深夜。是什麼重要事呢？我對著聽筒問，你在哪裡？聽筒傳出她的聲音：我在團裡。我又問晚上演出了嗎？怎麼還沒回家？她的聲音一下子就變了，抽抽搭搭的說：『剛才卸了妝回家，走到小樹林邊，有一個黑影……』她乾脆什麼都不說了，聽筒裡只有嗚嗚的哭聲，我怎麼問也問不出一句話，只聽咔嚓一聲，電話斷了，足足有半個多鐘頭才接通，是文工團的看門老頭。他只說伊薩汗哭了一陣，回去了，什麼原因卻不知。這下，我的心裡忐忑忑，更加不安了。」

巴西拉瑪克

「我央求劉站長派卡車,連夜將我送回市區,一見伊薩汗就攬住她的手,問發生了什麼事兒。她羞赧地一笑,就轉過身去也不看我。我的疑心更重了,走過去扳著她的肩膀,怔怔地盯著她的眼睛。她的淚水一下子滾出了眼眶,順勢往我身上一靠,雙手緊緊摟過我的肩膀,眼淚灌了我一脖子。過了半晌,她才說:『你光知道躲得遠遠的圖省心!晚上演出結束後也沒人接我回家,今晚回來時小樹林裡竄出一條狗,擦著我的身子跑了……』咳,虛驚一場!」

「你老婆很會撒嬌嘛!」我望著暗夜的屋頂,忽然有一種對別人幸福的羨慕和嫉妒。遙想自己幾千里之外的妻子,此刻也正獨守空房,那種無助和落寞,豈是「軍嫂」的稱謂所能彌補的。我翻個身,由衷地說,「你應該理解人家!」

「理解!」老鄭也翻了個身,覺得不得勁,我們又都翻過來。「其實,狗只是嚇了她。從此她落下一個心病。久而久之,她真被鄰居一個無賴糟蹋了,而且是在家裡。那無賴夜裡撬門而入,伊薩汗睡得迷迷糊糊,還以為是我回了家,在床上來者不拒,事畢才發覺不對勁,擔心驚動父母,矇頭哭了半夜。第二天強打精神上班,回家時又給那個無賴堵上,要挾晚上給他留門,否則把她舌頭上有香味告訴別人。她狠狠地瞪了無賴一眼,回家在被窩裡藏了一把剪刀,等那傢伙進被窩時朝肚皮捅刺。誰知天不助人,她只傷著無賴肋下一點皮肉。無賴將她揍個半死,欲行強姦,被趕過來的父母趕走了。

「伊薩汗連驚帶嚇,精神恍惚,天亮後她沒去上班。沒承想一幫半大小孩敲鑼打鼓,將一雙破鞋掛在她家門環上,還繪聲繪色地向左鄰右舍傳揚她是如何勾引男人。這時候的女人就是有一百張嘴也說不清,一氣之下,她用剪刀絞斷了自己的喉管,連一句話都沒給我留下。媽的!還

有什麼比殺人父母、辱人妻女更叫人氣憤的呢？安葬了伊薩汗之後，我就告到公安局。那時候局子裡管事的人都靠邊站了，一幫新貴上任，那個無賴自己就是第三把手，誰還聽我的冤屈呢？我一看申冤無門，只好自己解決。我在公安局院子裡撿了一塊磚，衝進那流氓的辦公室，照面就是一磚。那傢伙當時可能嚇傻了，也沒躲，頓時腦袋開花。人在氣頭上失去了理智，這一來，有理變成無理，我第二次被同一塊石頭絆倒。我立刻就被五花大綁，後來判了十五年。悲催啊，氣憤啊，悔恨啊！我從此便陷入了人生的苦海之中。」

「好在命運自有命運的安排，我沒熬那麼長時間。有一天，我正在地裡插稻秧，一輛吉普車開到田頭，從車上跳下兩個人，一個是管教幹部，一個是劉站長。我不知發生了什麼事，照規矩傻愣愣地站著。劉站長告訴我：電站出了重大的事故，斷電一個星期，設備還沒檢修好。縣上領匯出面交涉，要將我從勞改農場接出去，立功贖罪。我當天就跟劉站長回去了。」

「這是一起純技術故障，我三天就讓全縣的電燈重放光明。從此我被「監外執行」，讓我繼續在電站上班，還做原來的工作，不同的只是不再當技術股長，不發薪資，而且要每月彙報一次改造情況。好在劉站長和工友們不另眼相看，岳父岳母也經常來安慰我，精神就沒有垮下去。」

「還真得感謝你乾爸蘇工，要不是他教你技術，你恐怕就沒有這般走運了！」我覺得一個人立於世上，有本事總會派上用場，機會都是給有準備的人預備的。

「可不是嘛！」老鄭說，「亂的那些年，不管哪派掌權，還都照顧我，不就是因為我們技術好，對他們有用嘛！記得那一年，一幫被政治運動膨脹了腦袋的小青年衝到電站，奪了劉站長的權以後，不懂業務，胡整

亂來，三天兩頭出事故。這樣，我立功的機會也就多，刑期也就一減再減，最後減到五年。

「後來又發生了另一件事，使我徹底傷心了。那是冬天，一個寒夜，我正睡得香甜，忽然被一陣急促的敲窗戶的聲音驚醒。為什麼不敲門？敲門聲音大，怕別人聽見啊。我開了燈，開啟窗戶一看，是劉站長，趕緊讓他從窗戶爬進來。他那時是被打倒的幹部，境況比我還不如，整天被派到戈壁灘上，刨石頭，篩沙子，掏廁所，還三天兩頭挨罵，人們都不敢和他接近。我倆過去的關係最好，但當時身分都不好，為免人閒話，私下接觸也不多。這倒楣的劉站長半夜三更來做什麼呢？我一下子愣住了。他進門後隨手關了電燈，警惕的向外張望了一陣，只見月光朦朧，不見人影跟蹤，他才關上窗戶，壓低聲音告訴我：這些傢伙要炸電站！為什麼？我這人什麼事都愛問個清楚，也不管什麼時候。他一聽急了：哎呀，你別問為什麼了，快想辦法，怎樣把這消息傳出去？我說最快就是打電話。他連連擺手，說電話機在人家辦公室，能打得出去嗎？我又提議叫司機開車出去。劉站長急了，罵我是個呆子，發動機一響勢必引起別人懷疑。」

「那可怎麼辦呢？三十多公里，走路要多長時間呀？他見我也想不出什麼辦法，急得在我屋子裡打轉轉。轉了幾圈，突然問我排程室的麻木提靠不靠得住，能不能用他們與供電局的專線電話。不等我回答，他又自己否定了：供電局和發電站都是一派的。說著就要走，被我一把拉住了。我以人頭擔保麻木提沒問題，肯定能幫忙。我們到排程室，悄悄叫醒了馬木提，跟他說借電話機用用，讓他絕對保密！這個人幾年前在水庫游泳時，雙腿抽筋了，是我在危急時刻救了他，他一直記著我的救命之恩，二話沒說就答應了。」

「我和劉站長背著電話機，順山根往下走去！隆冬之夜，寒風呼嘯，天氣冷得撒尿成冰，可我倆卻急得一身身出汗。我們從院牆的豁口翻出去，來到一棵電桿前。我爬上去，他在下面幫著，把電話機接到通往市區的電線上，正要搖鈴，我突然猶豫了。因為這一搖，電站這邊的鈴也會響。不行，得剪斷電話線！當時沒帶卡線鉗，跑回去取又耽誤時間，說不定還會被人發覺！正在這時，劉站長叫我把電話機取下來，說他有辦法。你知道他什麼辦法？把兩個人的褲帶繫到一起，帶著爬到桿上，把褲帶往電線上一搭，把身子吊上去，人跌落在地的同時，電話線也斷了。」

「半個小時後，就有人就派幾輛摩托和拉人的卡車來了，其時炸電站的準備工作還沒做好，兩家真槍真彈的打了一陣，那些準備炸電站的死了兩個，傷了幾個，其餘全部被俘。電站保住了，我倆都立了贖罪的大功，他重又當了站長，我也重新當了技術股長，刑期當然也就服完了。」

聽老鄭講的這一段，顯然是沾了兩派爭鬥的光。這讓我聯想到「叛徒」、「臥底」「特務」之類的角色，也想起「鷸蚌相爭，漁人得利」的古話，俄頃又覺得這些詞語有損老鄭的形象，畢竟他們的告密，是一件為國為民的正義之舉。而這一陣他還有點左右逢源的意思，怎麼能說徹底傷心呢？

「唉，兄弟，你不知道！這次失利的那一派，並沒有完全被打趴下，僅僅幾天，他們就糾集一幫人，汽車上架著機關槍，氣勢洶洶來電站報復來了。他們把劉站長和我抓起來，吊在電桿上，準備集合全站職工，當眾『審判』。我當時嚇得把棉褲都尿溼了，喊著劉站長的名字，說我們倆一同上路，你也罩著兄弟點。」

巴西拉瑪克

「死裡逃生的滋味可不好受。」老鄭上了一趟洗手間，似乎對人生的感悟也更深了。他說：「沒面對過死亡的人不知道生命的可貴，沒在閻王殿門口走過的人不知道害怕。不管什麼人，不管你的官多大，命沒了，死翹翹一個，什麼都白瞎。我這次雖然大難不死，難保下次還能這麼幸運。只要兩派的爭鬥不結束，我的命隨時都可能被人拿去。想來想去，三十六計走為上。剛好前不久收到乾爸一封信，說是病重住院了，我便打點了一下，啟程往西安去了。

「到西安已是一九七〇年的元月初，天氣冷得很，乾爸的病已經很深沉，醫生說恐怕難過春節。我一聽鼻子光發酸，恨只恨自己來晚了。我這個乾兒子，對老人沒盡到一點義務和責任，內心有愧。老爺子從新疆回來第二年就被打倒了，這些年一直受著煎熬，罪名是『反動技術權威』，只是他沒把這事告訴我，像我沒把自己的事告訴他一樣。本來就很不幸的人，這樣一來還能有什麼好呢？乾爸只讓我照顧了一個月零幾天，就在那個除夕離開了人間。他臨終前問我想老家嗎，想母親嗎？見我光搖頭，他似乎動了感情，問我真的不想？說實話，他這一問問得我喉頭直發哽。出來十來年了，哪能不想家呢！平心而論，儘管我發誓永遠不回家，但家鄉的山水卻時常出現在夢中，這是一種刀子也無法割斷的感情。」

「處理完乾爸的後事，我按照他臨終的一再囑咐回到了故鄉。我的心情十分複雜，一踏上故鄉的土地，就有一種遊子歸來的親切感，可常常夢見的家鄉並未對遠方的遊子張開熱情的懷抱。家沒有了，一座空落落的院子裡只剩下幾堵斷壁殘垣，院子正中堆著一堆煤渣，旁邊臥著一條死狗，好幾隻死雞。我的心一下子提到了嗓子眼，忙向鄰居打聽。村裡人都不搭理我，見我過來或者遠遠走開，或者回家關上門，一個老太太

沒躲得急,和我相遇了,就連忙催促:快走,快走!問什麼她都不說。不一會兒從街上湧來一幫戴袖章的人,連拉帶打,將我架走了。原來他們這些年一直在找我,說我是日本特務。母親在我出逃後連餓帶病,不久就死了。養父一個人無法照顧三個弟妹,便將他們分送親戚,自己去很遠的地方當了上門女婿。」

「那些年的事情真是荒謬絕倫,我一個連日本是什麼模樣都不知道的人竟然是『日本特務』,難道是日本鬼子在精子裡植入了間諜因子?我被扣押在村裡,監督改造,直到中日邦交正常化後,才恢復自由,落實政策,補發薪資。就在這個時候,當年被我打瞎一隻眼那個呂大鯀,不顧我的反對,將我的身世和遭遇登在報上噁心我,我不敢將他另一隻眼睛也打瞎,臭罵了一頓,踢了幾腳。誰知這傢伙只一味嬉皮笑臉,死乞白賴要帶我去北京逛逛,算是道歉。」

「我跟呂大鯀逛了故宮、景山、頤和園,動物園、北京展覽館,還到八達嶺長城上照了像。我想殺人不過頭點地,得饒人處且饒人,這王八蛋當個記者也不容易,就原諒了他。誰知他的文章竟然被日本大使館的人看到了,而且他們居然很快找到了我的所謂『親生父親』。那個叫犬養敬二的傢伙,突然跑到北京來接我。我這才意識到呂大鯀和日本鬼子是一夥的,他會說日本話,他才是真正的『特務』。」

「犬養敬二個頭不高,據說和我的樣子挺像。初看西裝革履,穿得人模狗樣,頭髮不多,留著一綹仁丹鬍子,拄著一根枴杖,是我從小在電影裡看慣的日本鬼子形象。我覺得他的名字跟狗娘養的差不多,乾脆就這麼稱呼他。他略通中文,說這樣的稱呼很不禮貌。我才不管你禮貌不禮貌,揪住狗日的領子就打,左右兩記耳光,已見鼻血直流,早有賓館的保全跑上來,架住我要送派出所,但被犬養敬二攔阻了。據呂大

鯀說,犬養敬二戰後在一家電子株式會社做工,後來跑去德國當技術間諜,被打斷了一條腿。因為偷到了核心技術,回國後成了大功臣,當了這家企業的次長。而這家電子公司的產品,目前已是全球知名品牌。我這才明白日本鬼子都是賊,專靠盜竊別人家東西過日子。」

「犬養敬二有四個女兒,唯獨沒有兒子,這次來中國還帶著他的小女兒,一個十五六歲的女孩。女孩用生硬的漢語叫我哥哥,向我鞠躬,拉著我的手臂拍照,甚至擁抱我。可我怎麼也無法找到和她的親近感,甚至對她身上濃郁的香水味過敏。他們不停地向我道歉,對我的遭遇表示同情和慰問,將我接到豪華氣派的涉外賓館,吃大餐,看中國人看不到的電影,還帶我到王府井買衣服,最後歸結為一句話,就是要我跟他回日本。」

「按說去日本也可能是改變我命運的一次機會,畢竟日本比中國發達得多,多少人削尖腦袋想出國。可是我從小就被日本鬼子害慘了,對日本有刻骨銘心的仇恨,剛剛洗刷了『日本特務』的嫌疑,怎麼能跑到日本去,坐實『日本特務』呢!再說他個狗娘養的,當年是強姦了我的母親,我只是個意外的雜種,心裡根本沒有他這個父親,我怎麼能跟他去那個陌生的國度呢?我突然覺得應該馬上去新疆,那裡有我亡故的妻子,有善良的岳父岳母,還有劉站長、麻木提等能過命的同事和的朋友,那裡才是我的家鄉。」

「這次回來,我被捧為愛國典型,由縣上的幾個局長領著,到小學和中學作報告。我一個土包子,哪裡會做什麼報告,只好將痛打狗娘養的之痛快,如實說給他們,博得孩子們一陣陣歡呼。之後,我因為愛國而不是有能力,被任命為水電站第三副站長,心理挺彆扭的。一上任,才看清情勢已經發生了很大的變化。劉站長早已升任縣水電局長,接替他的是一個二十八九歲的王姓新生力量。站上幹部都換成一幫二十來歲的

年輕人，我是名副其實的老字輩。我跟這些人總是彆彆扭扭的，幾次建議檢修設備，都未受理。我看有些設備帶病運轉，很快就會出故障，就寫了一份正式的《檢修報告》，送給站長。」

「人家開會那天晚上，我一直坐在宿舍等散會，想得個準信。一直等到半夜，會議室的燈還亮著，踅過去趴窗戶一看，支委們聚精會神打撲克。我氣呼呼地跑進去，問《檢修報告》批沒批。你猜他們怎麼說？沒人看我一眼，我的那份報告還躺在桌上，不過下半截已被人撕去捲了莫合菸了。我氣得拍桌子罵道：上級瞎了眼了，要你們這些烏龜王八蛋來管理電站！就這一句，便走了板，讓人家抓住了把柄，扭送到縣上，說我辱罵組織，說我放著日本的好日子不去過，偏偏安居於邊疆的小電站，肯定是在日本人那裡領受了祕密任務，回來潛伏。」

「虧他們想得出！我又被扣上「叛徒」的帽子，批鬥了幾場，之後投到看守所立案審查，查來查去，還到呂大鯀那裡取證，直到改革開放也沒查出個子丑寅卯，又把我放了。放的時候還警告我：沒查出問題不等於沒有問題，思想改造一刻也不能放鬆！媽的，又是五六年啊！想我老鄭從未有過危害國民的思想，一心只想把電站搞得像個電站，卻不料命運之神故意作弄，幾經周折，先後被關押了十二年。十二年呀，占我當時三十六歲生命的三分之一……」

說到這裡，鄭興業突然停住了。黑暗中，他撲撲簌簌點上一支菸，猛吸了幾口，那菸頭的火光能照亮半個房間。我聽見他的喉管咕嘟咕嘟響，不禁起了惻隱之心。但是理智告訴我：動亂是一個國家的不幸，受難的何止他一個！

「我第三次回電站是五年前，」老鄭接著說，「這次回來，我幾乎不認識電站了，老職工大都調回城裡，剩下的大都是近幾年招上的知青。技

術股,只有一個技術員還記得名字。姓王的站長,前不久被調離審查。他的後任姓馬,原是縣委機關工作人員,比我大四五歲。人生,更生的是機器設備,損壞的損壞,糟蹋的糟蹋,發電機轉轉停停,已經難以維持生產了。第一次見面,馬站長跟我說,老鄭,你是行家,你看這爛攤子還能不能收拾起來?能,我們就一起做,不能我就回機關,不當這個站長了。」

「我一聽,他對我寄了這麼大的希望,心裡很高興,想就是費多大力氣,也要幫他把這個攤子收起來。整整半個月我都泡在工廠班組,探索情況,仔細調查,終於拿出一個設備更新和檢修方案,接著又跑水電局找劉局長要錢,要材料,回來後又帶著工人幹,前後一個多月,完成了大部分設備的檢修任務。這以後,三個月沒斷電,這在縣上已經是幾年沒有的好成績了。馬站長成了撥亂反正的典型,被請去到處做報告,講經驗。他要講成績的取得,是長官和大家的努力,也就罷了,可惡的是他把一切功勞都歸於自己,到哪裡都說自己舞馬長槍,出五關斬六將。可惡!設備是我帶人檢修的,他只到現場轉了幾次,現在屁大的成績吹破天,他倒成功臣了!我這人不求誰表揚獎勵,但眼裡容不下沙子,直接給他取了個外號叫「馬大砲」。好在馬站長如此一紅,沒在電站待幾天,就升任工交局局長,這事就翻篇了。」

「馬站長之後,又來了個高站長,這人是個老幹部,在長官和大家心中很有威信,他一來先整頓了組織,把我這個第三副站長排列第一。我感激涕零,暗自下決心幫他管好電站。但這個人固執己見,又很主觀,他定的事情誰都不能提意見,為了創造一部發電機連續運轉三百小時的紀錄,硬叫技術股長在不停機的情況下,切斷冷卻水,指揮一個女工銲接冷卻水管出水口的裂縫。我說萬萬使不得,兩臺發電機,要檢修安排

到晚上用電谷底，停一臺也不大影響供電，何必要冒這個險呢？他滿不在乎，還說這個女工技術好，可在半分鐘完成任務，弄好了就是技術創新，創新啊！我說螃蟹沒吃過，但這樣違章操作，是拿人民財產當兒戲。他惱了，說我倚老賣老，自以為是，太驕傲。」

「好吧，你隨便弄吧，吃不了你兜著！我一生氣，轉身就走。剛走到機房門口，就聞到一股焦臭味從背後衝過來。不好，我趕緊跑過去按動離合器開關，誰知就在這剎那電機冒煙，轉子卡死了。慣性強大的水輪機可不是輕易停得下的，咔嚓一聲，不等離合器開啟，聯結軸斷了，擰斷的鋼軸飛起來，正好砸在女工的頭上，當場就砸死了，人家才結婚三個月，聽說腹中還有個小生命，你說可惜不可惜？」

「事情發生後，縣裡很重視，派了工作組來調查，那高站長一口一個不懂業務，把責任全推到技術股長身上，又說我身為分管業務工作的副站長，沒有採取果斷措施，制止他的錯誤行動，也有責任。技術股長是個工農兵大學生，名聲本來就不好，這下還能不倒楣，被撤了職，我記了大過，而高站長才受了點警告處分，簡直黑白顛倒！我不服，告他，官司打到縣上，正趕上清理『文革』中的案件，高站長死死咬住一條，說我鑽了兩派爭鬥的空子，服刑不到刑期的三分之一，不符合新《刑法》的規定，應該繼續回監獄去。我想這下玩完了，還不如跟那個狗娘養的去日本。多虧法院、檢察院主持公道，高站長的意圖沒有得逞，我才沒被重新弄回監獄。」

「這次事件把我折磨透了，擔了近半年的驚。事情有了結果以後，兩位老太太就纏著讓我辭職。哪兩位老太太？你看我竟忘記告訴你了，是我的兩位岳母，一個維族，一個漢族。我二回新疆後，前妻的父母，幾乎把心全都操到我身上，他們非得要幫我重找一個女人。你說維吾爾

巴西拉瑪克

的感情真摯不真摯，偉大不偉大？感動和悲傷之餘，我一次一次又一次想起伊薩汗，她那美麗動人的眼睛，就像黑夜的一盞明燈一樣，在我心中閃爍。有一天我想她想得流了淚，老岳母看見，便來安慰我。我說一輩子也忘不了你一家的恩典，都是我不好，害了你的女兒，我對不住你們！」

「老人家替我擦乾淚水，說道，『快別這麼說了，難道這些年你受的罪還少嗎？』說著，老人也老淚縱橫了，我們兩代異族親人抱在一起痛哭了一場。她說老羊不死就要護好羊羔，興業你放心，我們老兩口一定要讓你過上幸福的日子。這話說了沒過多久，他就託幫我物色了一個對象。這女的叫黃金娥，在種豬場當飼養員，小我三歲，因為長得醜，家庭出身又不太好，一直沒有嫁人。劉局長說，老婆醜，能活九十九。諸葛亮那麼厲害的角色，還娶個醜太太呢！醜是醜，本顏色！醜點安全，只要能生孩子過日子就行。再說，人家還是個大女子呢！」

「我想了想，自己也就是個社會的棄兒，人糙，命苦，沒有挑人的權利，尾巴一提是個女的就行。婚後感情很好，黃金娥很愛我，說我看得起她，她為我受再大的苦也心甘。她這話沒白說，我結婚五個月，就身陷囹圄了，她一直沒變心，還時常去探望我。她幫我生了個兒子，今年十歲了，長得挺機靈。原來女人臉醜心不醜，生的孩子也不醜，你別見笑！哦，對了，她還有個老母親，跟我們一起生活，所以我現在有兩個岳母，一個岳父。」

「家庭負擔這麼重，你辭職後一家人生活怎麼辦呢？」我想了想問。

「好辦！」老鄭「嘿嘿」一笑說，「什麼事情都不是一成不變的。我原來多少還是顧忌一些黃金娥的家庭出身，卻不想這事竟然被翻了，你說我是不是因禍得福？就在電站出事不久，北京一位長官來新疆視察，

突然間提出要見黃金娥的父親，說是當年他在新疆做地下工作，曾得到黃先生的資助和庇護，要沒有老黃，他早就不在人世了。這下地方的幹部坐不住了，支支吾吾，長官問得急了，才說這個人早都不在了。長官提出要見家屬，我的妻子母女被要求只能說老黃病故多年，不能說被槍斃。但長官還是從老太太的眼神裡讀懂了，嘆息一聲『可惜了』。」

「長官這一聲嘆息，小官員心領神會。經過一段時間的調查考核，當年老黃的案子的確是搞錯了。有錯必糾，這是我們政府的精神。平反昭雪之後，原先沒收的財產全部折價賠償，合人民幣五十多萬，還歸還了工商局占的私宅。這樣我就成了全縣第一號富翁，雖然人還被審查，但連辦案警察都眼紅我，說我人財兩得。這話不假，還是說正題吧！」

「老婆和丈母娘都說有那五十萬，一家人也夠吃了，死活不讓我再工作。我一想，我這人性子直，拐不過彎，這麼多年來，除了劉局長，我跟哪個長官都合不來，不做也罷，免得又節外生枝，再被弄到監獄那種地方去。那段時間，我成天吃了逛，逛了吃，這時候我才發現，我這個人根本閒不下，才剛四十歲，就這麼坐吃等死啊？不行，我得找點事情做！做什麼呢，開飯館，照相館，修理部，政府的政策都允許，回去跟家人一商量，維族的同意，漢族的不同意。黃金娥的母親說，要做就做冷門，現今邊疆賣工藝美術品的很少，開個工藝美術店，最賺錢。老人家不愧是商人的老婆，很會看門道。」

「老太太的主意說服了全家人，我當下便跑去跟劉副縣長商量，就是過去的劉局長，新選進縣政府團隊的。他很支持，還讓我有困難找他。我於是收拾了幾間屋子，拿出二十萬元，找工商局辦營業執照。辦好執照，就啟程往內地採購商品，三個多月時間跑了十四個省市，淨進當地特產，什麼北京琉璃，景德鎮青瓷，蘇州的絲繡，天津的楊柳青畫，安

徽的歙硯等。我不光進一次性貨，重要的是與商家建立長期的合作關係。我還按照丈母娘的指點，跑了幾個大城市的古玩店和工藝美術店，簽訂了聯營合約，回來後有什麼需求，及時向他們調貨。這一趟跑下來，幾十萬元的貨就進上了。你猜怎麼樣？生意簡直不是一般的熱門！開張一個月，就賣掉差不多一半，老本已經回來了。後來商店名聲遠播，外縣外地區的人都跑來光顧，我和老婆最高興的事就是晚上算帳數錢。」

「賺了錢，我拿了幾千塊給劉副縣長，他不敢要。我說娶老婆開商店都是你幫著拿的大主意，總不能老讓我欠著你的人情吧！他說身分關係，紀律管著，酒可以喝，錢不能要。我當初支持你開商店，是怕你閒著，悶出病來，沒想到你會發財。你要有心，我家女兒兩次考大學都落榜，在家待業，她還有兩個同病相憐的同學，眼下縣裡就業困難，你幫忙多朝幾個人，算幫縣裡的忙，也就是感謝我了。

「我其實正愁幫手難找呢！當時的商店裡，除裡我就是兩個岳母一個岳父，老人家年齡漸大，手腳不太俐落，難免怠慢顧客。老婆呢，又怕政策變，還上著班——一家總得有一個人吃公家飯。誰承想人家一個縣的領導人，竟然不嫌棄我這個體戶廟小，把女兒送上門，真是雪中送炭！我除了說好話感謝，還能說什麼！老劉又說黃金娥也可以停薪留職，單位保留其身分，只是不發薪資了，萬一哪天想回去上班，還是回得去的。有老劉這句話，我心裡踏實多了。」

聽了半晚上，老鄭就是個暴發戶，雖然他的經歷有些曲折，我卻沒有多少興趣了。我翻個身說：「睡吧，明天還有事呢！」

「哪能這麼就睡呢？前面盡扯了鹹淡，我還沒說正事呢。」老鄭竟然坐起來，開了床頭燈。燈罩透出的淡淡光亮，映著他興奮的臉膛，返回

來些許紅暈。他乾脆盤腿坐在床上，我出於禮貌也坐起來聽他說。「辦商業雖然來錢，我卻越辦越沒力，倒是水電站對我有一種特殊的吸引力。」

「哦？你不愛錢？」我還真得刮刮目，仔細看看眼前這個人。「現如今到處都是『向錢看』，連報紙都宣傳越有錢越光榮，越受窮越狗熊，難道你真是個另類？」

「你看啊，這兩年我發了，電站可是垮了，已經停機兩個多月，請了幾個專家會診，說沒有一百萬元恢復不起來。老劉又讓我去看，我看差不多就這個數。老劉一年才賺一千多一點，縣裡財政每年都虧損，靠上級撥款發薪資。這麼多錢，縣裡定不下投資方案。有人說，老虧損的企業，養著是個無底洞，還不如關了算了。我一聽就著急，一個縣就這麼一個水電站，還算個大點的工業，總不能這麼收拾了攤子！我急忙找到劉副縣長，他擔心沒有個合適的領導人，不下馬，就是無底洞，縣裡哪有那麼多錢往上貼。我說沒了水電站，一到晚上市區就黑燈瞎火了，我就不信，一個縣找不出個站長了。老劉說找不出就是找不出，有什麼辦法呢？我們縣沒人嘛！」

「老劉這麼一說，我就更不服氣了，說領導人要是看得起，我老鄭去收拾這個破攤子。劉副縣長轉憂為喜，其實他是故意將我的軍，縣裡是想請我出山當站長，主管業務，另派一名書記去掛帥。我一聽又洩了氣，說來說去，我還是當副的，說了不算數，有力氣用不上，我不同意。他問我到底有什麼條件，我說要我幹我自己對縣裡負責，至於具體方案還沒想好。他讓我想好後再來。」

「我回家和岳母一說，她說當什麼站長，乾脆租賃經營，當經理。以前的資產打個包，是公家的，往後的投入是我們家的。將來我們不做

了，公家折價賠給我們，或者我們送給公家都可以。我們接手後發電賣給縣裡，定一個利潤分配比例。老職工我們還用著，但做什麼工作要我們派給他們。縣裡可以派人監督，但不能干涉你經營管理。這樣的條件能答應你就幹，不答應你就別做。你這個性，沒辦法在別人底下工作！」

「我這才知道岳母出身商賈大戶，是個獨生女，其丈夫曾是她傢伙計中的翹楚，後來就成了她家的上門女婿。她家的生意涉及絲綢、布匹、皮革和瓷器和駝隊運輸等，不但在南疆各地有分號，中亞和西亞也有她家的採辦機構。岳母從小被當家族接班人培養，在商海裡耳濡目染，對經營之道頗有心得，生意上的決策都讓她參與，老爺子過世後她更成了丈夫的主心骨。丈夫遭難後，她含垢納辱，閉門不出，靠幫上層人家做上等服裝維持生計。」

「自從我和黃金娥結婚後，老太太就開始觀察我，研究我。她說我挖了水電站建設的第一鍬土，在乾爸手把手的教導下，親手安裝了水電站的所有設備，大半輩子就做了這一件事，夢裡都說水電站的胡話，說明已經和水電站割捨不開了，所以賺多少錢都不開心。眼下水電站改造的投資規模，我們把家底都搭上，也差不多夠了。這些錢有政府賠的，有從老百姓身上賺的，都是身外之物，我們幾十年沒有這些錢不也過來了，你這會兒拿出去投給政府投給百姓，就當是做善事，善有善報，最壞的結果就是打了水漂，拿不回來了，還能壞到哪裡去！就是真沒飯吃了，政府也不會不管。」

「真是個深明大義的老太太！」我由衷地祝賀他遇到了天下最好的丈母娘，她是曾經滄海，更加珍惜桑田啊！不像許多俗人家，巴不得女婿圍著她女兒轉。

「是啊！你說我怎麼這麼好的運氣呢？我將岳母的想法和劉縣長一說，他當時就彙報給書記。書記馬上放下手裡工作，領著一幫縣太爺到家向老太太致謝來了。劉縣長說，『縣裡研究了，你家也別砸鍋賣鐵，你們投一半，縣裡擔保在銀行貸一半，前幾年利潤先還貸款，還完貸款，剩餘利潤以獎金的形式給你百分之二十，就算是變相分成。眼下的政策還沒有說讓搞股份制，我們也別走的太遠！至於經營管理，就按老太太說的辦，量你也不能把電站賣到外國去！』

　　「事情就這麼定了，縣裡將報告送到市裡，市裡長官都說是好事，但遲遲沒有批。劉縣長讓我親自來市裡，直接解釋給主管部門解。解釋什麼呀？我跟一個年輕小科長說了一下午，我說我的錢算借給縣上的，我不占有固定資產行了吧？他說借錢給縣上利息怎麼算，會不會擾亂金融市場？這又是一個新的政策問題，政策問題牽一髮動全身，市雷根本沒權批，只能逐級往上報了。我在市裡跑了這一趟，也算看明白一些，有些事上面不說話，底下再急也沒用。一個縣的老百姓用不上電，在縣裡是大事，到了市裡就沒有那麼大了，再往上，呵呵，可能就不是什麼事了……」

　　這老鄭，都想這麼明白了，還問我？我的情緒也跟著他急轉直下，有點擔心，也有點惋惜。不過我細細一想，事關老百姓生活的事兒，越往上越接近政治核心，越會受到重視，否則還怎麼展現人民政府為人民呢！

　　「……巴西拉瑪克……巴西拉瑪克……」老鄭不知在喃喃自語，還是在說夢話。

　　我突然有些失笑：你明明沒放下，剛才還裝出無所謂的樣子！

　　睡不著的時候，我將老鄭的故事重新梳理一番。我覺得他還真是個

人物，雖然名不見經傳。他不在官場，沒有先天下之憂而憂、後天下之樂而樂的抱負，也不說什麼理想事業之類的空話；他不是個合格的商人，因為他不以賺錢為最大追求；他就是熱愛電站，想把電站建設好、經營好。他這個人具體，實在，看似嘻嘻哈哈，貌不驚人，實則腳踏實地，追求有恆。我覺得他比自己更像一個憂國憂民的人，他的願望一定能夠實現！

一九八三年秋草於新疆喀什
二〇一七年冬改於海南瓊海

密林深處

密林深處

1 林深不知處

　　繁華不知荒僻之荒僻，正如荒僻不知繁華之繁華。

　　進入密密層層的天山森林後，越往裡走，越顯得林密樹高，靜謐幽深。參天的古木把頭頂罩得嚴嚴實實，很少有太陽的光斑透下來，落葉覆蓋的地面，潮溼鬆軟，遍生苔蘚和真菌，稍不留心，踩上去就滑一跤！枯木敗葉的黴腐味，與林間清香涼爽的馥郁雜混在一起，香也不是，臭也不是，怪怪的味道彷彿有些神祕。夏末秋初的炎熱，似乎與這裡毫不相關，密林之下的天地，超脫於自然社會之外。偶爾有野獸的怪叫，遠遠傳來，也有受驚的野雞，尖叫著擦身飛逃。猛不防一條手臂粗的土色大蟒，霸氣地橫在小徑上，挑釁似的從我們眼前爬過，嚇得人出了一身冷汗！

　　我身為植物方面所謂的專家，帶著三個年輕助手，一邊認真收集著各種特異的植物標本，一邊謹慎地做著路線標記。誰都清楚，迷在這茫茫的林間，即使帶著指北針，也很難走出去。神祕的大森林，神祕得讓人恐懼。就在我們「步步為營」、謹慎深入三天之後，眼尖的同事小韓意外地發現了別人做的路標：每隔幾步，在一棵松樹齊腰的地方，砍下一塊皮來，疤痕新新的，往前走了幾步，又有一堆馬糞和幾個馬蹄印。看來附近有人！

　　小韓和另兩個年輕助手一下子活躍起來。大家升起篝火，煮了些蛋粉掛麵吃了，稍做休息，就點上火把，也不管鋪天蓋地的夜幕，就順著路標慢慢追尋下去！走著走著，路標的疤痕漸漸變舊，草間的小路漸漸清晰，人類活動的跡象也多起來。大家情緒更加高漲，似乎一點疲勞都

不覺得，肅殺的獸叫也不再那麼使人毛骨悚然了。整整走了一夜，第二天八點多，一個個精疲力竭，才在一個雪松掩蔽的山窩，發現了裊裊的炊煙。

我們像在沙漠中發現綠洲一樣喜出望外，興奮得歡呼雀躍，身體的疲乏也似乎煙消雲散。穿過一片玉米地，在一群大松樹的懷抱裡，果有一座木屋。釘著油毛氈的木門虛掩著，幾個人叫了半天也沒人應。我示意小韓推門進去，他剛一推門，又舉著雙手退出來了。兩管黑黝黝的槍口從門縫裡伸了出來。

「什麼人？來山裡做什麼？」

「別開槍，我們是城裡林科所的，來採集植物標本，不是壞人！」

「採標本進我們房子做什麼？」

「請主人原諒，我們冒失了，對不起！我們就是想借宿。」我看年輕人沒見過陣仗，一個個嚇得往後縮，便強打精神，裝得像個英雄，把幾個年輕人都護在身後，衝裡面說。「在這深山老林裡，有個房子遮風擋寒，勝過城裡的五星級賓館。我們有帶錢，有食物，不會白住你家的。要是你們不願意，我們就到別處去，不會勉強的！」

我的話說完，裡面沒有聲音了。我覺得素昧平生，要人家相信我們這些陌生人也難，就讓大家都掏出工作證，由小韓遞進去。小韓往後縮，推說這個時候一定得領匯出面，另兩個一臉恐懼。我心裡暗暗罵著：「兔崽子們，一點血性都沒有！關鍵時刻還得老子上，你們可真拿我當長官！」

長官不長官，我們是長者，年齡在那裡擺著，該犧牲時自然是犧牲我們。我只好將四本工作證高高舉在頭頂，一邊請求別開槍，一遍戰戰兢兢挪到門口，從門縫裡塞進去。裡面的人接了，傳出一道「退回去」的

密林深處

「命令」，我又小心翼翼地退後幾步，被幾個年輕人攙住。一向硬朗的雙腿，不知怎麼有些發軟，額頭的汗珠子從鼻梁上滑下去，落在草葉上發出了「撲簌——」的一聲。

「梁老師沒事吧，還是長官膽大，我們都嚇壞了！」小韓這臭小子，是三個助手中的學長，這個時候了，還敢調笑。「裡面什麼情況？」

「誰知道什麼情況！」我喘過一口氣，一個個瞪了他們一眼說，「要趕上抗日戰爭時期，你們一個個準是漢奸！」

「不能吧，我們剛才就是沒有心理準備。」小韓說，「真要是日本鬼子來了，哪能讓長官當英雄呢，我早撲上去了！」

「對，我們鐵定替長官擋子彈！」小趙和小劉附和著。這幾個小子果然是驚魂已定，沒有剛才那麼恐懼了。大家互相安慰著，希望能吉星拱照，化險為夷。

彷彿過了幾百年，才聽到屋裡傳來一聲：「進來吧！」

虛掩的房門開了，黑黝黝的槍口也消失了。一老一少兩個女人出現在小屋門口。女孩大約十五六歲，已經邁出了高高的門檻。她的眼睛大大的，眉毛很黑，繡花的黑馬甲已然鎖不住青春的躁動，更顯得腰肢非常細俏。一條黑布大襠馬褲，一雙棕色的高筒馬靴，把她裝扮得像一個英氣的戰士。一聽說我們是從 W 市來的，她就表現得十分興奮，嘻嘻地笑著，像跳舞似的打轉身。在他轉身的時候，頭上的兩根長辮子飛旋起來，像海浪花一樣富有動感。

「來客人了！」女孩興沖沖地衝過來，接我們的行囊。那母親卻沒有吱聲，只把身子斜倚在門框上，注視著我們一個個進門，並把工作證一一還給每個人。在還我的時候，她似乎猶豫了一下，兩人各扯著工作證的一角，僵持了片刻，對視了一眼。她目不轉睛地問：「你就是梁高潮？」

我點點頭，嘴裡說著道謝的話，並伸出右手想與人握一下。女主人並未伸手，而是臉頰緋紅，滿是羞澀地將雙手用力在衣襟上磨蹭。她穿一件對襟藍襖，青色的肥腿大褲，褲管用黑布裹腿緊緊束著，儼然一副獵人的模樣。我發現她老得厲害，一頭銀霜蓋著黑黑的面目，眼角皺褶又大又深，要不是女兒叫她「媽媽」，我一定會認為她是當奶奶的。也許是離群索居久了的緣故，老女人的目光有些呆滯，但在眨眼之際，又會閃出一絲不失靈氣的神采。我覺得這種靈氣應該屬於知識女性，與她的身分很不協調。

通過協商，我們四個男人，在這只有兩個女人的木屋住下了。

木屋是名實相符的，整個房間的牆、頂、地板全由粗細不同的松木結構而成。進門是一個很大的廳堂，正中間蹲著一個很大的鐵爐子。山中溼寒，山民的爐子是常年不滅的。顯眼的是爐子上冒氣的茶壺，除了底部的煙黑，周身都是紅銅的錚亮。這種銅壺如今已不多見，更多的都在少年的記憶裡。在鐵爐子的旁邊，擺著一張做工粗糙的八仙桌，和兩張圓木釘的大長凳。桌凳雖未油漆，但表面已經磨得油光發亮。廳堂左右分成四個房間，每間房門口都掛著一支獵槍，有雙管的，也有單管的。還有一副弓，就靠在大門的後邊，許是久不使用了，弓旁並未發現有箭。大門對過伸出去一間是個廚房，灶間的爐火正旺，發出松枝燃燒的嗶啵鳴響。左手的房門口，有一個口徑超過一公尺的大木盆，大概是主人洗澡的地地方。

主人將我們安排在右邊的一間屋子裡。窗戶很小，小得一個人都鑽不出去。但通鋪寬大，睡五六個人也不成問題。小韓動作俐落地解開背包，鋪好被褥，順勢躺上去了。我們幾個動作稍慢，也先後上床，不一會兒便呼呼大睡。這一天一夜的山路折騰，加上剛才的驚嚇，實在是太累了。

密林深處

2　野花獨自開

　　一陣鷓鴣亂喳叫，我醒了。時間是下午兩點多，聽著大家的鼾聲仍然如雷如瀑，我便睜眼躺在床上。

　　空山野廬，俗人自擾。我發現屋頂有一張很大的蜘蛛網，網上黏著不少死蚊蟲，不由得打個寒戰：這深山的木屋會不會也是一張網呢？木屋的主人會不會是《水滸傳》裡的孫二娘？要是那樣，我們辛辛苦苦找尋的這個落腳處，可就成了斷送大家的墳場。正這麼想著，隱約看見女主人從門口向裡面張望，手裡提著一把菜刀。我下意識地翻身起來，順手舉起一把軍用水壺，故意大叫一聲，意在驚醒同伴，準備應對突然情況。怎麼說她一把菜刀也不能同時砍死四個男人，還有三個是大小夥。

　　「醒了？我做了一鍋野兔肉麵片，想切兩顆蘿蔔當小菜呢，不知你們多久起來，怕時間長了不脆了！」女主人說著，黝黑的臉上充滿和善的笑意，眼角的肌肉都擠在一起。我這才看見她的另一隻手裡，還拿著一顆紅皮水蘿蔔。

　　一種誤解好人家的愧疚，忽然襲用心頭，我只好開啟水壺，裝模作樣地喝了一口，然後搜腸刮肚，揀自己能想起的好話，諸如蒙您厚愛，受之有愧之類，前言不搭後語地咧咧著，肚子已經為野外難得的家常飯歡呼了。

　　女主人反倒不好意思起來，臉都有些紅了。「深山野嶺，也沒什麼好吃的。你們一來，這山窩裡就蓬蓽生輝了，做頓飯算個什麼！」

　　蓬蓽生輝？！我們雖然不是什麼貴人，但這個成語可不是一般的山民能隨口拈來的。我突然對這個曾經拿槍對著我們的女人，產生了一種

發自內心的感激，甚至有了一種莫名的敬意。我揉揉眼睛，目送她一步步走向廚房，彷彿少年時代一覺醒來，看見母親在廚房忙碌的身影。我覺得這家人不是那麼簡單，做母親的很可能是個有故事的人。試想：這深山野坳，獨家孤屋，一個老女人和一個小女人……野外工作的風餐露宿，是不大被常人理解的，幸運的話能遇到個棲身的山洞或者獵人的窩棚遮風擋雨，像今天這樣能有一頓小耳朵熱飯，那簡直是燒了高香或者交了狗屎運。大家開始還假模假式地客氣了幾句，一端起熱氣騰騰的麵碗，就吃得稀裡嘩啦，毫無知識分子的矜持。吃飽了，我要帶頭去洗碗收拾，卻被主人家的女孩擋住了。

「你們歇著吧，我來！」女孩子說著就來搶碗筷。

「這番打攪，已是過意不去，哪能這樣添麻煩呢！」我說。

「不麻煩，」女主人說，「之後還要麻煩你們呢！」

「麻煩我們？！」我倒是願意被麻煩，但我真不知能幫她們母女做什麼。

「也算不得太麻煩！」女主人一邊解圍裙，一邊幫女兒將所有的碗筷都收拾進一個大盆子。

這時候女孩子說話了：「想請你們帶我和媽媽出去，我們早都想出去了，只是不知道路，林子這麼大，哪裡是個邊呢？我長這麼大還不知道林子外面是什麼模樣。」說到這裡，見母親使眼色，就趕緊閉上嘴，只往她臉上看。

母親並未生氣，朝女兒努努嘴說，「去，趕緊洗去，洗完了磨麵。我去林子裡看看套子，套上什麼野獸沒有。」

小磨坊在木屋的後面。矇眼的黑騾子拉著一副青石磨，一圈圈悶頭轉，稍有懈怠便被女孩吒喝一聲。簸乾淨的麥子，小山一樣堆在磨盤

密林深處

上，一點點從磨眼裡流下去，再從磨口流出來，用簸箕撮到一個竹編的大笸籃裡羅篩，篩下去的是麵粉，留在圓羅裡面的又倒回去再磨。如此反覆，一遍又一遍，笸籃裡的麵粉便漸漸堆積起來。

磨麵的技巧我是熟悉的，打小在老家就做過。幾個助手對其工序也不陌生，加之是和一個美麗的女孩在一起，爭著要去幫忙。年少免不了輕狂，男人就這點德性！我偏偏安排他們三個去熟悉環境，我自己幫著磨麵。

我和女孩分了工，她負責看磨子，我負責羅面。女孩做是很俐落，有空檔就打聽山外面的世界。她水靈靈的眼睛睜大了清純如泓，眨起來充滿期待，好像我描述的城市生活，是童話的世界。當我向她介紹外面的校園正時興跳「迪斯可」的時候，她竟然愣在磨道，差點被騾子撞倒。我的眼睛一酸，為她感到深深的悲哀：在大都市，像她這樣如花似玉的年紀，正是在父母跟前撒嬌的「公主」，在校園的文化氛圍裡浸潤薰陶的學生，這期間也能產生她人生觀的萌芽。她應該有同學，有朋友，甚至有男女生之間朦朧的感情。所以，當我起身扶住她時，便不無關心地問：「你叫什麼名字？」

「婷婷。」

婷婷？一個陌生而熟悉的名字。我像被電了一下，手一鬆，一羅篩麩皮翻倒進白麵裡，不得不重新過篩。我盡量使自己平靜下來，但在和麵的時候，還是禁不住老往女子的臉上看，打量她大大的眼睛，微翹的鼻梁和一頭黑長的頭髮，打量她黑馬甲上那一朵無名的紅花。我覺得她和我腦海裡那個同名的人確有幾分相像，又不是很像。要不是婷婷一直提醒我「梁叔叔快和呀」，我肯定自己會精神穿越，回到風華正茂的青年時期。良久，我漸漸平靜下來，才有一句沒一句的問：「你媽媽呢？你爸爸呢？」

「媽媽說小孩不能直呼大人的名字,她也不告訴我她叫什麼。她說爸爸在 W 市,可我打小就沒見過他,也不知道 W 市是個什麼模樣。我們想跟你們出去,就是要找爸爸。」

「這麼說,這家裡本來就你和媽媽兩個人?」

「以前也有人多的時候,後來那些人一個個死了⋯⋯」

「婷婷!」女主人拎著一隻死狍子來了,婷婷的話沒能說下去。母親讓女兒將狍子拎到廚房,然後去放一會兒馬,磨子她來看。顯然是來了有一會兒了,怕女兒口無遮攔,把她支走了。

「嫂子,你不是一直在山裡生活吧?」我知道女主人有強烈的防備意識,但後來還是抑制不住心裡的好奇。

她的回答倒是乾脆:「深山野嶺,誰好好的跑這裡幹什麼!」

「那,你的故事能告訴我嗎?」

女主人愣怔了一下,突然問道:「你們幾時離開?」

我忽然覺得自己的好奇心未免有些唐突,好像衝撞了人家,趕緊賠笑說:「不會打擾你很久的,兩天,最多三天。」

「哦!」女主人應著,卸了磨,牽上黑騾子出去了。

我像個犯了錯的小孩一樣,傻傻地呆了半天,這才將半笸籃細白細白的麵粉裝進面袋,扛進主人家的廚房。

密林深處

3 篝火與幽夢

　　山裡天短，不一會兒便暮色瀰漫。

　　女主人將狍子剝了，然後開膛破肚，取出內臟，丟在一塊很大的面板上。其手法嫻熟，動作俐落，簡直就是一個老屠夫，看得我頭皮抽搐，兩眼發直。接著，她將大卸八塊的狍子肉剁成肉末，和著自種的小蔥和白菜，要用剛磨的新麵粉打餡餅。我趕緊招呼大家一起幫忙，劈柴的劈柴，燒火的燒火，揉麵的揉麵。女主人起先還謙讓推搡一番，可看我們也是一片誠意，就沒再堅持。

　　人多好做事，這頓飯很快就做好了。

　　年輕人愛熱鬧，加上長期野外工作的人性格多外向。小韓提議在木屋前的空地上，生一堆火，用一次篝火晚餐。女孩不知道篝火晚餐的意思，經我一解釋，她就興奮得眉飛色舞。

　　門前有三塊燒黑的大石頭，女孩說是煮肉時架小耳朵的。我們把樹枝和木塊架在上面，用一把柴禾隨便一點，火借風勢，篝火就呼呼啦啦燃起來了。助手們拿來午餐肉、鮪魚、糖水梨罐頭，加上主人剛烙的餡餅，全部擺在野營的白布坐墊之上，我還特意開了一瓶酒。有酒有肉，有熱有涼，還有我們帶的卡式錄音機，這就是神仙狂歡的日子了。大家吃著，喝著，唱著，跳著，互相嘲笑初見時的尷尬。幾個年輕人可著勁兒在女孩面前獻殷勤，又是介紹錄音機的奧妙，又要教人家跳舞，又要教人家唱歌。我覺得「代溝」這玩意兒還是確實存在的，就藉口鬧肚子離開了。

　　「你怎麼回來了？」女主人問。她沒有參加聚餐，說是還要準備明天

早晨的吃食，還要餵騾子餵馬，等等。可當我要進屋時，卻發現她半個身子斜倚在門框上，一直在看著篝火旁的熱鬧。火光的映照下，依稀可見她的眼白一閃一閃的，泛出一些晶瑩。

我於是說：「上年歲了，沒有年輕人那麼想湊熱鬧了！」

這句話大概說到她的心裡去了，她輕輕地笑了，像我的助手一樣稱我「梁老師」，還說：「看著還不老，不至於。」

她說的對。我的心其實還不老。我見她有意識與大家保持距離，就想找她聊聊，聊聊她不讓女兒說的事情。我在門檻上坐下，問她：「附近還有人家嗎？」

「人家？」她反問了一句，黑暗中給我一個大背身，旋即又轉過身來。

女主人的這種反應，讓我鬆下來的心又一下子緊了起來。山是如此深幽，地是如此偏僻，母女倆弱女子家家，她們是怎樣苦度歲月的？日常生活物資哪裡來？女孩子鮮亮的衣料哪裡來！女孩那個不負責任的父親，怎麼能將妻女扔在深山老林裡，獨自在外闖蕩，或者尋歡作樂？這樣的父親，也許沒有更好。既然女兒說沒出過山，那一定是母親跑出跑進了。他將女兒一個人留在山上，能放下心嗎？可是，女孩剛才又說他們不知道出山的路……難道她們是蒲松林先生筆下的狐仙，抑或是我個人的胡思亂想的夢魘？我不由自主站起來，睜大眼睛，想要把女主人仔細端詳，看看她到底是人、是鬼還是仙。

「老皮糟糟，黑燈瞎火，有什麼好看！」女主人被我盯得不好意思了，頭一低，兩隻手用力捏著衣襟，似乎有些哽咽，須臾就起身，將自己關在廚房裡了，任我怎麼敲都不開門。這就又奇怪了：一個老嫗，我也沒對她有什麼輕狂的舉動呀！笑話，我能對她有什麼想法？

密林深處

　　我無奈地回到年輕人的世界，同他們拉著手，踩著鄧麗君〈阿里山的女子〉的節奏，圍著篝火跳舞。跳累了，又坐下來划拳，喝酒。直鬧到山藹退去，月牙當空，女主人出來招呼大家歇息，似乎還意猶未盡。

　　睡覺前，主人燒了一大盆水，讓我們大家洗腳解乏。桌子上點了好幾支蠟燭，但空間太大，那微弱的光亮猶如螢火一般。我們都自己帶有臉盆，就圍著木桶坐了一圈，摳著腳，感念主人的恩德。但一躺在床上，一個個就像福爾摩斯的徒弟，又像是從《十萬個為什麼》裡鑽出來的，你一言我一語，紛紛探究起房東主人的來歷。小韓來自新疆兵團最靠邊界的農場，對敵鬥爭的意識還是很強烈的，他覺得老女人絕對不是一般的山民，應該是個有讀過書的人，看她端槍，看她家裡粗陋但擺置有序的陳設，尤其是那把擦拭得明鏡一般的茶壺，也是個具有多重人格的。小劉來自甘肅敦煌，對小韓的大驚小怪嗤之以鼻，他認為她跑到這與世隔絕的深山裡隱居，不就為等著為我們這些植物研究人員做飯嗎？小趙是山西呂梁鄉下農家子弟，說深山裡面的人，大都是戰亂年代躲進去的良家好人，他老家旁邊住的一家人，就是前幾年黃金勘探隊從深山裡帶出來的，兒子和女兒都快四十了，老頭見人頭一句問的是：城裡的日本鬼子還在嗎⋯⋯「一群膽小鬼都給我閉嘴！睡覺！明天還要工作呢！」我的語調不高，語氣卻是硬梆梆的。年輕人見仁見智，本來無可厚非，但我們住著人家的，吃著人家的，還這麼竊竊私議，懷疑這懷疑那，木板縫子不隔音，讓主人家聽到多難堪呀！

　　我雖然制止了他們無休無止的探究，自己的心潮卻此起彼伏，難以寧靜。「田」字格小窗透進一抹月光，迷濛得近乎哆嗦。吸進鼻孔的空氣，多少有一些黴腐味。兩隻掉了小腳趾的殘腳，突然間隱隱發痛。我起身搓搓雙腳，又把被角捏捏，將腳護好。

人冷先冷腳。山裡夏夜寒。

年輕人心裡不擱事，一個個都睡熟了。鼾聲、磨牙聲和放屁聲，猶如黑暗中節奏舒緩的交響樂，與房簷上老鼠奔跑跳躍的舞步，天作一般和諧。遠處傳來狼和狐狸高亢的歌唱，彷彿一曲低吟中凸起的男高音。我突然覺得靜夜的狼嚎狐哀，沒有先前那麼肅殺瘮人了，相反倒覺得是我們人類貪得無厭，擠壓了動物的生存空間。這近乎生物學家的冥想，好像反射到了狼蟲虎豹的心底，它們被深深地感動了。依稀彷彿之間，一群穿著光鮮的五脊六獸，簇擁著我來到一個闊大華麗的宮殿。猢猻獻果，妖仙舞袖，魑魅飛竄，蛇蠍山呼，好一派魔鬼狂歡的喜慶景象！

我不知該是高興還是害怕，也不知此處是天堂還是地獄，腦袋渾渾噩噩，身子輕輕飄飄，眼睛一閉一睜，世事天翻地覆。倏忽間躺在一個溫暖的木板床上，軟和的棉被散發著長絨棉淡淡的草香，被窩裡還殘留有妻子溫柔的體馨。初夏的晨光從貼著喜字的窗玻璃透進來，在半開的窗簾上暖洋洋地散開，溫潤，鮮亮。新婚的妻子于婷婷背對著我，靜靜地坐在窗前梳理頭髮。一束黑色的瀑布，自由地飄落在粉紅色的睡衣上，飄逸，性感。鏡子裡的面孔像大街上的電影海報，泛著新婦半羞半媚的溫柔。大約是聽見了我伸懶腰的響動，她輕輕甩了一下頭髮，側轉身子，莞爾一笑，拿梳子的手還按在額角，半露的手臂在頷下勾出一個斜斜的三角。黑瑪瑙似的大眼睛，裡裡外外都透著迷人的韻味。

「醒了？」她的長睫毛一揚。

「這一覺睡的，舒坦！」我打著哈欠坐起來。

「我煮了蔥棗薑湯。你昨晚回來嗓子就有點啞，大概是在野外著風了。」

婷婷說著，用一塊真絲手絹先紮住頭髮，就往廚房端湯去了。

密林深處

　　一絲幸福的熱流，霎時流遍我的全身。我的精神有些亢奮，禁不住坐在床邊，扯著嗓子唱起歌。等婷婷端來薑湯，我並不去接，而是伸手將她攬在懷裡，讓她餵我喝。她小喝一口，試試不燙，就一勺一勺餵我。我被薑湯嗆著了，鬧著要報復她，順勢和她滾在床上。她羞報地喊著「別鬧，別鬧」，雙手卻緊緊摟著我的脖子。我覺得胸口有個硬梆梆的東西頂著，一摸是湯碗，就手便扔了出去——不能讓一個湯碗影響了蜜月的魚水之歡。

　　樂極往往生悲，世上的偶然也許都是必然的。千不該萬不該，那湯碗不該落在桌子上，更不該將一個白瓷領袖塑像撞到地上，「啪——」地一聲，摔碎了。在那個把領袖供到神壇上頂禮膜拜的瘋狂年代，這可是不小的麻煩。我們當時都嚇懵了，身體裡的荷爾蒙之類的東西蕩然無存，雙雙傻坐在床上，面色蠟黃，六神無主。過了很久，我才一把推開她，趕緊下床「毀滅罪證」。

　　我將碎瓷片包在一個舊信封裡，與家裡的菜葉爐灰一起倒進路邊的垃圾箱裡，回顧周圍沒人看見，一顆吊著的心才算落地。

4　閃光的青春

小橋流水人家，翠竹漁歌荷花。

我和于婷婷都生長在江南水鄉。上小學時，我從水塘中撈起了竹子編的風車給她，自此，我們就不知不覺地親近了。有一位打舊社會過來的老先生，說我們倆的生辰八字是天作之合，兩家就高高興興定了娃娃親，雖然年幼的我們對於親事還一臉懵懂。

于婷婷小我兩歲，屬於乖巧又善解人意的那一類，很難從她嘴裡聽到甜言蜜語的話，但一笑一顰都滿含濃情。我們分別從農學院和衛校畢業，雙雙分到了上海，下班後就相約去外灘看浦江的船帆。那一年，去新疆探索沙漠奧祕的科學家彭加木到上海作報告，聽得我們很激動。之後，他的事蹟成天見諸於報端，更是激勵著我們熱血沸騰。因此，單位一動員，我們就雙雙報名支邊來了，生怕誰落在誰後邊。

我在林業科學研究所工作，所裡的長官都是軍隊轉業幹部，業務由幾個舊政府時期的知識分子負責。長官要求我們幾個支邊青年教一下就社會的人。可交往一段時間，我覺得這些老前輩醉心業務，人品都不錯，就和他們成了忘年交。在他們的指導和幫助下，我很快取得了幾項科學研究成果，還被評為市級勞模。

于婷婷到一家綜合醫院當醫生，常常要隨醫療隊到農村牧區巡迴醫療，一別就是幾個月。為了國家建設和革命事業，我們自己的婚事拖了許久才辦。

幸福總是短暫的，雖然人生相對漫長。蜜月還沒度完，我就成了道地道地的「反革命分子」，被判了無期，關進監獄。我知道自己是「罪有

應得」，後悔慌亂之時沒有注意裝瓷片的信封，是一家雜誌社郵寄期刊所用。我兜攬了「不忠不敬」的全部責任，只希望妻子不要受到傷害。

在古爾班通古特沙漠的腹地，一個沒有圍牆但休想跑出去的監獄農場，我和幾個年輕犯人被安排夏天脫土坯，冬天篩沙石，年復一年，做的全是重體力勞動，所有的貢獻都在一排排新蓋的監舍裡。沒有人探監，也不許與外界通訊。我抱著篩不盡戈壁石不死的念頭，讓監獄轉給妻子一封信，宣告與她離婚，請她自己保重。

十年後，我被無罪釋放，但被要求夾著尾巴，說我錯誤還是有的。有就有吧！一個叫魏知的管教幹部，在送我出沙漠的車上，將我寫給于婷婷的那封信又交給了我。他說當初沒有找到于婷婷，長官也不讓將信退還。

我一把撕碎那封信，把一場噩夢黏在飄飛的紙片上，落進了荒無人煙的沙漠。

我到醫院找妻子，物是人非的醫院沒有提供一點有用的消息。我回到闊別多年的家鄉，一方面探望父母，更重要的是尋找于婷婷。我遍訪雙方的親戚朋友，他們都說沒見過。回家的印象就是被父母責罵了一頓，被妻弟暴打幾拳。我只好把政府賠償的冤獄費全部留給雙方父母，隻身又回到令人愛恨交加的 W 市。回來後聽婷婷的一位前同事說：前幾年有人拿著于婷婷開的藥方來醫院買藥，雖然沒有署名，但于醫生的字她是認識的。她當時不敢打聽，多看了買藥的人幾眼。那人一副牧民打扮，漢語說的不是很溜。會不會是于醫生在牧區巡迴醫療時，救下的那位難產產婦的家人呢？牧區天高皇帝遠，躲藏幾個人，還是很容易的。

聽到這個消息，我彷彿快要淹死的人抓住一把救命的稻草，急忙向單位請假，去阿勒泰牧區找人。我們所長和書記是一對慈祥的老頭，強

調現在撥亂反正，我和妻子都是政治運動的受害者，讓我放心去找尋，找不到人別回來！

從 W 市到阿勒泰牧場，要坐幾天汽車，再坐幾天馬車，還要徒步走幾天。由於心裡裝著心愛的妻子，又有多年監獄重體力勞動練就的身板，我在烈日狂風和爬山涉水中，一點都沒有感到艱難。

然而，我不但自己失望，還讓長官失望了。于婷婷沒有去牧區，反倒是牧民一家聽說于醫生失蹤了，傷心地哭鼻子抹眼淚。返回的路上，趕上一場突如其來的暴風雪。在齊腰深的雪地裡摸爬滾打一夜，又累又餓，幾乎要被凍死了，幸虧那戶牧民趕來救了我。我在他們充斥著馬奶香味和羊肉腥羶的帳篷裡休養了半個多月，但我的兩顆小腳趾從此沒有了。

福兮禍所伏，禍兮福所倚。我成了殘疾人，在十年的業務荒廢之後，卻被委以主管業務的副所長重任。有點滑稽！我擔心自己難以勝任，書記和所長都不高興了，扳著指頭數給我聽，原先的領導人，死的死，退的退，失蹤的失蹤，山中已是沒有老虎了，只好牽你這隻猴子，你就別推辭了！

官位有了，待遇也有了。房子換成了大的，還有人送水、打掃辦公室。但我是個做業務的，端不起架子，耍不了威風，還是和老百姓打成一片，平時他們誰也不拿我當長官待，有事沒事還到我辦公室瞎摸。動亂之後，百廢待興，做研究，做規劃，帶學生，我這個身殘志不殘的副所長，又被評上了研究員。我被名利和事業忙得屁打腳後跟，找人的事情只好暫時放一放。

冬去春來，順風順水。突然有一天，當年那位叫魏知的管教幹部領著一位女記者來造訪，我緊張地出了一身冷汗，不知什麼時候又闖惹到

密林深處

誰了。誰知魏知已經調到市裡當了派出所長，那位女記者是他妹妹，叫魏欣。他們開著一輛偏三輪摩托車，連拉帶扯將我拉到紅山公園。紅山是橫亙W市的一座石頭山，東頭緩連戈壁，西頭陡立河灘，早年在懸崖頂上還修了一「鎮龍寶塔」，意在鎮住河神。據說河神就活躍在山下的W河裡，曾經屢次作亂引發洪水。前些年政府撥款引水，在山上栽了一些樹，又修了牌樓和亭子，圈起來就是公園了，常有青年男女在亭邊樹下談情說愛，照相留念。

警察和記者兄妹倆當然不是帶我來散心的。據說政治運動那些年發生過多起「跳紅山」事件，死者多為年輕人，有男有女，有政治原因，也有為情所困的，猜想于婷婷也在其中。死者都被公安收屍火葬，骨灰就埋在東邊不遠的戈壁灘上，現在也沒有什麼高技術，無法甄別誰是誰。女記者想就那些死難者寫一篇報告文學，提醒人們珍惜安定生活，防止社會動亂，希望我能提供一些幫助。

我很不樂意，又不好推脫，脆弱的心靈被甜蜜和痛苦交叉拷問。

一個晴日白晝交替的時刻，我在魏欣的陪同下，到戈壁灘的一群亂葬墳前祭奠亡靈。她找了一輛馬車，並幫著我備齊了香燭紙蠟。馬車伕是個達斡爾老人，十分講究燒紙的時間，一再強調在天擦黑的時候，神鬼還沒有出動，人把紙錢化了，等夜裡鬼神一出門就能看到。我虔誠地相信他的說法是有道理的。

昨日恩愛夫妻，今朝陰陽兩界。

亂葬墳在一片公墓旁邊，沒有墓碑，寸草不生。墳堆一個個又瘦又小，有的就是幾塊沒被風吹走的石頭堆在那裡，石縫裡藏著醜陋的蜥蜴。

我傷心而且迷茫，想哭，但不知該去哪個墳頭。忽然想起蘇軾悼念亡妻的那首〈江城子〉，不禁順口唸了出來：「十年生死兩茫茫，不思量，

自難忘。千里孤墳，無處話淒涼……」

　　女記者怔怔地看了我好長時間，有點吃驚的樣子，大概覺得我一個做林木研究的，不配有東坡先生那樣的情愫。她和車伕一起陪著我，撿了許多小石頭，在幾個墳堆之間的空地上擺成一個圓圈。我小聲地唸著于婷婷的名字，將紙錢都化在圈子裡，希望婷婷在第一時間看到我的心意，也希望她在那個一切都「向錢看」的世界，不至於為柴米油鹽所累。

　　魏欣與我打了幾天交道，突然說看到我對亡妻的真摯感情，很難得，很感動。她想替故去的于婷婷安撫我那受傷的心。

　　魏欣是個老女子，三十幾歲，下鄉期間因為表現好被推薦上的大學，畢業後高不成低不就，把自己耽延至今。她肯俯下身段向我表白，猜想也是與他哥哥商量過的。她表達得很婉轉，婉轉得如同她只能違心恭維的長相。本來我對憑老繭和「反潮流」走進象牙塔的所謂大學生不大感冒，雖然已經人到中年，雖然不是第一次相女人，我還真沒看上比我小十來歲的她。但她的報告文學登了報紙一大版，敘事簡潔清晰，成因分析透澈，文筆流暢犀利，足見其文字功底不淺，讀來欲罷不能，掩卷令人長思。我突然覺得她的長相其實也還對得起觀眾，關鍵是肚子裡有墨水，是典型的「心靈美」。我們就去登記了，簡單地舉辦了一個婚禮。

密林深處

5　白骨刺墳墓

　　夜裡沒有睡好，第二天突然發起燒來了，我感覺渾身乏力。一點食慾都沒有。助手們急得不行，女主人更是坐臥不寧，他摸過我的額頭，看過舌苔，才長長的舒口氣。

　　「感冒了，不打緊。」女主人還真有醫生的做派，轉身從她的屋子裡拿來一小瓶感冒藥片。我像是突然得了神經病似的，眼巴巴地看著她做這一切，直到婷婷送來開水，催我吃藥，紛繁的心情還不能平靜。手捧著只有在藥店、或者醫院才能買到的白色的藥片，我在想，她一定還沒有割斷與城市的連繫。

　　因為身體的緣故，這天我沒出去。女主人讓婷婷幫我的助手們帶路，自己留在家裡照顧我。吃過藥，女主人熬了酸辣湯給我喝，又壓兩床被子讓我發汗，到下午，我便感到身體輕鬆了許多。趁她出去的空檔，我一個人蹓躂到房子下邊的山溝裡。

　　大森林的賜予是豐厚的，這裡有個水潭，闊有十來平方公尺，是人工修建的。潭水從幾塊大石頭的縫子流出，流進下游灌木掩蔽的沼澤。溪水很清，也很涼。小溪岸邊，種著各種蔬菜，黃瓜和豆角都在架上，茄子、辣椒和番茄隨便長。一塊百十平方公尺大小的地塊，翠綠的馬鈴薯苗正開著白色的小花。山坡上是主人家的一匹馬和兩頭騾子，邊吃草邊嘶鳴嬉鬧。

　　這不是一個世外桃源嗎？我正信步亂走，飛思遐想。突然眼前出現了一匹綠眼睛的大灰狼，在幾支凌亂的樹枝後面，猙獰地冷笑著，來回踱摸，一點也不理會我這個人。我的自尊心受到莫大的蔑視，氣不過，

撿起一根樹枝吼叫著奔了過去。大灰狼應該是害怕了，轉身跑了幾步，見我並沒有想像的那麼威猛強大，又改成不緊不慢的步伐，三步一回首，戀戀不捨地走了。

狼戀著什麼呢？我撂下樹枝，心有不甘。突然發現腳下的地上有人骨，一根脛骨上還連著一些尚未風乾的肉皮，猜想死者離世的時間不會太長。在離人骨不遠的地方，還有三座墳墓，其中兩座離得近，另一座稍遠些。墳土還很新，上面剛長出一些青草芽。每座墓堆的後面，都插著一根人的脛骨。骨頭上分別刻著：劉玉芬大姐之墓，王蘭小妹之墓，胡秋花之墓。

我本能的打個寒戰，心中越發的亂了：難道這母女倆真是母夜叉似的人物？它們的熱情和款待是不是為了化解我們的警惕，或者將我們養得肥一點再殺？我們考察小組會不會遭到她們的暗算？我甚至懷疑她給我吃的藥是否有毒。是啊，母女倆都未出過山，附近又無人家，藥從哪裡來？這個問題確實複雜，這裡埋的，都是些什麼人？為什麼要用人骨做標記？哦，在劉玉芬墓旁的一顆松樹上，還插著一把大刀，刀面上有凝固了的血跡，刀把上掛著一塊木片，上刻一行小字：王發財，野獸！

「哎呀……梁老師，你怎麼轉到這裡來了？」女主人走了過來，神色慌張，很不自然。

「做我們這行的，就喜歡到處轉，尤其是對奇異的東西感興趣。」我說，有些生硬。須臾就直接問起了這三座墳墓的事。

她的臉色更加難看了，幾乎變得煞白，肩膀在顫，身子在抖！撩在青布衫襟的大辣椒和番茄全掉在草窩裡，兩顆晶瑩的液體盈出她的眼眶，眨眼之間，順著皺紋縱橫的黑臉，滾落下去。過了一會兒，她似乎平靜一些，才喃喃地說：「劉玉芬大姐、王蘭小妹都是我的難姐難妹，胡

密林深處

秋花也是個可憐人,她們都是被王發財殺死的。」

我指著那把帶血的刀問:「那王發財呢?」

「被我殺了,剝了,剔下的肉餵了狼,骨頭給姐們做了墓碑。」她說,突然語氣冷冷的,咬牙切齒。「那個王八蛋,到W市查出得了不治之症,估摸著來日無多,回來就亂打亂殺,一會兒就殺了他的兩個同夥。然後讓我們酒肉伺候,他要再當一次新郎。什麼新郎?他要蹂躪我的女兒,一直喊他爸爸的婷婷。我當然不能成全他,用命也要保住孩子的清白。但我知道王發財凶狠毒辣,不能簡單蠻幹。那三個女人也料定王發財會在臨死之前殺了所有人,便與我一起行動。我們借給他洗澡的機會,刀子棍子一起上,沒想到那傢伙在腦袋上捱了一棍子後,竟然站在木盆裡連續殺了劉玉芬大姐他們三個。我用盡渾身力氣,舉刀向他砍去,被他一閃,奪了刀,而且把我拽倒了。在他跳出水缸,單手揮刀,正要把我一刀兩斷之際,槍響了。婷婷一槍打中了王發財的胸口,他手中的刀掉了,還在趔趄著掙扎,我趕緊爬起來給他補了一刀。」

「哦?」我又有點吃驚。

「罪孽呀,這都是罪孽!」女主人突然又淚流滿面,哭著撲倒在「劉玉芬大姐之墓」上,雙手用力抓著黃沙土,悽慘的聲音在空曠的山谷迴盪,「大姐呀,你們死得太慘了⋯⋯」

我的眼睛有些發潮。第一次和一個悲痛欲絕的女人在一起,真不知該怎麼勸慰,我甚至後悔自己的唐突。幾十歲的人了,話說的直通通的,也不管人家有什麼忌諱!我走過去扶她起來,勸了一陣,她轉身回屋,我也跟了過去。

我很好奇事情的來龍去脈,卻不知該怎樣提問。女主人在廚房裡忙來忙去,似乎想借做事驅趕煩亂的心情。我只好一個人躺在床上,冥想

各種故事的情節。我感到這木屋的光線太暗，暗得讓人壓抑。那只有兩本雜誌大的小窗戶，根本透不過多少光，門口還有一顆華蓋如巨傘的大松樹遮擋，就更暗了。

屋前有人說話，是我那些助手的聲音。他們正抬著一隻不小的梅花鹿走回來，一見我就誇婷婷的槍法準，只一下，槍響鹿倒。

我誇讚道：「婷婷一個女孩子家，這麼小就能打獵了，真了不起！是媽媽教的吧？」

「不是！」原本洋溢在婷婷臉上的喜氣頓時煙消雲散，一雙大眼目不轉睛地看著母親。母親被她盯得沉不住了，就板著面孔撂下一句：「是野獸教的！」

大家一愣，旋即哈哈大笑。他們是笑山裡人的幽默和詼諧，要是沒有野獸，哪裡會有獵人呢？但只有我心裡明白，此「野獸」非彼野獸。那個披著人皮的野獸，也曾經是個假冒的父親。

人們的輕鬆愉快，很快便被鹿肉的鮮香味給融化了。冷不丁外面突然明晃晃一閃，照得白晝一般，緊接著房頂上響起一聲炸雷，震得人心驚肉跳，頭皮發麻。不多時分，銅錢大的雨片由稀到稠，「嘩啦嘩啦」砸了下來。我突然想起主人家的馬和騾子還在山上，指撥小韓和小劉去找。兩個年輕人正準備穿雨衣，被女主人攔阻了。

她從鍋裡撈出一條鹿腿，用筷子紮了扎，然後衝著我咧嘴一笑，露出潔白的牙齒：「放心吃肉吧，老馬識途！」

6　悲慘向誰訴

　　在山裡的最後一天，我要出去工作，女主人死活不肯，總說我身體還沒恢復。拗不過，又見她黯淡的眼光裡充滿真誠和慈祥，我就恭敬不如從命了。

　　她請我坐在粗獷的長凳上，又是泡茶，又是遞菸。菸還是「中華」牌，可我沒有抽菸的習慣，即使在監獄時也沒抽過。她又熬鹿茸湯，熬好了，在上面撒幾片蔥花，眼巴巴地看著我喝。我真誠道地著感激，眼光一碰觸到她的視線，她就馬上別轉臉去，讓人真不知說些什麼好！

　　她問了我很多問題，聽到我在監獄所受的苦難，她不停地擦淚，聽到我對妻子的懷念，她不停地嘆息，聽到我當了幹部，她又為我祝福。有時我簡直胡思亂想一通，被理智叫醒後又做出這樣一個判斷：她有話要對我說。後來他出去了片刻，進來後突然提出：「梁老師，你收我們婷婷做乾女兒，行嗎？」

　　我做夢也沒想到會在森林裡撿個女兒，猜想回去後魏欣也會高興的。我承諾會幫著婷婷找父親，只要他還在人世。

　　她激動地看著我，眼圈紅紅的，忘情地伸出雙手，拉住我的一隻手，握得緊緊的，兩行熱淚順著臉頰流到了下顎，掉到我的袖子上。她咬了咬嘴唇，接著說，「雖然是乾女兒，我會叫她像親爸爸一樣伺候你的。」說著說著，竟然「嗚嗚——嗚嗚——」哭泣出聲，忘情地枕在我的手臂上。

　　我一時不知如何是措，推開吧，看她那激動的樣子，不忍；就這樣讓他偎著呢，又覺得渾身不自在。我都四十五歲的人了，魏欣生的兒子

已經三歲，這會兒要是讓誰看見，傳到她耳朵，又怎麼說得清，何況她是一個白髮蒼蒼的深山女人，我們的房東！

我總算安慰了她，不哭了。可我再也憋不住滿腹的疑團，竟又直通通地問：「嫂子，你到底是怎麼到這裡來的？看得出你心裡很苦，你把你的苦水倒出來吧，我答應你，我會像掌上明珠一樣寵愛乾女兒。我們現在是乾親了，你有什麼委屈就告訴我吧！」

「提起來話就長了。」女主人堅決不讓我喊他「嫂子」，抹一把臉上的淚花，整了整銀白的頭髮，喃喃地說，「我哪裡料到，在文明社會生活了近三十年後，又過了十幾年，近乎畜生的生活。我有過幸福，有過歡樂，也有過自己的事業啊！」

女主人轉過身背對著我，一開口就顯出絕非一般山民所有的口才和氣質：「我受過良好的教育，和你妻子一樣，也是學醫。我和我的未婚夫一起從口裡來新疆支邊，哦，他姓楊，是學水利的。我們愛的很深，誰知那年我們結婚不久，他就被抓去坐牢了。但監獄在哪裡，沒人告訴我，無論我多想探監，都是癡心妄想。一夥流氓無賴，成天賴在家裡，逼我交代同「罪犯」同流合汙的罪行，有一天竟強扒下我的衣服，讓我赤條條的站在他們面前，這個摸一把，那個揉一下。我嘴裡罵著「無恥」、「下流」，羞得閉上眼用雙手護住下身。」

「我年輕時雖不能算漂亮，卻也曾讓醫院不少人嫉妒。我受不了這種侮辱，得不到丈夫的消息，身邊又沒有一個親人，差點沒愁瘋。一天，有個流氓突然告訴我，說我丈夫自殺了。他假模假式地說著安慰地話，卻一下子抱住我，用那噴著菸臭的髒嘴，在我臉上亂親。我掙扎不過，一口咬爛他的嘴唇，趁他捂著嘴在地上亂跳怪叫的機會，跑了出去。我在馬路上徘徊了半天，想來想去沒個活路，最後心一橫，不活了，到陰

密林深處

曹地府去跟丈夫團聚吧。」

「我住的離鐵路不遠，不假思索，就去臥軌。誰知火車快到跟前時，一個巡道工一腳將我蹬到路基下面。巡道工嫌我死也不找個清靜的地方，死在這裡給他找麻煩。他問我為什麼不去跳紅山，還說前幾天就有一個女的跳了，不管活著多痛苦多煩悶，一跳紅山萬事皆空，一了百了。感謝巡道工指出一條康莊大道，我鬼使神差，真的爬上了紅山。」

「初夏的夜很涼，我傷心的站在山頂，怎麼也擦不乾傷心的淚水，想到腹中的小生命，就是婷婷，已經一個多月了，我不禁痛哭失聲。我想那無辜的孩子是多麼可憐，為什麼不能呱呱墜地、沒見一天陽光就要隨母親去另一個黑暗的世界？哭著哭著，忽然一道亮光照在臉上，緊接著，幾個男人餓虎撲食似的，將我架起來。我哭，我嚎，我掙扎著要去死。他們咒我，罵我，用黑布矇住我的眼，用毛巾堵住我的嘴。我被土匪弄到馬上，昏了醒，醒了又昏，也不知過了幾天幾夜，就來到這深山老林裡……」

女主人說到這裡趔趄了兩下，身子失去了平衡。我趕緊起身扶住她，將她扶到凳子上坐下。她的臉色慘白，幾乎沒了血色，一雙眼睛黯然傷神，痴痴的看了我半晌，然後拉著哭聲說：「梁老師，婷婷的乾爸，能幫我倒杯水嗎？謝謝！我渾身睏乏，你餵我喝吧。桌子上有勺子！」

我已經完全進入她的故事，我覺得她和丈夫的經歷與我和于婷婷的經歷有著驚人的相似，要不是她說丈夫姓楊，我真有理由懷疑她就是我的婷婷。我機械地照著她的吩咐做，心中暗嘆這個女人的命苦，甚至比死去的于婷婷更苦。過了一會兒，我見她平靜一些，就問：「劫你的就是王發財這些人？」

「對。他們一共有四個，都是舊政府時期的憲兵。政權交替時覺得手

上人命太多，就逃進了山裡，還帶著一個妓女胡秋花。開始住的地方並沒有這麼偏僻，後來國營林場的伐木隊越逼越近，他們就越鑽越深。這夥人生活能力很強，他們一邊開荒打獵，一邊和胡秋花過野獸一樣的生活。他們將各種獸皮拿到 W 市去賣，回來時再買些糧食衣物和日用品。幾年之後，竟然買了四匹馬，四匹騾子，手上有大把花不出去的錢。他們常常為胡秋花爭風吃醋，甚至動拳頭。王發財是這四個人中的老大，最殘忍，最厲害，大家都叫他大哥。他有時用槍打狼，故意不打死，弄回來後，同其搏鬥半晌，最後用拳頭打死，自己弄的滿臉是血，還要大家說他是武松轉世。同夥的一直懼怕他三分，什麼事都得讓他的先。」

「有一年的秋天，這夥人到 W 市後，看見許多人都圍在紅山下面，看一具摔得血肉模糊的女屍。聽說死者只有二十歲，惋惜得直嘆氣。那一段時間，跳紅山的事已發生多起，他們便商定了一條守株待兔的計策，每次到 W 市，都要在紅山上守個十天半月。一年多，先後有六七個女人落入魔掌，我是其中之一。我們被弄到這與世隔絕的地方，像一部機器，被那些披著人皮的野獸擺布，即使生病都不能逃脫。有幾個性子烈的，或者撞牆，或者割腕，或者抹脖子，但死後屍體都扔到山林裡，做打狼的誘餌。」

「我剛到山裡時，半死不活，就被這夥流氓就迫不及待地輪姦了。等我有了一些氣力，哭著用頭撞牆，被胡秋花狠狠地抽了一頓鞭子。那時山上除了胡秋花，還剩下兩個女人。一個叫劉玉芬，原是大學老師，他的丈夫死在監獄了。另一個叫王蘭，是個工作不久的青年，就因為失戀，一時想不開，上天堂不成而下了地獄。她倆勸我逆來順受，免得像前面幾個被弄死，死得慘不忍睹。」

「我就這樣開始了煉獄一樣的生活。眼看自己的肚子快要顯形了，

密林深處

就說是懷了王發財的種。胡秋花問我帶著麝香怎麼還能懷上？我說我是醫生我知道，麝香也不一定誰都管用。實際上我因為孩子而重新鼓起生活的勇氣，怕流產，將她給的麝香用油布包了好幾層，味道根本散不出來。」

「王發財他們本來不想有拖油瓶的孩子，可一聽我有了，卻顯得很高興，這大概就是人的兩面性。他們幾個經過商議，將我們四個女人與他們配對「結婚」，白天一起工作，種菜、種玉米、打獵、做飯，晚上各回各屋，好像夫妻一樣過日子。我當然配給了王發財，因為他正等著當『父親』。」

「婷婷出生後，我因為厭惡王發財的獸性，自己在山上找了幾種草藥，偷偷吃了一段時間後，就變得臉黑皮糙，就現在這副老態龍鍾的樣子了。王發財對我沒了興趣，要拿我和王蘭換，他那個姓胡的把兄弟不願意，兩人在房子裡揮刀掄棒，打得你死我活，姓胡的受了內傷，苟延殘喘個把月，藥也沒少吃，最終沒扛過去，王蘭自然就被王發財占了。」

「自那以後，王發財就把所有的粗重工作都交給我。我白天帶著婷婷種地磨麵，做飯洗衣，晚上唱兒歌講故事，教她認字，還讓王發財每次出山時買幾本書和玩具回來。王發財高興的時候，就帶著婷婷打獵，時間就這麼一年一年捱過去了。婷婷一天天長大，我不甘心讓孩子就這麼毀在山裡，經常夜不成寐，很快頭髮都白了。王發財他們每次出山，我都假借送行，想跟著記下出山的路，可他們每次都留下一個人看著我們，沒有一次能跟遠……」

7　群狼的報復

「媽,我們回來了!打了一匹狼!」婷婷總是人還沒到,聲音先到了。

「你們還真有口福,今天小耳朵燉狼肉,就算給你們送行!」女主人衝我一笑,用袖口拭拭臉。

我們一起來到門口,但見小夥們抬著一匹大灰狼,氣喘吁吁,卻興高采烈。婷婷肩上扛著槍,走在前面,夕陽的餘暉照在她英氣的臉上,有如景陽岡上打死了老虎的武松。我不知這匹狼是不是我昨天覬覦我的那匹,我一個大男人沒傷到它一根汗毛,卻被一個小丫頭給收拾了。真是自古英雄出煉獄,從來富貴入凡塵。

「臭小子們,我們託房東主人家母女倆的福啊!前天狍子肉,昨天鹿肉,今天又要吃狼肉了。這狼肉以前誰吃過?以後你們誰再敢沒良心,說跟我出來盡受苦,今天就讓他靠邊站!」我笑呵呵說著,幫他們將死狼頭朝下吊在樹枝上,看著女主人肢解下鍋,也給她打打下手。藉著最後一抹天光,我特意看了看狼心,好像也是紅的,就不知人們為何將黑心人比喻為狼心狗肺。

三塊大石頭架著一口小耳朵,一匹整狼除了皮都在鍋裡。大家爭著搶著燒火,搗蒜,剁薑末,新月如鉤之時,就開始大快朵頤。

這是我有生以來第一次吃狼肉,機會難得。我舉著一隻小腿,蘸著和了野蒜和野薑末的汁,看起來粗獷野性,但品味得很是仔細。感覺著狼肉不肥不膩,似乎和狗肉的味道區別不大,但比牛肉還有嚼頭,還多少帶些酸腥味。正吃得投入,女主人端起一碗酒,要婷婷跪下磕頭,向我敬酒,行拜親大禮。

密林深處

　　我趕緊接過酒碗，一飲而盡，起身扶起婷婷，聽她叫了一聲「乾爸」，不知怎麼就眼眶一酸，眼前婆婆娑娑的。我尷尬自己沒有帶什麼禮物，就將隨身的一支鋼筆遞給婷婷，權且是個意思，答應出山後再給她買喜歡的禮物。

　　沒生沒養，平白撿個大女子。助手們一陣歡呼，逼著我答應出山後襬酒慶賀。女主人也眉眼含笑，熱淚盈眶。突然間小趙一聲驚叫，半晌說不出話來。我順他手指的方向看去，發現有一群灰狼，好幾匹，環顧周遭，還有好幾群，每群都有三四匹，十多匹惡狼已經將我們包圍。陰陽交割時分，狼的面目是猙獰的，眼睛是紅的，有的還張著血盆大口，已經做好了進攻的準備。

　　我有點怕了，這陣勢誰見過！偷偷瞥了女主人一眼，卻見她毫無畏怯之意。

　　「引火！」女主人很鎮靜，一點都不驚慌。她領著大家在周圍燃起六堆大火，形成一個不大的火圈，然後將狼皮扔到圈外。小韓它們又將兩把強光手電筒開啟，密切監視狼群。狼是怕火怕光的，自然不敢貿然進攻。但它們並不怕我們，仍在不遠不近的地方與我們對峙，只派了兩匹狼過來，一匹叼狼皮，一匹警惕地做掩護。我突然覺得狼這種群居動物的組織性，堪比一支紀律嚴明的軍隊，只是不知道它們會不會窩裡鬥。

　　銀月漸漸移上頭頂，狼群一點退卻的意思都沒有。女主人讓我們將沒吃完的狼肉連骨頭都扔出去，扔給狼，以期使這些畜生息怒。狼群嗷嗷地叫著，將同類的遺骸一一叼走，還是不撤。她又叫我們又撿起正在燃燒的木棒，高聲喊叫著，用力向狼群投去。這虛張聲勢還多少有點用，狼群哀鳴著，暫時退進了山林。

　　「趕緊回屋，小心狼群再次來襲！」女主人簡直像個指揮若定的將

軍，讓婷婷拉著我進屋，她自己最後一個進來。進門後，大家分頭關門堵窗，點上蠟燭和松明子，將房子裡能用的刀具都找出來，給四支獵槍都壓上子彈，然後集中坐在大桌子周圍，一個個屏聲靜氣，後怕得張嘴吐舌頭。我抹一把額頭的汗珠，發覺自己的襯衣已經溼透了。

午夜一點，並沒有聽到外面有什麼動靜，女主人認為警報可以解除了，讓大家回屋睡覺。可是這一夜我們誰都睡不著，大家被驚險刺激得亢奮了，一會兒回味狼肉，一會兒議論狼群，一會兒又壓低聲音分析女主人的身世。普遍的認知是：看她處驚不亂的樣子，很可能當過兵，訓練有素，八成是個隱居的特務。還有人提出，出山後將她們母女交給派出所。

我實在聽不下去了，便坐起來斥責她們：「看看看，我怎麼有你們這樣的學生？還有點良心沒有？人家母女像貴客一樣待我們的，我們怎麼能像那一群狼一樣呢！」小韓還不服氣，跟我強調什麼「糖衣砲彈」、「政治立場」。我一聽更來氣了：「滾蛋吧你！庸人自擾，異想天開，都給我把嘴閉上！」

「梁老師，梁所長，你還真生氣了？」睡我旁邊的小劉也坐起來，一連說了幾個「對不起」。

「我們是故意這麼說的，就是想知道她們的身世。老師你跟老房東在一起待了兩天，總不能把我們哥兒幾個都裝進悶葫蘆吧！這家人對我們好，我們心裡都鏡子似的。上了十多年學，又跟了你這幾年，『感恩』兩個字還是記著的。」

「這還差不多！」我在黑暗中感到些許安慰，長長地嘆了一聲。「唉，可憐的女人，悲慘的遭遇，她也和我的前妻一樣，跳過紅山的，只是當時沒死成。要不是為了女兒，我們也不會在這裡遇見她。睡吧，明天還要趕路呢！」

密林深處

　　大家都不再說話了，一會兒就聽見均勻的鼾聲。我也哈欠連連，不多時便周公摸頂，夢迴故鄉……放學了，回家了，回家的路上最開心！我們幾個十一二歲的孩子，放下書包，脫掉短衫，只穿一條短褲，相約到荷塘扣螃蟹。清清的小河在小鎮旁拐了一個大弓背，河灣被翠綠的蓮葉蓋著，粉紅色的蓮花星星點點。在荷葉的下面，藏著螃蟹、青蛙和小魚。小魚遊的太快，不好抓。青蛙一跳老遠，逮不著。只有螃蟹笨笨的，用一個小竹簍一扣就扣住了。小朋友們抓幾隻小螃蟹也不是為了吃，就是想看它橫著走路的樣子，一邊模仿，一邊互相打趣調笑。暮然抬頭，看見一個小女孩趴在月亮橋的欄杆上，無助地喊著「我的風車！我的風車！」

　　這不是二年級的于婷婷嗎？同學們都叫她「大眼睛」。她家與我家斜對門，門口是個藥店，她父親就在裡面坐診。平時我有個感冒頭痛什麼的，父親就帶我到那裡討藥。我手搭涼棚，往橋下一看，果然有一個竹子做的風車，落在一片蒲團般的荷葉上。我就手撥開荷葉，趟水過去，替她撿了回來。橋下的水沒到我腹部，兩條腿上全是淤泥。她眼睛一閃，說了一句「謝謝高潮哥哥」，就舉著風車跑下橋了。風車在她頭頂旋轉，轉的很歡。兩隻長長的辮子在她腦後飄閃，紅色的頭繩像兩朵美麗的荷花。小小的書包一蹦一蹦，拍打著她的小屁股。我不知何故一直看著她的背影，直到小夥伴們問我還玩不玩……

8　過往隨火燒

「砰——砰——」

兩聲巨大的槍響，驚醒了熟睡的我們。我第一個跳下床，提了一支獵槍就往外衝，剛到開了一扇的門口，就被婷婷奪了去。她很快又開了兩槍，小韓和小劉也跟過來，打出了槍膛的子彈。我這才發現一群狼正飛快地逃去，而女主人倒在門外，渾身已經血肉模糊。

「媽——媽……」婷婷撂下獵槍，哭著撲倒在母親身上。我們幾個趕緊上前，拉開婷婷，將女主人抬進屋。凶惡的狼將她的頭皮從頂上扯了下來，一直扯到嘴唇，眼睛和鼻子就成了三個窟窿。

我從來沒見過這樣的慘景，一時不知如何是好。倒是小韓迅速取出我們攜帶的繃帶，幾個人配合著，試圖將她的頭皮合上去，用繃帶纏緊。我們將她整個頭都纏住了，只剩下鼻孔和嘴。但見鼻息尚在，主人卻不出聲，不用說是痛昏過去了。

我迅速地冷靜了下來，吩咐大家收拾行裝，卸門板，綁擔架，盡快出發。時間就是生命，一刻也不能耽擱了！

婷婷已經哭得死去活來，小趙一個人幾乎按不住。我說：「孩子，現在不是哭的時候，你去找些媽媽的衣物，幫她裹上。我們趕快走吧！」

婷婷雖收住哭號，仍然啜啜泣泣，剛要轉身，突然聽見女主人發出了一陣獅吼狼嚎般的叫聲：「嚯——」大家都被嚇著了，我感到心房顫抖，振聾發聵。俯下身想安慰幾句，卻不知該說什麼。

女主人掙扎著用血淋淋的手，拉住我的一根食指，嘴唇顫抖了一陣，終於吐出一句清晰的話：「我是于婷婷！」

密林深處

　　我不由得打個愣怔，腦子裡一片混亂。「于婷婷？于婷婷！你是于婷婷！我的婷婷⋯⋯」等我明白過來，雙手緊攥她的手，想和她說幾句話的時候，她的鼻孔裡已經沒有進出的氣了。一種無以名狀的悲痛，像刀子一樣攪著我的心。我感到喉管膨脹，胸部憋著一團悶氣，眼前烏黑，辨不清東西南北，良久才撥出一口氣，呼叫著她的名字，哭倒在她身上⋯⋯

　　「不好了，廚房著火了！」

　　不知誰喊了一聲，助手們紛紛跑去滅火。結果火越燒越旺，眼見到蔓延到廳堂，蔓延到旁邊的屋子。滾滾的濃煙開始嗆得人眼痠咳嗽打噴嚏，小韓和小趙兩個人架起我往外拖，我提醒他們帶上資料，他們說小劉和婷婷去取了。我們前後腳跟蹌出屋，跌坐在昨晚燒狼肉的黑石頭上，一個個滿臉煙灰，咳嗽不停。

　　等大家緩過一口氣，劈哩啪啦的大火已經烈焰熊熊，從屋裡燒到屋外，不停地有大梁和椽子掉下來，連空氣都炙熱烤人。婷婷突然喊叫著要回屋背母親，被小趙死死地拽住了。

　　我再也控制不知自己的感情，輕輕地摟過婷婷，歉疚又痛愛地撫著他的頭說：「孩子，別去了，讓媽媽在烈火中永生吧！」

一九八五年十月寫於莎車

山鄉奇聞

山鄉奇聞

有個同學在偏僻小縣當鄉長,多次邀我到他那裡去遊玩,說是「地雖偏僻,風景倒也不錯。」於是,我便在一個春和日麗的週末,約了兩位朋友,驅車進山踏青去了。

從喧囂的都市出來,人頓感神清氣爽,嗓子的黏液也少了老多。進了山口,迎面一座峰,兩邊兩條溝;山坡上野花爛漫,溝底是一層一層的梯田。綠油油的麥子,已經長到一尺來高,正爭相伸頭抽穗。兩位黑衣黑褲白頭髮的老翁,蜷蹲在田頭,抽菸聊天。一頭黃牛就在他們身後,悠閒地吃著麥苗。

我因為問路停車,順便提醒老翁,注意牛在糟蹋莊稼。其中一個老頭馬上起身,滿臉的青筋爆得老高,沾著黃眼屎的眼睛瞪得溜圓,儘管佝僂的腰怎麼也直不起來,步伐卻出奇地矯健,幾個箭步過去,牽過牛就揮起長菸桿抽打,邊打邊氣急敗壞地罵道:「你這個不要臉的東西,早上剛給你配了犢,你就高人一等啦?你以為你是誰呀?你又不是鄉長,能走到哪吃到哪嗎?你,你還臥在這裡了!你又不是派出所所長,能走到哪睡到哪嗎?」

另一老頭接了我一支菸,夾到耳輪上,指了指右邊這條溝:「順路往裡走,五里地就到了。」

汽車在蜿蜒的山溝裡顛簸前行。

我們在車廂裡也沒閒著,反覆思索老頭罵牛的話,感觸深刻,頗多玩味。到了鄉政府大門口,看門老頭對我們熱情之至,一再誇讚他們的鄉長沒有官架子,平易近人,作風正派,處事公道,為人正直。我們剛剛生出的一點對老同學的種種懷疑,立刻煙消雲散。也許,在這風臭氣濁的官場,他還真是個清廉的鄉官呢!

老同學穿一件灰色夾克,正在跟幾個打扮入時的女人談話。他見我

們進來，馬上要起身相迎。我們幾個示意他繼續談，我們同學聚會乃私事，不必影響正常工作，就在門口的長椅上坐定下來，聽老同學接著開導他的子民。

「我們山鄉，自古山清水秀，民風純樸，男人老實，女人恪守婦道，你們怎麼就跑到城裡，做那些丟人現眼的事呢？說起來我都替你們臉紅，害臊，就算你們不為自己想，也該為家人想想，你們在外面風流快活，你們的家人，以後還能在人面前抬起頭嗎？」

不等他說完，早有一女的按捺不住，那抹有太厚脂粉的臉憋得通紅，兩道紋得過長過細的眉毛，氣成了倒八字，黑眼圈的眼珠都快要蹦出來了。只見她扭過頭，恨恨地往地上唾了一口。

「啊——呸！那是萬惡的舊社會，我們婦女地位低。如今年代不同了，人的思想要跟上。經濟發展道理很死，有錢才是大根本。你們當官見天撈，名目繁雜稅捐多。鄉統籌，村提留，一年要到二年頭。這附加，那攤派，要錢個個跑得快。多生兒女要罰款，沒錢牽牛去頂債。百姓見天要填肚，沒錢誰能給一口。山裡一片巴掌地，進城才知命在己。一不偷來二不搶，你情我願笑臉揚。無噪音來無汙染，利用縫隙求發展。不生女也不生男，不給國家添麻煩。日積月累有了錢，返鄉投資是鄉賢。秦時明月漢時關，不看人臉看錢面。到那時，你還能坐在這裡扯鹹淡！」

哇塞，好一個才女啊！簡直可以跟杜十娘、陳圓圓、小鳳仙、李師師等相媲了。我們都驚愕不已，以至於我的老同學，怎麼打發的那些女人，後來又怎麼領我們遊山玩水，都沒有多少印象了。

（原載《南方週末》一九九九年五月七日）

山鄉奇聞

「大三線」夜宵

「大三線」夜宵

山不轉水轉。

一向不被人放在眼裡的廠工會宣傳幹事冉傑，一下子成了大忙人。

自打下午一上班，認識或不認識的人，就像搶購彩色電視機似的，一波又一波地湧進工會辦公室，嘰嘰喳喳，吵吵鬧鬧，拉拉扯扯，差點把整座辦公樓都吵塌了。多虧廠長朱磊親自出面，把那些有來頭的和沒來頭的全部趕到樓道，冉傑這才關上門、靜下心，按照他的頂頭上司傳達的廠長指示，把紅紅綠綠的演出票，小心翼翼地分配到全廠十多個工廠、三十多個科室以及子弟學校、職工醫院、服務公司、托兒所、居委會等單位。

這是一場史無前例的演出。誰也說不上是哪一級的權威人物發了話，一個國家級的歌舞團，竟破天荒地踏足深山，來慰問「大三線」的軍工企業職工，而且來了幾位紅極全國的大明星。這無異於一聲春雷，一下子震動了平靜的山城。人們一覺醒來，忽覺默默奉獻的「三線」職工還是被重視的，企業在國家還是有地位的，這遠離大都市的山溝裡天也就寬了，地也就闊了，食堂的飯嚼起來也格外有味道，連老婆孩子也變得比過去可愛許多。

鬼吊的是也不知什麼原因，慰問演出只有一場，這又讓絕大多數人的心懸起來了。物以稀為貴。見識以人所未見才成為見識。試想能看上這場高規格的演出，那感覺，那身分，馬上就比別人高出一截，吹牛也有了更好的資本。所以這節目票的熱門程度，就像目前市場上的彩色電視機冰箱一樣，有眼的都瞪得大大地盯著，無目的也伸長了耳朵聽著，圍繞它所展開的角力與較量，差不多到了白熱化的程度。

廠裡為此專門召開了三次會議，每次都吵得不歡而散，每次都達不到任何協調，五位正副廠長、兩位書記都有工作重點，分管部門，人都

有三朋六友，七姑八姨，也都能找出一大堆照顧的理由；各個科室在地方都有關係戶，怠慢了誰都不行；工廠主任們則異口同聲：演出既是慰問「大三線」軍工，就不能喧賓奪主，所有的票都要保證發到職工手中。直到下午上班前，法人代表朱廠長直接拍板，爭吵才告一段落。方案是企業在當地住著，有好事不能私吞，給地方五百張邀請票，送十幾公里外的市區由政府統一分發；廠裡五千七百多職工和一千四百多離退休人員，不論職務高低，一律平等，四人一票，平均分配；若有剩餘，照顧學校，明天是教師節，算是對教師的慰問吧！分票工作由工會負責，其他人不得插手。

平心而論，冉傑對這個方案是十分贊成的，他覺得早該這麼定了，幾千人軍工大廠，菁英們放下生產經營大事，為這點雞毛蒜皮的破事，開那麼長時間的馬拉松會，實在是沒必要。但陳主席並沒有冉傑那麼樂觀，他以一個長者的口吻對冉傑說，「你別聽廠長吹牛，什麼幹部工人一律平等，什麼四人一票平均分配，要沒哪位長官的票，我們都交不了差，先撿最好的票給廠領導人和離退休的老廠領導人，各留一張再分吧！」

冉傑是個農村娃，從他往上數五代全是打牛後半截的，再往上就不知道了。他算是為冉家爭了氣，考大學考了三次終於考上一所並不出名的專科，畢業後分配到這個深山大廠，也算跳出了農門。冉傑雖然在廠裡舉目無親，又不黯世事，但他厚道老實，動手能力強，連續兩年被評為工廠先進，又寫得一手好字，又沒有廠裡子弟盤根錯節的關係，背景清爽，陳主席就把他調到工會機關，做些宣傳知識之類的工作。

離開工廠進入機關，是工廠許多小青年夢寐以求的好事，冉傑碰上了，不管是不是交了狗屎運，他對陳主席這個「伯樂」是非常感激的。又

「大三線」夜宵

因為陳主席跟他父親年歲相當，平時一直拿他當小輩看，「小冉」、「小傢伙」、「碎仔兒」地叫著，很是親切，所以對陳主席的指示他從來都是不折不扣的執行。在工會這一年多，他也先後經過幾件事，逐漸習得一些社會現象，心裡暗忖：還是陳主席想得周到，長官畢竟是長官，長官何時能與民眾平等？即使長官口口聲聲要與民眾平等，那也就是嘴頭說說給人聽，千萬不可當真。你若真把長官當普通民眾看，他不翻臉才怪，弄不好小鞋立刻就給你扔過來了。現實如此，誰又奈之若何？

冉傑板著指頭與陳主席一起掐算，一二三四五任幾套團隊在位的和不在位的廠長，出了一頭冷汗。天哪，頭兒何其多！更麻煩的是頭兒們的座位也十分難安排，老、新、男、女，互有矛盾的、關係曖昧的長、計較小事的等。冉傑聽陳主席幫長官排座次的理論，簡直比梁山英雄排座次複雜多了，於是他更加佩服陳主席，說到底薑還是老的辣，閱歷豐富的人，做事情就是不一樣。

大約分了一個多小時，各單位的票都分裝進信封，上面寫了某某單位多少人、多少票，陳福順才叫冉傑開門，招呼樓道那些人領票。各科室和基層單位來領票的大都是頭頭——這種幾十年不遇的好事，長官是不會大權旁落的。他們被從辦公室趕出來後一直堵在樓道，這會兒一見神祕了半天的門「吱呀——」一聲開了，立刻擠進來，餓狼撲食似的，搶到各自單位的票袋子就興高采烈，飛也似跑回去張揚去了。只有學校的體育老師馮國棟說票數不夠，要一一查對分票清單。陳主席不讓，他就找個理由和冉傑唇槍舌戰，吵了起來。這位黑大漢聲大氣粗，說話就像喊操，聒得朱廠長在二樓都坐不住，跑上三樓問究竟來了。

「你讓我們聞腥氣，別人吃肥肉，這算怎麼回事？」馮國棟一見朱廠長，就說他們幾個教師在一起計算過，連小數點後的四捨五入原則都考

慮進去，應該剩下三十八張票，可實際上只給他們加了九張。

　　朱廠長聽罷，一臉慍色。他這個人最講原則，不允許別人挑戰他的權威，也不容許任何人在執行他的命令時打折扣。何況自從實行廠長負責制以來，他常常處於中心地位，廠裡大小幹部眾星捧月般恭維著他，巴結著他，他的自負便多少有些膨脹。去年供應科長預測鋁價將會大漲，未經請示，擅自做主採購回一批鋁錠，原指望悄悄地給廠長一個驚喜。結果廠長不但沒有表揚，而且當即就給了該科長一個警告處分。科長辯解說純粹是為了幫廠裡省錢，到了朱廠長哪裡就成了一碼歸一碼。這會兒他明明是衝著陳主席來的，但又礙於陳主席的老面子，便厲聲責問冉傑：「為什麼搞成這樣？」

　　冉傑有點害怕，偷偷瞥了陳主席一眼，見長官對他使眼色，才勉強鎮靜一些，囁囁嚅嚅地告訴朱廠長，分票是按勞資科提供的職工人數計算的。

　　「我們也是按勞資科提供的人數計算的。」馮國棟不等冉傑說完就反駁道。

　　冉傑自知理虧，不吭聲了。還是陳主席老練，不慌不忙，翻過幾張報紙，然後把票單遞給了朱廠長。「廠長你看，這人數、票數都在這上面，你看若是給哪個不該發的人發了票，我們立即追回來。」

　　朱廠長又不糊塗，一眼便看出這張單子的名堂，更十分明白陳福順所謂「不該發的人」是指什麼人？他對工會這樣處理是滿意的，說穿了，他並不是為了解決糾紛才上樓來的，而且覺得他在會上定的分票方案有點絕對，弄不好，會得罪好些人，而有些人還是他不能得罪的。他多麼希望有人能給他找個方便的臺階下來，甚至想對陳福順暗示一下。這時候看到陳福順的處理辦法，猶如吃了一顆定心丸，一顆懸著的心立刻放

「大三線」夜宵

回肚子裡，卻又不好表什麼態，便對馮國棟說，「我看人家工會這票分的也沒什麼大問題，你先把票拿走吧，我下去讓勞資科和工會再核對一下，若真有那麼多票，我派人給你們送去！」

「那就讓校長來領吧，我才不背這口辦事不力的黑鍋呢！」馮國棟氣呼呼的走了。他走後朱廠長一連向陳主席道了好幾個謝。陳主席笑說：「廠長是做大事的，幾千人指著你發薪資吃飯養家呢，哪能讓你為這些雞毛蒜皮的事情分心！」說著拿上給長官預留的票，與廠長一起下樓去了。

冉傑經此一事又長一智，他正在辦公室回味剛才發生的事情，突然來了個矮胖矮胖的禿頂之人。進門就開啟一盒中華菸，自己點上一支，剩下的直接給了冉傑。冉傑不抽菸，更不想占這個人的便宜，就把菸遞回去，說：

「胡科長，你這是做什麼？什麼風把您老人家給吹來了？」

「東風！東風吹，戰鼓擂，現在世界上人求你！我是無事不登三寶殿啊，怎麼樣？幫老哥個忙！」牛人胡震靦著臉，一開口就滿嘴五四三的話。

「哎喲，胡科長，你這麼抬舉我，我一個小跑腿的，能幫什麼忙呢？」

「噫，這回你可不是小跑腿的了，你掌握著頂級文藝團體的演出票，就跟皇帝老爺手裡的生殺大權差不多，你成了大神了，重要人物了，連我老胡都不得不拜倒在你門下。老實說，這個忙還就你幫得了，給兩張票吧，就兩張。」胡震並不吝嗇給臉上堆笑，說著就拉開冉傑的抽屜，將那盒中華菸塞了進去。

「你們科的票，你剛才不是已經領走了嗎？莫非你這大科長還真學雷鋒，把票都給了別人。」

「我是有了,你分我們科室六張票,我這個科長不拿一張,那誰還敢拿!可縣裡商業局兩位朋友要看,我們廠菸酒需求量大,一直都有求於人家,所以這個票一定是要給的。」

　　「笑話,全廠近百之八十的人都沒有票,你還有心思往外給?」冉傑想。他跟胡震接觸不多,但聽說此人社會關係很廣,活動能力十分強,屬於七星高照八面玲瓏的角色。據說胡震原先在車隊開車,後來承包了廠裡的招待所,這一包就是十多年,社會上沒有他辦不了的事,歷任廠領導人沒有與他關係不好的。

　　這些年外面的物價年年漲,他的承包費不增反降,而且過幾年就要廠裡拿錢幫他裝修一次。廠裡職工意見很大,背地裡說什麼的都有,職代會上也有人提了查處他的議案,但一切最終歸於平靜。後來廠裡還進行了一次轟轟烈烈的招待所承包競標,可不管誰提出多好的方案,哪怕比他多交兩倍的錢,最終的打分也沒有他高,動搖不了他承包人的磐石地位。更不可思議的是去年他竟被提拔為中幹,兼任了總務科長,隨之解決了老婆和三個孩子的「農轉非」,今年還讓大兒子招工進了廠。有一次冉傑因故去胡家,只見冰箱、洗衣機、電視機、組合音響等當下流行的家用電器應有盡有,組合家具亮得耀眼,就是副廠級的幹部,十有八九沒辦法與他相比。

　　冉傑在廠裡無根無底,無後臺,無靠山,對胡科長這樣的大神自然是得罪不起的。但他生性耿直,嫉惡如仇,也不願意與這樣的人同流合汙,更不會逢迎巴結他。別說是沒票,就是有票,他也不會送給這種人,由他去拉關係,圖私利。他還記得年初職代會上有人質問廠長,每年買那麼多菸山酒海做什麼?真的都用於接待了嗎?工廠效益不好,可招待費用年年猛增,問題到底出在何處?誰不知總務科的錢物都是一本

「大三線」夜宵

良心帳，有良心則記，沒良心則不記，昧良心則亂記。他就不信這傢伙瞞天過海，能一直如此折騰下去。所以，軟釘子他還是有的，這會兒任胡震磨破嘴皮，他不煩不躁，只來回推磨：「真對不起，實在沒票！」

「年輕人別把路堵死啊，如今這世道，風水輪流轉，誰還沒有求人的時候，今天給票是你一句話，日後需要什麼，好菸好酒，興許也是我胡某人一句話吧！」胡震使出了又打又拉、威脅利誘的一手，「你說吧，要什麼？五糧液、大中華，紅雙喜……」

「謝謝胡科長，你這些好東西，都是我需要的。要是一張演出票換這麼多好東西，我巴不得有一百張票給胡科長您吶。可我就是個過路的財神，現在手裡一張票也沒有了。」

「是不是覺得我科長的面子不夠大，還非要我找你們陳主席說說？」

「胡科長，你這就找對人了，你找陳主席，他是我的長官，也許真能給你變兩張票呢。」冉傑一邊打哈哈，一邊心裡暗想，陳主席這會兒正忙著給其他長官送票，你就跑斷腿找去吧！誰知胡震走後十分鐘不到，竟搬動朱廠長，親自打來了電話。

「小冉嗎？我是朱磊，胡科長有特殊情況，你弄兩張票給他吧！嗯？學校的票不是還沒領走嗎？回頭你告訴陳主席，就說我說的。」

媽的，走廠長的後門了！冉傑心裡罵道。他開始還天真的以為胡震去找陳主席了，殊不知在工廠沒什麼實質性權力的工會主席，雖然也享受副廠級待遇，但在胡震眼裡壓根不值錢。這狗東西明知廠長定的分票方案，卻勇於找廠長自打嘴巴，自破規矩，別人誰有這麼大的面子！正罵著，胡震又來了，嘻嘻哈哈，洋洋得意，小人得志，毫不掩飾。

冉傑一陣噁心，感覺像吃了蒼蠅。有什麼辦法呢？官大一級都壓死人，何況他一個小幹事，和廠長之間還隔著千山萬水呢！令他納悶的

是，剛才馮國棟為多要幾張票，大吵大鬧，這一切朱廠長是看在眼裡的。既然清楚，卻還要在乞丐碗裡舀食，窮漢釜底抽薪——這戲是不是演得太過了？照廠長的意思，一會兒學校來人怎麼跟人交代？

「兄弟，你要順順當當給我，我們領的是你的情，你看現在這往廠長那裡一拐，事情就變了味不是，成了公事公辦了。」胡震拿著兩張票，做了個吻別的動作，留下一句對冉傑的警告。「以後辦事活絡點，吃不了虧的！」

小人總是得志！

「等等！」冉傑突覺怒火中燒，氣就不打一處來，但他忍著，拉開抽屜，取出胡震硬塞的那盒中華菸，走過去塞回主人手裡，故意在其肩上拍了兩下道，「您老人家的菸，別回去才想起落在我這裡，再跑一趟！」

胡震擠出一絲尷尬的笑意，走了。冉傑轉身一伸手，把桌子上的墨水瓶撥拉到地上，啪地一聲，摔碎了，藍墨水濺了半牆。適遇布置俱樂部的同事王大姐回來，問了因由，勸他不要與胡震這樣的人一般見識，為公家的事生氣不值當。

王大姐四十多歲，是兩個孩子的媽媽，是工會的女工委員。實際上工會就三個人，分工也沒有那麼明確，有事都是大家一起上。她這幾天都帶著人在俱樂部忙活，灑掃擦抹，掛橫幅，貼標語，總算諸事停當。她一進門就看見冉傑受了委屈，忙拿起掃帚簸箕清掃地上的玻璃渣子。冉傑見狀，很不好意思，趕緊接過來，哪能讓別人給自己擦屁股呢！

「叮鈴鈴鈴⋯⋯」電話鈴又響了。

王大姐要接，冉傑示意他別管。這裡越無人接，電話鈴聲越響，似乎有意跟人賭氣。冉傑氣不過，乾脆把它結束通話，佛佛得到一點阿Q式的勝利。然而，這勝利並沒有帶給他多少安慰，因為陳主席回來了，

「大三線」夜宵

進門就問為何不接電話。冉傑沒想到是陳主席打來的，不好意思地撓撓後腦勺，把剛才發生的事，一五一十的告訴一番，末了又說，「主管們說話不算數，叫我們底下人怎麼工作呢？」

「嗨，碎仔娃，你還是經事太少。機關工作，就這樣。幾千人的大廠，狀況百出，關係複雜，拆了東牆補西牆，按下葫蘆浮起瓢，常有的事。主管有主管的難處，職工有職工的難處。」陳福順笑了笑，也不知是開導還是發牢騷，「按說我這個工會主席是個閒官，可許多受氣的事，廠長們都往我身上推，屎盆子尿罐子都往我頭上扣，這次名義上說是機動票歸我掌握，可有幾張票，給誰？他們都管死了，我有什麼權力？就是給他們送票的權力！這不，你還得從學校的票裡再抽四張出來，老錢廠長的女兒女婿、兒子媳婦今天來廠，幫老廠長祝壽，一個是省裡主管局的，一個是合作單位的，錢廠長倒沒說，可錢廠長對朱廠長有知遇之恩，朱廠長講了，能不照顧嗎？別看他一廠之長，人面前威風凜凜，在廠裡說話牛皮哄哄，擲地有聲，他的作難，誰能體諒呢！地市級的大廠長，一出廠門見廟就得燒香，見菩薩就得磕頭，連村裡掏大糞的老頭，都敢故意把糞車放他家樓下臭他一夜，你就別往心裡去了。」

「這件事要讓學校老師知道了，還不鬧翻天！」冉傑擔心死腦筋的老師們，本來就對去年底調薪資的事，憋了一肚子氣沒處撒，這次授人以柄，無疑火上澆油，怎麼辦呢？

「怎麼辦？走著看，看著辦，車到山前必有路，船到橋頭自然直，走一步算一步吧，誰叫他不早早把票拿走呢？這叫狗肉沒吃著，鐵鏈子倒賠上了。」

「人家當時要拿走，我們現在不抓瞎了？」

「哪能抓瞎呢！辦法總比困難多，活人不會被尿憋死。」陳福順呵呵

地笑著，問了王大姐俱樂部那邊的情況，還特別問舞臺的地板洗乾淨沒有。然後拍拍冉傑的肩膀，拿了四張票走了，臨出門前囑咐冉傑有什麼事靈活處理，他不回來了。陳主席前腳走，王大姐也要走，出門前也拿走一張票，還叮嚀冉傑不要說出去。

「全沒下數！」冉傑一向對陳福順和王大姐都印象挺好，這會兒不免有些微詞。他一時很難弄清，陳主席今天到底扮演著一個什麼角色，也說不清心裡有一種什麼滋味。他坐也不是，站也不是，走又不行——陳主席留他做擋箭牌。正在鏊亂之間，電話鈴又響了。因為有上次的教訓，他猶豫了一下，還是接了。

這次是麗麗——他的女朋友索票。麗麗所在工廠的票，是抽籤分的，麗麗本來抽到了，又被工廠主任收走了，說守著發票的人搞對象，還從工廠分票，這不是捧著金碗要飯吃——瞧不起人家冉傑嗎！

冉傑一聽犯愁了。不給吧，未免不近人情，何況眼下他和麗麗的關係，正處於非常時期。上個星期兩人鬧了一場不大不小的矛盾，麗麗還沒正式理他，今天能打電話，就是主動和好，給了他臺階，也給了他機會，如果這次讓麗麗丟了臉，其後果可想而知；然而給她票，拿什麼給？就剩下學校這些票了，本來就狼多肉少，你一口，他一口，越發啃得爛皮包不住骨頭，難道還要雪上加霜，真拿人家學校當軟柿子？難道朱廠長、陳主席他們牽了牛，我冉傑跟在後面丟人現眼？要是事情敗露，我不成了《聖經》裡那個無由頭的替罪羊了嗎？想來想去，他只有把自己的票讓出去了，還不能明著對她說，雖然身為年輕人，他十分想看這一場名家薈萃的演出。

「這樣吧，下班後我給你送到家。」冉傑清楚這是自己的一種姿態。

「這還差不多，嘻嘻嘻嘻……」女友肯定從工廠打的電話，周圍肯定

「大三線」夜宵

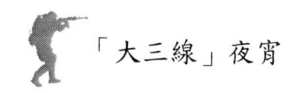

是一河灘羨慕的眼光。

　　電話掛了，那甜甜的笑聲，還在耳邊迴響。女子的笑是迷人的，可愛的，令情竇初開的少年陶醉的。冉傑的眼前，驀然幻出麗麗那苗條的身段，忽閃的大眼，藍色的工裝領口，搭著一條紅色的紗巾，微風掠起，半遮粉臉，很是讓他著迷的。她真想擁住她，輕輕告訴她，「你聽我說⋯⋯」誰知倩影突然變成兩座黑塔──馮國棟領著校長取票來了。

　　要來的總是躲不過的！

　　冉傑戰戰兢兢將票袋子遞過去，心虛得不敢正眼覷看。兩個老師一數票，和信封上的數字又對不上，比原來更少了，一雙臉都氣成了醬紫色。

　　「好啊冉傑，欺負人也不帶這麼欺負的！你們可真是瞎老頭吃柿子──專撿軟的捏，你們就是這麼慰問教師嗎？」校長顯然在克制著自己，體育老師可不管什麼身分不身分，開口就罵，「媽的，你小子才到機關幾天，就學會了坑人這一套，剛才我嫌少跟你吵了幾句，你就立即報復我，你他媽算什麼東西！」

　　此刻的冉傑真是啞巴吃黃連──有苦說不出。稍有一點頭腦的人都知道，他既不能講出朱廠長，也不能供出陳主席。陳福順已經明確告訴他，機關工作人員就是主管長官的出氣筒，擋箭牌，而主管長官又是機關工作人員的避風港，保護神。罵，就讓人家罵吧，反正主管們心裡有數。他向二位老師解釋了幾句，卻自感不能圓其說，索性陪笑臉，打哈哈，反正有理不打笑面人。馮國棟見狀，以為冉傑理屈詞窮，更是不依不饒，敲桌子，砸板凳，連吼帶罵。冉傑畢竟才二十五六歲，沒有多少城府，耐性有限，終於和馮國棟吵了起來。正吵得難分難解，陳福順趕來了。

「我說馮老師，你把校長也叫來了！正好，我正準備打電話給你們。你們也別吵，也別鬧，聽我說，好事來了，好事來了！剛才廠領導人研究，這不教師節了嘛，恰好趕上上面來慰問，今天這節目，誰都可以不看，但老師們不能不看。是不是？為了展現廠裡尊師重教，感謝老師們的育才之功，廠裡特地想了一個辦法，在第一排座位前加上了一排軟椅，在舞臺的屏風後面再放幾把椅子，把老師們放在離演員最近的地方，請所有老師都來看，我們也不用為僧多粥少犯愁了，你們看這樣多好！」

美妙絕倫！

這突如其來的變化，弄得在場的三個人都摸不著頭緒，你看看我，我看看他，半天都說不出話來。兩位老師千恩萬謝，校長還向冉傑道了歉。冉傑等他們走了，關上門，才忍俊不禁笑出聲來：「我說陳主席，樂池跟前放一排椅子，是讓這些老師看演員的腳脖子呀，還是讓他們看樂池裡的弓短弦長？」

「嗨，你不說誰能當你是啞巴，這不是沒辦法的辦法嘛！」陳福順告訴冉傑，一個小時前，縣裡供電所打來電話，說今晚檢修我們廠這條支線，廠裡派人去費了半天口舌，這才弄清楚是給縣裡的票，只發到科局級以上老爺，普通職工想看節目，沒有票，有氣不敢朝縣老爺撒，轉過來要挾我們廠裡，開口就要十張。陳福順說著說著就來了氣，「媽的，這都成什麼事了？關口渡口，卡死英雄。能拿人一把的就非拿你一把不行，好像不給我們出點難題，就顯不出他們的權力。啊貓啊狗，都敢騎我們廠頭上撒尿，什麼小人在企業面前都是爺，哪一路香燒不到都不行……」

聽主席這一肚子委屈，冉傑的氣便消了。社會風氣不好，不是一天兩天的了，人人被卡，人人又不放過一切可以卡人的機會，有道是靠山

「大三線」夜宵

吃山靠水吃水，靠官吃權過期作廢，靠火葬場吃死人不講價錢，千百萬人千百萬職位，千百萬關口，千百萬隻手，就是飛過一隻麻雀，都要拔下幾根毛來，一個大企業關鍵時候不出點血，你休想過去！這社會是怎麼了？這社會上的人是怎麼了？他有時禁不住要問，隨即又覺得問得太愚蠢，太不接地氣。他立刻將原先留給學校的票，雙手交給陳主席，頓時有一種解放了的輕鬆。他暗暗忖道：但願以後再別發這窩囊的票了！

陳主席倒是很體恤下屬，提出要留兩張給冉傑，看看他還有什麼關係需要照顧的。冉傑苦澀地笑笑，搖了搖頭，目送自己的領匯出門「通電」去了。

早到下班時間了，冉傑覺得肚子咕咕叫，急忙跑回宿舍，取了飯盒就往食堂跑。廠裡單身職工多，飯廳裡買飯的隊排得老長，他擔心輪到他時，菜都賣光了。誰知剛一進門，就被師兄小劉和一幫工友給拉到一個飯桌前——原來給他的飯菜都打好了，大家就等著他來吃。他知道天底下沒有白吃的飯，也清楚這些哥們什麼意思，卻裝傻賣乖，輕描淡寫地謝了一句，端起來就吃。可是這幫工友到底年輕，沉不住氣，沒等他吃幾口，就露了沒憋好屁的餡，抱腰的抱腰，扯手臂的扯手臂，翻口袋的翻口袋，連褲頭裡面都摸了。結果唯一準備送給女朋友的票，讓他們給抄走了，弄得他欲哭無淚，欲說無詞，木雞似待在那裡。

深秋的山區，太陽落得很早，才五點半，淡淡的暮靄已經從山頂上瀉了下來，似大海退潮，又像高天流雲。遠遠望去，廠區內外已升起點點燈火，喧囂了一天的小山城進入夜生活模式。幾位牧歸的山民，趕著牲畜，悠悠然的從家屬區穿過，與工廠的風格極不協調的牛叫聲，與家家視窗裡傳出的炒菜爆鍋聲混在一起，抑揚頓挫，奏出「大三線」企業特殊的樂章。

平時，每當夕陽西下，暮靄裊裊之際，冉傑都喜歡和女朋友在河邊散步，吸吮露水味很濃的空氣，輕鬆領略大自然的恩賜。今天，他的步伐卻變得非常沉重。從單身樓到麗麗家不到百公尺，他竟走了十多分鐘。他不知道該怎樣對女友說，也不知該怎樣才能彌補自己的過錯，取得她的諒解。正躊躇著，廠區的有線廣播呼叫：工會的冉傑先生，請趕快到俱樂部去！

俱樂部，位於家屬區的中心，在遠離都市的「三線」企業，它無疑是最繁華最迷人最富於情感的地方了。這座八十年代初的建築，造型美觀，高大雄偉，穹頂霓虹閃爍，巨柱燈光輝煌，頗有幾分都市氣息。等著看節目的人，三個一群，五個一堆，說的說笑的笑，簡直比過年還熱鬧。冉傑老遠就看見陳福順在人群裡張望，便直接奔了過去。

「今晚我們兩人運氣不好，還得得罪人！第十排，你把東頭，我把西頭，讓持票人到過道的椅子上去坐！」陳主席邊走邊說。本來挺寬敞的人行過道，因為加了一行椅子，顯得非常擁擠，一般人過都要側身子，若是胖子，更需倒吸一口氣。

冉傑很是不解：又出什麼事了？

「演員被交警隊扣下了！」陳福順哭喪著臉說，「幾個演員到市區買東西，車剛開到十字路口，就被交警給攔住了。闖紅燈！闖紅燈認了，罰多少交多少就是了。可人家今日偏偏不罰，非要司機和演員在他們那裡學習交規。還是朱廠長親自出面，好說歹說給十張票才放人放車……」

兩人正說著，觀眾已陸續入場，冉傑陪陳福順說盡了好話，磨破了嘴皮，好在廠裡職工還能顧全大局，心裡不高興，嘴上一直罵，但座位還是給讓出來了。開演前幾分鐘，一群身著交警服和便服的男女，在前後座位上鄙夷的目光注視下，悄悄入座。不一會兒，紫紅色的金絲絨大

「大三線」夜宵

幕接口處，走出西裝革履的朱廠長。只見他略顯疲憊的臉上，堆著虔誠的笑容，強烈的聚光燈照得他臉色煞白。朱廠長習慣性地咳嗽了一聲，用他那頗富磁性的東北話致辭，首先向慰問團表示歡迎，在雷鳴般的掌聲裡接著向那些被「熱情邀請」來的貴賓，表示誠摯的謝忱。

冉傑沒聽完廠長熱情洋溢的致辭，就找女朋友賠罪去了。

這是一幢磚混六層樓的四層。硃紅色的防盜門關著，關著少女玫瑰色的心，任冉傑怎麼叫也不開。時間久了，裡面的電視機聲音反而開得很大，顯然是和門外的人鬥氣。他試圖隔著門解釋，裡面卻沒有一點回應。年輕人感到不被理解的痛苦，內心一遍又一遍在唸叨：我沒有那麼高大，更不是想表現，任性的女子，你為什麼不能聽我解釋一下呢，哪怕一句？

一句都是多餘——讓時間去解釋吧！據說時間似流水，有如摧枯拉朽般強大，它會不動聲色地改變世界，改變我們每一個人，改變我們曾經的快樂與悲愁，風光與猥瑣，聰慧與愚莽，撫平人心底曾有過的所有憂傷。

夜幕沉沉，星星在不住地眨巴著眼睛。演出早就開始了，節目一定很精彩。但冉傑一點兒興趣都沒有了，一個人獨自躑躅在燈光昏暗的廠區小路上。今天所發生的一切，感覺就像一場戲。他突然冒出一個奇怪的想法：不至於世界末日就要來臨吧！

「小冉！」身後有人喚他，是陳福順。「怎麼你也沒留下一張票給自己？讓人搶走了？那你坐舞臺上看吧！」

「不用！」冉傑心裡亂哄哄的，他不明白陳福順怎麼也不看節目。

「嗨，看節目是高興事，可我們心裡是高興的嗎？你要上辦公室嗎？別去啦，一大群家屬沒看上節目，跑到俱樂部門口鬧事，主管們怕影響

不好，領到會議室對話，幾位廠長書記都去了。這時候千錯萬錯，都往我們倆身上推，我們趕快找個地方躲起來吧！躲過這兩小時，演出一結束，一切歸零，睡一夜什麼事都沒了。走，到小飯館喝兩杯去！」

「這麼說廠領導人都沒看節目？」冉傑還有點疑惑，見陳福順一連點了幾下頭，心中泛起一種難言的滋味，想哭，又想笑，甚至為抱怨主管長官享特權而後悔。這時，不知誰家視窗傳出電視播音員莊重的聲音：中央決定，從現在起大力治理社會經濟秩序，為企業營造一個寬鬆的經營環境⋯⋯冉傑不禁為之一振，與陳主席會心一笑，長長地舒了一口大氣，忽然全身輕鬆了。

一陣山風拂面，吹來濃郁的蔥花爆鍋的味，真香！

（原載《船笛》一九八九年第二期）

「大三線」夜宵

瑞 士

瑞土

1 老家

　　計程車停在村口的大皂角樹下，時已是後晌，路寂少行人。

　　等在路邊的堂嫂一把接過行李，臉上堆滿了熱情，噓寒問暖，極是殷勤。我還不適應她的殷勤，有一句沒一句地應付著。這時候，堂嫂突然黑下臉，轉過身，俐落地從腰間掏出一張綠毛鈔扔到計程車上，準確地從司機手裡抽回一張紅鈔，斥責他騙人騙到自家人頭上了，從機場過來都是二百五，非要拿著人家的三百不找！

　　司機自是理虧，邊掉頭邊厚著臉說，人坐車的都沒說什麼，就你精！

　　順著司機努嘴的方向看去，大皂角樹幹上歪歪扭扭掛著半塊木牌，上書「前行357公尺瑞土，電話13902……」牌子後半段破損了，手機的號碼不全。我不知這「瑞土」是什麼，一下子納了悶，怔怔地看著堂嫂。

　　羞他先人呢，你不問也罷！

　　堂嫂不屑地扭過頭，朝計程車遠去的方向「呸」了幾口，唾沫星子掛在嘴邊，也不去擦，轉臉又對我笑，讓人覺得她不去演變臉的戲簡直是可惜了。她其實只比我大兩歲，十年前我妻子找專家為其做了婦科手術，如今臉皮黝黑，手指粗大，身子前傾，黑褲藍襖，要不是頭上頂著一方花格的帕帕，你很難辨識她到底是老大爺還是老太婆。不等我開口，她就說堂哥到鄰村買雞去了。我們這村子，六七十戶人家，現如今不光沒有一絲人氣，就連一隻報曉的公雞都找不到了，總不能讓遠道回來的兄弟，吃超市買的凍雞吧！那都是激素飼料快速養大的，害人呢！

　　從皂角樹下到家要穿過一縱一橫兩條村道，我原想能碰上幾個老者

或者幼時的夥伴，拉拉家常，結果大失所望，好不容易碰上一個拄著枴杖的老太太，跟她講了半天的話，無奈她眼花耳聾，還以為我要買她的棺材板，警惕地離開了。我摸摸特意揣在上衣兜裡的一包大中華香菸，一支也沒散出去，心下不禁有些悵然。

　　村道雖然經過了水泥硬化，顯然是摻的沙子太多了，時不時露出一塊塊膏藥似的黑疤。路邊的莎草長瘋了，把那長長的蔓隨意地伸到路中央，彷彿一條條蜿蜒的綠蛇，毫無忌憚。路兩邊幾乎家家都是二層小樓，有的還貼了漂亮的外牆瓷磚，但戶戶大門緊閉，靜得有些寂寥。

　　堂嫂大概是看出了我的心思，苦笑著勸我不要見怪，附近的村莊大都這樣，都空了。人呢，賺錢去了，上學的上學，打工的打工，做生意的做生意。錢呢，都在你們大城市。年輕人連家一起，把孩子帶到城裡上學，去不了的也住到了鎮上。一個鄉鎮就剩一所小學了，小孩們生活不能自顧，大人就在鎮上租了房子陪讀照看，不到週末不回來。剩在村裡的幾個病婆子蔫老漢，這會兒都回家燒炕去了。以前你哥管事時街兩旁乾淨整潔，可你看如今村裡的雜草，都能把人纏住了，也不知現在的人成天在忙個什麼！

　　堂嫂話裡話外，似乎流露出對堂哥繼任者的不滿。堂哥當了二十多年村幹部，功過是非不說，也該下來了，那小官帽又不是老先人給我們置下的家當，況且堂哥憑著村主任的身分，該辦的事都辦了。他幫兩個在城裡工作的兒子都批了莊基，蓋了房子，他自己的院子掛在孫子名下，而他們老兩口一直住在我家的祖宅裡。

　　當年父母去世後，堂哥希望租借我家祖屋。我和分布在天南地北的幾個兄妹一商量，乾脆給了他，反正我們都在城裡盤根開枝，也沒人回去了。堂哥接手後在原先上房的位置起了二層樓，拆了偏廈，在門口蓋

了一排倒廈，顯得院子也方正了。進門一面照壁，中央有一個供奉土地爺的小洞龕，裡面的香火還燃著，裊裊的煙靄從洞龕裡飄出來，散發著淡淡的檀香味。照壁後面，是一塊小花圃，幾株月季已經敗了，一簇大麗花開得正豔。靠南牆的地方，修篁森森，間或傳出幾聲蛙鳴。

快是玉米成熟的季節，傍晚的山根已經有了幾分涼意。堂嫂彎腰端來半盆熱水，放在門口的臉盆架上，讓我洗洗手。雖說家裡有自來水，還裝了太陽能，她說還是習慣用臉盆，就像她喜歡睡熱炕一樣。人的習慣一旦形成，改變起來就很難。

正說著，一陣發動機的轟鳴由遠而近──堂哥回來了，摩托車後座上掛著兩隻大公雞，說他轉了好幾個村子才找到，純正的農家土雞，要不是人熟，給多少錢人都不賣。

看著堂哥脫掉安全帽後額頭的汗珠，我很有些過意不去，就說自己在外幾十年，一直做學問，直到退休也沒混到官場弄個縣級廳級，老百姓回老家，家常便飯足矣，哪能勞動堂哥如此辛苦破費呢！

堂哥卻一臉誠懇，拉著我在沙發上坐下，端來一盤大蘋果，又泡上一壺烏龍茶，說就衝當年我帶著你嫂子到你那裡求醫，你和弟妹聯繫醫院，找專家，跑前跑後，陪功夫花錢，那一份真情，你也應該有這待遇。一筆寫不出兩個李吧，什麼感情能強過我們這親情？這和應付那些鎮長縣長老爺，完全兩碼事！

說起村莊的蕭條，堂哥也是一肚子的感嘆。農民大都離開土地了，只有收種的時候眷顧一下，有的乾脆放著不管，農村已然衰落了，看來非城鎮化不可。讓人擔心的是，將來土地都流轉到少數人手裡，種的人少，吃的人多，恐怕離一斤糧食一百元的日子就不遠了。到頭來吃大虧的還是農民，因為他們在城裡賺得並不多，根基並不牢，甚至融不到城

市的文化裡。

我不得不佩服堂哥的見地，別看他一輩子都窩在村裡。

堂哥得意地端起茶杯，喝了一口，說都土埋胸脯上了，這還看不清！話音剛落，手機響了，他說是大兒子來的電話，聽了片刻，很武斷地說：你叔十多年才回來一次，你小小個工商所長，能有多忙？明早趕緊給我回來！

我剛想勸堂哥理解一下年輕人，工作為重。他已經結束通話手機，憤憤地扔到了桌子上，再次端起茶杯，跟我強調：我們是個古村，幾千年傳下來的禮數，再忙也得回來看他叔！

2　古村

　　我出生的這個村子，位於太白山北麓，緊鄰著一條東西省道。村口一棵大皂角樹，是村子的代表性目標。據說這樹長了一百多年，原本三條大杈呈三角形斜刺上去，樹冠高大，後來東邊遮路的那條被雷劈斷了，剩下的兩條南北相對，也不往東邊伸枝條，一直給夭折的兄弟留著位子。村西一條石頭溪，把山谷裡流出的泉水雨水，一股老導向北去五裡的渭河。

　　村子不大，但姓氏挺雜。相傳齊姓祖先成湯時期就在這裡居住，因此起村名齊家。以後遷來水韓陳任董各家，歷經戰亂和年饉，一個個都衰敗落寞，各留下兩三戶後人，而姓水的竟在水八爺走後絕了種。只有我們李姓和張姓是明代從山西大槐樹村遷來的，至今人丁興旺。但李張兩姓素少來往，據說是很早以前生的過節，祖祖輩輩繼承了下來。

　　村裡有很多潛規則，從小就潛移默化。比如敬惜字紙，天明掃院，廁所和豬圈必須建在後院，重孝之身不入別人家門；騎腳踏車一定要在村外上下，更不能騎著進門；對上年紀的平輩或者小輩，一律以孩子的輩分稱他二姨他三哥之類，不能直呼大名；婚喪嫁娶過事，要請村裡人先坐席，以彰顯遠親不如近鄰，等等。

　　我小的時候，在村子裡能說得起話的當屬水八爺。他是十九世紀末年生人，早年教過私塾，又幫城裡的商號管過帳，可謂見多識廣。更重要的是老人家心善品端，斷事憑理，不偏不倚，在村裡頗得人敬，無論誰家有紅白喜事，都要請他坐上席。只因他老婆死得早，沒留下一男半女，老了成了村裡的「五保戶」。

聽水八爺說，我們村也曾屢出人物。漢高祖劉邦坐龍椅時，常到秦嶺山麓狩獵，一次偶幸他們水姓一美女，隨即攜入宮中，曾位至婕妤，封其父為鄉侯，食邑千戶。可惜劉邦晏駕後，呂后把後宮那些比她有姿色的差不多都除掉了，水婕妤的父親被削封遠徙，客死他鄉，那一支就被歷史淹沒了。王莽時期，陳家出過一個光祿勳，一時門楣光耀，全家搬到京都長安居住，誰知好景不長，短命的新朝滅亡後，陳家被誅了族，只僥倖留下一個襁褓中的嬰兒，還是因為寄養在鄉下的奶媽家。隋煬帝時期，曾拜村裡一個齊姓才俊為中郎將，不久發生了「江都之變」，齊將軍為保楊廣被宇文化及殺了，家人聞訊，全都逃匿，不知所終。到了唐代，又出了一個韓姓侍郎，不知為何與國舅楊國忠交厚，在賜死楊貴妃的「馬嵬坡事變」之後，被梟了首。「北宋五子」之一的張載，是鄰村的人，他發現齊家居山之陰，又在水之陰，陽氣不足，就建議後人以東漢名士嚴子陵為偶像，忠孝耕讀，不要再入仕為官了。

然而，人畢竟只是世間萬物之一個靈種，許多事情的發展並非人的理念能夠左右。後來，丁家的獨苗鐵錘在南方當了副省長，為村裡又帶來莫大的光榮。張姓村幹部帶頭把丁家的祖墳堆得老高，把丁家廢棄的院落收拾得齊整體面，上面在修路、通電、打機井、處理村間糾紛、發放救助錢糧的時候總照顧我們，就連我們村的小孩，在學校也比其他人囂張幾分。

沒想到不幸的魔咒又一次應驗，這種優越的日子很快到頭。我九歲那年，副省長被一輛卡車送回村裡，同行的還有他十二歲的兒子丁兆瑞。張姓村幹部又帶人平了丁家的祖墳，搬光了丁家院子的家具擺設，還召集男女老少，在大皂角樹下開會，說丁家幾代都不是好東西，丁鐵錘更是是「罪人」，現在被打倒了，以後村裡掃街鏟狗屎牛糞之類的事都

歸他做，不許任何人接近！

　　小村子多了一個掃街的，而且是穿了一件四個兜兜在外面吊著的幹部服（中山裝），讓我和小夥伴都感到新鮮。有一天，張姓村幹部的兒子祥娃在他家門前撒了一把樹葉，喊叫著「罪人」快來掃，罷了官的副省長低著頭悄悄地掃了。祥娃又在原地撒了一把，他這次抬起頭看了祥娃一眼，還是默默地掃了。祥娃不知哪來的壞心眼，竟然趁大家不注意在牆角大了一泡熱屎，臭氣熏天，喊叫著讓他去鏟。他不解地盯了祥娃半天，那眼神讓我突然有些害怕，但他什麼也沒說，長長地嘆了一口氣，還是準備去收拾。

　　慢著！隨著一聲大喊，水八爺出現了。老人家清瘦矍鑠，腰桿挺直，留著長長的白鬍子，說話底氣十足。他黑下臉禁住祥娃，讓他從「罪人」手中接過鐵鍁，自己大的自己鏟！

　　祥娃和我同歲，看見水八爺的長菸桿舉在頭頂，自是怯了，只好照著水八爺的指令去做，卻被他趕過來的父親給阻擋了。村幹部官雖不大，但權力是直接的，當下就給水八爺扣了一頂包庇「敵人」，打擊貧下中農的帽子。

　　水八爺可不吃他這一套，說你規定人是鏟狗屎牛糞，你兒子大的是狗屎呀還是牛糞？你還少拿貧下中農來嚇唬人，你家祖上怎麼回事，別人不知道，我老漢還不清楚嗎？人都有走背字的時候，何必落井下石呢，不知道「士可殺不可辱」嗎？我們齊家是古村，有傳承的，不興作賤人！

　　有時候水八爺還故意稱「罪人」為「鐵匠姪兒」，並將自己的長桿菸遞給他，叫他抽幾口，坐下來歇一歇，解解乏，安慰他最窮無非討飯，不死總會出頭，到哪一步說哪一步的話，誰能保證一輩子都得意呢！

一個酷熱的暑天，我無意間碰上水八爺將半籃子西瓜皮放在丁家門口，喊叫丁兆瑞快拿進去，洗洗削削可以當菜。當丁兆瑞挎起籃子的時候，我從縫裡瞅見了玉米棒的纓子，不解地問水八爺，為什麼要幫助「罪人」？

　　老人家見周圍沒人，就拍拍我的腦袋說：那爺倆吃那點定量供應，後半月就斷糧了。「罪人」不「罪人」，看你怎麼說。你還記得爺跟你講的岳飛不？他冤死臨安大理寺，他兒子被腰斬於市，許多像你一樣懵懂的少年，還往囚車上扔泥巴菜葉呢！

　　水八爺是我最佩服的人，我小時候就聽他講姜子牙磻溪垂釣，韓信秀才將兵，勾踐臥薪嘗膽，岳飛精忠報國，以及薛剛反唐，竇娥蒙冤，吳三桂為紅顏怒髮衝冠等等，總之都是我上三年級後被列入「四舊」禁止傳播的故事。這時思索他的言外之意，「罪人」未必不是好人，那麼他所幫的人我也應該幫一把。

　　有天放學後，我和弟弟以及幾個小夥伴，每人從家裡偷一個饃饃，提上籃子和鐮刀，紮上一副割草的架勢，暗摸到丁家的院子後面，然後將帽子隔牆扔到院子裡，藉故敲門進去，悄悄把饃饃往他家窗臺上一放，就問丁兆瑞想不想和我們一起玩。

　　丁兆瑞大我三歲，眉毛很濃，眼睛很大，但眼皮老是耷拉著，說他身分不好，不願連累我們，讓我們快點走。我說出身不能選擇，革命可以選擇，你選擇和我們一起革命不就完了。實際上我最想和兆瑞說話，因為他的語調很洋氣，就跟收音機裡的播音員似的，不像當地人撇洋腔那麼荒板走調。

　　丁家家徒四壁，但有一部能收好多臺的收音機，這在偏僻的鄉下可是稀罕玩意兒。我們幾隻小手搶著擺弄，弟弟拿起來就跑，其他人在

後面亂追。瘋跑亂追一陣,到了村口的池塘邊上,弟弟不小心滑到了水裡。

前幾天剛下過雨,池塘的水比較深。我們幾個都不會游泳,更不敢下水救人,急得大喊大哭,這時只見一個身影魚躍入水,一個猛子直接游到弟弟跟前,一隻手托著人,一隻手划水,很快就游到了岸邊。等他把弟弟放在岸上,我們才看清是丁兆瑞。他的肚皮很白,泳姿十分優美,也不言語,轉身又扎到水裡,費了老大功夫才從水底撈出了收音機。

那部泡了水的收音機讓我父親犯了愁,但我從此稱這個落難的洋娃娃為「兆瑞哥」。

3 「罪人」

闖了大禍後，我和弟弟不敢回家，躲到水八爺那裡尋找庇護。水八爺給我們烙死麵餅吃，放的蘇打，嚼起來很香。

到了天黑，水八爺親自送我倆回家，並要求父親當他面發誓不打孩子。父親雙手一攤，說就是把這倆碎崽娃打死也無濟於事，那收音機是老丁唯一的寶貝，就靠它了解外面形勢呢，一下子沒了，人就成了聾子、瞎子，讓人家怎麼過嘛！

第二天一早，父親就抱著收音機上了一趟市區，回來後將我和弟弟臭罵了一頓。過了一些時日，他又去了市區，取回收音機，說修好了，讓我還給兆瑞。還讓我以後多送幾個饅饅給丁家，找機會把地頭的筍瓜茄子辣椒之類的也送上些，不要叫旁人看見。

我很激動。當我把收音機送到丁家的時候，我清楚地看見兆瑞哥的父親雙手在顫抖，開啟機子的那一剎那，眼裡滾出了淚水，竟然給我這小屁孩鞠了一躬。十幾年後我才知道，廣播站的人說那收音機線路全毀了，沒辦法修，縣裡也買不到那種高級機子，是父親傾十幾年的積蓄託廣播站的人從省城買了一部同樣的機子，拆開裝到原來的盒子裡，看起來還是原模原樣。

我當時能感受到的，就是在父親的努力下，兆瑞很快進了學校，高我兩個年級。那時候學校沒有課本，老師成天叫我們背書。幾年蹉跎下來，那些書我早都倒背如流了，隨便問一句都知道是多少頁第幾段。

兆瑞誇我挺厲害，他得向我學習。他說得十分自然，一點造作都沒有，讓我覺得臉上火辣辣的。我問他習慣不習慣村裡的生活，他連說習慣；問他大城市什麼樣子，他能興奮地描述高樓大廈電燈電話的各種繁

華；又問他母親在哪裡，家裡還有什麼人，他就低頭不吱聲了，我才知道問到了人家的傷心處。

好不容易迎來「復課鬧革命」，學校裡開始教數理化知識。我倆在國中湊到一個年級，而且因為他勇救我弟弟，被縣裡列為「可以教育好的子女」的典型，後來又與我一起被推薦上了高中。這一時期，母親常常以寫作業為名，讓我把他叫到家裡吃飯，兆瑞哥也教我和小夥伴們游泳，我還不知不覺跟他學會了普通話。

身為高中生，我們的心情都很陽光，開學第一天就去照相館照了一張大合照。但是秋天的氣候變化無常，好好的光天突然就會滾來團團的烏雲。開學只一個月，我和兆瑞就聽同學在傳林彪出事了！

那天在學校操場邊，明明一群人在竊竊私語，我一出現，場面頓時啞靜下來。一個關係比較好的同學將我拉到旁邊，說他在上路邊公共廁所時，聽隔牆女廁所那邊在說，這麼大的事，你可不能說從我這裡打聽的！我立刻告訴他：我是聽女澡堂那邊傳過來的。大家會心一笑。其實我們生活在社會的最底層，所能得到的「小道消息」，差不多都是公開的了，只是檔案一級一級傳達下來，有個時間差而已。

我和我的同齡人當時的表情都是驚悚，更可怕的是這次牽連著兆瑞哥的父親。前兩年因為扯上林彪的關係，丁鐵錘才沒有繼續被揪鬥，上面還打招呼要安排好他的生活，如今林彪死後被批，他恐怕又是凶多吉少了。一絲不祥的陰影爬上兆瑞哥的額頭，連我也替他捏著一把汗。

果然，晴天霹靂不期而至，那血淋淋的場面刻骨銘心。

那天縣裡召開批鬥大會，會場就設在學校的操場，搭了高高的臺子，放了十幾個高音喇叭。兩隊背槍的軍人維持秩序，一群長官之類的人物坐在臺子的後部，我們這些高中生全部被派去佔場子造聲勢。

一曲開場之後，兆瑞的父親和其他十幾個「牛鬼蛇神」，被押在臺口，一個又一個義憤填膺的發言者登臺，一番歇斯底里的誅伐之後，臺下的人就群情激昂地揮拳頭高喊「打倒＊＊＊」。

　　我之所以與別人不同，是因為受了水八爺的影響，不以為被打倒的一定是壞人，打人批判人的也不一定是好人，也見過許多開始批人的後來又被批的事例。更重要的是透過這些年與丁家的交往，我已經了解到一些事情的真相。我很同情丁鐵錘寧折不彎的率直所帶給自己和家庭的不幸，甚至一看到他就想起水八爺講的岳飛。

　　由於我對丁鐵錘懷的遭遇很是同情，就不願看他被揪鬥的狼狽樣子。剛好旁邊坐著一個家在市區的同學，就問他市區有什麼好玩的地方。他說最好玩的當屬城隍廟，有上千年的歷史了。我求他有空帶我去，並答應週末回家帶給他三個嫩玉米。兩人正要拉鉤，忽聽一陣騷動，緊接著就有人喊：「丁鐵錘自絕於人民，死有餘辜！」

　　丁鐵錘從臺子上栽下去了，這一栽就再也不用站臺了……悲痛至極的兆瑞哥渾身發抖，卻不敢哭。身為他的朋友，我已然酸淚連連。我們都束手無策，腦子裡滿是恐懼。負責押送的張姓村幹部大約良心不安，找人借了一輛架子車，讓兆瑞將屍體拉走。兆瑞哀求地看著我。走吧，還有什麼話好說！

　　水八爺在豁著老臉申請不到一套壽衣後，罵罵咧咧地獻出了自己的老衣壽材。為此，張姓村幹部惡狠狠地說，村裡再也不會幫他購置棺板老衣了。水八爺毫不在乎，說他死了讓狗咬狼拉，就當裝的皮棺材！

　　我敬重地望著水八爺，敬他是俠肝義膽的好漢。這時兆瑞哥撲通一聲跪在地上，當著眾人發誓：水八爺，我一定給幫老人家養老送終！

　　在場的人紛紛議論：兆瑞這娃，長大了！

瑞土

4 深山

痛失父親的丁兆瑞再也不忍看學校的操場，學校也對他產生了嫌棄之意——他傷心地輟學了。我在比他多讀了兩年高中後，也回鄉當了一個不甘心的農民。

那年我十八，兆瑞二十一，正是精力旺盛、無所畏懼卻又看不到前途的年紀。忙完一天的農活，我倆一起在他那裡做飯吃，為誰洗碗划拳論輸贏。有時躺在麥收後的草堆子上，看著滿天的星斗，爭論著天上到底有沒有神仙。到了秋後，我倆一起被派上太白山割草，突然發現山上林木繁茂，翠竹蔽日，喊一嗓子能聽到好幾架山的回應，竟萌生了一種念頭，想逃進深山，過一種陶淵明那樣與世無爭的日子，清淨！

愣頭愣腦的我們還不懂深淺，一進深山就顯得非常高興。我從樹枝上躍到竹林裡，又從忽悠的竹子攀上另一樹枝，像自由的鳥兒一樣，彷彿隨處可摘的野蘋果、野梨、野核桃、野栗子都是專門歡迎我們的，更有清冽的山泉，渴不著，餓不著，夜裡或鑽山洞，或躺在臨時搭建的窩棚裡，在旁邊生一堆火，又驅蚊蟲又驚狼。就是聽到野豬野狼亂叫，也互相壯膽，把手裡的鐮刀揮幾下，似乎所有的狼蟲虎豹都已經嚇破了膽。運氣好的時候，我們能打到一隻野兔，或者山雞，就用水八爺講的「乞丐雞」的做法，糊上泥巴，埋在火堆裡慢慢煨。等到泥巴燒得跟陶瓷一樣了，輕輕敲開，裡面的肉香撲面而來，咬一口，簡直能香到骨髓裡。

六七天后，我們發現了一處「風水寶地」。在向陽的山根，有一個很大的水潭，潭水順一條小溪緩緩流向遠方。溪邊是一片平平的壩子，足

有五六個籃球場那麼大，長一種我們從未見過的植物，有半人高，直直的莖稈頂著一朵毛茸茸的花，有的紫紅，有的粉紅，似蓮非蓮，中間是白色或黃色的花蕊，非常好看。那些花瓣已經敗落的，留下一個核桃大或者雞蛋大的果實，有的墨綠，也有的已經乾成褐色，上面還有不規則的裂紋，像刀子劃過似的。

這應該就是桃花源了！我們覺得這片地完全可以開墾出來種小麥，種玉米，種黃瓜豆角等蔬菜，足夠吃用了。更讓我們著迷的是從潭邊往上爬三公尺多，有一個很大的山洞，日晒不上，雨下不著，裡面還有石床石凳，只要鋪幾捆乾草，不亞於舒舒服服的大炕。

這一夜我們很興奮，兆瑞哥開啟父親留給他唯一的收音機，卻收不到正經的電臺，偶爾聽懂幾個單字，也是天上地下，什麼也不明白。我讓他關了，省電。於是兩人天南地北胡謅，謅得困了，嘴都張不開，也不知何時入睡。

天明時，我倆碰上一條青蛇盤住了一隻野兔，操起樹枝連蛇帶兔一起收拾了，順便收了一窩蛇蛋。兆瑞哥說蛇肉非常好吃，他小時候在城裡吃過。我其實有些怕蛇的，這時候聽著頭皮發麻，嘴裡也不能說怕。一頓美味之後，我突發奇想，已經被我們吃掉的青蛇會不會是《白蛇傳》裡的小青呢？

接下來的兩天，我們可沒有那麼好的運氣，什麼野味都沒打著，帶的饋饋也吃光了，肚子裡塞的全是野果，胃裡燒烘烘，屁股直嘟嘟，這才意識到「桃花源裡可耕田」需要種子，就是有種子，也要明年才能收穫，接下來的漫漫長冬該如何度過？兆瑞哥問我後悔不後悔，我嘴仍然很硬，心裡還真想家裡的熱炕熱飯了。要命的是那天我栗子吃多了，肚子痛得厲害，一會兒拉一次，不到半天人就像散了架。

瑞土

　　我在家吃壞肚子時，母親就烤大蒜給我吃，一吃就好。可是兆瑞哥跑出去半天，沒找到一頭野大蒜，只摘回幾個野柿子。柿子是澀的，吃多了拉不出屎，應該也對症。但他摘柿子時從樹上摔了下來，閃了腰，半晌直不過來。我很過意不去，吃了兩個澀柿子硬撐著爬起來，把軍用水壺架在火上燒，燒開了又把壺浸到潭水裡，想降降溫給他喝。

　　嗷嚎——

　　一聲粗獷的嚎叫突然響起，在幽深的山谷迴盪。我吃驚地來回張望，發現一個灰布纏頭的老漢，背著竹簍，提著獵槍，看了我一眼，就坐在火堆旁的石頭上，裝上一鍋旱菸抽了起來。老漢抽菸的聲音很大，吧嗒吧嗒，連洞裡的兆瑞哥也驚動了。他也不看我們，頭也不抬就問我們，是不是把一條長蟲打死了？他說長蟲是益蟲，吃老鼠，護山林的。

　　奇怪！山民老漢竟然不問我們的來歷，坐下來讓我們抽他的旱菸，說長蟲一類的東西，聞見菸味就躲開了，所以山裡人都抽菸，不管男女。聽說我肚子壞了，他從地裡摘下一個乾枯的花骨朵，捏破了，往我手心倒一些黑亮的籽，囑我嚼碎嚥下去，讓兆瑞哥也嘗一嘗。我一嚼那味道很特別，嚥下後滿嘴還留著餘香，想再摘一顆吃，被他用長菸桿攔擋住，說剛才的量，治拉肚子足夠了。

　　山民老漢還真沒有誆我，不一會兒，我的肚子不痛了，人也恢復了精神。原來這一片按政府計畫種的是罌粟，刮的菸膏交國家，果殼和裡面的籽都是中藥，也可做調料。油潑辣子的時候放一點，味道非常香。我倆把這罕見的植物仔細摸揣一番，一打聽，才知道已經進入秦嶺南坡的漢中地區，這裡確實曾住過紅軍。

　　老漢問我們山洞住夠沒有，要不要到他家吃一頓熱乎飯。我們喜出望外，振臂高呼「萬歲！」

老漢的家掩映在一片樹林裡，兩座低矮的土房，一座住人，一座是廚房兼雜物間。在雜物間放有一個大梢桶，老漢的老婆和女兒燒了一鍋熱水讓我倆洗澡，找了老漢的衣服讓我們換上，還把我們臭烘烘的衣服洗得乾乾淨淨。

　　吃完飯我倆幫主人劈柴火，碼得整整齊齊。老漢的女兒送來橘子，又不停地續茶水。茶水裡放了自家收的土蜂蜜，有一種略帶酸味的膩甜。

　　晚上，我倆和主人家三口躺在一鋪大炕上。儘管有房頂老鼠打架的吵鬧聲，我還是很快進入了夢鄉。被一泡尿憋醒後，我發現兆瑞哥不在身邊，和豬圈在一起的廁所裡也沒有人影。難道他撇下我一個人跑了？人地兩生，他能跑到哪裡去呢？

　　明月當空，萬籟俱寂。我有點後心發涼，急切地在房前屋後找尋著，驀然聽到吧嗒吧嗒的抽菸聲。循聲踅摸過去，發現一片竹林後面，集中了這個院子大部分的人，主家老漢蹲著，嘴裡的煙鍋忽閃著一暗一明的火光；兆瑞哥低頭跪在地上，看不清面部的表情；老漢的女兒斜倚著一棵橘樹，低頭擺弄那又粗又長的辮子。

　　良久，老漢終於開口了：孩子呀，能進這深山老林的，誰沒點故事呢！按說你這條件挺合我意的，我兒小時候被狼吃了，就這一個寶貝女子，實指望招婿上門，給倆老的養老送終呢！可你不行啊，你爹……如今這世道，有些話我們就不說了。今天這事就當沒發生，等天亮我送你到生產隊部，順便開「批林批孔」大會。唉！早有通知來，說山北邊倆小夥在山裡迷路了，讓幫著找呢，我看你倆耍得正高興，就沒打攪……原來世上沒有桃花源，這麼深的山裡也不是那麼清靜。

　　我趕緊躡手躡腳退回去，鑽進被窩，腦海裡滿是老漢家女子的身影。

瑞士

　　她也就是十七八的年紀,穿一件大花襖,身材略胖,皮膚很白,眼睛是那種純粹的明亮,彎腰續水時,將長辮子往後一甩,辮稍打在繃得緊緊的臀部,發出輕輕的響聲。她不識字,也沒出過大山,對兆瑞的普通話充滿了好奇,問什麼都羞赧地一笑,或者不住地扯衣角。

　　我那時已經有性的衝動了,用力按捺身體的亢奮。心想兆瑞哥肯定是看上了女子,否則怎麼會約在深夜,一起鑽了竹林!

5　婚姻

　　回村後,我和兆瑞哥順桿子爬,就按公家通報的意思說為了割好草,在山裡迷了路,差點餓死。村裡沒人為難我們,按天記了工分。水八爺找割草的領頭人數落了半晌,而我母親見人提起就流淚。我不能說出實情,倒是透過這次經歷,覺得兆瑞哥的確應該找個老婆了!

　　男大當婚。其實比我明白的大有人在,我母親就是一個。我們這裡的鄉俗,結親都很近,越是家境好的人家越近,知根知底,最遠不過十里。超過十里的,恐怕多少都有些不想讓對方知道的祕密。可是母親和村裡的大嬸嫂子們費了一年多的周折,人都託到渭河以北的遠處,也沒找著一個願意嫁給丁兆瑞的。這讓城裡來的洋娃娃頗感自卑,收了工常常一個人發愣,邪勁上來時,拽上我就往水庫跑,一跳進水裡就能游到半夜。

　　那天我父親在水庫值夜班,還特地到旁邊的瓜地裡要了一個西瓜。其實他也是多事,我倆穿好衣服後肯定也要「順路」摸一個的,反正看瓜老人只會遠遠喊一聲「挑熟的,甭糟蹋!」正好明月當空,不知怎麼就把話題扯到魯迅先生筆下的閏土,用力想像當時的西瓜與此時的西瓜有何不同,迎面碰上祥娃等幾個小夥,架起兆瑞就跑,說一群「太監」急死了,你這「皇帝」還在這裡閒得磨牙!

　　他們一直將兆瑞哥「押」到家裡。我跟進去看見滿院子都是人,七嘴八舌,鬧不清在議論什麼。屋裡的電燈也換上了大燈泡,門洞裡透出光來。水八爺見面就掄了兆瑞哥一菸桿,也罵了我一句「不長眼」,接著就吩咐我和祥娃他們將兆瑞推進屋,從外面倒插上門,然後高聲喊叫著讓

大家都回，別耽誤了年輕人的好事，有什麼話明天再說！

人們笑著叫著離開了，水八爺問我是回家睡覺還是留在院子裡聽房。我已經看出幾分端倪，才不願桑眼地蹲在窗外，聽人家青春男女的浪聲燕語呢！就將水八爺送出頭門，從裡面關了，然後搬梯子爬上牆頭，一躍跳到街上。

鄉下人愛熱鬧，許多人並未回家，仍然三三兩兩聚在一起抒發自己的感情，有感慨，有笑話，有驚嘆，也有嫉妒。我跟到水八爺家裡，才知道事情的來龍去脈。

原來村裡來了兩個女乞丐，一老一少，說是河南駐馬店發了洪水，淹死了好多人，他們母女爬到一顆大樹上才撿了性命。水落後，幾十里地面都夷為沙地了，鬼見了都愁，娘倆哭乾了眼淚，就扒火車漫無目地逃難了。

扶貧助難是一種美德，也是小村的古訓。一些行善的婆婆大嬸，聽娘倆說得可憐，不光陪淚，馬上端出饃饃熱湯給他們充飢。看她們蓬頭垢面，衣衫襤褸，又領回家幫著梳頭洗臉，還湊了幾身舊衣服給母女倆換。那做母親的感覺我們村的人挺仁義，就有意在此落腳，打問可有未婚的年輕人，懂孝道，人品差不多的，他女兒十九了，如今這境況，也沒條件挑了。

有人立刻想到丁兆瑞，大家一合計，覺得真能成，介紹情況時只說是光棍，隱瞞了家庭出身。母女倆覺得沒什麼可彈嫌，大家就請水八爺拿大主意。

水八爺樂得臉上開了花，叫人直接將母女倆送到丁家院子裡，安頓娘倆歇下，幫著將住人和沒住人的兩間屋子打掃拾掇一番，一間做新房，一間給新老婆的母親住。我母親和眾婆婆嬸子還送了一床新被子，

兩個繡花枕頭，半袋麵粉，一籃子雞蛋和一些鍋上炕上用的零碎。到了天黑還不見丁兆瑞回來，水八爺這才打發幾個小夥到水庫來接人。

我埋怨水八爺也太急了，怎麼著也該拜個天地，熱鬧一下，兆瑞哥的人生大事，就這麼倉促簡單，也太那個了吧！

你個小子懂個屁，那女子洗了臉，換上乾淨衣裳，可好看著呢，不趕緊把生米做成熟飯，要是讓你搶走了，還能有他兆瑞的好事嗎？

水八爺一臉得意，將煙鍋在炕邊磕得梆梆響。他拿我說事，其實用心良苦，第二天一早，張姓村幹部派我帶一幫人去鎮上買化肥。

我早早來到皂角樹下，等人車集中。兆瑞哥突然跑了過來，將自己累積的全部家底交出來，讓我幫他買些布，回頭幫新娘子做身新衣服。我說你這新郎官不賴呀，新老婆叫什麼名字？抱著新老婆睡覺是什麼滋味？

兆瑞哥一臉幸福，說再爛的新女婿都值得當，新老婆叫吳寶嬋，嬋娟的嬋。至於睡覺的滋味，就是稀裡嘩啦，上上下下，累死個人！

去你的吧，得了便宜還賣乖！

我雖然將兆瑞哥打跑了，一路卻在咀嚼著他的話，用盡自己所有的知識，想像那個我所熟悉的大炕上，突如其來的溫馨和神祕，以至於在辦完化肥提貨手續後，把他塞給我的紙卷弄丟了，真是倒楣！

我垂頭喪氣地跑到供銷社，找賣副食的表姐幫忙。表姐說丁兆瑞一個人總共一丈七尺布票，這個她能想辦法，但人家女子一輩子就嫁一回人，也不能太委屈了不是，料子總要說得過去，就是她找主管算個內部價，怎麼著也得二十多塊。

我死乞白賴，總算讓表姐拿一個月的薪資先墊上了，回頭對父母說，要送點禮錢給兆瑞。母親不假思索就給了我兩張五塊。十塊錢在當

瑞土

時的農村是很多的了，一個好勞力辛辛苦苦做一年也就能分二三十塊。可我出了紕漏，得想法堵上，便遲遲不接。父親以為我嫌多，說一般關係都是五毛一塊，你和他是好兄弟，該多點。我說兆瑞哥在山上為幫我摘柿子，差點摔死，能不能再加點？母親尋思了一下，又拿出一張兩塊三張一塊，說要不是你爹管水庫有一點補貼，我們就是想多給，也拿不出。

我將十五塊錢分成兩部分，送了兆瑞五塊，讓他買些糖果感謝一下水八爺和村裡的熱心人，十塊先還給表姐，下欠的緩一緩，叮囑她保密。表姐說人家結婚你貼錢，丁兆瑞有你這樣的朋友真是福氣！

兆瑞哥確實有福氣，他在被當地的女子家不屑一顧的時候，靠著老天爺的眷顧，撿了個大美女。那吳寶嬋被關中的白米細麵養了幾個月，竟然芙蓉出水，一天天透出女人的嫵媚來。一百六十幾的身高，腰細腿長，胸部還往外凸著，讓村裡許多女子太太私下嫉妒，更有那鴨蛋似的臉盤，白裡透紅，兩個大眼窩會說話似的，什麼樣的硬漢被她看一眼也化了。要說不足，就是嘴在笑的時候略微有些右歪，但被那一對喜慶的深酒窩襯著，也是瑕不掩瑜。我不止一次朝她感嘆：你要有個長得一模一樣的妹妹就好了。

但從過日子的角度講，兆瑞哥的福氣主要是他遇上了一個好丈母娘，我們都稱她「河南姨」。那個四十出頭的女人，以前在老家的時候，專門上火車賣「道口燒雞」，腦子非常靈活，誰家有事她都主動去幫忙，嘴亦十分討巧。有一次別人的豬吃了她家的番薯，她不但沒破口大罵，還幫人把豬趕回家去。事後豬主人要給賠償，她說賠個什麼，人吃豬吃還不都是吃咧！一口河南腔，倒比當地話還順耳受聽。不到半年，她就讓丁家徹底改了面貌，前院種菜，後院養了一百多隻雞，還在上了戶口

後向村裡申請了自留地。村裡好多人家都跟她養雞賣蛋，雞屁股拉出的票子，讓方圓十里的人都對我們村刮目相看。

後來，吳寶嬋一次誕下一雙兒女，是小村有史以來唯一的龍鳳胎，家家羨慕，戶戶道喜，就連張姓村幹部都私下說，要知道吳寶嬋這麼了得，當時就該領他們家給祥娃做老婆。這也就是想想的事，後悔藥天下沒人賣！

孩子滿月那天，兆瑞哥請了全村的人吃席，意思是和他的婚禮一起辦。夫妻倆抱著孩子請水八爺取名，水八爺說站著尿的叫新天，蹲著尿的叫新地，但願以後天下太平，不胡鬧，不出事，丁家的日子能過出一片新天地！

6　友誼

　　當了父親的丁兆瑞，天天忙得屁打腳後跟，很少有時間與我相聚。我在過完春節後，也去鎮上的學校當了教師。教學相長，職責逼著我又鑽進書本，恰遇年底國家恢復考大學，在二十多人競爭一個名額的冒碰中，竟然被南方一所著名大學的歷史系錄取了。

　　送我上學這天，兆瑞哥放下所有的家務，背上我的行囊，苦口婆心地支走我所有親友，就為一路能單獨跟我說說話。走到市區時，才下午三點多，離晚八點的火車還早。他將我拉到唯一的國營食堂，花一塊七毛八分錢買了一盤豬耳朵、一盤涼拌拍黃瓜、二兩散酒和兩碗葷麵，鄭重地為我送行。農村人極少有為吃飯花錢的，一般出門都是自帶乾糧，大不了到飯館要一碗麵湯，所以那是我有生以來最奢侈的一次飲食消費。

　　兩口酒下肚後，我倆憶起闖山的經歷，聽說我們所遇見的那個山民，多麼善解人意的一個老人，卻被查出過去曾是個占山為王的土匪頭子，給拉去槍斃了，也不知他的老婆和女兒現在怎麼樣。我想兆瑞哥要是當了那家的上門女婿，肯定是屋漏偏逢連夜雨，心靈的打擊更大了。抬頭一看，他的眼圈紅紅的，說世事難料，由命不由人。城裡的人被發配到鄉下，鄉下的人反而要進城了，這一來一去，時空變換，人生的命運就不一樣了。

　　我不知該如何安慰他，就說他那一雙兒女才值得人羨慕，長了寶嬋嫂子的眼睛，長了他的鼻子和嘴，笑起來非常甜，在村裡人見人愛，就連走村串鄉的貨郎都想抱一抱，還送給娃娃們棉花糖。

丁兆瑞無語了，那一刻也只有孩子寄託了他無限的希望。月臺臨別之時，他塞給我三十塊錢，說我買的布，寶嬋母女倆非常滿意，丈母娘猜想最少也得花三十多，而他當時給我的，只有九塊五毛二分，兄弟的情分，什麼都不說了。他還給我一張紙條，讓我有空時去紙條上的地址看看。

我在珠江邊的校園裡發奮讀書，相信書裡一定有「黃金屋」和「顏如玉」。快到期末的時候，想起兆瑞哥的囑託，就在一個假日找到了紙條上的地址。

那是一個幽靜的地方，牆外是盛開的夾竹桃，葉翠花粉，隱約可見牆內綠樹掩映的小樓，大門口戒備森嚴，站崗的戰士雄姿英武。我向哨兵出示紙條和學生證，衛兵嫌我說不出找誰，根本不讓進去，說這裡是長官居住的地方。

我從小到大沒見過什麼大世面，胸前耀眼的校徽根本掩不住滿頭的高粱花子，當下就像洩了氣的皮球。就在我低頭準備離開的時候，忽有一輛黑色的伏爾加小轎車停在身旁，車窗裡探出一個腦袋，油黑的頭髮上彆著藍色的髮飾，驚訝地問我怎麼到這裡來了。

呀，是林小雅，我們班上年齡最小的女同學。她屬於嬌小玲瓏的範疇，由於學習成績一般，與我這身高膀大又埋頭讀書的傑出人士生不是一群的，平時鮮有交往，也不知她的家庭背景。見我囁喏，她不知是為了顯擺，還是因為好奇，乾脆開啟車門，邀我上車，去她家去坐坐。

我只把半個屁股放在座椅上，生怕壓上女同學粉色的連身裙。她母親坐在副駕駛的位置，朝我微微點了一下頭，表情裡透著滿滿的高貴，讓我更感到手足無措，以至於到了他家的客廳，還傻傻地正襟危坐，哪裡都不敢隨意亂看。

瑞土

　　林小雅看我拘謹彆扭，乾脆將我帶上二樓。到了她的房間，我像進了大觀園的劉姥姥一樣，吃驚地凝視這裡的擺設，從堆著幾本書的書桌到鑲著落地鏡的衣櫃，再到雕工精細的床頭，還有床尾的小榻，都是我從未見過的紅木家具，漆水光亮，能照人影。米黃色的豎紋床罩上，隨意地躺著一對布娃娃。緋色的窗簾開著，透過潔白的紗簾能看到窗外的梧桐。不知名的小鳥呢喃嘰喳，簌簌地抖落了幾片黃葉。

　　按說這是個滋養浪漫的環境，可我那時把城鄉和門第兩個鴻溝都看得太重，根本就不敢有挑戰不可能的奢想。林小雅跟我談歷史，談人物，談對時局的了解——這些都是我的強項，後來才談到兆瑞哥的委託。她說，巧了，紙條上的樓號就是她現在的家，只不過她們家是從外省調來的，我所說的丁鐵錘她不了解。好在上面已全面開始為老幹部平反了，他可以幫忙打聽。

　　我的詫異一定很誇張，因為林小雅指著我的臉，掩著嘴嗤嗤地笑。

　　那個假期我沒有回家，被教民國史的老師帶去參加省裡一部文史數據的編校，吃住都在賓館，每天還有一塊八毛錢的補助。隔三岔五，林小雅也來「順路」探班，我似乎意識到兩人的關係有些微妙，猛不防，他把我帶到別的地方。

　　在一間堆滿檔案袋的辦公室，一位戴眼鏡的老者對我說，那一段的歷史已經清楚，丁鐵錘是冤枉的。但他的問題比較複雜，據說下放後又和林彪有聯繫，可能還得查一查。老者還告訴我，丁鐵錘下放前同妻子離了婚，他和長子回了老家，妻子帶著兩個小孩輾轉去了香港，後來在那邊又組建了新家庭。

　　我把了解的情況及時寫信告訴丁兆瑞，一連兩個月沒收到回信。我以為信在途中丟了，重寄了一封掛號的。

這次回信很快來了，但不是兆瑞寫的。吳寶嬋母女怕兆瑞哥回城後甩了她們和孩子，請求我不要再提這件事。下放幹部也好，知青也好，許多人一回城就把農村的妻小拋棄了，各人都有各人的不得已，也別說良心不良心。她們一家人現在過得很幸福，兆瑞很知足，她們娘倆也很知足，不指望大富大貴，就珍惜眼下來之不易的一切，所以兩封信都沒讓兆瑞知道。寶嬋在信的最後還說，她本來是有個妹妹的，比自己更好看，可惜被洪水沖走了……這封信讓我陷入極度的矛盾，什麼社會公理，人際境遇，情感家庭，飲食男女，一系列複雜的問題撞得我頭痛，不知如何才是真正對丁兆瑞好。因為怕面對那一家人，我大學四年沒回過一次家，害得父母千里迢迢跑到南方來看我。

當然，我一直跟著恩師研究課題，所有的假期都安排得滿滿的。林小雅見縫插針，趁機對我進行系統的「城裡人」培訓，包括教我如何在珠江裡游泳，如何與她挽著手臂走公園的幽徑。後來恩師到社科院當了院長，我畢業後就被他要了去。

從畢業到報到上班有一個多月假期，小雅要我陪她去湖南老家一趟。我們遊覽了長沙的嶽麓書院和橘子洲頭，又去湘潭和寧鄉。

旅遊過程中，林小雅自言自語：大人物的問題一個個都解決了，你那個同鄉的案子怎麼還沒個眉目呢？

她可能屬於今天之所謂「毒舌」一類，不出兩天，突然有電話打到賓館，說複查丁鐵錘問題的程序正式啟動，要我盡快通知丁兆瑞，呈送相關資料，並要隨叫隨到。我想在結論出來以前，最好不要讓丁兆瑞知道，就自告奮勇代寫材料，並隨時接受詢問。林小雅不但沒有因假期中斷生氣，還為我西北漢子的豪氣所感動，給了一個大大的吻，說對朋友都這樣，將來對她和她的家人一定差不了。

7　人物

　　說起丁鐵錘的人生，我除了唏噓，更多時候總覺得身上熱血直湧。

　　丁家祖上務農，到了鐵錘的爺爺這一輩，在鎮上租了一間半敞的門面，支了架鐵匠爐，每日天一亮就去打鐵。鐵錘的父親是遠近有名的好把式，匠人的生活應屬衣食有靠。鐵錘從小就是在鐵匠鋪裡長大的，十二歲時就能拿大錘，指哪打哪，輕重有序。

　　據說丁氏一族也曾人丁興旺，但經過一九二九和一九三二年關中兩場大年饉，就剩下鐵匠這一支，而且鐵錘還是獨子，所以家裡在他十七歲那年就給他說了一門親事，巴望著早點養出孫子，光大門楣。誰知娶親這天，迎親的花轎與一家出殯的靈車在官道相遇，一家歡天喜地，一家悲悲戚戚，兩家各說各理，互不相讓，竟弄出了大亂子。血氣方剛的鐵錘失手，一拳頭將喪主家的二兒子給打死了。

　　這還了得！喪主姓張，是當地有名的財東，當下使人揪住鐵錘就要見官，殺人償命！丁家親友一看大事不好，左攔右擋，趕緊塞些盤纏，讓鐵錘騎著迎親的高頭大馬逃之夭夭。

　　鐵錘急不擇路，一口氣跑進太白山，撞到了土匪窩子。土匪頭子是個落難秀才，一向信守謀財不害命的諾言，一聽他的事，什麼話都沒說，就讓人給了幾塊銀元打發他另覓活路。鐵錘也沒真想當土匪，順山根小道一路東行，幾天後撞進西安城裡，正碰上西北行轅楊虎城的十七路軍招兵，就到隊伍上吃了公糧。他是鐵匠出身，身板結實，力氣很大，又吃得苦，不到一年就被選到衛隊營掛上了盒子炮。

　　當了排長的鐵錘驚魂甫定，想起自己娶到半道的新娘，就找個機會

潛回來探望。

　　早春的夜晚，上玄月的清光還有幾分寒冷。鐵錘一身戎裝，直接敲開了老丈人家的柴門。老丈人是個老實的農夫，看他掛著盒子炮，嚇得直打哆嗦，披在身上的裌子都掉地上了。這時丈母娘抱住他的腿大哭大叫，說女兒被他害慘了！原來他逃跑後，他的父母聽說張財東告到了縣衙，也悄悄逃跑了。財東家沒看見丁家人頭落地解不了心頭之恨，就半搶半聘，將鐵錘未曾圓房的老婆拿去，給死去的兒子配了陰婚。

　　配陰婚這種習俗，據說源於西周時期，講的是陰陽和合之道，陽不遇陰則燥，燥則門庭不安；陰不見陽則溼，溼則財氣不旺。於是有錢人家但凡死了未曾婚娶的男子，一般都是找尋一位夭折的未婚女子配對，埋到一起，算是完成了人生的基本程序。也有找活人的，要麼是非常有錢有勢，要麼是明著欺負人。被配了陰婚的活女人，沒有了傳宗接代的大事，婆家就只盼著她快死，自然沒有好臉色看，沒有好果子吃，不死的時候要抱著死人的牌位睡覺。

　　丁鐵錘聽聞自己的老婆遭此大罪，心裡十分著急，連老丈人家一口熱水都沒喝，就奔了張財東家。他將馬拴在已經易主的鐵匠鋪門口，翻牆進院，抓住一個半瞇半醒的更夫，用槍頂著腦袋逼其開啟房間。令他噁心的是昏暗的煤油燈下，張財東自己和兒子的「陰妻」滾在一個被窩裡。

　　遇上這種噁心事，就像吃了蒼蠅，任何一個年輕人都不可能冷靜。丁鐵錘一股熱血直衝腦門，對著張財主就要開槍，卻見那個光著身子的瘦巴老頭，一頭磕在炕沿上，顫抖著求饒，說他是得了一種身子寒冷的病，郎中說要年輕女子的熱身暖一冬一春才能好，就是有心也早沒那本事了，你這老婆現在還是女兒身，你現在就可以帶她走，回去仔細驗

看……丁鐵錘沒想到平時斯文滿嘴、人摸狗樣的張財東毫無廉恥，也沒想到自己日思夜想的女人如此苟活，一腔窩囊氣無處發洩，粗喉嚨大嗓子地吼了幾聲，朝房頂開了一槍，打算立刻走人。他剛轉過身，卻見四五桿大槍高高低低，一起瞄準了他，剛才跪著求饒的張財東也喘過粗氣，半躺在炕邊命令家丁開槍，打死這個殺人犯，土匪！

年輕的軍官猜想這次失算了，把命丟在了不值當的地方。就在這千鈞一髮的節骨眼上，那個蜷縮在被子裡的女人，突然大喊一聲，一口吹滅了煤油燈，房子裡頓時陷入了黑暗和混亂。說時遲，那時快，丁鐵錘趕緊摸黑抓住張財東的脖子，用槍頂住腦袋，喝令其退兵。

張財東的命當然要緊，喊叫著不要亂動，並讓人重新點亮了煤油燈。

丁鐵錘挾持了赤裸裸的張財東，讓那女人穿上衣服跟他走。人家剛才救了他，他不能撇下她不管。可是他倆騎馬跑出鎮子沒多遠，後面就響起了激烈的槍聲，子彈在身邊嗖嗖亂飛。女人說了句「你快跑，別管我了！」就把日夜藏在身上的剪刀插進胸口，慘叫著滾下馬去。他勒住馬，最後看了倒在血泊中的女人一眼，不知是月光過於朦朧，還是他的眼睛溼潤了，看不清她是痛苦還是安詳，聽著槍聲喊聲越來越迫近，只好逃去。

當年底，發生了青史有名的「西安事變」，楊虎城慫恿東北少帥張學良對蔣介石進行兵諫，成了聯合抗日的里程碑。大難不死的民國領袖蔣介石，把楊虎城恨得要死，不久就削了他的權，開始分化瓦解十九路軍。

丁鐵錘所在的衛隊營解散了，他被編入三十八軍，開到河南、河北、山西等地與日本鬼子作戰。在經過保定、娘子關、忻口等大戰役，

一次次從死人堆裡爬出來後，他又被調到晉南，先後參加了「血戰永濟」、「六六戰役」和「望原會戰」等最為慘烈的戰役，在中條山堅守了兩年多，眼看著一個個熟悉的戰友為國捐軀，他也三度負傷，但他奇蹟般活了下來，還當上了團長。

8 命運

人不信命是曾慾！

起初，丁鐵錘只是被勞動改造，並沒有被批鬥。但他的命太差了，攤上一個想透過造反大紫大紅的「內姪」。這個人曾到南方找過他，求他安排一個體面的工作。憑他當時的副省長地位，滿足其要求也沒有太大困難，可他過於正統，不願意壞組織規矩，請人買了一副好架子車輪軸，並送到了車站。「內姪」很不滿意，只好另闢蹊徑。

那年月帶輻條的橡膠輪架子車在關中還是稀罕物，挖空心思的「內姪」將便將此物交到新成立的人民公社，說「姑父」讓他在基層發展。縣上也沒調查，竟將其安排到公社的糧站。等到丁鐵錘落難，「內姪」為了撇清與他的關係，竟然編造出了一個惡毒的謊言，說他早都發現丁鐵錘不是好人，所以才沒留在他身邊。這個人當年是為了從張財東家逃命，殺死他姑姑推到了馬下的，並找了張財東家的後人作證。

這下，落架的鳳凰又多了一項蓄意殺人的新罪名，被歸入「牛鬼蛇神」的類別，逢會必被批了。

與丁家截然相反，張財東家的命運可說是非常好，好得讓人埋怨老天不公。這老東西將死在丁鐵錘馬下的女人，以二兒子「陰妻」的名分，讓他們在墳地「圓房」，儀式辦得花天酒地，場面鋪排，還請了縣上的戲班名角助興。之後他們家又與黑道勾結，在外縣找到丁鐵錘的父母加以殺害，村裡人連屍首都不知下落。辦完這些事，那猖狂得意的張財東竟然樂極生悲，與長子催債路過村口，突遭晴天霹靂，劈斷了皂角樹的一個大杈，不偏不正剛好砸到馬車上，父子雙雙被砸死，而車伕只受了點輕傷。

這件事一時傳為奇談，方圓百里的人都說張家做了虧心事，惹得天都報了。從此再也沒人願意和張財東家做生意，也沒人願意幫他家扛活種地，他剩下的幾個兒子也都抽上鴉片，幾年就將家產花完，只好從鎮上次小村找張姓本家，討一口吃的，弄得豬嫌狗不愛了。

　　新政府的土改政策是按過去的地畝家產定成份，許多靠著勤勞和幾年風調雨順添置了土地的人家都成了中農、甚至富農，張家反被定為貧農，戒了菸後瘦得三根筋挑著一個頭的張家小兒子，還堂而皇之當了村裡的「貧協」主席，驚得許多像水八爺這樣的老人都跌落了眼鏡。

　　然而，打清朝走過來的水八爺，心裡裝有一桿秤，他自有他的章法。一次又開批判會，他鉚足了勁說要發言。主持者十分高興，覺得水八爺說得話最有分量。水八爺就邊抽菸邊問丁鐵錘，你當年到張家找老婆，看見誰和你老婆在一個被窩？丁鐵錘遲疑了一下，嚥了一口唾沫。水八爺又問是不是張財東，見丁鐵錘低下了頭，就把煙鍋一磕說，你當時就應該把那一對狗男女一槍一個打了，他們張家公公和媳婦勾搭成奸，犯法亂倫，這裡子孫子一大堆，到底誰是叔叔，誰是姪子呢？

　　一陣鬨然爆笑，有的人笑得肚子都痛了。適有一泡麻雀屎從皂角樹上掉下來，不偏不正剛好落在張姓村幹部的鼻子上，他直喊晦氣，藉著洗臉躲走了，會議也就不宣自散。

　　俗話說好事不出門，壞事傳千里。這閒話第二天就傳到「內姪」耳邊，說他的姑姑不正經，同時混著三個男人，一個死的，兩個活的。這「內姪」已經當了公社的造反派頭頭，畢竟臉面還是要的，如此敗壞門風的話再傳下去，他家就會成為「臭根」。

　　臭根是當地人對人品不好或者家風敗壞的人家的蔑稱，鄉俗忌諱與臭根家結親。「內姪」還有小妹和女兒，總不能養在家裡當一輩子老女子

吧！這出鬧劇自然趕緊收場，丁鐵錘「殺人犯」的帽子也就不再戴了。

過了些時日，「內姪」以公社領導人的身分到村裡宣講公報，照例又強迫丁鐵錘低頭站在一個長凳子上。以前曾有人故意踢翻凳子摔掉他一顆門牙，所以他怕再遭暗算，遲疑著不上去。

水八爺這時又出面了，說貧下中農都坐這麼低，他站著，夠高了，能看得見。又不是領袖統帥，讓他站那麼高幹什麼？又轉身問他：鐵匠家崽娃，老祖宗說天下再瞎的混蛋都幹過幾件好事，叔這幾年盡聽人批判你，你跟了林副統帥那麼多年，還混上了那麼大的官，真的就連一件好事都沒幹過？

丁鐵錘知道水八爺是幫他墊話，就囁嚅著說，打四平時林總指揮腰傷發作了，痛得厲害，他找了一個熱水袋給首長暖腰，緩解了疼痛。

有這事？！「內姪」傻眼了，所有的人都為之一振。

「內姪」滴溜溜眼珠一轉，覺得這可能又是他的一個機會，趕緊彙報上去，據說最後得到了高層確認。

這樣，丁鐵錘就不再被批鬥，「內姪」逢年過節還給他送些白麵和清油，沒人的時候也悄悄叫一聲「姑父」，以示關心和親近。

丁鐵錘再次燃起生活的希望，又寫了一沓子申訴材料。這種材料以前也寫過，但被定性為「企圖翻案」。他想這次一定不一樣，只要林副統帥一句話，他的問題馬上就能解決。其實他一直相信自己是清白的，他相信烏雲終歸遮不住太陽，風雨過後必有彩虹！

在希望中等待的日子最是熬煎人。因為希望，落難者在堅持，而希望這種潛意識的細胞活動，並不體諒落難者每況愈下的身體。由於長期的打擊、摧殘、壓抑和營養不良，丁鐵錘患上了肝病，越來越嚴重，時常要靠吃藥止痛。鄉下醫療條件有限，水八爺勸他往上面申請到大醫院

看看。可他總是說，再等等，或許組織很快就會給他結論。

遺憾的是幸運之神遲遲不肯光顧丁家之門，可憐的落難高官一直沒有等來喜訊，後來那根「林副統帥」的救命稻草沉水，他反而死在縣裡批判林彪的會場了。

丁鐵錘在中條山打鬼子時，曾娶一位山西富商的女兒為妻，生有兩個兒子。為了妻兒的安全，他將他們母子送到了相對安全的西安。他率部起義前也派人到西安接他們，但走到風陵渡附近遭遇軍統特務劫持，因為他不肯「懸崖勒馬」，妻小全部慘遭殺害。這件事給他的打擊很大，好長時間都不再接近女色。

當了副司令員的丁鐵錘主管後勤，對戰場上負傷的老戰士非常關心。有一次，他到療養院看望殘疾軍人，不經意間碰上一個女護理師，嘻嘻哈哈在一個老戰士臉上扇巴掌，啪啪啪地扇個不停。像他這樣帶兵的人，不管在戰場有多嚴厲，心裡面都愛兵如子，那巴掌雖然打在戰士臉上，卻是痛在他心上。他當即厲聲制止，並指示院長嚴肅處理。

首長是官僚主義，冤枉人！

呵呵，那女人臉拉了二尺長，嘴噘了半尺高，竟敢當面頂撞長官！院長趕緊賠話，都是他平時教育不夠，請首長息怒！可丁鐵錘卻沒就坡下驢，他指著小護理師問，我親眼看見的，你有什麼冤枉？不等小護理師辯白，被打臉的榮軍戰士嗖——地一個立正，敬禮，說他抗戰時中了鬼子的毒氣，導致面部肌肉癱瘓，小高護理師是幫他理療呢！

啊？是這樣！那我是冤枉了小高護理師，對不起！他真誠地行個軍禮，卻看見小護理師眼裡噙滿了淚水。這淚水讓他心生內疚和憐愛，不由得多看了她幾眼。小高也感動地看著他，破泣為笑。當兩雙異性的眼光交會的那一刻，將軍心中一種久違的情愫隱約閃出，當時就被精明的

院長察覺了。

半年後,那個漂亮的護理師小高,在院長這個「月老」的撮合下,羞羞答答成了副司令員的「家屬」,而姑爺只比岳父小幾歲。

高護理師說起來也是紅顏薄命,只在老夫少妻的溫暖小窩裡被痛愛了幾年,就攤上了提心吊膽與惴惴不安的日子,之後就有院長苦口婆心地勸告,說她還年輕,應該與危險人物丁鐵錘劃清界限。

丁鐵錘為了保護家人,主動和妻子離了婚。孩子本來全部判給母親的,但在最後關頭,小高護理師把長子留在了父親身邊。

9　清明

這年春節，我攜著新婚的妻子「衣錦還鄉」，按鄉下的規矩擺過宴席之後，拎著一大包禮品進了丁家的院子。

關中的習俗是破五之前不動針，元宵之前不開工，據說這是西周時代傳下來的規矩。忙活了一年的莊戶人家，不管貧與富，都要在這段時間放下一切，好好歇幾天，吃點帶葷腥的，喝點能辣嗓子的，走動走動親戚。每家每戶大門上都貼著紅色的春聯，照壁的神龕裡換了嶄新的土地公畫像，灶臺上方的灶神也換了新裝。已經變相分田到戶的鄉下人，自己種自己的田，各家過各家的日子，都企望「上天言好事，下凡降吉祥。」

與別人家紅紙黑字不同，丁兆瑞家的春聯是黃紙黑字：身在故鄉非為客，每逢佳節倍思親。橫批：天安人和。我仔細咂摸這幅對聯的意境，心中五味雜陳。

我已經聽說水八爺去世了，臨終遺言是到溝邊陪伴丁鐵錘，不忍心「鐵匠崽娃」一個好人在陰曹地府太孤獨。丁兆瑞託人買了三寸厚的柏木棺板，請了最好的木匠、漆匠和裁縫，以孫輩的禮儀披麻戴孝，為老人家摔了「孝盆」。河南姨還按照關中風俗，以兒媳的禮數往靈車上撒土送魂，盡了周全的孝道。十里八鄉的人都誇丁家知恩圖報，是難得的好人。別看水八爺沒兒沒女，到了兒什麼也沒缺！

倒是我，沒親自為水八爺送行，虧了他講給我的那麼多故事和道理，愧疚得隱隱心痛。這會兒也只能三叩九拜一支香，祝願他老人家在九泉之下安息了。

瑞土

　　丁兆瑞正當而立之年，皮膚比過去黑了，留了平頭，額頭多了一道皺紋，眉毛卻越發濃密，眼神也多了幾分深沉與鎮靜。他陪我去為水八爺上了香，就扯著上炕，舉手投足間都顯出當家人的自信。吳寶嬋則擔心林小雅坐不慣熱炕，顯得手足無措。我說她已經嫁雞隨雞，成了農民太太，沒辦法講究了。

　　丁家上一年級的一雙兒女，好奇地打量著這城裡的來的洋人太太。紮著一對小辮子的新地更是拉著她的手說：「姨呀，你可真俊，我從來沒見過你這麼漂亮的新老婆！」甜得林小雅心花怒放，塞了兩個紅包還不算，抱著小丫頭就親，還說要收她做乾女兒。

　　女主人張羅了一桌豐盛的飯菜，有雞有魚，吃到最後，人都下席上炕了，就剩我和丁兆瑞。

　　我起身把他按在座位上，囑咐他無論聽到什麼都不能激動。我說：兆瑞哥，這些年我雖然一直沒和你聯絡，但一直沒有閒著。最高層在兩年前對林彪的案子做了了斷，之後他手下的幾員大將先後都保外就醫了，原因是這些人都有戰功。上面說你父親也是有大戰功的高級幹部，與林彪的案子根本不沾邊，捲到這個事情裡，純粹是陰差陽錯，現在要把一切強加在你父親頭上的罪名通通洗清，讓我先給你打個招呼。

　　我能感到丁兆瑞的激動，因為他歪過頭，眼睛直勾勾地盯著我，一眨不眨，身體本能地要起來，被我強按著。他長長地出了幾口大氣，緊緊握住我的手，握得我指節嘎巴響，他卻突然鬆手，眼眶一紅，趴到堆滿碗盞的餐桌上，嗚嗚地哭了起來。

　　此時，任何的安慰都是蒼白的。一個人成了政治的犧牲品，那是無法起死回生的，留下的只是歷史的評說。政治是個怪獸，並非凡人能夠理解，而歷史總和怪獸糾結在一起。不知有多少剛直和良知，都跟著哀

哀悲慘，做了奇怪的冤魂，從秦朝的蒙恬兄弟，到漢代的韓信，再到宋代的岳飛，還有⋯⋯在我與丁兆瑞談話的同時，林小雅也同吳寶嬋母女交了底。

這一次進展很快。組織上在我工作的省城召開了平反昭雪大會，報紙的頭版也登載了丁鐵錘的大幅照片和戰功赫赫的生平。丁家失散在國內外的親人都被找了來，慰問、撫卹、安置、補償，能做的盡量做。

丁兆瑞的母親沒有出席大會，她與現任丈夫還有兩個孩子，在香港的日子也算平靜。丁兆瑞無奈地嘆了陣氣，心裡理解母親的處境，也理解父母當年的選擇。儘管血濃於水，但人生的際遇不同，他與遠在美國的弟弟、英國的妹妹除了見面的欣喜，已經沒有多少共同語言了。

丁兆瑞受鄉俗的薰陶，像農村人一樣更重視祭墳。在城裡享受了幾天的款待後回到村裡，突然發現人們對他的態度有了天壤之別，那些過去不遠不近的人遠遠就跑過來，笑臉似花，溫言如蜜，拉手拍肩，問長問短，甚至為幫他拿行李爭得耳赤面紅。一連幾天，家裡門庭若市，人來人往，從城裡帶回的糖果早都散完了，忙得河南姨燒水都燒不及。

一縷春風吹來，向陽的角落野花漸開。小村的人一覺醒來又感覺無上光榮，幾乎都感嘆世事難料，丁鐵錘之身分足令小村熠熠生輝，必須體體面面地大辦一場。他們極力主張將這片土地上出的「大人物」，從埋死貓爛狗的溝邊遷到村裡的公墓，再立上一塊高碑，不能讓光榮歷史蒙塵。縣裡也建議將靈柩遷葬到十多里之外的烈士陵園，以死者的功績和身分，應該有此殊榮。

可是河南姨不贊成遷墳，她說人還是那個人，事還是那些事，一會兒打，一會兒捧，一會兒遺臭萬年，一會兒永垂千古，世事無常，全都由人說。其實埋在哪裡都是歷史，我看一動不如一靜，就不要打擾你爸

爸了，更何況還有水八爺在溝邊與他作伴。

丁兆瑞敬重岳母，是她在人生的谷底，給了他溫柔的妻子，給了他溫暖的家，還給了他強於鄰居的生活。於是他修葺了墓地，剷除了荒長的迎春花和構樹，栽植了萬年柏，由當地政府立了高大氣派的墓碑，並決定於清明節當日，在墓地舉行隆重的祭奠和追思儀式。

唐代那個杜牧可能是在關中生活久了，才寫的「清明時節雨紛紛」。這不，夜裡還曾見一絲遊月，天一明竟然淅淅瀝瀝，下起了毛毛雨，這無疑讓祭奠儀式多了幾分凝重。村邊道旁停滿了各種車輛，黑色和白色的雨傘，在溝邊綠色的麥田和陰沉的穹蓋之間移動，恍如玉宇瓊樓落下的花瓣。

來的人很多，有縣裡和鎮上的官員，有十里八鄉的仁善義士，本村的村民更是傾巢出動。自發而聚的樂人有十多個，他們組成強大的嗩吶陣營，把一曲〈安靈〉的古曲，演奏得如泣如訴。

一向荒僻冷漠的溝邊，突然間熱氣騰騰。高大的青石墓碑巋然矗立，正面鐫刻著「人民功臣丁鐵錘之墓」九個遒勁的魏碑大字，落款是縣人民政府，背後的碑文記錄了墓主的功績和生平。墓碑下供著九碗獻飯和幾個果籃，墓塚上是層層疊疊堆起來的花圈。潔白的紙花被淅淅春雨一洗，幾乎變成紙漿的原狀，點將起來，卻也烈焰熊熊，不時燃出竹架的爆鳴。

丁兆瑞夫婦攜一雙兒女披麻戴孝，一直跪在墓碑前。我和幾個青梅竹馬幫他們撐著雨傘，也充作臨時的管事。他的弟弟和妹妹沒有跪，這讓他很不高興，幾次欲行干涉，被我按住肩膀制止了。人家從小受的另一種教育，也就不要勉為其難了。

在主祭人宣讀丁鐵錘的生平期間，我的眼前一片模糊，腦海裡閃現

的不是當年學校操場那駭人的一幕，而是一幅幅戰爭的畫面：炮火連天的刺刀見紅，響徹雲霄的戰鬥號角，堆滿屍體的殘破戰壕，屹立不倒的獵獵戰旗……無意中瞥見「內姪」和祥娃也跪在旁邊，滿臉的水花，已經分不清哪是雨水哪是鼻涕了。

10　鄉愁

　　祭墳之後，我打算與丁兆瑞一家同行。他們夫婦都被安排到政府機關，一個在事務局管理房產，一個在信訪局做收發，岳母隨遷，轉為城市居民，房子比照廳局級幹部分配，九十多平方公尺的三居室，孩子上學的學校離住處很近。這種照顧雖然不能與他父親當年的待遇比，但是像我這樣的草根奮鬥幾十年，大多到不了這份上。

　　但是丁兆瑞說他得晚幾天，在這個當年連一天也不想待的村裡住了十七八年，真的要離開了，反倒戀戀不捨，有不少事情需要處理，不能說走就走。更有甚者，在我回單位上班一個星期後，他一封加急電報又把我叫了回來。

　　首先令他不能理解的是岳母，死活不願意去人們夢寐以求的大都市享福，說城裡人多嘈雜，喝口涼水都要錢，她剛五十，還能工作，可不想去當閒人，讓女兒女婿養著。丁兆瑞說了許多掏心窩子的感恩話，發誓當親娘一樣贍養她。

　　河南姨的眼裡湧出了淚花，平生第一次拉過女婿的手，說有恁這話，俺老婆子一輩子就沒白活，當年逃荒瞎走瞎撞，撞上恁這個女婿就是老天的安排，恁比兒子還親，俺們母女都沾你的光了！可是孩兒呀，大城市是年輕人的天堂，奔工作，奔學業，奔前途，你和寶嬋帶著娃娃趕快去吧！俺在村裡有院子有地，日子過得正紅火，還與一幫大嬸們聯合成立了養雞合作社，俺是領頭的，走不開呢！

　　我看見河南姨的時候，她正在山根的養雞場指揮一幫穿白袍的人，將成箱成箱的雞蛋裝上冷藏車，車牌是南方的。趁她沒注意，我往裡面

轉了轉，發現左右兩組共十排通透的鋼製雞舍，每排分上下四層，每層八個小格子，每格約四十隻下蛋雞。粗粗一算，這裡的雞不下萬隻，也算有規模了。我不禁為丁兆瑞有這樣能幹的丈母娘高興，也為村裡有河南姨這樣帶頭幹事的能人自豪。心情大好，卻被跑過來的母親吆喝著趕緊出去，嫌我沒穿消過毒的工作服，身上有細菌呢！

我發現母親變了，開始講究科學。母親說都是寶嬋娘教的，我看你也別勸她走了，她一走這養雞場誰也玩不轉。現在的世事越來越好，我們這把年紀的人，在農村也能奔到好日子。母親是合作社的股東，與河南姨關係密切，平時誰做了什麼好吃的都不忘送一碗給對方，兩人的觀點也如出一轍。

大春姪子回來啦？恁看俺們的雞蛋都賣到南方去了，搞不好恁家吃的雞蛋，就有恁娘親手收回來的。恁可是我們村見過大世面的，俺還和恁娘說要過去看恁嘞！

河南姨一邊跟我打招呼，一邊塞給司機一個白布包，囑咐說剛烙的雞蛋餅，要趁熱吃。司機操著粵式普通話，說大姐真是個好老闆，我下次還來你家載啦！

本來約好一起在丁兆瑞家吃午飯，臨到跟前聽到堂哥在村裡的大喇叭裡喊叫，通知河南姨到鎮上去開會。

堂哥是新任的村主任，晚上與河南姨一起來見我，說鎮上成立了「養雞辦」，要把養雞當做致富的一個產業，在一個村發展一個萬隻養雞場，請河南姨來主持。看兩人的神態，準是已經答應了。堂哥提議河南姨只轉戶口不走人，河南姨當即反對，說戶口一走，地就沒有了，俺吃什麼喝什麼！堂哥表態不收她的地，河南姨還是不同意，說犯政策的事，也不能讓恁兜著，再說哪天恁不當了，誰給俺罩著！

我的態度開始發生變化，及至單獨與河南姨一交談，就不再勸她了。她說人得有根，只要她在小村裡待著，女兒女婿就是遇上什麼大坎大難，都有退路，大不了回來種地唄！後面的路是黑的，誰知道以後的世道會是什麼樣！兆瑞他爸為什麼遭殃呢？那是早早把根斷了，回到村裡也沒依沒靠。

身為研究歷史的青年學者，我雖然不能完全同意河南姨的觀點，但我順她的思路想了很多。我同兆瑞哥說，就讓河南姨留在村裡吧，這樣你就能記住鄉愁，每年都可以帶著孩子回來看她，讓孩子體驗城鄉兩種生活，其實也挺好。他想了很久，終於不再固執己見，只顧慮把老人家留在村裡會讓人笑話，落個不孝的名聲。

這個問題解決了，剩下的事情就好辦了。

那個「內姪」，自被摘去造反派的光環後重新回家種地，一聽說公家為丁鐵錘平了反，也幫丁兆瑞夫婦安排了工作，就一天來三趟，把丁家的門檻都快踏破了。他死乞白賴要將他姑姑的靈柩移過來，葬在「姑父」丁鐵錘的墓旁，說畢竟他姑姑是丁家明媒正娶的，只是沒有拜堂。那個年代，娶出門就應該是夫家的人了。

丁兆瑞一家當然是嚴詞拒絕，毫無餘地。我從小見過各種鄉村無賴，但還沒見過這麼不要臉的。礙於他快五十的年齡，我將其叫到皂角樹下，說把你姑姑遷葬過來，是不是把山西的原配也挖出來重埋，還有人家兆瑞的母親百年之後埋哪？我們能不能為老輩的人留點體面，不再揭那瘡疤呢？

祥娃跟了過來，扔給「內姪」一包菸，半笑半罵讓對方滾蛋。「內姪」自覺無望，只好尷尬地離去。祥娃已經當了建築工頭，在村裡也算個人物。他父親被確定為害死丁鐵錘的直接責任人，在祭墳儀式前幾天被警

察抓走了。

我的心緒有些複雜，一時不知該如何面對祥娃，他倒先開口了，說沒見過丁家這麼寬宏大量的人，他父親被抓時河南姨讓丁鐵錘找辦案人員，說沒有那個瘋狂的年代，也不會有那些畸形的人，前些年那雞不叨狗不叼的醜事，根由千千萬萬，複雜得很，也不能把罪過都記在具體人頭上。人家明擺著是為我爹開脫，你說我怎麼報答人家呢？

我回答不了他的問題，也許丁老爺子的在天之靈並不需要他的報答，而後人需要更多的思考。我倆在皂角樹下扯了一些少年時上樹摘皂莢的閒話，碰上有人打問丁兆瑞的家。一眼掃去，見是黑瘦黑瘦一個女人，穿一身很不合身的藍卡其西裝，手裡拎一個黑色人造革袋子，拉鍊已經損壞，中間用塑膠繩子捆著的。問她和丁兆瑞是什麼關係，她支支吾吾，眼裡滾出了淚水。我藉機與祥娃分手，將女人帶到丁家。

女人進門就在丁兆瑞面前跪下了，什麼也不說，只是哭，嗚嗚的哽咽傳遞著戚戚的傷心。寶嬋母女倆再三勸慰，才將人攙扶起來，擦把臉，喝口水，她仍然低頭站著，怯生生地捏著衣角。

丁兆瑞至始至終都沒認出她是誰，只有當她開啟那個又髒又舊的手提袋，拿出我倆當年「丟」在山民家的收音機時，我才猛然意識到她是誰，而丁兆瑞也一下子瞪大了眼睛：你是……我們誰也沒有想到，幾年前深山裡那個白皙微胖的女子，如今竟變成這般模樣：蓬亂的頭髮，無光的眼神，脖子上還有幾道陳舊的傷痕，只有二十六七的年紀，看起來比河南姨還老，讓人不禁要問：這到底是怎麼了？

瑞土

11　離合

　　人生的苦難許多來自血脈，就像人的得意許多來自祖蔭。一個人被社會拋棄，帶給子女甚至家族的痛苦，是他自己難以想像的。正因為如此，各種宗教都教化人要當順民，積德行善做好事，以防貽害後輩，畢竟人作為匆匆過客，生命是短暫的。

　　秦嶺深處那個抽旱菸的山民，應該能想到他被槍斃後，老婆和女兒成了「土匪家屬」，會受盡委屈和凌辱。那個少言寡語、笑起來挺純潔的女孩子，很快就被生產隊長的兒子娶去當老婆，五年生了三個女兒，婆家嫌她生不出兒子，動輒拳腳相加。有一次她帶著孩子到娘家躲幾天，回去後又遭一頓毒打。她母親氣不過，找到婆家理論，結果在撕扯過程後腦勺撞上柱子，當場氣絕。

　　山女的婆婆因為過失殺人被判了緩刑，這下家裡的人更是怎麼看她怎麼不順眼，逼著她離婚，兩個小女兒歸她，分的財產只有她從娘家帶去的那部舊收音機。而就是這部丁兆瑞留下的念想，傳來了丁鐵錘平反的消息。她想起父親臨刑前見她最後一面時說，丁鐵錘就是拿著他贈送的幾塊大洋走到西安吃了糧的，他原以為遠離丁家就能躲過災難，誰知山崩了該砸誰照樣砸誰。

　　聽了那個差點成為他老婆的女人的哭訴，丁兆瑞把我拉到外邊，問我能不能幫忙。我看他一臉的同情與憐憫，就故作神祕地附耳低語：當年在竹林裡到底發生了什麼？他的臉一下子緋紅，賭咒發誓說就在身上摸了摸，什麼也沒幹。

　　我深藏心中的好奇碎了一地，忽然覺得很是掃興，就自告奮勇，決

定替不便出面的朋友做一回好事。畢竟山女處在社會的最底層，是弱勢群體中的弱勢人，我在上面做點工作，強過她在底下跑斷腿。

一九八十年代，百廢初興，辦事主要是看政策，一個政府機關的大紅印章，勝過任何的人情和公關運作。我回單位後找落實政策的部門反映了山女的情況，丁鐵錘的檔案裡也有「得綠林資助」的紀錄，發函給當地，經查落難秀才那股土匪確實沒有人命案，過去夕便散了夥。最重要的是有一位健在的老紅軍出證，說那夥人給過路的紅軍管過飯、帶過路，問題的性質就變了。

山女父親的案子顯然屬於處罰過重，但也不便公開翻案，當地以特殊照顧的方式，在鎮上蓋了三間房子，安排山女在鎮機關食堂做飯。問題解決後，當地還給我發了一封告知函。

有一日剛好去政府大院辦事，我順便帶著公函給丁兆瑞看。他正為幾套房子的分配煩得頭大，一見我就笑了，說要是當年真歸隱了山林，如今不知是什麼模樣。我突然想起老作家柳青先生有一句話，人生的道路雖然漫長，但緊要處常常只有幾步，尤其是當人年輕的時候。

四平八穩的日子過得飛快，花開葉落之間，我有了女兒，並在我和妻子的接接送送中上了國中。弟弟和妹妹也都學業有成，在另外的城市紮了根。我幾次接父母來住，每次都來去匆匆，老人說城裡住著不自在。其實我知道他們是放不下村裡的養雞場，因為河南姨走了，村裡的養雞場主要靠我父母經管。

河南姨其實可以不走，他在村裡活得有人緣，有尊嚴，有成就感。她主持的養雞產業一年比一年紅火，連續支撐幾任鎮領導人升到了縣級機關，她也成了名人，上了電視和報紙，還被邀請到各地傳授經驗。也就在這個時候，發生了一件意想不到的事情，她不得不進行人到老年之

後的大遷徙。

村裡人都記得那個端午節，河南姨被我母親請到家一起包粽子吃，突然傳來一陣響亮的鞭炮聲。兩人一起出看，只見三輛安徽牌照的桑塔納轎車，緊挨著停在丁家門口，頭車是紅色，車頭上還繫著一朵大紅花，七八個衣著鮮亮的男人和女人，簇擁著一位謝頂的男人。那人年約六十來歲，身體有些發福，但並不臃腫，濃眉大眼，臉上掛著憨厚的笑意，西裝的胸前戴一朵小紅花，手裡捧著一大束鮮花，一看見河南姨，就呼叫著她的名字跑了過來。

河南姨一下子怔了，她拉了拉我母親的手，又看看圍在身邊的鄉鄰，似乎證實自己不是做夢，旋即由驚變喜，喜極落淚，猛然伏在男人胸前抽泣起來，拳頭像雨點一樣擊打對方的胸脯和肩膀，嘴裡不停地叫罵著：死鬼，恁還活著，這麼多年鑽哪裡去了……一對特大洪水中失散的夫妻，二十年後奇蹟般團聚了！

這天是河南姨六十三歲生日。她做夢都沒想到，老了老了，老伴從天而降。她更沒想到的是丈夫當年在洪水中抓到一塊門板，順水漂到安徽，獲救後流落到符離集，被一個烹製燒雞的作坊主收留。前幾年為主家倆老人送了終後，他獨立撐起門面，生意漸入佳境，如今已經是一家燒雞公司的老闆了。他從電視上看到妻子在關中養雞後，透過電話打聽清楚，這才於其生日當天趕了過來。

這人間離合的消息當天就上了電視，已經在電視臺當部門主任的林小雅以她女人的思維，第一時間就打電話給吳寶嬋。下班後我倆一造成丁兆瑞家去道喜，發現他們已經訂好了次日最早的班機，準備回鄉了。吳寶嬋說已經打過電話給母親，老太太高興得孩子似的。新天新地正在等成績，兄妹倆也對外公外婆的故事充滿好奇。

一個星期後，丁兆瑞從鄉下回來，說丈母娘跟老丈人去安徽居住，連倆孩子也跟著吃燒雞去了。他們夫婦支持老人的選擇，畢竟這種大悲大喜的經歷，不是誰都能經歷的。吳寶嬋的興奮顯然比丈夫尤為明顯，她甚至手舞足蹈哼起了豫劇《花木蘭從軍》，之後又長嘆一口氣，自言自語道：只可惜妹妹再也回不來了，她還是個高中生！她突然用異樣的目光瞟了我一眼，嘴角飄過苦苦的笑意。

我也苦澀地笑了笑，那是個希望與失望混雜的話題。

這年放榜，丁兆瑞的一雙兒女都在全省排名五十之內，新天被清華大學錄取，新地被北京大學錄取，一年後雙雙作為交換生赴美留學，後來都拿到博士學位。

我曾經多次向丁兆瑞討教教育子女的經驗，他說沒接送過，沒陪著做作業，也沒上過補習班，完全是放羊式管理，誰知道怎麼就考上了。

我知道丁兆瑞的話是真的，孩子的成功主要靠自身奮鬥。他們是一個特殊的家庭，儘管父親帥氣、母親漂亮、外婆會公關，日子還過得去，但孩子從小看慣了人們異樣的眼神，心理比同齡人早熟很多，他們更容易產生透過努力出人頭地、改變命運的信心和恆心。

後來我接觸過一些成功人士，發現一個奇怪的現象，就是在一個村子、一個單位，往往外來者或者非主流的人更能獲得成功，而他們成功的祕訣，似乎都是夾著尾巴做人。

瑞士

12 寶地

　　大兄弟，我們吃飯吧！

　　堂嫂燉了一鍋麻辣雞，熱氣騰騰，加了自家地裡種的新鮮青椒和紅蘿蔔塊，又下了擀好的褲袋麵，撒了半把黑芝麻，澆上蒜泥和農家醋，一攪一拌，酸香鮮辣，極大地刺激到我的味蕾，幾十年來唸念不忘的家鄉味，這一刻全瀰漫在身邊，饞得我直流口水。

　　堂哥從炕櫃裡摸出一瓶用紅綢子包裹的「五糧液」，小心翼翼地開啟，說是兒子孝敬的，放幾年了，就等著我回來喝。我覺得自己受不起他這份熱情，趕緊搶了過來，幫他重新塞回炕櫃，說有嫂子這碗麵享用，勝過任何的美酒佳餚了！

　　我這人有個毛病，一吃麵就吃得大汗淋漓，一連扯了十幾張紙巾，扯得堂嫂心都痛了，趕緊遞上一條溼毛巾。我摘下眼鏡，剛準備把毛巾敷到臉上，猛然瞥見門口站著一個女人，笑笑盈盈地，關中話裡夾著一點與生俱來的河南腔調，一開口就忘不了調侃我。

　　聽說我們的大專家回來了，俺家掌櫃的請你到溝邊坐坐，走吧高人！

　　這不是寶嬋嫂子嗎？你們兩口退休後離開大都市，返璞歸真，才是真正的高人呢。高人快進來坐！

　　吳寶嬋依然像年輕時那麼苗條，苗條得足可代言各種老貴的減肥藥。她著裝的風格也與村婦截然不同，一身灰白條的運動休閒裝，拉鍊合了一半，似乎很隨意地穿在身上。齊脖的短髮烏黑烏黑，臉上的酒窩似乎淺了，溫和的眼神裡多了一些深沉。歲月彷彿對她非常眷顧，看起

來像比堂嫂年輕二十。

堂嫂一見吳寶嬋就拉長了臉，大概還不是嫉妒她比自己更像女人。喲，生意人就是耳朵長，是那個計程車司機告訴你的？我兄弟坐了半天飛機，剛到家，一碗麵還沒吃完，你這就來叫他，成心的是不是？

吳寶嬋依舊笑笑的，也沒說話，她這人最擅長用眼睛表情達意。

我還是說服堂哥嫂，跟吳寶嬋走了。

出村往北，一路慢下坡，一邊是溪流，一邊是玉米地，半裡來路，就到溝邊。溝裡流的仍然是石頭溪，只是這一段斜插向東北，離山越遠，土層越厚，水流沖刷久了，河底越沖越深，變成了一個深溝。以前溝裡蘆葦茂盛，灌木蔥蘢，溝邊還長有許多洋槐樹，只是自小就聽說扶眉戰役時，數百上千的人被打死在溝裡，那些無人祭奠的野鬼每到夜深人靜就出來叫窮喊餓，聽得人頭皮發麻，直到我離開村子也不敢下去過。

溝邊一座小屋，磚混結構，背對著溝，似乎不合風水理法。屋後有一套風光互補的發電設備，架在一根三公尺多高的桿子上。此刻太陽能板不工作了，高頭的風機正呼啦啦地飛轉，給小屋提供了照明和看電視的電能。屋前是一塊菜地，依稀還能辨識茄子和豆角。天上雖有亮光，地裡已然黑暗，溝底的流水發出轟轟隆隆的響鳴。

主人丁兆瑞並未在小屋裡看電視，雖然揚聲器聲音開得很大。他在空地上支了個摺疊小桌，擺上一盤涼拌拍黃瓜，一盤熗拌豇豆，一盤糖拌番茄，還有一盤蒜蓉番薯秧，說都是自己種的，絕對無汙染的有機菜蔬。一堆溼蒿子正在燃燒，裊裊的草煙遠比蚊香環保。

這裡天高皇帝遠，你家林大臺長管不著，喝白的，紅的，還是啤的？

到了你的地盤，不喝點白的，好像展現不出我們倆的關係。我說你這荒郊野外黑乎乎的，把屋裡的電燈拉出來好不好？

　　丁兆瑞一百公斤的體重，很好地詮釋了他退休前政府機關房管處副的職務。他一邊熟練地擰著西鳳酒的瓶蓋，一邊不緊不慢地說飛蛾都衝燈光來，一會兒就撲得你滿身都是。你是嫌我們互相看不清面目，還是嫌人少不熱鬧？

　　我馬上意識到他是對的，再一打量，發現他也穿一身休閒服，和老婆是情侶裝，一時不知該誇他們是有情調，還是該罵他們一對老騷包，在我面前秀恩愛！

　　吳寶嬋一聽要喝白的，一面勸告少喝點，一面張羅著熬綠豆湯。

　　一瓶白酒喝完了，吳寶嬋死活不讓再開瓶。丁兆瑞似乎不盡興，我也覺得沒到位，吳寶嬋只好又開一瓶長城干紅。在兩人互相監督著杯底朝天的時候，不約而同地笑了，笑得粗獷放浪。我們順勢躺在鋪地的涼蓆上，看著天上閃爍的星星，聽著周圍啾啾的促織鳴叫，回憶幾十年前的往事，一股滄桑感油然而生。人生是如此匆忙，當年的毛頭小夥如今都是花甲之人了！

　　起風了，夜愈沉。丁兆瑞似很隨意地問我：聽說你堂哥把你叫回來，是商量幫父母遷墳的事，你是怎麼想的？我之所以日急三晃把你叫來，就是想勸你，別白忙了，你先人在原來的地方安然了這多年，習慣了，猛拉拉又給他換個地方，能適應嗎？你是大學者，你說哪有什麼風水寶地，秦始皇埋驪山那麼講究的地方，也沒保住大秦江山，也沒禁住陳勝吳廣，我們那些故去的先人，能庇廕子孫嗎？

　　這是些簡單而又深沉的問題，既可用兩個字斷然作答，又不能不考慮到普羅大眾的迷茫、渴望、不甘和掩耳盜鈴。我其實也不想折騰，只

是身為我們這一支的老大,聽聽堂哥身為李姓主事人的想法,然後與弟弟妹妹商量一番,也不一定就全按他的主意辦。

丁兆瑞見我如是說,又問我是否知道堂哥要把先人墳遷到何處。我搖頭,他突然坐了起來,用手指戳了戳地,說就在我們倆躺的這地方!

我的心頭閃過一絲森殺,腦袋嗡——的一聲,半醉的酒也完全醒了。

吳寶嬋的綠豆湯熬好了,加了糖,還加了冰塊。我倆都一口氣喝下去,然後又一塊噴著酒氣,挪幾步往玉米地裡撒尿,毫無拘束地比誰尿得遠。依稀之間,彷彿旁邊有二三十座墳塚,昏黑裡更黑的黑椿椿,應該就是大大小小的墓碑。丁兆瑞說都是這幾年遷來的,唯當年迫害老爺子的張家最多,權當來給我父親陪葬呢!可是你父母呢,那可都是一等一的好人,善人啊,我怎麼忍心他們與這些人為伍!

我們都動了感情,情不自禁地踅到丁鐵錘的墓前,繞著墓塚走了一圈。夜色裡看不清碑上的文字,但能感覺到墓碑的高大,能體會墳塚整修得光光堂堂,上面連一顆雜草都沒有。我從心裡敬佩丁兆瑞的細心、用心和孝心,忽然發覺墳土堆得快跟墓碑一樣高了,反而生出許多的疑惑。

這是我第三次來到丁家墓地,與前兩次的感受都不一樣。第一次是埋葬墓主時,我是滿滿一腔同情,陪著丁兆瑞傷心,那時的墳墓堆得很小很低,遠看像倒了一車農家肥。第二次是給墓主平反昭雪祭墳,我是滿滿一腔欣慰,因為丁鐵錘沉冤得伸,有我一份努力,當時的墳塚堆得比一般墳墓略高,土都是從高處運來的,村上每家都拉了幾架子車,但其規模還真不能與現在比。

我突然問道:兆瑞哥,你放著城裡人夢寐以求的房子不住,老住在老爺子的墳地算是個什麼事?

瑞土

　　丁兆瑞似乎明白我的話外之音，長長地嘆了一口氣說，還不是瑞土鬧的！

　　我恍然小悟，馬上聯想到村口皂角樹上的牌子，瑞土……

13　守墳

怪事起於五年前，丁兆瑞的女兒新地作為海歸人才，在基層鍛鍊了幾年後被任命為沿海一個設區市的副市長。消息傳來，小小的古村似乎連溪流都是熱的，人們爭相奔走，議論紛紛。在一片嘖嘖的讚揚聲中，男人們掐算丁鐵錘當旅長時的年紀，說都是吃一口井水，丁家的種子怎麼那麼好；女人則圍在一起抱怨自己的肚子，一樣的十月懷胎，怎麼沒有當市長他娘的命！小學的老師則說倆娃從小天資聰慧，學習踏實，不成功才怪！

就在新地升官的話題還沒退燒之時，新天又經過層層考核，被公選到一家中字頭金融機構任國際部經理，用當下官本位的尺子一量，也是司局級。正所謂災禍來了躲都躲不及，運氣來了擋都擋不住！

一對雙胞胎年紀輕輕都成了大幹部，猶如一顆威力巨大的炸彈，炸得人們瞠目結舌，大家不再在孩子的天資、勤奮以及機會等要素中找答案了，一致的認知是丁家墳地冒了青煙。

據說青煙是祥娃他爸看見的。這位坐了幾年牢的原村幹部，是村裡活得最久的老人，還真應了那句「好人不長壽，王八活千年」的古語。這老頭兒仗著兒子祥娃在城裡包工程，家裡蓋得比誰家都排場，背雖然很駝了，走路仍然用力昂頭，看起來像一個扁寫的C。那天祥娃的孫子放學回來，想吃洋槐花麥飯，做太爺的享受著四世同堂的滿足，心疼重孫子，要星星不會給月亮，二話沒說，拎起籃子扛上勾鐮就去溝邊了。

正是小麥揚花的時節，滿溝的洋槐花競相吐蕊，遠看猶如一條白練。不大的功夫，老頭兒就勾下一堆樹枝，屁股往勾鐮把兒上一坐，點

瑞土

起一支菸叼在嘴裡，一串串擼起苞蕾來。洋槐花一定要選將開未開的花苞，蒸出的麥飯芬芳馥郁，已經開了的花散了香味，沒人吃。就在老頭兒用袖子擦汗的時候，他忽然發現一股氤氳的氣團，從丁家墳地徐徐上升，升到半空中漸漸散開，飛出五顏六色的花來，最後與天上的雲朵連在一起。

八十多歲的老漢從沒見過如此奇異的景緻，不禁起身往氣團的方向趔去。不一會兒，隱約看見遠處的樓臺亭閣，富麗堂皇，身邊的青霧此起彼伏，飄搖繚繞，他整個人也輕飄飄的，彷彿被裊裊的雲團託著，冉冉而上。他以為自己就此要上極樂世界了，欣喜地閉上了眼睛，驀然想起老伴和兒孫，立即又睜大眸子，央求從不現身的神仙，等一等……祥娃他爸被發現時已經是後晌了，整個人彎成了一張弓，緊緊蜷縮在丁鐵錘的墓前，臉色蠟白，口眼歪斜，渾身不停地抽搐。後來經過縣醫院搶救，又在省城住了一個多月醫院，落下個半身不遂的後遺症，吃喝拉撒全在炕上，痛苦殘喘年餘，才得徹底解脫，遺囑是埋在溝邊，離丁鐵錘不要太遠。後人不知老爺子葫蘆裡賣的什麼藥，也只能遵囑辦理。

即便如此，丁家墳地冒青煙的事還是像風一樣傳開了。先是附近多少有點名氣的陰陽先生一次次踏勘，始終搖頭擺手，斷然不肯相信風水下下的溝邊，會冒出祥瑞之氣。後來有人從省城請來幾位大師，撐起大羅盤，架起經緯儀，煞有介事地奔波數日，又拉來鑽機，黑明鑽探，往周圍幾個村子折騰了近一個月，突然像哥倫布發現了新大陸似的，說丁鐵錘的墳墓，剛好枕在地下的一條龍脈上，又與石頭溪會合，澤澤相疊，按《易經》來講，剛好應在第五十八兌卦上，主子孫發達。甚至有一位被稱為「國學大師」的說，風水這東西，玄而又玄，變幻無窮，上而上則滿，滿則盈流，流空則轉衰；下而下則缺，缺則添補，補實則轉望。

352

下到極處，便是上到極處。

就這樣，溝邊這塊從來無人耕種的潮溼荒地，一夜之間身價百倍，連緊靠的北坡窪地，也是水漲船高，以至於土地承包時人人都搶。當主任的堂哥不得不條分縷析，一家分一溜兒，人少的莊戶下地工作，一不小心就尿到鄰家的田裡。

為先人選一塊風水好的塋地，是芸芸眾生的共同心願，說到底還是為了活著的後人。祥娃買了一掛萬頭長鞭，繞著他爸的墳墓放了一圈，感謝一生惡評滿滿的父親在生命的最後幫張家造了大福。緊接著張姓的先人陸陸續續都遷葬到附近，其他人家也紛紛跟風，溝邊成了村裡的公墳。按陰陽先生的話說，這叫「傍墳」，相當於生活中屢見不鮮的「傍大款」。有一位曾在縣上當過局長的本村親戚，終老後也想往這「龍脈」邊上蹭，因為村民強烈反對，事情捅到新聞媒體，才沒有如願。但那家人聽了陰陽先生的建議，出殯前夜悄悄偷了丁鐵錘墳上一斗土。

一年之後，原局長週年的奠儀還未結束，孫子就收到香港大學錄取的通知書，一時間傳得神乎其神，都說丁省長官大根深，墳土的確神奇，真真能賜福引瑞。一些個缺乏高人指點的落榜生家長後悔不已，巴望著亡羊補牢未為晚，及時取土引瑞，復學再圖。

從那以後，丁鐵錘墳上的土就日漸見少，遠遠近近的喪主，都奉丁家的墳土為引瑞之物，不知誰還給起了個「瑞土」名字，人人必欲得之，撒在自家的墳堆上，滿希望像酵母一樣，發得旺旺的，保佑後世子孫升官發財，光耀門庭。更有甚者，遠道的人成群結隊開著車來偷墳土，不到一年，就在墳周挖出一個大坑，裸露出油漆脫落的棺材，墓碑也倒了。

堂哥身為村裡的官長，一面報警，一面電告丁兆瑞。丁兆瑞坐飛機

回來，僱車拉土，請人幫忙拾掇，總算恢復父親墳塚原樣。同時，警局也出了告示，定性掘墳盜土犯罪，這醜惡的事件才有所收斂。然而警局編制有限，不能夜夜派員看守，所以禁歸禁，大膽的人還是禁而不絕。聽說有一個小警察碰上他的叔叔，剛擺了兩句不是，叔叔不耐煩地推開他說，去去去，別拿個雞毛當令箭，我和你爹都老了，還不是為了你們以後發達著想！

　　丁家老爺子的棺材第二次見光，讓丁兆瑞十分氣憤。以前老爺子落難他們掘挖丁家祖墳，如今丁家孫輩事業有成他們又來挖老爺子的墳，這人到底是怎麼啦？這事到底像什麼話！同樣的一抔土，換一個定義，那價值怎麼就有天壤之別了呢？

　　已經由電視臺副臺長退下來受聘任教的林小雅，以她獨特的思考，帶人拍了一個專題片，如實講述了丁老爺子起伏坎坷的一生，以及他死後所發生的一系列社會問題，先後在幾十家電視臺播出，反響十分強烈。

　　縣裡感到壓力山大，正式行文將看墳的責任明確到鎮上，鎮上又下了一紙紅標頭檔案給村裡。村裡在溝邊蓋了一座小房子，派兩個老漢晚上值守，仍然發揮不到大作用。一般情況下盜土人給老漢扔幾包菸，放一箱牛奶，老漢也就睜隻眼閉隻眼了。

　　受到第三次掘墳困擾的丁兆瑞，毅然決定返鄉護墳。反正他們兩口都退休了，子女都不在身邊，河南姨也去世多年，大都市的繁華掩蓋不了喧囂的汙染，陽光、空氣和水這人的三大基本需求都出現了問題，在鄉下當個不用為生活奔波的有錢人，也是不錯的。

　　臨走的時候，我和妻子在珠江的一條船上為他們兩口送行。有個拉小提琴的賣藝女孩走過來，我點了一首老電影插曲〈駝鈴〉。那響在耳

邊、漂在水上的旋律，婉轉悠揚，抒情渲感，讓我想起當年丁兆瑞送我上大學時，市區牆壁斑駁的小飯店，主要靠辣椒調味的飯菜，以及路燈昏黃的車站。

一曲終了，丁兆瑞邀我退休後也回鄉去，我們還做鄰居。我看了林小雅一眼，品著葡萄酒澀澀的後味兒，最後搖了搖頭。因為我已經提前與鵬城一家機構簽署了五年的受聘合約，林小雅過不慣西北的生活，更重要的是我的父母在河南姨離開的第三年，為撲滅雞場的大火，雙雙喪生。我一直對那場突如其來的大火心存疑惑，不忍睹物傷情，十多年沒回去過。

我萬萬沒想到，住在老家的丁兆瑞，會拿父親的墳土賣錢！

瑞士

尾聲　賣土

尾聲　賣土

兄弟，虧你還是在商品經濟最發達的都市，研究社會問題的專家，思想也太僵硬了！這麼多年，我們有多少地方不是在吃祖先？我們一味汙染祖宗留下的河流湖泊，超量砍伐祖宗栽種的青竹綠樹，出賣祖宗留下的石油、煤炭、稀土，甚至挖古代帝王貴胄的墳墓供人品頭論足，把祖宗編排成暴君、惡棍和形骸放浪的怪物博洋人一笑，哪一宗哪一件不是在利用祖先？

你以為這件事對我來說不難嗎？深更半夜來五六個大漢，兩個人拽住你，其他人當著你的面掘墳挖土，你能如何？到了白天你就是認出他們來，墳土上又無印記，又能怎麼辦？總不能老拿這芝麻小事去麻煩人家鎮長、縣長吧！政府又不是給我們家開的，人家有多少大事要做！那些愚民把墳挖缺了，我得請人僱車拉土回填，土要到高處去取，挖誰家的地都得掏錢，少一塊都不做。我為什麼要把掏錢買來的東西讓人白白拿去，我是欠著誰的了？

古時大禹治水，選疏不選堵，市場經濟的特點就是需求催生商品，既然人們有此需求，何不順勢而為，光明正大地滿足他們呢？他們既然認為這是「瑞土」，我就順水推舟，到工商所辦理了營業執照。凡有人買土，我都告訴他們：所謂「瑞土」，就是某某家地裡挖來的土，我加價十倍。他還執意要買，我也就高興地賣給他，明買明賣，貨款兩清，就跟在商店裡買米買麵一樣。墳頭的價最高，因為我用的力氣最大。

如此一來，再也沒有人夜裡掘墳盜土了，我甚至也不用天天守在墳地，通常有人來會打電話。可是我卻犯了眾怒，村裡人老大不願意了，背地裡罵我缺德，見錢眼開，要錢不要臉，竟然拿先人的墳土做生意……以前見面問長問短的，如今瞧見我就像躲瘟神一樣。有時我以為時光倒流，又回到了與丁家劃清界限的年代了，連你堂哥都不和我說話。

其實呢，我雖然不是大富大貴，也不缺錢花，政府對我們照顧有加，要那麼多錢做什麼？如今賣土，就是為了將來不賣。我倒是想，將賣土賺的錢再加上這些年的積蓄，捐給一個大學，設立一個獎學金，找一些有修養的學者，專門從事傳統文化習俗的研究，以教化社會底層的人們。等以後我們這裡再出了更大的官，不再有人像我這樣擔心祖墳被掘挖，不再有人重演守墳賣土的鬧劇，我這輩子也就算沒白活！

2017 年 3 月寫於海南瓊海

西陲兵事：

在戈壁灘上，我們的青春與榮光同在；在喀喇崑崙的雪域中，
我們的信仰與夢想並行

| 作　　　者：郎春
| 發　行　人：黃振庭
| 出　版　者：複刻文化事業有限公司
| 發　行　者：複刻文化事業有限公司
| E - m a i l：sonbookservice@gmail.com
| 粉　絲　頁：https://www.facebook.com/sonbookss/
| 網　　　址：https://sonbook.net/
| 地　　　址：台北市中正區重慶南路一段 61 號 8 樓
| 8F., No.61, Sec. 1, Chongqing S. Rd., Zhongzheng Dist., Taipei City 100, Taiwan

電　　　話：(02)2370-3310
傳　　　真：(02)2388-1990
印　　　刷：京峯數位服務有限公司
律師顧問：廣華律師事務所 張珮琦律師

-版權聲明-

本書版權為淞博數字科技所有授權崧燁文化事業有限公司獨家發行電子書及紙本書。若有其他相關權利及授權需求請與本公司聯繫。

未經書面許可，不得複製、發行。

定　　　價：499 元
發行日期：2024 年 08 月第一版
◎本書以 POD 印製
Design Assets from Freepik.com

國家圖書館出版品預行編目資料

西陲兵事：在戈壁灘上，我們的青春與榮光同在；在喀喇崑崙的雪域中，我們的信仰與夢想並行 / 郎春著 .-- 第一版 .-- 臺北市：複刻文化事業有限公司 , 2024.08
面；　公分
POD 版
ISBN 978-626-7514-41-2(平裝)
857.63　113011829

電子書購買

爽讀 APP　　　臉書